LA PARTIE ESPAGNOLE

Charles Cumming

LA PARTIE ESPAGNOLE

Traduit de l'anglais par Johan-Frederik Hel Guedj

ÉDITIONS DU MASQUE
17, rue Jacob 75006 Paris

Titre original

The Spanish Game

publié par Michael Joseph (Penguin Group)

Ouvrage publié sous la direction de
Marie-Caroline Aubert

ISBN : 978-2-7024-3283-9

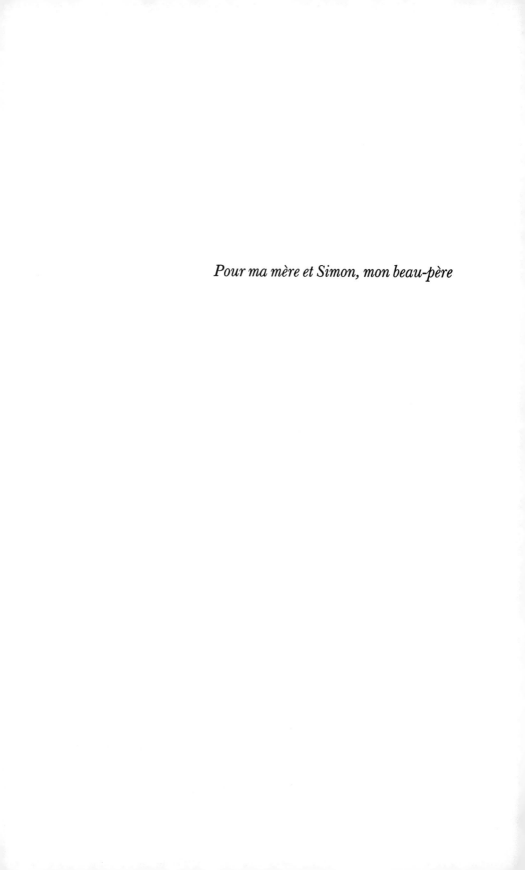

Pour ma mère et Simon, mon beau-père

Un mot de l'auteur

La partie espagnole est une œuvre de fiction inspirée par des événements réels. À une ou deux exceptions manifestes, les personnages dépeints dans ce roman sont les produits de mon imagination. Ce livre a été écrit dans le respect des opinions des deux bords du conflit basque.

Cette histoire se déroule à Madrid, dans la première moitié de l'année 2003, plusieurs mois avant les événements du 11 mars 2004 qui ont provoqué la mort de 192 personnes et fait plus de 1 700 blessés. À l'époque où j'écrivais ces pages, aucun lien évident entre les auteurs des attentats à la bombe de la gare d'Atocha et les groupes terroristes basques n'avait été établi.

Charles Cumming
Londres, octobre 2005

« Madrid, en tout cas, est un étrange endroit. Je ne crois pas que quelqu'un puisse l'aimer quand il y va pour la première fois. Madrid ne présente rien de l'aspect que l'on attend de l'Espagne. [...] Pourtant, quand on la connaît, c'est la plus espagnole de toutes les villes, la plus agréable à habiter, les gens les plus sympathiques, et d'un bout à l'autre de l'année le meilleur climat. Les autres grandes villes sont toutes très typiques de leurs provinces ; elles sont andalouse, catalane, basque, aragonaise, ou de telle autre province. C'est à Madrid seulement qu'on trouve l'essence. [...] [On] se sent vraiment une grande peine à savoir, toute question d'immortalité à part, qu'il faudra mourir et ne plus la revoir. »

Ernest Hemingway
Mort dans l'après-midi,
trad. M.-E. Coindreau, Gallimard, 1938.

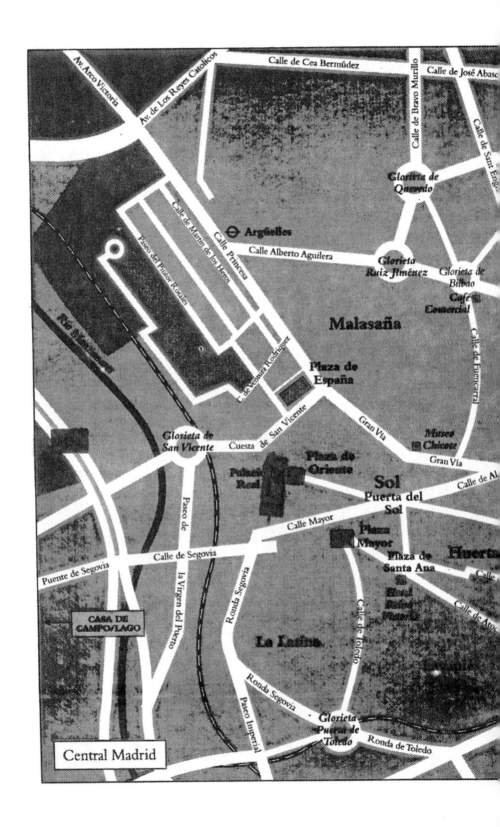

Central Madrid

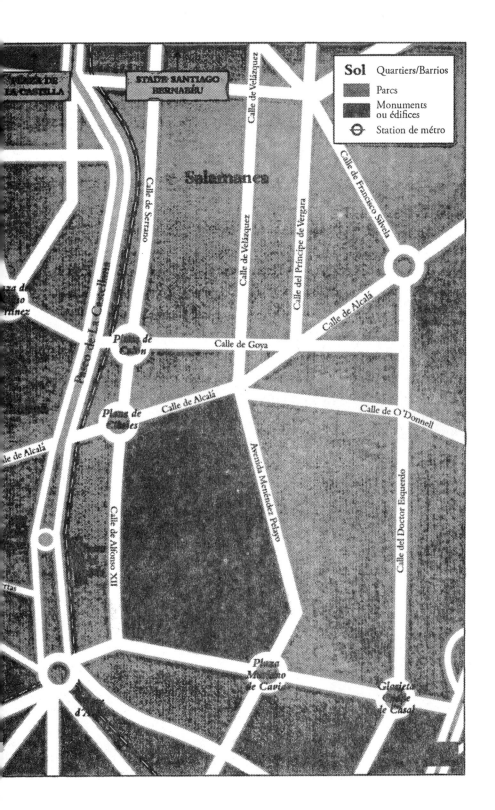

PLAZA DE LA CASTELLA

STADE SANTIAGO BERNABÉU

Salamanca

Sol Quartiers/Barrios

Parcs

Monuments ou édifices

Station de métro

Calle de Velázquez

Calle de Francisco Silvela

Calle de Serrano

Calle de Velázquez

Calle del Príncipe de Vergara

Calle de Alcalá

Paseo de La Castellana

Plaza de Colón

Calle de Goya

Calle de O'Donnell

Plaza de Cibeles

Calle de Alcalá

le de Alcalá

Avenida Menéndez Pelayo

Calle del Doctor Esquerdo

Calle de Alfonso XII

Plaza Mariano de Cavia

Glorieta de Cásal

1. Exil

La porte qui donne accès à l'intérieur de l'hôtel est déjà ouverte et je la franchis pour entrer dans un hall large et bas de plafond. Deux adolescents sud-américains jouent au Gameboy dans un canapé près de la réception, ils se la coulent douce, dans leurs baskets à cent dollars, pendant que papa règle la note. Le plus âgé des deux lâche une bordée de jurons en espagnol, puis il coince son frère d'une clef à l'épaule et le fait grimacer de douleur. Un serveur qui passe par là les toise et vide le cendrier de leur table, non sans un haussement d'épaules. Il règne ici une atmosphère d'apathie généralisée, celle du temps qui s'écoule sans but, cette accalmie de la fin de l'après-midi avant l'heure de pointe.

— *Buenas tardes, señor.*

La réceptionniste a les épaules larges et le cheveu d'une blondeur artificielle, et moi, je joue le rôle du touriste, sans consentir le moindre effort pour lui parler en espagnol.

— Bonjour. J'ai une réservation chez vous pour aujourd'hui.

— À quel nom, monsieur ?

— Alec Milius.

— Oui, monsieur, en effet.

Elle se baisse et tape quelque chose sur un clavier. Ensuite, un sourire, un petit signe de tête en guise d'acquiescement, et elle note les renseignements me concernant sur une petite fiche cartonnée.

– La réservation a été effectuée sur Internet.

– C'est exact.

– Puis-je voir votre passeport, monsieur, je vous prie ?

Voilà cinq ans, presque jour pour jour, j'ai passé ma première nuit à Madrid dans cet hôtel. Jeune espion industriel de vingt-huit ans, je m'étais enfui d'Angleterre avec cent quatre-vingt-neuf mille dollars répartis sur cinq comptes bancaires différents, je voyageais avec trois passeports et un faux permis de conduire britannique en guise de papiers d'identité. À cette occasion, j'avais remis à l'employée de la réception un passeport lituanien qui m'avait été délivré à Paris en août 1997. L'hôtel a pu en conserver la trace dans sa base informatique, c'est donc celui que j'utilise.

– Vous êtes originaire de Vilnius ? me demande la blonde.

– Mon grand-père y est né.

– Bien, petit déjeuner de 7 h 30 à 11 heures, inclus dans le tarif. Vous serez seul à séjourner chez nous ?

Elle m'a déjà posé la question, mais elle semble avoir déjà oublié.

– Seul.

Mon bagage se compose d'une valise remplie de vieux journaux et d'une serviette en cuir qui contient quelques affaires de toilette, un ordinateur portable et deux de mes trois téléphones mobiles. Nous ne prévoyons pas de rester dans la chambre plus de quelques heures. On appelle un porteur, à l'autre bout de la réception, et il m'accompagne aux ascenseurs, situés dans le fond. Il est petit, hâlé et cordial, à la manière des employés mal payés qui ont grand besoin de toucher un pourboire. Son anglais est rudimentaire, et il est tentant de passer à l'espagnol, rien que pour rendre la conversation plus animée.

    – C'est votre première visite à Madrid, monsieur ?

    – La deuxième, en réalité. Je suis déjà venu il y a deux ans.

    – Pour les corridas ?

    – Pour affaires.

    – Vous n'aimez pas la corrida ?

    – Ce n'est pas ça. Seulement, je n'ai pas le temps.

    La chambre est située au milieu d'un long couloir à la Barton Fink, au troisième étage. Le porteur m'ouvre en se servant de son passe, une clef-carte au format d'une American Express, et dépose ma valise par terre. La lumière se commande par l'insertion de cette carte dans une étroite fente horizontale située à côté de la porte de la salle de bains, mais je sais d'expérience qu'une simple carte de crédit fonctionne tout aussi bien. Tout ce qui sera assez étroit pour actionner le déclic fera l'affaire. La chambre est de dimensions correctes, parfaitement adaptée à nos besoins, mais dès que je suis à l'intérieur, je me rembrunis, j'affecte un air désappointé, et le porteur se sent obligé de me demander si tout va bien.

    – C'est simplement que j'avais précisé une chambre avec vue sur la place. Voudriez-vous voir avec la réception s'il serait possible d'en changer ?

    En 1998, lorsque j'étais la cible déclarée des services de renseignements américains et britanniques, dès mon arrivée à l'hôtel j'avais pris des mesures élémentaires de contre-surveillance en recherchant les éventuels micros et caméras cachés. Cinq ans plus tard, je suis plus paresseux, ou plus sage. Ce simple changement de chambre à la dernière minute supprime toute nécessité de passer les lieux au crible. Le porteur n'a pas d'autre choix que de retourner à la réception et, dans les dix minutes, on m'a attribué une autre chambre, au quatrième étage, avec une vue dégagée sur la Plaza Santa Ana. Après une douche rapide, j'enfile un peignoir, je baisse l'air conditionné et j'essaie de donner à la pièce un aspect moins fonctionnel en repliant le couvre-lit, que je range dans l'armoire, et en ouvrant les voilages pour que la lumière à peu près convenable de ce mois de février puisse entrer à flots. Dehors, il fait froid, mais je reste un court instant sur le balcon et parcours la place du regard. Un alignement régulier de marronniers dépouillés de leurs feuilles s'échelonne en direction du Teatro de España, où un jeune Africain vend des CD de contrefaçon sur un drap blanc étalé à même le trottoir. Dans le lointain, je peux apercevoir la lisière du Parque del Retiro et les toits des immeubles les plus hauts de la Calle de Alcalá. C'est un après-midi typique du creux de l'hiver à Madrid : un ciel bleu et dégagé, un vent vif qui fouette la place, le soleil sur mon visage. Je rentre dans la chambre, j'attrape l'un de mes portables et je compose le numéro, de mémoire.

– Sofía ?
– *Hola*, Alec.
– Je suis installé.
– Quel est le numéro de la chambre ?
– *Cuatrocientos ocho.* Tu traverses directement la réception. Il n'y a personne en bas, ils ne t'arrêteront pas, on ne te posera pas de questions. Tu restes sur la gauche. Les ascenseurs sont dans le fond. Quatrième étage.

– Tout va bien ?
– Tout va bien.
– *Vale*, ajoute-t-elle. Parfait. Je suis là dans une heure.

2. Bagage

Sofía est la femme d'un autre. Nous nous fréquentons depuis plus d'un an. Elle a trente ans, pas d'enfant, est mariée depuis 1999. Pour son malheur. De nous retrouver au Reina Victoria, c'est une chose dont elle a toujours eu envie et, le retour de son mari à Madrid étant prévu par le vol de 8 heures le lendemain, rien ne nous empêche de rester ici jusqu'aux petites heures du jour.

Sofía ne sait rien d'Alec Milius, tout au moins rien de tangible ou qui prête à conséquence. Elle ne sait pas qu'à l'âge de vingt-quatre ans j'étais une recrue prometteuse, détectée par le MI6 à Londres, placée à l'intérieur d'une compagnie pétrolière britannique dans le seul but de me lier d'amitié avec deux employés d'un groupe américain concurrent et de leur vendre des résultats de recherches trafiqués concernant un champ pétrolifère de la mer Caspienne. Katharine et Fortner Simms, qui opéraient tous deux pour le compte de la CIA, devinrent mes amis intimes, cela dura deux ans, mais il fut mis un terme à cette relation amicale quand ils découvrirent que je travaillais pour le renseignement britannique. Sofía ignore qu'à la suite de cette opération mon ancienne fiancée, Kate Allardyce, a été assassinée, dans un acci-

dent de voiture manigancé par la CIA, en compagnie
d'un autre homme, son nouveau boy-friend Will Griffin.
Et elle ne sait pas non plus qu'au cours de l'été 1997 j'ai
été rayé des cadres du MI5 et du MI6, et menacé d'une
procédure judiciaire si je révélais quoi que ce soit de mon
travail pour le compte du gouvernement.

Aux yeux de Sofía, Alec Milius est l'archétype de
l'Anglais libre de toute attache, débarqué à Madrid au
printemps 1998, après avoir travaillé comme correspondant financier pour Reuters à Londres et, dernièrement,
à Saint-Pétersbourg. Il a perdu de vue les amis qu'il avait
au lycée et à l'université, et ses deux parents sont morts
quand il était encore adolescent. L'argent qu'ils lui ont
laissé lui permet d'habiter un coûteux appartement de
trois pièces dans le centre de Madrid, et il roule en Audi
A6 pour son travail. Que ma mère soit encore en vie et
que les cinq dernières années de mon existence aient été
largement financées par le produit de mes activités
d'espionnage industriel, ce sont là des sujets que Sofía
et moi n'avons jamais abordés.

Quelle est la vérité ? Que j'ai du sang sur les mains ?
Que je marche dans les rues en ayant connaissance d'un
complot britannique ourdi contre les intérêts commer-
ciaux américains qui mettrait définitivement sur le flanc
toute relation entre George (Bush) et Tony (Blair) ? Sofía
n'a pas besoin d'être tenue au courant. Elle a ses propres
mensonges, ses propres secrets à dissimuler. Que me
disait Katharine, déjà, il y a tant d'années ? « La première
chose que tu dois savoir des autres, c'est que tu ne sais
absolument rien d'eux. » Nous nous en tiendrons donc
à cela. De la sorte, nous restons simples.

Et pourtant, et pourtant... ces cinq années d'évasion
et de mensonges m'ont ébranlé. À l'heure où mes
contemporains s'installent, laissent leur empreinte et
procréent comme des sauterelles, je vis seul dans une

ville étrangère, je suis un homme de trente-trois ans sans
amis, sans racines, à la dérive, et qui se réserve dans
l'attente d'un événement. Je suis venu ici épuisé par le
secret, cherchant à tout prix à effacer l'ardoise, à me
débarrasser des demi-vérités et des tromperies qui, dans
mon existence, sont devenues monnaie courante. Et
maintenant, que me reste-t-il ? Un adultère. Un boulot
à temps partiel au sein d'une banque britannique privée
où je me charge d'audits en vue d'acquisitions. Une
conscience entachée. Un homme jeune vit lui aussi avec
les erreurs de son passé, et le regret s'agrippe à moi
comme une sueur moite dont je ne parviens pas à me
dégager.

Surtout, il y a la paranoïa : la menace de la vengeance, de la revanche. Pour échapper à Katharine et à
la CIA, je n'ai pas ouvert de comptes en banque espagnols, pas de ligne de téléphone fixe à l'appartement,
j'utilise deux boîtes postales, je roule dans une voiture
immatriculée à Francfort, je conserve cinq adresses
e-mail, les horaires d'avion de toutes les compagnies au
départ de Madrid, les numéros des quatre cabines téléphoniques situées trente mètres plus haut dans ma rue et
une chambre meublée dans le village d'Alcalá de los
Gazules, à moins de quarante minutes en voiture du
bateau pour Tanger. J'ai changé d'appartement quatre
fois en cinq ans. Quand je vois l'appareil photo d'un touriste braqué sur moi, devant le Palacio Real, je redoute,
en réalité, d'être photographié par un agent du SIS. Et
quand cet aimable Ségovien vient dans mon appartement
tous les trois mois relever le compteur d'eau, je le suis à
deux mètres de distance, pas moins, pour m'assurer qu'il
ne dispose d'aucune occasion pour dissimuler un micro.
C'est une existence fatigante. Elle me consume.

Alors il y a l'alcool, beaucoup d'alcool. L'alcool pour
soulager la culpabilité, la picole pour adoucir la suspi-

cion. Madrid est faite pour les soirées prolongées, pour traîner dans les bars jusqu'aux petites heures du jour et, quatre matins sur cinq, je me réveille avec une gueule de bois, et là-dessus je bois de nouveau, pour me remettre. C'est l'alcool qui nous a réunis, Sofía et moi, l'année dernière, une longue soirée de *caipirinhas* dans un bar de la Calle Moratín, avant de nous retrouver au lit ensemble à 6 heures du matin. Le sexe, entre nous, est le même que chez tout le monde, juste rendu plus intense par ce frisson supplémentaire de l'adultère mais, au bout du compte, privé de sens par l'absence d'amour. En d'autres termes, notre liaison n'est pas comparable à celle que j'ai vécue avec Kate – et cela vaut sans doute mieux. Nous savons à quoi nous en tenir. Nous savons que l'un de nous deux est marié et que l'autre ne se confie jamais. Elle aura beau essayer, Sofía ne réussira jamais à me sortir de ma coquille. « Tu es fermé, Alec, me dit-elle. *Eres muy tuyo.* » Même un freudien amateur considérerait que, si je n'ai noué aucune relation sérieuse en huit ans, c'est que je me sens coupable de la mort de Kate. Nous sommes tous devenus des freudiens amateurs, de nos jours. Et il y a peut-être un peu de vrai là-dedans. La réalité est plus terre à terre. C'est simplement que je n'ai jamais rencontré quelqu'un à qui j'ai eu envie de révéler mes sordides petits secrets, jamais rencontré personne d'autre dont la vie vaille la peine d'être anéantie, au nom de ma sécurité et de ma tranquillité d'esprit.

Tout en bas, sur la place, un musicien des rues a entamé une reprise de *Roxanne* au sax alto, il n'a aucune oreille et joue assez fort pour m'obliger à fermer les portes du balcon et à allumer la télévision. Voilà ce qu'on me propose : une série brésilienne à l'eau de rose, doublée, avec dans le rôle principal une actrice entre deux âges au nez mal refait ; une conférence de presse avec le ministre de l'Intérieur, Félix Maldonado ; une version espagnole de *Trisha*, l'émission de la BBC, où un public de *madrileños* dignes de l'ère franquiste contemple, bouche bée, un quatuor de strip-teaseuses travesties alignées sur des tabourets sur une scène d'un orange éclatant ; une rediffusion sur Eurosport de la finale de Coupe du monde de football 1990, remportée par l'Allemagne ; Christina Aguilera racontant qu'elle respecte « vraiment, vraiment » une de ses collègues « en tant qu'artiste » et qu'elle « attend juste que le bon scénario se présente » ; un journaliste de CNN debout sur un balcon à Koweït City, qui parle avec condescendance des « Irakiens ordinaires » ; et BBC World, où le présentateur a l'air d'avoir vingt-cinq ans et ne loupe pas une ligne de son texte. Je m'arrête là-dessus, ne serait-ce que pour avoir un petit aperçu de ce cher et vieux pays, son ciel gris et son flegme imperturbable. En même temps, je démarre l'ordinateur portable et je relève quelques e-mails. Il y en a dix-sept en tout, répartis sur quatre comptes, mais deux seulement présentent un tant soit peu d'intérêt.

```
De : julianchurch@bankendiom.es
À : alecm@bankendiom.es

Objet : Visite basque

Cher Alec,
Re : Notre conversation de l'autre jour. S'il
est une situation qui incarne bien le caractère
étriqué et insignifiant du problème basque, c'est
la controverse qui entoure la pauvre Ainhoa Canta-
lapiedra, cette serveuse de pizzeria plutôt jolie
qui a gagné l'Operacíon Triunfo. Tu as regardé ? La
réponse de l'Espagne à la Star Academy. Ma femme et
moi, on était collés devant.
```

Tu le sais ou tu ne le sais peut-être pas, Miss Cantalapiedra est une Basque, ce qui a conduit à des accusations selon lesquelles le résultat aurait été truqué. Le (ex-)dirigeant de Batasuna a accusé le clan Aznar d'avoir manipulé le vote pour qu'une Basque représente l'Espagne au concours de l'Eurovision. Est-ce que tu as déjà entendu pareilles absurdités ? Il y a un papier qui n'est plutôt pas mal, là-dessus, dans El Mundo d'aujourd'hui.

À propos de Pays basque, serais-tu disponible pour aller à Saint-Sébastien en début de semaine prochaine rencontrer divers responsables, histoire d'évaluer un peu le climat des affaires dans la région ? Endiom a un nouveau client, basé en Espagne, qui étudie la viabilité d'une opération dans le secteur de l'automobile, mais plutôt précautionneux sur le plan politique.

Je t'expliquerai plus en détail quand je serai de retour ce WE.
Bien à toi
Julian

Je clique sur « Répondre » :

De : alecm@bankendiom.es
À : julianchurch@bankendiom.es

Objet : Re : Visite basque

Cher Julian,
Pas de problème. Je te passerai un coup de fil à ce sujet dans le courant du week-end. Maintenant je vais au cinéma, ensuite je sors dîner avec des amis.

Je n'ai pas regardé Operacíon Triunfo. Je préférerais encore cuisiner un dîner de cinq plats pour Oussama Ben Laden — avec vin à la clef. Mais ton e-mail m'a rappelé une histoire similaire, tout aussi ridicule, en ce qui concerne l'impasse entre Madrid et les séparatistes. Apparemment, il y a un ancien commandant de l'ETA qui croupit en prison et, histoire de tuer le temps, il s'est lancé dans une licence de psychologie. Ses résultats aux examens — et ceux de ses anciens camarades — sont très au-dessus de la moyenne, ce qui a poussé Aznar à laisser entendre qu'ils avaient triché ou que les examinateurs avaient trop peur pour leur accorder une note inférieure à 90 % du maximum possible.

Bien à toi
Alec

Le deuxième e-mail m'arrive par l'intermédiaire d'AOL.

De : sricken1789@hotmail.com
À : almmlalam@aol.com

Objet : J'arrive à Madrid

Salut
Comme prévu, Héloïse m'a mis à la porte de la maison. La maison que je payais. Logique ?

Donc j'ai réservé sur EasyJet pour vendredi. Mon vol atterrit à 17 h 15 à Madrid et je risque de devoir rester un petit moment dans les parages. J'espère que c'est bon. J'ai pris trois semaines de congé pour

me vider la tête. Je risque aussi de descendre à
Cadix pour passer un moment là-bas avec un copain.

Ne t'embête pas à venir me chercher, je prendrai
un taxi. Donne-moi juste ton adresse. (Et évite-moi
tout ton merdier avec tes sept adresses e-mail dif-
férentes/tes boîtes mortes/est-ce que cette ligne
est sûre?/et autres signaux de fumée.) Clique juste
sur « Répondre » et dis-moi où tu crèches. PERSONNE
NE TE SURVEILLE, ALEC. Tu n'es pas Kim Philby.

En tout cas, j'ai vraiment hâte de te voir.
Saul

Donc, finalement, il vient. Le gardien des secrets.
Après ces six années, mon plus vieil ami est en route
pour l'Espagne. Saul, qui a épousé une fille en la connais-
sant à peine, il y a tout juste deux étés, et qui se retrouve
déjà au bord du divorce. Saul, qui détient une déclaration rédigée sous serment reprenant dans le détail mes
liens avec le MI5 et le SIS, à transmettre à la presse en
cas d'« accident ». Saul, qui était tellement en colère
contre moi à la suite de ce qui s'est passé que nous ne
nous sommes plus reparlé pendant trois ans et demi.
    On frappe à la porte, un petit coup rapide et feutré.
J'éteins la télévision, je ferme l'ordinateur, je vérifie en
vitesse mon reflet dans le miroir et je traverse la chambre.
    Sofía porte ses cheveux relevés et elle a un regard
entendu, un peu narquois. Elle jette un coup d'œil par-
dessus mon épaule, et on perçoit chez elle un petit air
malicieux.
    « Hola », fait-elle en m'effleurant la joue. Elle a le
bout des doigts doux et froid. Elle a dû repasser chez
elle après le bureau, prendre une douche et se changer
pour enfiler une tenue toute propre : un jean, car elle

sait que j'aime bien, un pull à col roulé noir, des chaussures à talons de cinq centimètres. Elle tient dans la main gauche un long manteau d'hiver et je m'enivre de son odeur quand elle passe devant moi.

– Quelle chambre ! s'exclame-t-elle en lâchant le manteau sur le lit avant de se rendre au balcon. Quelle vue !

Elle se retourne et se dirige vers la salle de bains, elle reconnaît le territoire, prend dans sa main les flacons de gel douche et les minuscules morceaux de savon qui jonchent le lavabo. J'arrive dans son dos et je l'embrasse dans la nuque. Nous voyons notre reflet à tous deux dans le miroir, ses yeux regardent les miens, ma main lui encercle la taille.

– Tu es superbe, lui dis-je.

– Toi aussi.

Je trouve que ces premiers instants de griserie résument assez bien les choses : contact des épidermes, réactions. Elle ferme les yeux et se retourne, son corps contre le mien, en m'embrassant, mais rompt l'étreinte tout aussi vite. Elle regagne la chambre et promène le regard sur le lit, les fauteuils, les fausses gravures de Picasso sur le mur, et quelque chose, dans le coin de la pièce, a l'air de la chiffonner.

– Pourquoi tu as apporté une valise ?

Le porteur l'avait posée près de la fenêtre, à moitié cachée par les rideaux, appuyée contre le mur.

– Oh, ça ! Elle est remplie de vieux journaux, c'est tout.

– Des journaux ?

– Je ne voulais pas que la réceptionniste s'imagine que nous louions la chambre à l'heure. Alors j'ai apporté des bagages. Pour donner aux choses une apparence de normalité.

Le visage de Sofía me paraît la consternation incarnée. Elle est mariée à un Anglais, et pourtant, nos manières d'être continuent de la déconcerter.

– C'est charmant, fait-elle en secouant la tête, tellement british, et si poli. Tu es toujours plein d'égards, Alec. Tu penses tout le temps aux autres.

– Et toi, cela ne t'a pas mise mal à l'aise ? Tu ne t'es pas sentie bizarre en traversant le hall de la réception ?

La question lui semble visiblement absurde.

– Bien sûr que non. Je me sentais merveilleusement bien.

– *Vale.*

Dehors, dans le couloir, un homme hurle « *Alejandro ! Ven !* » alors que Sofía commence à se déshabiller. Elle quitte ses chaussures et vient vers moi pieds nus, elle laisse tomber son pull à terre et elle n'a rien d'autre dessous que le paradis sombre et frais de sa peau. Elle se met à déboutonner ma chemise.

– Alors peut-être que tu as réservé la chambre sous un faux nom. Et peut-être que mon oncle occupe la chambre d'à côté. Et peut-être que quelqu'un me verra quand je traverserai la réception, à 3 heures du matin, cette nuit. Et peut-être que je m'en moque. (Elle se détache les cheveux, les laisse retomber librement, et elle chuchote :) Relax, Alec. *Tranquilo.* Personne ne se soucie de toi, personne au monde. Personne ne se soucie de nous. Du tout.

3. Taxi Driver

L'avion de Saul atterrit à 17 h 55 le vendredi suivant. Il m'appelle depuis la zone de pré-douane avec son téléphone portable, sur un réseau local : il n'y a pas de préfixe international à l'écran, rien qu'un numéro à neuf chiffres, qui commence par 625.

— Salut, mon vieux. C'est moi.

— Comment ça va ?

— L'avion avait du retard.

— C'est normal.

La ligne est claire, sans écho, même si je peux entendre le raclement du carrousel à bagages qui boucle son circuit, à l'arrière-plan.

— Nos valises sont en train de sortir, là, tout de suite, me dit-il. Ça ne devrait plus tarder. C'est facile de trouver un taxi ?

— Bien sûr. Tu dis juste « Calle Princesa », comme dans « lait caillé », puis « Numéro Dié-si-séïs ». Ça veut dire seize.

— Je sais ce que ça veut dire. J'ai passé l'épreuve d'espagnol au brevet.

— Tu as eu un D.

— Ça me coûte combien d'arriver jusqu'à ton appart ?

– Tu ne devrais pas dépasser trente euros. Si c'est plus, je descends dans la rue et je prie le chauffeur d'aller se faire foutre. Comporte-toi comme si tu habitais par ici et il ne t'arnaquera pas.

– Super.

– Hé, Saul ?

– Oui ?

– Comment ça se fait que tu aies un mobile espagnol ? Qu'est-ce qui est arrivé à ton portable normal ?

Ma paranoïa a atteint un degré tel que j'ai passé trois jours à me demander s'il n'avait pas été envoyé ici par le MI5. Si John Lithiby et Michael Hawkes, les contrôleurs de mon ancienne vie, ne l'ont pas équipé de micros et chargé d'intentions destructrices. L'ai-je senti hésiter sur sa réponse ?

– Pour remarquer ça, je te fais confiance. Espèce de Philip Marlowe. Écoute, un de mes copains a vécu à Barcelone. Il avait une vieille carte SIM espagnole qu'il n'utilisait plus. Il y a soixante euros de crédit dessus et je la lui ai rachetée pour dix. Alors relax, Max. Je serai là dans environ une heure.

Un début de mauvais augure. La ligne coupe et je reste planté au milieu de mon appartement, je respire trop vite, j'ai les nerfs à cran. *Relax, Alec. Tranquilo.* Saul n'a pas été envoyé par le Cinq. Ton ami est sur le point de divorcer. Il avait besoin de se sortir de Londres, et il lui fallait quelqu'un à qui parler. Il a été trahi par la femme qu'il aime. Il est parti pour perdre sa maison et la moitié de ce qu'il possède. Dans les moments de crise, nous nous tournons vers nos plus vieux amis et, en dépit de tout ce qui a pu se produire, Saul s'est tourné vers toi. C'est assez révélateur. C'est révélateur de la chance qui t'est offerte de lui rendre tout ce qu'il a fait pour toi.

Dix minutes plus tard, Sofía m'appelle et me chuchote de doux petits riens au téléphone, et elle me dit combien elle a aimé notre nuit à l'hôtel, mais je ne parviens pas à me concentrer sur la conversation et j'invoque un prétexte pour abréger. Je n'ai jamais reçu personne dans cet appartement, et j'inspecte la chambre de Saul une dernière fois : il y a une savonnette dans la salle de bains réservée aux amis, une serviette propre sur le porte-serviettes, de l'eau en bouteille s'il lui en faut, des magazines à côté du lit. Saul aime bien lire des bandes dessinées et des romans noirs, des thrillers d'Elmore Leonard et des BD japonaises, mais je n'ai que des biographies de barbouzes – Philby, Tomlinson – et un guide *Time Out* de Madrid. Enfin, ça pourrait toujours lui plaire, et je les dispose en une petite pile bien rangée, à même le sol.

Un verre, maintenant. Une vodka tonic, remplie à ras bord. Il est vidé dans les trois minutes, donc je m'en sers un autre et, à 7 h 30, il n'en reste à peu près que de la glace. Comment dois-je m'y prendre ? Comment dois-je accueillir un ami dont j'ai mis la vie en danger ? Le MI5 s'est servi de Saul pour atteindre Katharine et Fortner. Tous les quatre, nous allions au cinéma ensemble. Saul leur préparait à dîner, dans son appartement. Lors d'une réception dans le milieu du pétrole, à Piccadilly, il a facilité notre première rencontre à son insu. Et le tout sans avoir la moindre idée de ce qu'il faisait. Tout bonnement un type honnête, ordinaire, qui trempe dans une histoire catastrophique, une opération finalement bâclée, qui coûte à des gens leur carrière et leur vie. Je me compose quel genre de visage pour l'accueillir, étant donné qu'il a conscience de tout cela ?

4. Le gardien des secrets

Au début, ce ne sont que silences tendus et menus propos. Il n'y a pas de grand discours de retrouvailles, pas d'embrassade, pas de poignée de main. Je descends le chercher à son taxi et nous entrons dans la cabine d'ascenseur étroite et exiguë de mon immeuble. Et Saul me fait « Alors, c'est ici que tu habites ? » et je lui réponds « Ouais », et ensuite nous n'échangeons plus un mot sur trois étages. Une fois à l'intérieur, c'est une vingtaine de minutes de « Bel endroit, mon vieux – Puis-je t'offrir une tasse de thé ? – C'est vraiment sympa de ta part de m'héberger, Alec », et ensuite il s'assied là, mal à l'aise, dans le canapé, comme un acheteur potentiel venu faire un saut pour visiter l'appartement. J'ai envie d'arracher tout ce décorum et de dissiper cette angoisse, de lui dire, là, en face, combien je suis désolé pour la souffrance que je lui ai causée, mais nous devons d'abord nous plier au rituel des politesses à la britannique.

– Tu as pas mal de DVD.

– Ouais. La télé espagnole, ça craint, et je n'ai pas le satellite.

Je suis stupéfait du poids qu'il a pris, de toute cette graisse bouffie qu'il a accumulée autour du cou et sur le ventre. Il a l'air usé, ce n'est guère l'homme dont je gardais le souvenir. À vingt-cinq ans, Saul Ricken était mince et plein de vitalité, l'ami que tout le monde avait envie d'avoir. Il possédait un compte en banque assez garni pour lui permettre d'écrire et de voyager, et un assortiment de petites amies superbes, de quoi susciter des jalousies. Il avait un avenir où tout semblait possible. Et ensuite, que lui était-il arrivé ? Son épouse adultère, une Française ? Son meilleur ami ? Ce qui lui était arrivé ne portait-il pas le nom d'Alec Milius ? L'homme qui est en face de moi est un cas d'école de « burn-out », de crise d'épuisement à la cinquantaine précoce et d'excès de graisse. Et cela me fait honte qu'il subsiste encore dans ma nature une part mauvaise, animée d'un esprit de rivalité, et qui s'en félicite. Saul est en profonde difficulté et, de nous deux, je ne suis visiblement pas le seul à dépérir.

— Tu as déjà reçu quelqu'un ici ? me demande-t-il.

— Pas ici. Quand maman est venue, elle est allée ailleurs. Un appartement que je louais à Chamberí. Il y a de cela environ trois ans.

— Elle est au courant de tout ?

Entre nous, c'est le premier instant de franchise, un aveu de notre noir secret. Quand il pose sa question, Saul regarde par terre.

Et je lui réponds :

— Elle ne sait rien.

— D'accord.

Là, je devrais peut-être céder encore un peu plus de terrain, essayer de me montrer un peu plus communicatif.

— C'est juste que je n'ai pas eu le cran, tu vois ? Je ne voulais pas lui crever sa bulle. Elle croit encore que son fils est une réussite, un miracle démographique qui gagne quatre-vingts plaques par an. Je ne suis même pas certain qu'elle comprenne.

Saul hoche la tête, lentement.

– Non, dit-il. C'est comme d'avoir une conversation sur la drogue avec ses parents. Tu leur annonces que tu prends de l'ecstasy et tu te figures qu'ils comprennent ce que tu ressens. Tu t'imagines que ça va les captiver d'apprendre qu'on s'aspire régulièrement des lignes de coke dans les toilettes de tous les restos pour jeunes créateurs de Londres. Tu te figures que soulever la question du hasch qui se fume à l'université, d'une manière ou d'une autre, ça va vous rapprocher. Mais la vérité, c'est qu'ils ne pigeront jamais. Dans le fond, aux yeux de tes parents, tu restes toujours un enfant. Si tu racontes à ta maman que tu travaillais pour le MI5 et le MI6 et que, conséquence directe, Kate et Will se sont fait assassiner, elle ne prendra pas si bien la chose.

De l'entendre parler de la mort de Kate comme cela, il y a de quoi être soufflé. J'aurais cru, je ne sais trop pourquoi, que Saul m'aurait fichu la paix sur ce sujet. Mais ce n'est pas son style. Il est direct et sans ambiguïté et, si vous êtes coupable de quelque chose, il vous mettra au pied du mur. Un épouvantable frisson de culpabilité, la fièvre, me parcourt alors que nous sommes assis l'un en face de l'autre, chacun à un bout de la pièce. Saul me regarde avec une terrible indifférence qui me relègue et m'isole. Je ne saurais dire s'il est bouleversé ou s'il se contente d'exposer les faits. Il n'y avait aucune nuance de colère dans sa manière d'aborder le sujet, j'en suis convaincu. Peut-être tient-il simplement à me faire savoir qu'il n'a pas oublié.

– Tu as raison, voilà ce que je parviens à lui répondre. Bien sûr, tu as raison.

Et maintenant, il se lève, ouvre la fenêtre et sort sur l'étroit balcon qui donne sur Princesa. Il jette un œil en bas dans la rue, où une circulation chargée défile derrière un alignement de platanes mouchetés, et il hurle :

« C'est bruyant ici », puis il paraît s'assombrir. À quoi songe-t-il ? Les traits de son visage ont été à ce point altérés par l'âge que je suis même incapable de saisir son humeur.

— Pourquoi tu ne rentres pas à l'intérieur prendre un verre, je ne sais pas, moi ? je lui propose. Tu veux peut-être prendre un bain ?

— Peut-être.

— Il n'y a pas beaucoup d'eau chaude. Les Espagnols préfèrent la douche. Mais ensuite nous pourrions sortir dîner. Ça me donnera l'occasion de te montrer le quartier.

— Parfait.

Encore un silence. Cherche-t-il une dispute ? Et veut-il que cette dispute ait lieu, là, tout de suite ?

— Tu as eu des embêtements avec la douane ? je lui demande.

— Que veux-tu dire ?

— En quittant l'Angleterre. Ils ont fouillé ton sac ?

Au cas où John Lithiby aurait voulu savoir si Saul m'apportait quelque chose, n'importe quoi, il aurait alerté les Douanes, à Luton, et il leur aurait donné pour instruction de fouiller son bagage.

— Évidemment non. Pourquoi m'auraient-ils fouillé ?

Il referme les portes du balcon, étouffant le bruit de la circulation, et se dirige à grands pas vers la cuisine. Je le suis et j'essaie de prendre un air détendu, de masquer ma paranoïa sous une voix paisible, enjouée :

— C'est une simple possibilité. Si les flics veulent contrôler les affaires de quelqu'un sans éveiller de soupçons, ils retiennent tous les passagers, ils inspectent le contenu de tous les bagages ; le cas échéant, ils placent un inspecteur en civil dans la file, qui va propager la rumeur d'une saisie de drogue ou d'une menace à la bombe...

– De quoi tu parles, là, bordel ? Je suis allé voir les disques chez HMV et je suis allé m'asseoir au Costa Coffee. On m'a servi un café crème hors de prix et j'ai failli louper mon avion.

– D'accord.

Encore un silence. Saul a trouvé le chemin de ma chambre et il examine les photographies encadrées au mur. Il y en a une de maman et papa ensemble, en 1982, et un cliché de Saul adolescent, avec ses cheveux qui rebiquent. Celle-ci, il la fixe un long moment, mais sans commenter. Il pense sans doute que je l'ai accrochée là ce matin, rien que pour qu'il se sente bien.

– Je vais te raconter un truc, ça concerne l'aéroport de Luton, finit-il par parler. Ann Summers. La lingerie sexe. Tu n'aimes pas ? Rien que le raisonnement qui a pu les pousser à ouvrir une boutique de lingerie dans la zone d'embarquement... Des couples qui partent en vacances, qui n'ont sans doute plus fait l'amour depuis 1996, et voilà, il y en a toujours un au moins pour repérer un porte-jarretelles noir en vitrine. La boutique était bondée. Tous ces pères de famille nombreuse qui tendaient des liasses de cash pour un body en dentelle et une paire de menottes en gélatine. Ce serait comme annoncer que tu pars baiser sur la Costa del Sol. À ce compte-là, autant diffuser la nouvelle par haut-parleur.

Tirant profit de son humeur plus légère, je vais lui chercher une bouteille de Mahou dans le frigo et je commence à croire que tout va bien se passer. Nous décidons de marcher jusqu'à la station de métro Bilbao, pour aller jouer aux échecs au Café Comercial, et il prend une douche après avoir défait sa valise. Je remarque qu'il a apporté un ordinateur portable, mais je suppose que c'est à cause de son travail. En attendant, je lave quelques mugs dans la cuisine et j'envoie ensuite un texto à Sofía sur la ligne de son bureau.

Ai ami d'Angleterre à la maison. Te rappelle
après le week-end. On s'entend sur l'hôtel...

Une minute plus tard, elle répond :

Un ami ? Je ne pensais pas qu'alec milius avait
des amis...

Je ne prends pas la peine de répondre. À 8 h 30,
Saul émerge dans la salle de séjour, vêtu d'un long man-
teau, chaussé d'une paire de souliers sans lacets, des
Campers de couleur sombre.
— On est partis ? me demande-t-il.
— On est partis.

5. Ruy Lopez

Le Café Comercial se situe tout en bas de Glorieta de Bilbao, au carrefour de plusieurs grandes artères – Carranza, Fuencarral, Luchana – qui convergent vers un rond-point dominé par une fontaine éclairée de projecteurs. La lecture des guides vous apprend que ce café était l'un des repaires favoris des poètes, des révolutionnaires, des étudiants et des dissidents de tout poil pendant presque un siècle, même si, par une banale soirée de l'année 2003, l'endroit peut aussi se flatter de recevoir son lot de touristes, de fonctionnaires et d'hommes d'affaires agrippés à leur portable. Saul me précède et franchit la lourde porte à tambour, puis il lance un regard sur sa droite, vers un bar surpeuplé où des *madrileños* avec des poches sous les yeux avalent leur café et boulottent des tortillas réchauffées au micro-ondes. Je lui fais signe de continuer vers la salle principale où les serveurs en veste blanche du Comercial, réputés pour leur caractère bougon, s'activent d'une table à l'autre. Pour la première fois, il m'a l'air impressionné par ce qui l'entoure, opinant avec un œil approbateur devant les hautes colonnes de marbre et les miroirs en verre fumé, et il me vient à l'esprit que cet endroit correspond parfaitement à l'idée qu'un visiteur étranger doit se faire d'une existence d'homme cultivé à l'européenne : le beau monde citadin dans toute sa splendeur.

Tous les mardis et jeudis soir, l'étage supérieur du Comercial tient lieu de club à une assemblée éclectique de riverains amoureux des échecs. Des hommes d'à peu près toutes les tranches d'âge, de vingt-cinq à soixante-dix ans, se réunissent dans la salle en L au-dessus du café proprement dit, encombrée de tables et de banquettes en cuir vert. À l'occasion, mais c'est rare, une femme va jeter un œil sur ce qui se passe, mais depuis quatre ans que je viens ici deux fois par semaine, je n'en ai jamais remarqué une seule qui ait pris part au jeu. Ce peut être du sexisme – Dieu sait s'il s'agit d'une particularité courante, dans l'Espagne du XXIe siècle –, mais je préfère croire que c'est simplement une question de choix : pendant que les hommes se mesurent aux échecs, les tables voisines seront occupées par des groupes de femmes d'âge mûr qui bavardent, davantage friandes de ces arts ludiques plus calmes que sont les cartes ou les dominos.

Fréquenter ces lieux de façon régulière, c'était une prise de risque, mais les parties d'échecs au Comercial sont un luxe que je n'entends pas me refuser. Ce sont trois heures de charme issu du vieux monde, de bienséance, que ne viennent interrompre ni le regret ni la solitude. Je connais la plupart de ces messieurs de nom, et il n'est pas une soirée où ils ne donnent pas l'impression d'être ravis de me voir, de m'accueillir dans leur existence et leur amitié, le jeu servant de pur et simple instrument pour un rituel de camaraderie plus essentiel. Pourtant, à l'époque, en 1999, je m'étais présenté au secrétaire de l'aimable société sous un faux nom, aussi me faut-il arrêter Saul dans l'escalier et lui expliquer pourquoi il ne peut pas m'appeler Alec.

– Je te demande pardon ?

– Tous les types d'ici me connaissent sous le nom de Patrick.

– Patrick.

– Simple mesure de précaution.

Saul secoue la tête, avec une lenteur amusée et un brin perplexe, se retourne et monte les quelques marches restantes. On entend déjà claquer et crépiter en rafale les dominos, et les tapes rapides sur les horloges. Par l'embrasure de la porte, au bout du palier, j'aperçois Ramón et deux autres joueurs plus jeunes qui se montrent de temps à autre au club. Comme s'il sentait ma présence, Ramón quitte sa partie des yeux, lève la main et me sourit à travers une légère brume de fumée de cigarette. Je vais chercher un échiquier, une horloge, des pièces, et nous nous installons dans le fond de la salle, un peu à l'écart du cœur de l'action. Si Saul veut parler de son mariage, ou si j'estime que le moment est approprié pour discuter de ce qui est arrivé à Kate, je n'ai aucune envie qu'un des joueurs écoute notre conversation. Il y en a un ou deux parmi eux qui parlent un meilleur anglais qu'ils ne le laissent entendre, et le ragot est un genre d'activité que je ne peux guère me permettre.

– Tu viens souvent ici ? me demande-t-il en allumant une autre Camel Light.

– Deux fois par semaine.

– Ce n'est pas un peu une mauvaise idée, ça ?

– Je ne te suis pas.

– Du point de vue des barbouzes, dit Saul, soufflant de la fumée qui ricoche et éclate à la surface de l'échiquier. Je veux dire, ce n'est pas le genre de choses qu'ils surveillent ? Ton profil ? Ils ne vont pas finir par te trouver si tu continues de venir ici ?

– C'est un risque.

C'est ma réponse, mais la question m'a ébranlé. Comment Saul connaît-il un terme de métier comme

« profil » ? Pourquoi n'a-t-il pas parlé d'« emploi du temps » ou d'« habitudes » ?

— Mais tu ouvres l'œil sur les nouveaux visages ? poursuit-il. Tu fais en sorte de rester profil bas ?

— Quelque chose dans ce goût-là.

— Et c'est pareil dans ta vie de tous les jours ? Tu ne te fies jamais à personne ? Tu t'imagines que la mort est tapie à tous les coins de rue ?

— Eh bien, c'est une manière un peu mélodramatique de présenter la question, mais oui, je surveille mes arrières.

Il achève de disposer les pièces blanches et, tandis que je place les noires, ma main tremble légèrement. Là encore, je sens poindre l'idée absurde que mon ami a été retourné, que la rupture de son mariage avec Héloïse n'est qu'une fiction destinée à gagner ma sympathie et que Saul est venu ici sur l'ordre de Lithiby ou de Fortner pour accomplir une terrible vengeance.

— Et du côté des filles ? me demande-t-il.

— Oui, quoi, les filles ?

— Eh bien, tu as quelqu'un ?

— Je me débrouille.

— Mais comment peux-tu fréquenter une nana si tu ne te fies pas à elle ? Que se passe-t-il si une belle fille s'approche de toi dans une boîte et te propose de rentrer ensemble, elle et toi ? Tu penses à Katharine ? Te sens-tu obligé de repousser la fille, au cas où elle risquerait de travailler pour la CIA ?

Là, Saul est à deux doigts du sarcasme. Je règle l'horloge sur une partie de dix minutes et, d'un signe de tête, je l'invite à commencer.

— Il y a une règle de base, et elle s'applique à toute personne avec qui j'entre en contact, lui dis-je. Si un inconnu se dirige vers moi sans y avoir été convié, quelles que soient les circonstances, je le considère comme une menace et je le tiens à distance. Mais si, dans une situation normale de rencontre, ou de flirt, ou n'importe quoi d'autre, je me retrouve à bavarder avec quelqu'un que j'apprécie, eh bien, pas de problème. Rien ne nous empêche de devenir amis.

Saul pousse un pion en e4, et frappe sur l'horloge. Je joue e5 et nous entrons aussitôt dans une Partie espagnole.

— Alors, tu as beaucoup d'amis ici ?

— Plus que je n'en avais à Londres.

— Qui, par exemple ?

Cette question est-elle pour Lithiby ? C'est pour découvrir cela que l'on m'a envoyé Saul ?

— Pourquoi me poses-tu tant de questions ?

— Mais enfin, zut !

Il me considère avec une expression subite de désespoir en se redressant contre le dossier de son siège.

— J'essaie simplement de comprendre qui tu es. Tu es mon plus vieil ami. Tu n'es pas obligé de me répondre si tu n'en as pas envie. Tu n'es pas obligé de me faire confiance.

À ce dernier mot, on le sent sincèrement peiné, avec même une pointe de dégoût. Confiance. Qu'est-ce que je fabrique ? Comment puis-je soupçonner Saul d'avoir été envoyé ici pour me nuire ?

— Je suis désolé, lui dis-je, je suis désolé. Écoute, je n'ai tout simplement pas l'habitude de ce genre de conversation. Je ne suis pas habitué à ce que les gens s'approchent d'un peu trop près. Je me suis édifié tellement de murs, tu comprends ?

— Bien sûr.

Il me prend mon cavalier en c6 et me dédommage d'un sourire compréhensif.

— La vérité, c'est que j'ai des amis. Et même une amie. Le début de la trentaine. Espagnole. Très brillante, très sexy. (Vu les circonstances, il serait peu diplomate de préciser à Saul que Sofía est mariée.) Mais moi, cela me suffit. Je n'ai jamais eu besoin de beaucoup plus.

— Non, admet-il, comme chagriné.

Avec mon pion en h6, il joue son fou en b2 et je réplique par un petit roque. Lorsque j'enfonce le bouton de l'horloge, elle se coince un peu, et nous surveillons tous deux que le petit minuteur rouge tourne bien.

— Et côté travail ? s'enquiert-il.

— C'est tout aussi solitaire.

Ces deux dernières années, j'ai été employé par Endiom, une petite banque privée anglaise qui a des bureaux à Madrid, où je m'occupe d'audits relativement basiques, préalables à d'éventuelles acquisitions, en m'efforçant d'étoffer le portefeuille de l'établissement en leur apportant des clients expatriés en Espagne. La banque offre aussi des services de planification fiscale et de conseil en investissement aux nombreux Russes qui se sont installés sur la côte sud. Mon patron, ancien élève d'un collège privé, un individu assez prétentieux du nom de Julian Church, m'a embauché après m'avoir entendu parler russe à un serveur dans un restaurant de Chueca. Saul est au courant de presque tout cela, à travers nos échanges d'e-mails et nos conversations téléphoniques, mais il ne connaît pas grand-chose en matière d'institutions financières, et cela ne l'intéresse guère d'en savoir davantage.

— Tu m'as expliqué que tu te déplaçais pas mal, au volant de ta voiture, que tu allais racoler des clients jusqu'à Marbella...

— C'est à peu près ça. C'est très orienté relationnel.

— Et à temps partiel ?

— Peut-être dix jours par mois, mais je suis très bien payé.

Plus les gens vieillissent, plus ils ont tendance à manifester une indifférence presque totale à la carrière de leurs amis, et Saul n'a pas l'air de porter une grande attention à mes réponses. Voilà quelques années, il aurait voulu tout savoir de ce poste à la banque : la voiture, le salaire, les perspectives de promotion. Maintenant, entre nous, tout esprit de compétition semble s'être évaporé. Il se préoccupe plus de notre partie d'échecs. En écrasant sa cigarette, il fait glisser un pion en c4 et opine à ce mouvement, en signe d'approbation, en marmonnant « on y vient, on y vient » entre ses dents. L'ouverture s'est jouée en vitesse et il semble détenir maintenant un léger avantage : le centre est pris en tenaille par les blancs, et je ne peux pas tenter grand-chose, excepté défendre en profondeur et attendre l'assaut.

– J'accepte volontiers de te prendre ceci, fait-il en s'emparant d'un de mes pions, et c'est bientôt tout un lacis menaçant qui s'édifie contre mon roi.

L'horloge recommence à se bloquer et j'en profite pour m'accorder une pause.

– Qu'est-ce que tu fabriques ? me demande-t-il en regardant ma main posée sur l'horloge, comme si elle était gagnée par la lèpre.

– Il me faudrait un verre, c'est tout, lui dis-je en équilibrant les deux boutons du minuteur de manière à arrêter le mécanisme. Ici, en haut, il n'y a jamais de serveur quand on en a besoin.

– Terminons juste la partie...

– ... deux minutes.

Je me retourne sur ma chaise et je remarque Felipe, qui sert une table de joueurs. Derrière moi, le briquet de Saul cliquette, il allume encore une cigarette et recrache sa première bouffée avec une expression maussade, dépitée.

– C'est tout le temps comme ça avec toi, mon vieux, grommelle-t-il. Tout le temps...

– Minute, minute...

Felipe croise mon regard et s'approche sans se presser, avec un plateau rempli de tasses de café et de verres vides. « *Hola*, Patrick », s'écrie-t-il en me flanquant une tape dans le dos. Saul renifle. Je lui commande une bière et un vermouth rouge pour moi, et ensuite nous recalons l'horloge.

– Tout va bien maintenant ?

– Tout est parfait.

Mais évidemment, rien n'est parfait. Ma position sur l'échiquier est à peu près sans espoir, une phalange de tours, de fous et de pions fondent sur mes défenses. Je déteste perdre la première partie. C'est la seule qui importe vraiment. L'espace d'un instant, j'envisage de bouger l'une de mes pièces en profitant de ce que Saul ne regarde pas, mais je n'ai aucun moyen de jouer à ça sans risquer de me faire prendre. En outre, le temps où je savais le berner est censément révolu. De nous deux, c'est lui qui a toujours été le meilleur joueur. Laissons-le gagner.

– Tu abandonnes ?

– Ouais, lui dis-je en couchant mon roi. Cela ne me paraît pas fameux. Tu t'en es bien sorti. Tu as beaucoup joué ?

– Mais au temps, tu aurais pu gagner, nuance-t-il en désignant l'horloge. Tout est là. C'est un jeu de rapidité.

– Nan. Tu l'as mérité.

Saul semble déconcerté et il esquisse une série de regards sévères, le sourcil de travers.

– Cela ne te ressemble pas, lâche-t-il. Je ne t'ai jamais connu résigné. Peut-être as-tu bel et bien changé, en effet, Patrick, ajoute-t-il ensuite, à moitié sérieux. Peut-être t'es-tu amélioré.

6. La défense

Ces dernières années, chaque fois que j'ai pensé à Saul, l'épisode a toujours débuté par la même image mentale : un souvenir précis de son visage lorsque je lui ai avoué toute l'ampleur de mon travail pour le compte du MI5. C'était le matin d'un jour d'été, dans les Cornouailles, la mort de Kate et Will remontait à moins de douze heures, et Saul buvait un café dans un mug bleu ébréché. En lui racontant cela, je mettais sa vie en danger afin de protéger la mienne. C'était aussi simple que ça : mon ami le plus proche devenait le gardien de tout ce qui était arrivé et, du coup, les Américains ne pourraient pas m'atteindre. À ce jour, je ne sais pas ce qu'il a fait des disques durs que je lui ai confiés, contenant les listes de noms et les numéros de mes contacts, les données sur le pétrole de la Caspienne et la déclaration sur l'honneur exposant dans les détails mon rôle dans cette supercherie visant Katharine et Fortner. Il n'est pas non plus impossible qu'il les ait détruits. Il a pu les remettre tout de suite à Lithiby ou à Hawkes, avant d'ourdir un complot pour me détruire. Quant à Kate, le chagrin ne s'est pas véritablement installé avant plusieurs jours, mais après, il m'a suivi sans relâche, à Paris et à Saint-Pétersbourg, depuis l'appartement de Milan jusqu'à mes premières années à Madrid. La perte du premier amour. La culpabilité, à cause de mon rôle dans sa mort. C'était la dure réalité que je ne parvenais jamais à esquiver. Kate et Will étaient les fantômes qui me rattachaient à un passé corrompu.

Mais je me souviens du visage de Saul à cet instant. Calme, attentif et de plus en plus atterré. Un jeune homme intègre, un être qui savait ce qu'il voulait et qui cernait les limites de la moralité d'un ami. J'étais sans doute naïf de m'attendre à ce qu'il me soutienne, mais enfin, les espions ont cette tendance à surestimer leurs capacités de persuasion. Au lieu de quoi, m'ayant offert son soutien de façon tacite, il est sorti s'accorder une longue marche, pendant que je chargeais la voiture avant de partir pour Londres. D'ici à ce qu'il me contacte de nouveau, il s'est écoulé presque quatre ans.

— Alors, Londres te manque ? me demande-t-il en enfilant son manteau, tandis que nous repartons pour un tour de porte à tambour.

Une fois dehors, nous prenons vers le sud, jusqu'au bout de la Calle Fuencarral. On approche de dix heures, et il est temps de trouver un endroit où dîner.

— Sans arrêt, lui ai-je répondu, et le mot est faible. J'ai fini par aimer Madrid, par me sentir chez moi dans cette ville, mais l'Angleterre m'obsède constamment, et c'est un déchirement.

— Qu'est-ce qui te manque le plus ?

Je me fais l'effet du personnage de Guy Burgess interviewé dans le film *Another Country*. Que raconte-t-il à ce journaliste ? *Le cricket me manque.*

— Tout. Le climat. Maman. Prendre une pinte avec toi. Ce qui me manque, c'est de ne pas avoir le droit d'y être. Me sentir en sécurité me manque. J'ai le sentiment de vivre ma vie avec le frein à main serré.

Saul racle ses souliers sur le trottoir, comme pour repousser ce sentiment-là. Deux hommes marchent devant nous, main dans la main, et nous les contournons. Il devient difficile d'avancer. Je connais un bon restaurant de poissons à moins de trois rues d'ici – le Ribeira do Miño –, une *marisquería* pas chère et très authentique où le patron me tapera dans le dos et me permettra de faire bonne figure devant Saul. Je suggère d'aller dîner là-bas, et de nous échapper de la foule. Quelques minutes à peine, et nous empruntons la Calle de Santa Brígida avant de nous installer à une table, dans le fond du restaurant. Je choisis un siège faisant face à la salle, comme toujours, afin de garder un œil sur ce qui entre et sort.

– Ils te connaissent ici ? reprend-il en allumant une cigarette.

À notre arrivée, le patron n'était pas visible, mais l'un des serveurs m'a reconnu et il me salue d'un signe de tête acrobatique.

– Un peu, lui dis-je.

– Ça s'anime.

– C'est le week-end.

Il pose sa cigarette dans un cendrier, déplie sa serviette sur son assiette et prend un morceau de pain dans une corbeille posée sur la table. Des miettes tombent sur la nappe, il le trempe dans un petit bol en métal rempli d'une mayonnaise industrielle. Toutes les tables sont prises d'assaut et un couple âgé, qui s'est assis juste à côté de nous, s'attaque à un plateau de crabe. De temps en temps, le mari, qui a le visage ridé et le cheveu peigné avec précision, fend une pince costaude et en suce bruyamment la chair avant de s'attaquer à la carapace. Il règne un parfum d'ail et de poisson, et j'ai l'impression que Saul apprécie l'endroit. Il consulte son menu, commande une bouteille de vin de la maison et se met en condition pour entamer une conversation sérieuse.

— Dans la rue, quand tu disais que cela te manquait de ne pas être autorisé à rentrer, qu'entendais-tu par là ?

— Ce que je t'ai dit, rien de plus. Il ne m'est pas possible de retourner en Angleterre. Je ne serais pas en sécurité.

— D'après qui ?

— D'après le gouvernement britannique.

— Tu veux dire que tu as été menacé d'arrestation ?

— C'était formulé en des termes plus elliptiques.

— Mais ils t'ont retiré ton passeport ?

— J'ai plusieurs passeports.

La majorité des *madrileños* ne parle pas l'anglais, donc je ne me soucie pas trop du couple à côté de nous, qui semble absorbé dans une conversation animée où il est question de leurs petits-enfants. Mais je répugne par nature à discuter de ma fâcheuse situation, en particulier dans un endroit si public. Saul déchiquette un autre morceau de pain et tire sur sa cigarette.

— Alors, quel est le problème, au juste ?

Décidément, il n'est pas impossible qu'il cherche la bagarre.

— Le problème ?

Le serveur est de retour. Il pose sans ménagement une bouteille de vin blanc sans étiquette, nous demande si nous sommes prêts à passer commande, puis tourne les talons dès que nous lui réclamons encore un peu de temps. Subitement, il fait chaud à notre table, et je retire mon pull en regardant Saul nous verser deux verres.

— Le problème est simple et sans détours.

Tout à coup, j'ai du mal à exprimer clairement, à défendre l'une de mes convictions les plus profondes.

– J'ai travaillé pour le gouvernement britannique dans le cadre d'une opération extrêmement secrète, conçue pour placer les Yankees en porte à faux et les ébranler. J'ai été pris la main dans le sac et j'ai été viré. J'ai menacé de manger le morceau devant la presse et j'en ai parlé à deux de mes plus proches amis. Dans les couloirs de Thames House et de Vauxhall Cross, je ne suis pas exactement l'Homme de l'année.

– Tu crois qu'ils s'en préoccupent encore ?

Cette question, c'est comme une gifle en plein visage. Je fais mine d'ignorer, mais Saul a l'air content de lui, comme s'il savait qu'il venait de m'assener un coup. Pourquoi cette hostilité ? Pourquoi ce cynisme ? Faute d'avoir quelque chose à répondre, je prends le menu et je décide, plus ou moins au hasard, de ce que l'on va nous servir à l'un et à l'autre. Là-dessus, je ne le consulte pas et, d'un signe de la main, j'appelle le serveur. Ce dernier arrive immédiatement et, d'une chiquenaude, ouvre son carnet de commande.

– *Sí. Queremos pedir pimientos de padrón, una ración de jamón ibérico, ensalada mixta para dos y el plato de gambas y cangrejos. Vale ?*

– *Vale.*

– Et n'oubliez pas les frites, lance Saul, qui s'égare là dans la moquerie et la désinvolture.

– Écoute. (Soudain, l'absurdité de ma situation aux yeux d'un étranger m'apparaît avec une netteté inquiétante. J'ai besoin de tirer ça au clair.) Nous sommes le seul ami que l'Amérique conserve encore en ce monde, dans la richesse et dans la pauvreté, dans la maladie et la santé. Ils font ce qu'ils veulent, et nous faisons ce qu'ils nous disent. C'est une amitié à sens unique, qui doit néanmoins conserver l'apparente solidité du roc, sinon l'Europe entière finira par chanter la *Marseillaise*. Par conséquent, d'avoir quelqu'un comme moi qui se promène encore en liberté, c'est une énorme source d'embarras potentiels.

Saul a un petit sourire franchement narquois.

– Tu ne crois pas que tu surestimes un peu ton importance ?

C'est de la pure provocation, pour me bousculer, me pousser à réagir. Ne réagis pas. Ne mords pas.

– C'est-à-dire ?

– C'est-à-dire que les choses ont bougé depuis 1997, mon vieux. Il y a une bande de garçons qui ont envoyé des avions s'encastrer dans de très hautes tours. La CIA est partie rechercher de l'anthrax dans le centre de Bagdad. Ils ne s'inquiètent pas de savoir si Alec Milius reçoit le feu vert pour franchir la douane à l'aéroport de Gatwick. Nous sommes en 2003, à quelques jours d'envahir l'Irak, nom de nom ! Tu te figures que le fonctionnaire de base du MI5 se soucie d'une minuscule opération qui a mal tourné il y a cinq ans de cela ? Tu ne penses pas qu'il a d'autres chats à fouetter ?

Je vide mon verre et le remplis sans prononcer un mot. Saul souffle un panache de fumée tuyauté vers un filet de pêche cloué en vrac sur le mur, et je suis sur le point de me mettre en colère.

– Donc tu crois que je me fais des illusions ? Tu penses que si mon appartement milanais a été fouillé de fond en comble par la CIA il y a cinq ans, ce n'est que le produit de mon imagination fertile ?

– Quand as-tu vécu à Milan ?

– Pendant six mois, en 98.

Saul a l'air abasourdi.

– Bon sang !

– Je ne pouvais pas te le dire. Je ne pouvais le dire à personne.

Il s'en remet presque aussitôt.

– Mais il aurait aussi bien pu s'agir d'un simple cambriolage. Comment sais-tu que c'étaient les Ricains ?

Je me délecte vraiment de ce qui vient ensuite, car cela achève d'effacer son petit air suffisant.

– Je le sais parce que Katharine m'en a parlé au téléphone. Elle m'a expliqué que Fortner, l'homme qui lui a tout appris, son mentor et sa figure tutélaire, avait perdu son poste à cause de ce que j'avais fait, et qu'il n'avait toujours pas retrouvé de travail deux ans plus tard. Un agent de la CIA chevronné, berné par un bleu de vingt-cinq ans qui leur vend de faux résultats de recherches pour des centaines de milliers de dollars. Avec ce que je leur ai infligé, ces deux-là se sont couverts de ridicule. Elle m'a aussi indiqué que sa propre carrière était pour ainsi dire dans l'impasse. Pour ce qui concernait les opérations en Europe, elle était grillée. Retour au travail de bureau, à Washington. Et le tout à cause d'Alec Milius. Je me suis volatilisé, et ensuite Katharine a passé deux ans à essayer de découvrir où j'étais passé. Je pense que cela lui a un peu tapé sur le système. Par la suite, elle a retrouvé la trace de mon appartement à Milan, elle s'est procuré mon numéro de téléphone, mon adresse, la totale. J'ai manqué de rigueur. La CIA est entrée par effraction, a emporté mon ordinateur, mon passeport, même ma bagnole, bordel, qui était garée devant. J'avais neuf mille dollars en liquide sous un matelas. Ceux-là aussi, ils ont disparu. Katharine m'a signalé que c'était un juste dédommagement, après ce que j'avais volé à son « organisation ». D'où la nécessité de foutre le camp d'Italie. D'où la raison pour laquelle je suis devenu un petit peu paranoïaque depuis mon arrivée à Madrid.

– Ils ne savent pas que tu es ici ?

– Quelqu'un sait que je suis ici.

– Que veux-tu dire par « quelqu'un sait que je suis ici » ?

J'en ai bien conscience, ce que je suis sur le point d'annoncer à Saul risque de lui paraître dépasser les bornes, mais il est important pour moi qu'il comprenne la gravité de la situation épineuse où je me trouve.

– Mes lettres ont été décachetées, on m'a suivi en voiture, l'un de mes téléphones portables a été placé sur écoute...

Saul m'interrompt :

– Quand est-ce arrivé ?

– Cela m'arrive tout le temps. Tu ne m'as plus revu depuis que j'ai emménagé ici. Tu ne sais pas ce que c'est, l'Espagne. Rends-toi simplement compte qu'ils me tiennent à l'œil, d'accord, c'est tout ce que je te raconte, je m'arrête là.

– Même encore maintenant ? Presque six ans plus tard ?

– Cinq ans et deux cent trente-huit jours. Écoute : J'ai cinq comptes bancaires. Quand j'appelle l'une de mes banques et qu'ils me mettent en attente, je crois que c'est à cause d'une mention en regard de mon nom, et qu'ils vérifient je ne sais quoi. Toutes les trois semaines, je dois changer de numéro de téléphone. Si quelqu'un à côté de moi dans le métro écoute de la musique avec un baladeur, je m'assure que ce quelqu'un ne porte pas de micro caché. L'autre jour, je me suis rendu en voiture à Grenade et, à partir de Jaén, le même véhicule m'a suivi pendant une heure.

– Donc ? C'étaient peut-être des gens liés à Endiom. Ou alors ils étaient perdus. Tu le sais, un type très défoncé à la coke te posera sans cesse la même question, encore et encore...

– Oui, je sais.

– Eh bien, c'est exactement l'effet que tu me fais. D'un type très défoncé. De très paranoïaque. Tous tes e-mails, de t'avoir parlé au téléphone, et puis de t'écouter, là, maintenant. O.K., il y a cinq ans, à titre exceptionnel, Katharine t'a pisté et t'a flanqué la frousse. Elle était en rogne, elle avait le droit. Mais c'est une grande fille, elle a dû surmonter la chose depuis. Le reste de cette histoire n'existe pas, Alec. Tu n'as plus les pieds sur terre. Pour une fois dans ton existence, essaie de voir au-delà de ton propre ego. Bon Dieu, tu ne te déplacerais même pas à mon mariage. Crois-moi, si la CIA, le Cinq ou le Six avaient réellement voulu te compliquer l'existence, ils l'auraient déjà fait. Quelqu'un aurait pu planquer de la drogue chez toi, te faire jeter en prison. Et pas se contenter de mettre ton appartement sens dessus dessous. Quand ils ont d'anciens agents qui prennent la tangente, comme Tomlinson et Shayler, ils leur rendent tout mouvement impossible. Pas de travail, pas de lieu de résidence, des menaces et des promesses non tenues. Toi, Alec, tu n'es jamais qu'un post-scriptum.

Les plats arrivent par vagues successives : une assiette rose et plate de *jamón* que l'on m'a calée tout près du coude ; un bol profond en métal rempli de salade, agrémentée de carottes et de thon en boîte ; la spécialité de la maison, un monceau de bouquets empilés d'une vingtaine de centimètres de hauteur sur un rocher de crabe bouilli et de poissons-rasoirs ; un plat de *pimientos*, grillés et salés à la perfection.

Saul me demande tranquillement ce que l'on nous a servi.

– Ce sont des poivrons grillés. Il y en a un sur dix qui est fort. C'est-à-dire épicé. Tu vas apprécier.

Saul en croque un et hoche la tête, l'air d'approuver.

– Écoute, il y a une chose que tu dois comprendre.

– Et ce serait ?

— Je n'ai pas d'hallucinations. Je ne suis pas paranoïaque. Et je ne suis pas non plus un banal post-scriptum, merde.

— Très bien, fait-il.

— J'essaie juste de préserver mon existence...

— ... avec le frein à main serré.

Silence. Tout se passe comme si cette idée de l'exil
où je me trouve n'était pour lui qu'une plaisanterie.

— Pourquoi le prends-tu comme cela ? Pourquoi
cherches-tu sans arrêt à m'asticoter ?

Saul était occupé à empiler de la salade dans son
assiette, mais il s'arrête et soutient mon regard.

— Pourquoi ? Parce que je n'ai plus aucune idée de
qui tu es, de ce que tu défends. L'individu change, c'est
évident, c'est un processus naturel. Il trouve du travail,
il découvre ce qui l'épanouit, il rencontre la fille qu'il
lui faut, bla-bla-bla. Enfin, en tout cas, c'est ça l'idée. Et
puis, en vieillissant, tu es censé comprendre ce qui est
important pour toi et te débarrasser de ce qui ne l'est
pas. Il est naïf de penser qu'à trente ans un individu sera
le même spécimen que celui qu'il était à vingt ans. La
vie a un certain impact.

— Bien sûr qu'elle a un impact.

Je marmonne, comme pour amortir le choc de ce
qui va suivre, mais Saul secoue la tête.

— Chez toi, il y a cinq ans, quelque chose de fonda-
mental a bougé, mon vieux. Tu étais mon plus proche,
mon plus vieil ami. Nous sommes allés à l'école ensemble, à l'université. Mais j'ignorais littéralement que tu
étais capable de faire ce que tu as fait. Tu étais l'Alec
Milius réticent, ironique, d'une ambition modérée. Et,
du jour au lendemain, te voilà devenu cette pure création
étatique, un menteur, un manipulateur, une... créature
pas très morale, et tu risques tout de ta vie pour, pour
quoi, au juste ? À ce jour, je suis incapable de piger. Pour

ton accomplissement personnel ? Par patriotisme ? Et à force, tu m'as usé, tu as usé notre amitié. Trois années d'affilée de mensonges. Moi, il n'est pas un seul jour où ça ne m'a pas affecté, comme la perte de quelqu'un, comme un deuil.

Cette même honte, ce même désespoir, ce même regret que j'ai connus depuis la mort de Kate se cristallisent en cet instant. Le visage de Saul est plus dur et plus impitoyable qu'il ne l'a jamais été, en tout cas dans mon souvenir. C'est la fin de notre amitié. En quelques phrases sévères, il a provoqué une coupure, violente et soudaine.

— Alors, ça y est ?

— Ça y est quoi ?

— C'est la fin de tout entre nous ? C'est ce que tu es venu m'annoncer ? Qu'il vaut mieux que je ne te contacte plus ?

— De quoi tu parles, nom de Dieu !

— Tu viens toi-même de le dire. Je suis un menteur, un manipulateur. Je suis une note en bas de page.

— Cela ne signifie pas la fin de notre amitié pour autant.

Saul me regarde, l'air stupéfait, comme si je m'étais complètement fourvoyé, tant à son sujet que sur la situation.

— Zut, on n'est plus à l'école, Alec. Ce n'est pas la cour de récréation.

Je baisse les yeux, je contemple la table, je me masse la nuque, perplexe, gêné.

— À moins que tu ne développes une toute nouvelle fixation sur les jeunes garçons à la sortie des écoles catalanes, on va rester potes. Les choses ne se terminent pas entre les gens uniquement parce qu'il y a eu trahison. En fait, c'est probablement à partir de ce moment-là qu'elles deviennent intéressantes.

Une longue salve d'applaudissements jaillit de la salle voisine.

— Soyons lucides, nous sommes toujours plus reconnaissants envers ceux qui nous ont blessés dans notre existence qu'envers ceux qui se contentent de laisser les choses partir à la dérive. J'ai appris cela de toi et, justement, c'est de cela qu'il est question ici. Je ne vais pas rester assis là et te laisser dans l'illusion qu'il ne serait rien sorti de mal de tout ce qui est arrivé...

— Crois-moi, je ne pense pas ça une seule seconde.

— Laisse-moi terminer. Il est important pour moi de te le dire en face. Je ne prends pas le risque d'un e-mail. Je ne prends pas le risque du téléphone.

— D'accord.

— Ce que tu as fait, c'était mal. Tu n'as pas tué Kate ou Will, mais ce sont ton travail et tes mensonges qui les ont conduits à la mort. Et je ne te vois rien tenter pour réparer. Je ne te vois pas faire amende honorable.

En d'autres circonstances, en temps normal, j'aurais pu le reprendre là-dessus. Faire amende honorable ? Qui est-il, pour me parler de la sorte ? Je fais amende honorable avec ma solitude. Je fais pénitence avec l'exil. Mais il a toujours cru dans le mythe de l'amélioration de soi. Tous les raisonnements que je pourrais lui tenir finiraient par se consumer dans le feu de son autorité morale. Nous nous retrouvons à dîner en silence, comme s'il ne restait rien à ajouter. Je pourrais essayer de me défendre, mais cela sentirait la tactique, le mensonge, rien d'autre, et Saul sauterait dessus aussi vite qu'il a bondi sur ma ligne de défense précédente. À la table d'à côté, les grands-parents se lèvent, avec une difficulté considérable, après avoir réglé leur addition et laissé quelques petites pièces de monnaie en pourboire. Au bas de la note, il y a une inscription « No A La Guerra », et le serveur a écrit « Gracias » au feutre. Le mari aide son épouse à enfiler un manteau de fourrure aux couleurs criardes et nous jette à tous les deux un regard impénétrable. Peut-être comprend-il l'anglais, après tout. Pour une fois, cela m'est égal.

– Nom de Dieu !

Saul vient de mordre dans un poivron épicé et engloutit un verre de vin entier pour étouffer la brûlure.

– Ça va ?

– Très bien, me répond-il en gonflant les joues. Il nous faut un peu de bibine.

Et ce petit incident semble rompre le sortilège de ce qui l'inquiète et le dérange. Une deuxième bouteille arrive et nous consacrons le reste du repas à parler de Chelsea et de Saddam Hussein, du grand-père de Saul – qui souffre d'un cancer du poumon – et même d'Héloïse, à qui il serait tenté de pardonner en dépit de cet adultère éhonté. Je remarque la partialité de son attitude à notre égard à tous les deux, et je me demande s'il ne possède pas en lui une part de sainteté qui, en réalité, encourage les gens à le trahir. Son caractère a certainement toujours comporté une part de masochisme.

Avec le café, le serveur nous apporte deux petits godets de liqueur de citron – cadeau de la maison – et nous les sifflons d'une seule gorgée. Saul tient à payer – « en guise de cadeau, pour m'avoir hébergé » – et, quand nous passons devant la cuisine, avant de sortir dans l'agitation de la Chueca, je me sens un peu soûl. Il est plus de minuit et la vie nocturne est déjà bien entamée.

– Tu connais un bar convenable ? me demande-t-il.

J'en connais plein.

7. M. et Mme Church

Les Espagnols consacrent une telle part de leur existence à s'amuser qu'il existe en fait un mot pour décrire cette plage de temps comprise entre minuit et 6 heures du matin, lorsque le commun des mortels européens est bien bordé au chaud dans son lit. La *madrugada*. Les heures d'avant l'aube.

— Il est bien, ce mot-là, me souffle Saul, mais il se croit trop ivre pour le retenir.

Nous quittons Chueca et nous marchons vers l'ouest, pour nous enfoncer dans Malasaña, l'un des plus vieux *barrios* de Madrid, qui est resté un repaire de dealers et d'étudiants désargentés, même si sa violence et son délabrement n'égalent en rien ce qu'ils étaient il y a vingt ans. Les rues étroites grouillent de monde, mais la foule se fait de moins en moins dense, car nous prenons vers le sud, en direction de Gran Vía.

— Ce n'est pas de là qu'on vient ? s'étonne Saul.

— Le même quartier. Plus bas. Nous avançons en cercle, on revient à l'appartement en décrivant un grand tour.

Une rue qui descend en pente raide nous mène au Pez Gordo, un bar que j'adore dans le quartier et qui attire toute une foule détendue et sans ostentation. Il n'y a de la place que debout, et les vitres sont masquées par des affiches et la buée, mais à l'intérieur, l'atmosphère, comme de juste, est entraînante, et les accords trépidants de la musique flamenco se déversent dans l'air. Une minute à peine après avoir atteint le bar, j'obtiens deux *cañas*[1] et je reviens vers Saul qui nous a dégoté une place à quelques pas de la porte.

– Tu veux entendre mon autre théorie ? me demande-t-il, alors qu'il se fait bousculer par un client natté de dreadlocks.

– À savoir ?

– Je connais la vraie raison pour laquelle tu aimes bien vivre ici.

– Ah oui ?

– Tu t'es imaginé que partir t'installer à l'étranger te donnerait une chance d'effacer l'ardoise, mais tu n'as fait que transférer tes problèmes dans un autre fuseau horaire. Ils t'ont suivi.

Et c'est reparti.

– On pourrait parler d'autre chose ? Cela devient un peu assommant, toute cette auto-analyse permanente.

– Écoute-moi jusqu'au bout, c'est tout. Je pense que, certains jours, tu te réveilles et tu as envie de croire que tu as changé, que tu n'es plus la personne que tu étais il y a six ans. Et à d'autres moments l'excitation de l'espionnage te manque tellement que tu n'as pas d'autre solution pour t'éviter d'appeler le SIS et les supplier de te reprendre. Il est là, ton conflit. Alec Milius est-il un bon garçon ou un mauvais sujet ? Toute cette paranoïa dont tu parles, ce n'est qu'une façade. Tu adores être empêché de rentrer au bercail. Tu adores

---

1. Caña = demi.

vivre en exil. Cela te donne l'impression d'avoir de l'importance.

Cela me sidère qu'il soit en mesure de si bien lire en moi, mais je déguise ma surprise par un mouvement d'impatience.

– Changeons de sujet, point à la ligne.

– Non. Pas encore. C'est tout à fait logique.

Et Saul se remet à jouer avec moi. Une fille à l'accent français lui demande du feu, et je vois, quand elle approche sa cigarette, qu'elle a les ongles rongés jusqu'au sang. Il a un grand sourire.

– Les gens ont toujours été intrigués par toi, n'est-ce pas ? Et, dans ce nouvel environnement, c'est là-dessus que tu joues. Tu es un être mystérieux, sans racines, sans passé. Tu es un sujet de conversation.

– Et tu te fais chier.

– C'est le piège classique de l'expat. Il ne supporte plus la vie à la maison, il fait le grand saut vers l'étranger. *El inglés misterioso*. Alec Milius et sa stupéfiante montagne de fric.

Pourquoi Saul songe-t-il ainsi à l'argent ?

– Qu'est-ce que tu viens de dire ?

Un moment d'hésitation.

– Laisse tomber, me lâche-t-il.

– Non. Je ne laisse pas tomber. Sans élever la voix, tu vas m'expliquer ce que tu entendais par là.

Il a un sourire en biais et retire son manteau.

– Tout ce que je veux te dire, c'est que tu es venu ici pour échapper à tes ennuis et donc, maintenant, ils doivent te laisser froid. Il est temps pour toi de tourner la page. Il est temps d'agir.

Je suis pris d'un bref instant de folie, sans aucun doute renforcé par l'alcool, et une idée me traverse l'esprit : Saul a été envoyé ici pour me recruter, pour m'enjôler, que je m'enrôle de nouveau dans le Cinq.

Comme Elliott, que l'on a envoyé au Liban, expédié en émissaire sur ordre de l'État, pour séduire Philby, son meilleur ami. Son argument ressemble fort à un argumentaire. Le plus vraisemblable, c'est que Saul obéit tout simplement à cette part de sa nature qui m'a toujours agacé, et que je m'étais laissé aller à oublier, sans savoir trop pourquoi, d'ailleurs. À savoir, la bonne âme moralisatrice, l'évangéliste bien-pensant qui passe son temps à sauver les autres tout en étant incapable de se sauver lui-même.

— Alors, que suggères-tu que je fasse ?

— Rentre. Mets un terme à cette période de ta vie.

L'idée est certainement séduisante. Saul a raison, il est des moments où je repense à ce que j'ai vécu à Londres, non sans nostalgie, où je regrette que tout cela ait connu une fin. Mais à part la mort de Kate et les fatigues épuisantes du secret, je referais sûrement tout de la même façon. Pour le frisson de la chose, pour cette sensation d'être essentiel. Mais je ne peux pas le formuler de façon aussi directe, au risque de paraître insensible.

— Non. Je me plais, ici. Le style de vie. Le climat.

— Tu es sérieux ?

— Je suis sérieux.

— Eh bien alors, au moins, ne change pas de portable toutes les trois semaines. Et ne conserve qu'une seule adresse mail. S'il te plaît. Ça me fout en rogne et ça énerve ta mère. Elle dit qu'elle ne comprend toujours pas ce que tu fabriques ici, pourquoi tu ne rentres pas, tout simplement.

— Tu as parlé avec maman ?

— Cela m'arrive.

— Et avec Lithiby ?

— Qui est Lithiby ?

Si Saul travaille pour eux, ils lui ont appris à mentir, c'est certain. Il passe son doigt sur le mur, il inspecte la présence éventuelle de poussière.

— Mon officier traitant au Cinq. Le type qui est derrière tout cela.

— Ah, lui ! Non, bien sûr que non.

— Il n'est jamais venu te voir ?

— Jamais.

Quelqu'un monte le volume de la musique au-delà du niveau qui nous permettait de nous parler confortablement, et je dois hurler pour que Saul m'entende :

— Alors, où les as-tu rangés, ces disques durs ?

Il sourit.

— En lieu sûr.

— Où ?

Encore un grand sourire.

— Quelque part, en sécurité. Écoute, personne n'est jamais venu me voir. Personne n'est jamais venu voir ta mère. Ce n'est pas comme si... Alec ?

Julian Church vient d'entrer dans le bar. Il dépasse tout le monde dans la salle d'une demi-tête et il est habillé comme un officier du Royal Fusilier en permission de week-end. Il est certaines choses qui ne sont pas maîtrisables, et en voici une. Il me remarque immédiatement et il a comme un petit sursaut électrique, de surprise.

— Alec !

— Salut, Julian.

— C'est amusant de te voir ici.

— Et comment.

— On fait la fiesta ?

— Il semblerait. Et toi ?

— Exactement pareil. Mon épouse bien-aimée avait envie de boire un verre, mais je n'allais pas la contredire, hein ?

Julian, comme toujours, est enchanté de me voir, mais je sens bien que Saul se replie sur lui-même. C'est palpable, c'est physique, c'est la froideur de Shoreditch et Notting Hill qui réagit avec une vive répugnance aux mocassins à glands et au pantalon en velours côtelé vert bouteille de Julian. Je dois me charger des présentations.

– Saul, voici Julian Church, mon patron chez Endiom. Julian, Saul Ricken, un ami à moi venu d'Angleterre.

– Ah, ce cher et vieux pays ! s'exclame Julian.

– Ce cher et vieux pays, répète Saul.

Réfléchis. Comment traiter cela ? Comment est-ce que je nous sors de là ? Un tourbillon de vent froid s'engouffre par la porte ouverte, suscitant des regards irrités aux tables voisines. Julian bondit vers la porte comme un groom, en marmonnant *Perdón, perdón*, la referme pour nous protéger du froid.

– Là, c'est déjà un peu mieux. Sacrément froid, là-dedans. Sacrément bruyant, aussi. La Señora Church me suit, elle ne doit pas être très loin. Elle gare la voiture.

– Votre femme ? s'étonne Saul.

– Ma femme.

La peau pâle de Julian est toute rose et marbrée de rougeurs, et ses cheveux, avec leur implantation en V sur le front, se réduisent à quelques mèches.

– Une folie de venir en ville avec sa voiture un vendredi soir, mais elle a insisté, c'est la manie de presque tous les campagnards, mais je n'allais pas la contredire, hein ? Vous restez pour le week-end ?

– Un peu plus longtemps, lui répond Saul.

– Je vois, je vois.

Nous y allons tout droit, c'est clair, et je ne peux rien y faire. Nous quatre, coincés, embringués pour au moins deux ou trois tournées, avec ensuite toutes sortes de questions embarrassantes à la clef. Je m'efforce de ne pas regarder en direction de la porte, où Julian retire son manteau et l'accroche au-dessus de celui de Saul. Ai-je une stratégie d'esquive ? Nous pourrions inventer un mensonge, des amis à retrouver dans une boîte, mais je n'ai pas envie d'éveiller les soupçons de Julian ou de risquer d'être démenti par Saul. Le mieux reste encore de faire le dos rond.

— Tu as reçu mon e-mail ? me demande Julian.

Je suis sur le point de lui répondre quand Sofía entre à son tour, dans son dos. Elle camoufle sa réaction, et s'en tire très bien. Juste un petit sourire neutre, le regard futé de celle qui feint de vous reconnaître, avant de poser les yeux sur Julian.

— Chérie, tu te souviens d'Alec Milius, n'est-ce pas ?

— Bien entendu. (Elle n'en a pas l'air.) Vous travaillez avec mon mari, c'est cela ?

— Et voici son ami, Saul... Ricken, si je ne me trompe ? Ils étaient ici par un complet hasard. Une coïncidence.

— Ah, une *casualidad* !

Sofía est magnifique ce soir, son parfum est comme une réminiscence charmante et sensuelle de notre longue nuit ensemble, à l'hôtel. Elle dénoue une écharpe noire, retire son manteau, m'embrasse avec légèreté sur la joue, puis c'est une délicate pression de la main sur l'épaule de Julian.

— Nous nous sommes déjà rencontrés, lui dis-je.

— *Sí.* Au bureau, non ?

— Je crois.

Un jour, Julian était en déplacement pour affaires, Sofía est passée au siège d'Endiom, à Retiro, et nous avons baisé sur le bureau de son mari.

— Je crois que vous vous étiez rencontrés à la fête de Noël.

— J'avais oublié, répond-elle.

Elle dispose son écharpe sur le dessus du distributeur de paquets de cigarettes et m'accorde un coup d'œil des plus fugaces. Saul, à ce qu'il semble, accompagne la musique en fredonnant. Il se pourrait même qu'il s'ennuie.

– Alors, qu'est-ce que boit ce petit monde ?

Julian s'est avancé d'un grand pas, très assuré, pour joindre le geste à la parole, rompant le côté petit comité entre nous, rien que par sa carrure. Saul et moi, nous avons envie de *cañas*, Sofía d'un Coca Light.

– Je conduis, explique-t-elle en tournant son attention vers Saul. *Hablas español ?*

– *Sí, un poco*, fait-il, subitement l'air content de lui. C'est plutôt malin, de la part de Sofía. Elle a envie de tâter le terrain, voir jusqu'où elle peut aller trop loin.

– *Y te gusta Madrid ?*

– *Sí. Mucho. Mucho.* Je viens d'arriver ce soir, ajoute-t-il, renonçant à l'espagnol.

Et il s'ensuit un échange de cinq minutes sur des petits riens, réglé au petit poil : Sofía qui engage la conversation sur le Prado, les touristes au musée Thyssen, la semaine qu'elle a passée récemment dans le Gloucestershire avec les parents de Julian qui se font vieux. Juste ce qu'il faut pour couvrir le laps de temps nécessaire avant le retour de son mari du bar. Quand il revient, toute l'attention de Julian est centrée sur moi.

– En fait, Alec, c'est heureux que nous nous croisions. (Il me prend par l'épaule, m'agrippe.) Saul, puis-je vous laisser avec ma femme cinq minutes ? Nous devons parler boutique.

Après avoir distribué les boissons, il me dirige vers un petit espace exigu, à côté du distributeur de cigarettes, et adopte un ton plus grave.

Le motif de ce besoin de discrétion n'est pas clair, mais je devrais être encore en mesure de tendre une oreille pour surveiller la conversation de Saul. Je n'ai pas envie qu'il divulgue à Sofía des informations sur mon passé. Dans ce domaine, les choses sont gentiment compartimentées. Tout est bien maîtrisé.

– Écoute, comme je t'ai dit, j'ai besoin que tu te rendes à Saint-Sébastien, en début de semaine prochaine. Est-ce que cela serait de nature à te poser un problème ?

– Ça ne devrait pas.

– Nous pouvons couvrir tes dépenses, dans le cadre normal. Ce n'est pas différent de ton travail habituel. Juste un audit. Simplement besoin que tu ailles vérifier quelque chose.

– Dans ton e-mail, tu m'expliquais qu'il était question de voitures.

– Oui. Le client souhaite acheter une usine qui fabrique des pièces détachées, près de la frontière avec la Navarre. Ne m'en parle pas. Le style petite ville ennuyeuse, ça saute aux yeux. Mais la main-d'œuvre sera essentiellement basque, donc il risque d'y avoir des soucis avec les syndicats. J'ai besoin que tu me rédiges un mémo comprenant des entretiens avec les conseillers municipaux du coin, les grosses pointures de l'immobilier, les principaux cabinets d'avocats, et ainsi de suite. De quoi impressionner les investisseurs potentiels et calmer les accès de nervosité éventuels. En plusieurs volets, situation fiscale, l'impact de l'euro fort sur les exportations, ce genre de machin. Et surtout, le plus important, l'effet que l'indépendance basque aurait sur le projet.

– L'indépendance basque ? Ils pensent que ça peut arriver ?

– Eh bien, c'est ce qu'il nous faut savoir.

Je suis tenté de lui répondre qu'Endiom aurait meilleur jeu d'acheter une boule de cristal et un abonnement à *The Economist*, mais s'il veut me payer trois cents euros par jour pour rester à San Sebastián comme un vulgaire journaliste, je ne vais pas argumenter. Saul m'a déjà signalé qu'il avait envie d'aller à Cadix voir un ami, donc mardi je le mets dehors et je prends la voiture.

– Tu veux t'y rendre en avion ?

– Non, par la route.

– À ta guise. Il y a un dossier au bureau. Pourquoi tu ne passerais pas le prendre lundi et nous éplucherions cette paperasse ensemble ? On pourrait manger un morceau.

– Vendu.

Mais Julian ne me lâche pas. Au lieu de rejoindre Sofía et Saul, il s'attarde dans ce recoin, et m'embarque dans une conversation ennuyeuse à mourir sur les chances de Manchester United cette année en Ligue des Champions.

– Si nous réussissons à passer devant la Juventus au niveau du groupe, nous avons toutes les chances de tirer Madrid en quart de finale.

Et cela continue dix bonnes minutes. Peut-être apprécie-t-il ce moment de camaraderie masculine, une occasion de bavarder avec quelqu'un d'autre que Sofía. Julian m'a toujours tenu en haute estime, il a toujours fait grand cas de mon avis sur tout, depuis l'Irak jusqu'au joueur de cricket Nasser Hussain, et sa façon de m'aborder est empreinte d'une étrange déférence.

Derrière moi, Saul m'a l'air enchanté par Sofía, il rit de ses blagues et s'arrange de son mieux pour me dénigrer.

– Ouais, nous disions justement que les amis changeaient, à vingt ans. C'est dur de rester loyal vis-à-vis de certains.

Tout cela à portée de voix, ostensiblement, pour que j'entende.

– Je pense que les gens m'ont longtemps considéré comme un idiot de traîner avec Alec, mais moi, je me sentais désolé pour lui. Il y a eu une période où il m'a vraiment poussé à bout, j'avais envie de couper les ponts, sauf que je ne voulais pas être le genre de type à envoyer paître ses copains quand ils étaient dans la difficulté, vous voyez ce que je veux dire ?

Je ne parviens pas à entendre la réponse de Sofía. Sa voix porte naturellement moins que celle de Saul et elle parle tournée vers la salle, avec Julian qui continue sur sa lancée, et qui se penche vers moi pour enfoncer le clou.

— Je veux dire, quasiment tout le monde est d'accord, Roy Keane n'est plus le joueur qu'il était. Les blessures ont eu des conséquences néfastes... opération à la hanche, ligaments du genou... c'est bien simple, il n'est même plus capable de se lever et de se baisser comme avant. Je ne serais pas surpris qu'il organise son transfert au Celtic, la saison prochaine.

— Vraiment ? Tu crois ça ?

Rien que pour me souvenir du nom de l'entraîneur de Manchester United, je dois déjà fournir un gros effort.

— Alex Ferguson serait disposé à s'en défaire ?

— Eh bien, c'est la question à un million de dollars ! Avec Becks presque certainement sur le départ, est-ce qu'il voudrait perdre Keane en plus ?

Saul a repris la parole et j'essaie de pivoter contre le distributeur, afin de pouvoir entendre ce qu'il raconte. Il lui explique qu'il me connaît depuis l'enfance, qu'il n'a aucune idée de ce que je fabrique ici, en Espagne.

— ... un jour, il est parti, comme ça, sur un coup de tête, et depuis, aucun de nous ne l'a plus revu.

Sofía paraît curieuse, une réaction assez compréhensible, et pourtant, il m'est toujours impossible d'entendre ce qu'elle dit. Maintenant Julian me demande si je veux deux billets qu'il a en trop pour le stade Bernabéu. Était-ce une question au sujet de Londres ? La réponse de Saul contient la formule « dans le pétrole », et maintenant je commence vraiment à m'inquiéter. Il faut que je trouve un moyen de me dépêtrer de Julian et de m'immiscer pour interrompre leur conversation.

– Tu as une cigarette ?

Je me suis retourné, je me suis avancé vers eux, le poids du corps sur une jambe, dans une posture maladroite, et je lance un regard à Saul, sans réfléchir, pour le prier de se taire. Il s'arrête au milieu de sa phrase, sort une Camel Light et me la tend.

– Bien sûr.

Sofía a l'air stupéfaite – elle ne m'a jamais vu fumer –, mais Julian est trop occupé à me donner du feu pour remarquer.

– Je croyais que tu avais arrêté ? s'étonne-t-il.

– J'avais arrêté. Seulement, une de temps en temps, j'apprécie. Tard le soir et le week-end. De quoi parliez-vous, tous les deux ? Mes oreilles ont tinté.

– De votre passé, fait Sofía en éventant la fumée devant son visage. Saul me racontait que vous étiez un homme de mystères, Alex. Tu étais au courant, chéri ?

Julian, qui est en train de relever ses messages sur son portable, lâche un « *Sí*, ouais », et sort dans la rue pour obtenir une meilleure réception.

– Il m'expliquait aussi que vous aviez travaillé dans le pétrole.

– Brièvement. Très brièvement. Ensuite, j'ai déniché un poste chez Reuters, et ils m'ont envoyé en Russie. Et vous, Sofía, que faites-vous ?

Elle sourit, et regarde le plafond.

– Je suis créatrice de vêtements, Alex. Pour femmes. Vous ne m'aviez pas déjà posé cette question à la soirée de Noël ?

Le ton est galant, sans équivoque. Il va falloir qu'elle se calme, sinon Saul va piger. Dans une tentative pour changer de sujet, je lui raconte qu'un jour, j'ai vu Pedro Almodóvar boire un verre au bar, assis à une table, pas très loin de celle où nous nous trouvons. C'est un mensonge – c'est un ami qui l'a vu –, mais cela suffit à intéresser Saul.

– Vraiment ? C'est comme d'aller à Londres et de tomber sur la Reine.

– *Qué* ? s'écrie Sofía, momentanément perdue dans son anglais. Vous avez vu la Reine ici ?

Et heureusement, le malentendu engendre la conversation que j'avais espérée : l'aversion de longue date de Saul pour les films d'Almodóvar crée le désaccord parfait avec la loyale obsession madrilène de Sofía.

– Je crois que mon préféré, c'est *Todo Sobre Mi Madre*, poursuit-elle, en s'inventant un regard mélancolique qui serait plus de mise chez une adolescente éperdument amoureuse. Comment le traduiriez-vous ? *Tout sur ma mère*. C'est si généreux, si... Elle me regarde et profère ce mot : « inventif ».

– De la connerie totale, s'exclame Saul.

Et Sofía est saisie. Il est plus soûl que je ne l'avais cru et il a pu se méprendre sur les merveilles que peut opérer le charme d'un Ricken.

– Le film le pire que j'aie vu ces cinq dernières années ! Facile, adolescent, d'une pauvreté, de la daube.

Silence. Sofía me glisse un regard.

– Vous avez... quoi ?... des travestis, des bonnes sœurs enceintes et des putes inoffensives, et tout cela mène à quoi ? À rien. Il se contente de récupérer le sida pour ajouter un peu d'impact émotionnel à deux sous. Ou alors, tenez, le dernier, *Parle avec elle*. Je suis censé éprouver de la compassion pour un nécrophile attardé ? Rien de tout cela ne tient debout. Dans les films d'Almodóvar, il n'y a pas la moindre émotion reconnaissable, et je vais vous dire pourquoi... parce qu'il est trop juvénile pour traiter de la vraie souffrance. Tout son truc, ce n'est que de la pantomime et du maniérisme. Mais ses films sont si magnifiquement tournés que cela vous porte à croire que vous êtes en présence d'un artiste.

Cette sortie me permet d'adresser la parole à Sofía en espagnol, comme pour m'excuser de ce que Saul soit à ce point déchaîné.

– Je vais invoquer un prétexte et m'arranger pour nous faire partir d'ici, lui dis-je, en parlant vite et en utilisant autant d'argot que je le peux, et je regarde Saul, comme pour me moquer de lui. Ne croyez pas tout ce que mon ami vous a dit. Il est soûl. Et il n'est pas à prendre avec des pincettes.

– Qu'est-ce que tu racontes ?

– Alec était juste en train de m'expliquer que vous adoriez le cinéma, lui répond Sofía en vitesse. Mais je ne pense pas que cela soit vrai. Comment pouvez-vous aimer le cinéma si vous n'aimez pas Pedro Almodóvar ?

Je lui explique.

– C'est un truc, à Madrid.

Saul siffle en inspirant, les dents serrées.

– Almodóvar est arrivé sur la scène après Franco, il a tourné pas mal de comédies osées. Ils l'ont un peu associé à la liberté et à l'excès. C'est une icône culturelle.

– Exactement, renchérit Sofía. Que vous ne le compreniez pas, c'est très anglais. Ses films sont dingues, bien sûr qu'ils sont dingues, mais il ne faut pas le prendre à ce point au pied de la lettre.

Saul a l'air contrit.

– Eh bien, en Angleterre, nous ne possédons rien de comparable, admet-il, ce qui doit être sa manière à lui de s'excuser. Peut-être Hitchcock, Chaplin à la rigueur, c'est à peu près tout.

– Judi Dench ?

C'est moi qui suggère, histoire de prendre les choses à la plaisanterie, mais cela ne les fait rire ni l'un ni l'autre. Julian revient de la rue et il a l'air agité.

– Écoutez, j'ai peur qu'on ne doive foutre le camp, dit-il, et il pince Sofía dans la nuque, un geste qui a le don de m'agacer. Je viens de recevoir un message de nos amis. Nous étions censés les retrouver à Santa Ana.

Est-ce un prétexte ? Quand Julian est arrivé, il ne m'a pas du tout parlé de ces gens qu'il devait rejoindre pour boire un verre.

– À Santa Ana ? (Sofía vide son Coca Light.) *Joder.* Tu es sûr ?

– Tout à fait certain. (Julian brandit son téléphone portable, comme s'il produisait une preuve devant un tribunal.) Et nous sommes en retard. Alors nous avons intérêt à nous mettre en route.

Il s'ensuit de brèves excuses et de rapides au revoir – Sofía et moi mettons un point d'honneur à ne pas nous embrasser –, et les voilà partis. Saul vide sa *caña* et repose son verre sur une table voisine.

– C'était un peu soudain. Il est aussi soupçonneux que je le suis. Tu crois qu'ils voulaient juste être seuls ?

– Probable. Pas très marrant de tomber sur un de ses employés le soir où tu sors.

– Enfin, ils m'avaient l'air sympa.

– Ouais, Julian est bien. Il est du genre un peu lourd. Dans le style BCBG londonien ; il décoiffe, mais c'est lui qui me verse mon salaire.

– Comment sais-tu qu'il n'est pas du SIS ?

Je regarde autour de moi, pour m'assurer que personne n'ait surpris la question.

– Quoi ?

– Tu m'as entendu.

– Parce que je le sais, c'est tout.

– Comment ?

Saul est tout sourires. Il n'y a pas moyen qu'il lâche le sujet. J'essaie de paraître irrité et je lui réponds :

– Causons d'autre chose, tu veux ?

Mais il continue :

– Je veux dire, tu as sûrement eu des doutes, non ? Ou le poste chez Endiom était-il trop important pour que tu le sacrifies à tes intuitions paranoïaques ?

L'expression de mon visage a dû trahir quelque chose, car il me regarde, sachant qu'il a touché une corde sensible.

– Après tout, ce n'est pas toi qui es allé le chercher. Il t'a approché, lui. Donc, en vertu des Lois d'Alec Milius, il constitue une menace, conclut Saul avec un grand sourire. Tu disais qu'il t'avait entendu parler russe dans un restaurant et qu'il t'avait proposé un emploi.

– C'est exact. Et ensuite j'ai procédé aux vérifications de base sur Endiom, sur Julian et sa femme, et tout ce qui en est ressorti était très clair. Donc c'est super. Il est très bien.

Saul s'esclaffe, il frappe contre le mur comme il frapperait à une porte. Dans une tentative pour changer de sujet, je lui signale que c'est sa tournée et il se rend au bar, paie deux *cañas*, revient d'une humeur totalement différente.

– Donc tu as procédé aux vérifications d'usage ?

– C'est exact.

– Et qu'est-ce qui en est ressorti, concernant Sofía ?

– Sofía ?

– Oui, la femme avec laquelle il est. L'épouse de Julian. Tu n'as pas retenu son nom ?

Le sarcasme plonge plus profond. Il y a de la malice dans ses yeux.

– Je la connais à peine.

– Elle est jolie femme, poursuit-il.

– Tu trouves ?

– Pas toi ?

– Ce n'est pas ça. Je n'ai jamais pensé à elle sous cet angle. Elle n'est pas mon type, c'est tout.

– Pas ton type. (Un petit silence, puis il ajoute :) À ton avis, quel âge a-t-elle ? Le début de la trentaine ?

– Probable. Oui.

– Très brillante ? Très sexy ?

Il me faut un petit temps pour me rendre compte qu'il me cite ma réplique de notre conversation de tout à l'heure. Il me regarde droit dans les yeux.

– Tu la baises, n'est-ce pas ?

Là encore, il a su lire en moi. Je me sers du bruit dans ce bar, et de l'éclairage tamisé, pour essayer de dissimuler ma réaction.

– Ne sois pas ridicule.

Il ignore mes dénégations.

– Julian est au courant ?

– De quoi parles-tu ? Ce soir, c'est la deuxième fois que je la rencontre.

– Oh, allons, mon pote ! C'est à moi que tu t'adresses.

Pourquoi me donner tout ce mal pour mentir, et à Saul en plus ? Que pourrait-il arriver de mal, s'il savait ?

– Votre petit échange en espagnol ? Il aurait été question de Pedro Almodóvar ? Il n'était pas plutôt question de vous deux, qui vous racontiez à quel point vous vous manquiez et combien cela devenait malaisé avec Julian et moi qui vous traînions autour ?

– Bien sûr que non. Où est-ce que tu vas chercher tout ça ?

Je souffre, semble-t-il, d'un défaut de caractère propice à la perfidie et à la désinformation. Il ne m'est pas venu un instant à l'esprit de dire à Saul la vérité, mais ma liaison avec Sofía est l'une des rares choses ici à me procurer un quelconque plaisir, et je n'ai pas envie qu'il la piétine, avec toute sa bienséance et son bon sens.

– Tu te souviens de M. Wayne, reprend-il, notre professeur d'espagnol à l'école... celui qui dégageait une forte odeur de transpiration ?

– Je crois, oui...

– Eh bien, il se trouve qu'il était assez bon. J'ai compris ce que vous vous racontiez...

J'élève la voix, à moitié couverte par la musique.

– Sérieusement, Saul, tu n'as rien pu comprendre. Je m'excusais auprès de la femme de Julian parce que tu te transformais en grand critique de cinéma à la Barry Norman. Cela devenait embarrassant. Ce n'est pas parce que tu l'a trouvée bien foutue que je la baise pour autant. Nom de Dieu, tu as l'esprit drôlement tourné, toi !

– Parfait, dit-il, parfait. (Il agite la main en l'air et, l'espace d'un instant, il me semble qu'il a fini par me croire.) En réalité, je serais ravi d'avoir l'occasion de parler de Sofía avec Saul, mais je n'ai pas envie qu'il me juge. L'adultère est ma seule et unique concession à la face la plus sombre de ma nature, et j'ai envie de lui montrer que j'ai changé.

– Écoute, pourquoi on n'irait pas dans un autre bar ? finis-je par lui suggérer.

– Non, je suis fatigué.

– Mais il n'est qu'une heure.

– Une heure, c'est tard à Londres. Je me suis levé tôt. On s'arrête là pour ce soir.

Il a l'air à plat.

– Tu es certain ?

– Je suis certain. (Il s'est déjà retiré dans sa désillusion.) Il y a encore demain.

Nous terminons nos verres, ajoutant à peine un mot, et nous sortons dans la rue. J'ai l'impression de tenir compagnie à mon professeur préféré, qui vient de s'apercevoir que je l'ai déçu. Nous attendons dans son bureau, l'horloge égrène les secondes, nous tuons simplement le temps, jusqu'à ce que Milius trouve en lui la force de lâcher le morceau. Mais il est trop tard. Le mensonge a été proféré. Je suis contraint de m'en tenir à mon histoire, ou de risquer l'humiliation. Donc, en six ans, rien n'a réellement changé. C'est pitoyable.

8. Another Country

Conséquence peut-être de cette dispute – et de plusieurs autres qui sont survenues dans le courant du weekend –, j'ai autorisé Saul à rester dans l'appartement, pendant que je m'en allais travailler à Saint-Sébastien. Il n'était clairement pas prêt à partir pour Cadix, et je n'ai pas eu le cœur, ou le cran, de lui demander d'aller s'installer dans un hôtel. Il a joué de mon sentiment de culpabilité avec une telle habileté, vendredi soir, et tourné mon comportement paranoïaque en ridicule avec tant d'aplomb, qu'il était finalement hors de question de le contraindre à partir. Selon toute probabilité, il aurait sauté dans le premier avion pour Londres, et je ne l'aurais plus jamais revu. En outre, m'étais-je dit – incapable que j'étais de trouver le sommeil dans la nuit de dimanche –, quel mal y aurait-il à autoriser mon meilleur ami à rester chez moi ? Qu'allait faire Saul ? Poser des micros partout ?

Néanmoins, avant de partir pour la côte, je prends plusieurs précautions. Je retire de chez moi tous les papiers concernant mon refuge d'Alcalá de Los Gazules, que je dépose dans ma boîte postale à Moncloa et idem pour les pense-bêtes codés de mes adresses e-mail, de mes mots de passe d'ordinateur et de mes comptes en banque. J'ai quatorze mille cinq cents euros en espèces cachés derrière le frigo dans une barquette en plastique, que je glisse à l'intérieur d'un sac-poubelle noir, à ranger au-dessous de la roue de secours de l'Audi. Les coffres-forts ne servent à rien. On peut percer presque toutes les combinaisons en à peu près autant de temps qu'il en faut pour faire bouillir l'eau du thé. Il est aussi indispensable de désactiver mon ordinateur de bureau en retirant le disque dur et en expliquant à Saul que le système est attaqué par un virus. Tout est protégé par mot de passe, mais au moyen d'un simple PDA modifié, un expert serait capable de récupérer la quasi-totalité des informations du système. Si Saul a envie de relever mes courriers électroniques, il peut se connecter par liaison téléphonique à partir de son ordinateur portable avec un téléphone mobile ou, mieux encore, se rendre dans un cybercafé au bout de la rue.

Le mardi matin, je me réveille à 7 heures et j'ouvre les fenêtres du salon, pour laisser l'appartement s'aérer cinq minutes pendant que le café frémit sur le feu. La porte de la chambre de Saul est fermée et je lui laisse un mot en lui indiquant que je serai de retour vendredi soir, « à temps pour la partie d'échecs et le dîner ». Il connaît déjà assez bien le quartier et sera en mesure de s'acheter du lait, de la bibine et des journaux anglais, dans les divers magasins que je lui ai désignés ces trois derniers jours. Toutefois, en refermant la porte derrière moi, j'ai le sentiment de commettre la plus grossière des négligences, d'ignorer imprudemment toute notion instinctive de vie privée. N'était l'impact immédiat que cela aurait sur ma carrière chez Endiom, je téléphonerais immédiatement à Julian, je lui expliquerais qu'il y a eu un problème et j'annulerais le voyage.

Au café où j'ai mes habitudes pour le petit déjeuner, dans la Calle de Ventura Rodríguez, je prends un crois-

sant, avec un exemplaire du *Times* pour me tenir compagnie. Le désert du Koweït se remplit peu à peu de
troupes et de chars, et cette guerre s'annonce mal : une
campagne qui va traîner en longueur et des mois pour
prendre Bagdad. À côté de moi, au bar, un ouvrier du
bâtiment a commandé un ballon de Pacharán, une
liqueur de Navarre servie glacée – à 8 heures du matin.
Je me contente d'un jus d'orange, avec juste une goutte
de vodka, et je sors chercher ma voiture.

Moyennant deux cent cinquante euros par mois, je
gare l'Audi au deuxième niveau d'un parc de stationnement en sous-sol, au-dessous de la Plaza de España, la
vaste place située à l'extrémité ouest de Gran Vía, domi-
née par un monument à Cervantès. Voilà un certain
temps déjà que je ne suis plus redescendu ici, et une fine
couche de poussière s'est déposée sur le capot et sur le
toit. Je soulève la roue de secours, je la sors du coffre, je
dissimule le sac d'argent liquide dans le logement moulé
en creux, je retire plusieurs CD de ma valise en vue du
trajet qui m'attend et j'étends deux costumes à plat sur
la banquette arrière. Une femme passe à moins de trois
mètres de la voiture mais continue sans même me lancer
un regard. Ensuite, il me suffit juste de retrouver le ticket
de parking et de sortir de Madrid à l'heure de pointe.
Des véhicules se sont garés en double file sur toute la
longueur de la Calle de Ferraz, réduisant à une voie de
circulation une artère qui en comporte trois, et on ne
peut qu'avancer pare-chocs contre pare-chocs. À cette
heure de la matinée, l'agression des klaxons est irritante,
et je regrette de ne pas m'être mis en route une heure
plus tôt. Il me faut vingt minutes pour atteindre Moncloa
et encore dix de plus pour enfin déboucher sur l'autoroute, avec le trafic congestionné qui avance dans le sens
des aiguilles d'une montre sur le périphérique intérieur,
dans la direction du nord, vers Burgos et la N1. Des

nuages bas se sont immobilisés au-dessus des plaines qui entourent Madrid, avec ces installations industrielles et ces immeubles de bureaux entrecoupés de bancs de brume chargés de rosée, mais sinon, il n'y a pas grand-chose à regarder, mis à part les grandes surfaces de meubles, les sièges sociaux de sociétés allemandes de haute technologie et des bordels de bord d'autoroute qui clignotent à l'infini. Habitant au centre de Madrid, j'oublie que la métropole s'étend aussi loin, avec ces blocs d'immeubles d'habitation posés là, sur cette plaine monotone, construits sans autre objectif que la proximité avec la capitale. Il pourrait s'agir de la banlieue de n'importe quelle grande ville du Middle West américain. Cela ne ressemble pas à l'Espagne.

La conduite, en revanche, est aussi espagnole que le flamenco et le *jamón*. Des voitures foncent à plus de cent soixante kilomètres à l'heure, en slalomant d'une voie sur l'autre au mépris de toute prudence. J'ai l'habitude de les imiter, ne serait-ce qu'à cause de la seule autre solution proposée, rouler à une allure d'escargot dans le sillage d'un poids lourd hors d'âge. Par conséquent, je pousse l'Audi bien au-delà de la vitesse autorisée, collé au pare-chocs arrière de la voiture qui me précède, dans l'attente qu'elle se rabatte sur la droite pour accélérer et prendre le large. La police de la route ne constitue pas un problème. La Guardia Civil a tendance à ne pas patrouiller sur les longs parcours entre les grandes villes, et un coup d'œil à mon permis de conduire allemand (contrefait), allant de pair avec mon inaptitude à communiquer en espagnol, suffit en général à les encourager à me faire signe de circuler.

Pourtant, à mesure que le ciel se couvre, je suis obligé de ralentir. Ce qui s'était annoncé de prime abord comme un début de journée convenable, ensoleillé, se transforme en brouillard, et une pluie drue qui tombe par endroits fait miroiter l'asphalte. À cette allure, je n'aurais pas traversé la frontière du Pays basque avant quatre ou cinq heures. Une réunion préliminaire programmée pour 13 heures dans la capitale, Vitoria, risque de devoir être reportée ou même annulée. Dans la montée vers les sierras, je me retrouve bloqué derrière deux semi-remorques qui roulent côte à côte, dans une lente manœuvre de dépassement macho et, au lieu de rester à macérer dans la puanteur de leurs pots d'échappement, je décide de m'arrêter boire un café. Fort heureusement, le temps que je reprenne la route, la pluie a cessé, la circulation s'est fluidifiée et je dépasse Burgos juste après 11 heures. C'est là que le paysage se déploie dans toute sa puissance : une marqueterie brune et verte de champs ondoyants et, dans le lointain, les monts Cantabriques où se fracasse un soleil biblique. Sur le bas-côté de la route, de petites plaques d'une neige indécise fondent peu à peu alors que l'hiver touche à sa fin. Être loin de Madrid, de la tension et de l'anxiété de Saul, c'est soudainement libérateur.

Quand les panneaux routiers changent, je sais que nous avons franchi la frontière. Toutes les villes sont annoncées dans les deux langues : Vitoria/Gasteiz ; San Sebastián/Donostia ; Arrasate/Mondragón : autant de concessions du gouvernement aux exigences du nationalisme basque. Ce n'est pas le País Vasco, c'est l'Euskal Herria. L'Espagne est divisée en un certain nombre de régions qui disposent d'une bien moins grande autonomie politique et sociale que, disons, l'Écosse et son gouvernement décentralisé. Selon les termes de la Constitution élaborée au forceps à la suite de la mort de Franco, les Basques – et les Catalans – se sont vu accorder le droit de former leur propre gouvernement régional, avec un président, une assemblée législative et une Cour suprême. Tout, du logement à l'agriculture, de l'éducation à la Sécurité sociale, est organisé à un échelon local. Les Basques lèvent leurs propres impôts, gèrent leur système de santé – le meilleur d'Espagne – et entretiennent même une police indépendante. J'entends encore Julian s'exclamer lors de notre déjeuner : « Qu'est-ce qu'ils veulent de plus, bordel ? Va donc nous expliquer ça dans ton œuvre maîtresse. »

L'œuvre maîtresse, comme il l'appelle, contiendra sans doute plusieurs milliers de mots, et ce sera un mélange de conjectures, de faits et de jargon des affaires conçu pour impressionner les investisseurs d'Endiom et fournir une vue d'ensemble des implications politico-financières d'un investissement dans la région basque. « Quand même, m'a-t-il révélé en sifflant son deuxième verre de cognac, l'idée, c'est d'encourager nos clients à lâcher leurs picaillons, hein ? Cela n'aurait aucun sens de les effaroucher. Aucun sens. »

Alors, qu'est-ce qu'ils veulent d'autre, ces Basques ? Je m'arrête à Vitoria, en retard pour la première réunion d'une longue série, et je ne me suis pas davantage rapproché de la réponse. Deux heures à plancher sur le droit du travail et les allocations de Sécurité sociale avec un représentant syndical à lunettes qui a le plus grand mal à se débarrasser de vilaines pellicules récalcitrantes. Il me faut vingt-cinq minutes pour trouver son bureau, et il nous faut encore un quart d'heure à tous les deux pour arpenter les rues humides de la ville à la recherche d'un restaurant qui se révélera médiocre, où l'on sert une soupe trop liquide et des haricots bourratifs. Je commence à regretter d'être venu. Mais c'est seulement ma deuxième visite au Pays basque, et j'avais oublié la transformation frappante du paysage, quand vous roulez vers le nord-ouest en direction de la mer, le plat pays de la Castille s'élançant soudain vers les montagnes bulbeuses couvertes d'épaisses forêts et d'une herbe grasse, et

l'autoroute presque déboussolée qui serpente en suivant
le plancher des vallées. C'est un autre pays. À 4 h 30, j'ai
atteint la périphérie de Saint-Sébastien, la pluie se remet
à tomber et noie le flanc des coteaux dans une brume.
Par intervalles, la silhouette d'une *casería* typique, ces
basses maisons alpestres avec leurs toits à angle obtus,
troue le brouillard, mais à part cela, depuis la route, peu
de choses sont visibles. Donc rien ne me prépare à la
beauté de la ville elle-même, au long déploiement gracieux de l'anse de la Concha, à ces ponts grandioses qui
enjambent la rivière Urumea et à l'élégance des larges
artères de la cité. La secrétaire de Julian, Natalia, m'a
réservé une chambre au Londres y de Inglaterra, peut-
être le meilleur hôtel de la ville, situé sur le front de mer,
en surplomb d'une large promenade ponctuée de bancs
et de vieux messieurs coiffés de bérets basques noirs. La
promenade est bordée d'une longue balustrade en fer-
ronnerie blanche, et il n'y a aucune circulation nulle part.
Il ne paraîtrait pas étrange de voir une femme portant
une ombrelle au bras d'un gentilhomme espagnol ou une
enfant qui ferait rouler un cerceau le long du front de
mer et détalerait en jupe-culotte rose saumon. J'ai le
sentiment d'être tombé dans le repli spatio-temporel
d'une bourgeoisie fin de siècle, comme si, en plus de
cent ans, le cœur de Saint-Sébastien n'avait pas changé,
comme si toute la querelle politique des années fran-
quistes et au-delà n'avait été qu'un mythe qui, par
chance, avait désormais volé en éclats.

Natalia avait réservé une chambre avec vue donnant
sur la baie, un port naturel parfait couronné par une
anse de sable immaculé qui dessine exactement un croissant sur son pourtour méridional. Même dans le froid de
février, de courageux nageurs s'avancent à pas comptés
dans la mer, en grelottant dans les brisants qui viennent
doucement s'écraser depuis la baie de Biscaye. Je prends

une douche, je rédige quelques notes de mon rendez-vous du déjeuner et je m'endors devant CNN.

Je suis réveillé juste après 7 heures par la sonnerie
stridente du téléphone, un appel de Julian, de Madrid.

– Oublié un truc, me fait-il, comme si nous avions
été au milieu d'une conversation. Pensais t'en parler à
déjeuner hier, complètement sorti de la tête.

– Et ce serait ?

– Je pense que tu devrais chercher à rencontrer une
de mes vieilles connaissances, utile pour ton grand
œuvre. Un type qui s'appelle Mikel Arenaza. Il est membre de Batasuna. Enfin, en tout cas, il était.

– Batasuna ? Depuis quand t'es-tu fait des amis
parmi ces gens-là ?

Herri Batasuna était l'aile politique de l'ETA
jusqu'à l'interdiction du parti, à la fin de l'été 2002. Pour
un aristo invétéré comme Julian Church, avoir une
« connaissance » dans ses rangs me semble aussi invrai-
semblable que Saul recevant une carte de Noël de la part
de Gerry Adams.

– Je suis un homme de mystères, me répond Julian,
comme si cela suffit à expliquer la chose, et je l'entends
tapoter avec quelque chose sur son bureau. À vrai dire,
Mikel nous a approchés voici quelques années avec une
proposition d'investissement que nous avons été obligés
de refuser pour des raisons d'éthique. Un personnage
extrêmement divertissant, cependant, et quelqu'un à qui
tu devrais absolument rendre une visite. Bon vivant,
homme à femmes et qui parle un anglais immaculé. Il
va te plaire.

Pourquoi Julian pense-t-il que j'apprécierais un
homme à femmes ? En raison de ses soupçons au sujet
de Sofía ? Conséquence des allusions de Saul durant le
week-end, j'essaie de réprimer mes accès de paranoïa les

plus délirants, mais quelque chose ne me plaît pas là-dedans. Cela ressemble à un traquenard.

— Donc vous êtes restés amis ? Toi et ce Mikel ? Un représentant d'une organisation terroriste de mèche avec le patron d'une banque privée britannique ?

— Eh bien, « de mèche », je ne dirais pas cela, Alec. Pas « de mèche ». Écoute, si cela te met mal à l'aise, Dieu sait que je comprends...

— Non, cela ne me met pas mal à l'aise. Je suis juste surpris, c'est tout.

— Bon, alors, pourquoi ne pas lui passer un coup de fil ? Natalia t'enverra ses coordonnées par e-mail. Cela n'aurait pas de sens de consacrer tout ton temps là-bas à déjeuner avec des avocats et des vendeurs de voitures. Tu as aussi le droit de t'amuser.

9. Arenaza

Mikel Arenaza, politicien et ami de la terreur, est un homme plein d'entrain et engageant – à sa manière de se comporter au téléphone, c'est ce que j'en ai conclu –, mais la confiance en soi, l'exubérance du personnage ne m'apparaissent pleinement que lors de notre rencontre. Nous nous sommes mis d'accord pour prendre un verre dans la vieille ville de San Sebastián, pas dans une *heriko taberna* – le genre de café miteux qui a les faveurs des nationalistes de l'extrême gauche radicale, les *abertzale* –, mais dans un bar chic où des tapas de champignons et de poivrons crus viennent recouvrir par vagues tous les recoins possibles et imaginables, deux barmans et une jeune femme opérant à une cadence infernale sous les yeux des clients. C'est ma dernière soirée dans la ville, après trois journées bien remplies de réunions, et Arenaza arrive en retard, me repère dans la foule à l'instant même où il franchit la porte, un mètre quatre-vingts au moins d'une belle allure massive, arborant un sourire plein de charme sous une explosion de cheveux noirs en bataille. Le fait qu'il porte un costume me surprend. L'élu Batasuna moyen pourrait considérer cela comme une manière de faire de la lèche vis-à-vis de Madrid. À la télévision, au Parlement espagnol, par exemple, on les voit souvent habillés comme pour un match de football, en signe de défiance vestimentaire à l'égard de l'État. Néanmoins, une simple boucle d'oreille piquée dans le lobe de son oreille droite est déjà un pas discret vers l'affirmation d'une personnalité plus subversive.

– Vous êtes Alex, non ?

Une vigoureuse poignée de main, les yeux qui scintillent dès ce premier contact. L'homme à femmes.

– C'est exact. Et vous devez être Mikel.

– Oui, en effet, c'est bien moi, en effet.

Ses mouvements sont déterminés, avec ses épaules tout en muscles, ses bras épais, et la finesse et la ruse coexistent dans l'agencement du visage. Serait-ce mon imagination ou le temps s'est-il arrêté une fraction de seconde, le bar plongeant dans le silence à son entrée ? Il est connu ici, c'est une figure publique. Arenaza adresse un signe de tête, sans un mot, au plus âgé des deux barmans et une *caña doble* fait son apparition à la vitesse d'un tour de magie. Ses yeux sont inquisiteurs : il me toise avec un sourire persistant au coin de la bouche.

– Vous avez trouvé une table. Ce n'est pas toujours facile ici : c'est un triomphe. Donc nous pouvons nous parler. Nous pouvons apprendre à nous connaître.

Son anglais est entaché d'un fort accent, mais il s'exprime avec confiance et fluidité. Je ne prends pas la peine de lui demander s'il ne préfère pas parler en espagnol. À défaut du basque, l'anglais sera forcément la deuxième langue de sa préférence.

– Et vous travaillez avec Julian ? (La question paraît l'amuser.) C'est le banquier anglais typique, non ? Études à Eton et Oxford ?

– J'imagine. C'est le stéréotype. Sauf que Julian a fréquenté Winchester, pas Eton. Comment le connaissez-vous ?

Il y a un temps d'arrêt d'une seconde.

– Eh bien, nous avons essayé de monter quelques affaires ensemble il y a un moment, mais cela n'a pas abouti. Pourtant, c'était une période intéressante, et maintenant, chaque fois que je vais à Madrid, j'essaie toujours de dîner avec lui. Il est devenu mon ami. Et Sofía, naturellement, quelle belle femme ! Les Britanniques nous prennent toujours nos meilleures femmes.

Et là, un rire d'envergure falstaffienne. Arenaza, qui doit avoir à peu près l'âge de Julian, s'est assis dos à la salle, sur un tabouret bas qui n'entame en rien la force de son impact physique. Il lève son verre, en guise de toast.

– À M. et Mme Church, à eux qui nous ont réunis. *Ting.* Alors, à votre avis, que puis-je faire pour vous ?

Il est possible qu'il soit pressé, l'homme introduit qui a cinquante choses plus importantes à faire. Il me vient à l'idée que je vais devoir lui extirper dans la demi-heure les informations qu'il serait éventuellement en mesure de me communiquer pour mon rapport. C'est le défi qui se présente aux espions, gagner la confiance d'un inconnu, et j'aimerais en savoir davantage au sujet de Mikel Arenaza, même si le genre de charisme qu'il possède dénote en général une personnalité instable et agitée. Chaque minute compte.

– Pour Endiom, il serait utile de connaître votre point de vue sur la question du séparatisme. Qu'est-il advenu de votre parti à la suite de l'interdiction ? Pensez-vous que le peuple basque voterait pour l'indépendance, en cas de référendum ? Ce genre de choses.

Arenaza hausse les sourcils et enfle les joues, une mimique bien rôdée pour prendre un air décontenancé. Je remarque qu'il s'est aspergé d'une puissante lotion après-rasage.

– Eh bien, il n'est pas exceptionnel de rencontrer un Anglais qui va droit au but. Je suppose que vous êtes anglais, non ?

Là, je prends un risque, j'applique un plan conçu à l'avance, qui se fonde sur les convictions idéologiques d'Arenaza.

– En fait, mon père était lituanien et ma mère irlandaise.

Deux peuples opprimés, comme il convient, histoire de donner à un Basque de quoi méditer.

– Ils se sont installés en Angleterre quand mon père a trouvé du travail là-bas.

– Vraiment ? dit-il, l'air agréablement intrigué. Votre mère est irlandaise ?

– C'est exact. Du comté de Wicklow. Une ferme, près de Bray. Connaissez-vous la région ?

En réalité, maman est cornouaillaise de souche, mais l'ETA et l'IRA ont toujours entretenu des liens très étroits, partagé des réseaux, des objectifs communs. Voilà environ un an, un général de l'armée espagnole a été tué par une bombe montée sur une bicyclette, une technique dont on pense que l'ETA l'a acquise auprès des Irlandais.

– Uniquement Dublin, me répond le Basque.

Il m'offre une cigarette que je refuse. C'est une marque sud-américaine – Belmont – que je n'ai vue qu'une seule fois auparavant. Il en allume une et me sourit, à travers son tout premier nuage de fumée.

– J'ai pris part à plusieurs colloques là-bas, une fois à Belfast, aussi.

– Et vous rentrez à peine d'Amérique du Sud ?

Il semble interloqué.

– De Bogotá, oui. Comment le savez-vous ?

– Vos cigarettes. Vous fumez une marque de là-bas.

– Eh bien, dites-moi, vous êtes un individu très observateur, monsieur Milius. Julian a pris une bonne décision en vous embauchant, je trouve.

C'est une flatterie de politicien, mais elle n'en est pas moins bienvenue. Je lui réponds *Eskerrik asko* – la formule basque pour « je vous remercie » – et je le ramène à notre sujet de conversation.

– Donc, vous voulez savoir ce qu'est devenu Herri Batasuna ?

– C'est exact. Et recevoir cette information par l'intermédiaire de quelqu'un qui se situe à proximité du cœur de l'organisation, cela me serait très utile.

– Donc, il s'agit d'une situation compliquée, comme vous le devinez sans doute. Mon parti n'est pas le seul affecté. Je suis convaincu que vous avez déjà été informé de ce qui s'est produit la semaine dernière ?

– Avec *Egunkaria* ?

À l'aube du 20 février, un jeudi, des membres masqués de la Guardia Civil ont fait irruption dans les locaux du journal basque *Egunkaria* et arrêté dix de ses cadres en les accusant de soutenir l'ETA.

– J'ai entendu dire que la police n'y était pas allée de main morte. Ils n'ont pas pénétré dans les bureaux vêtus de gilets pare-balles ?

– C'est juste. C'est juste. C'était ridicule. Il s'agit du siège d'un journal. Les employés allaient leur tirer dessus avec quoi ? De l'encre ?

Je ponctue d'un rire encourageant, puis Arenaza consacre un quart d'heure à me raconter des choses que je sais déjà : que plus d'une centaine d'hommes ont reçu l'ordre de fouiller les bureaux d'*Egunkaria* dans tout le Pays basque et la Navarre, qu'ils ont confisqué des documents et des archives informatiques, avant de condamner les locaux, que plusieurs éditeurs basques leur ont proposé des bureaux et la possibilité de disposer de matériel d'imprimerie, à titre temporaire, pour permettre au journal de paraître.

– C'était une attaque directe contre notre culture, décrète-t-il enfin. C'était le seul quotidien de la région entièrement publié en euskera.

– Et qu'en est-il de cette accusation selon laquelle il serait financé par l'ETA ?

Arenaza incline la tête de côté, à peine, et ses yeux perdent fugitivement leur éclat. Ce peut être un signe d'irritation ou simplement un avertissement, une invitation à me montrer plus discret.

– Je ne peux pas parler à la place d'E-T-A, me répond-il, en détachant chaque lettre pour masquer l'acronyme, mais ces accusations ont aussi été lancées contre un autre journal, *Egin*, en 1998, avant qu'il ne soit également interdit par Madrid. Ils prétendent que la lutte armée souhaite disposer d'un journal quotidien en langue basque, qu'ils ont transféré des parts d'*Egin* sur *Egunkaria* pour payer l'opération, et qu'ils ont nommé certains journalistes aux postes de rédacteurs en chef. Et ce ne sont que des conneries, évidemment. De complètes conneries.

Arenaza tire une bouffée de sa cigarette, calmement. Son humeur est d'une nonchalance qui confine à la vanité.

– Si vous voulez parler de financement, parlons financement. *Egunkaria* a été doté de six millions d'euros par le gouvernement, et le Parti populaire les accuse encore de « responsabilité politique » dans la propagation du terrorisme. Ces gens ne sont que des fascistes, Alec. Des fascistes et des ignorants.

Au cours de ces derniers jours, j'ai remarqué que les parties en présence de part et d'autre dans le conflit basque usent précisément de la même terminologie quand elles se lancent des attaques mutuelles. Ainsi, Aznar est « un fasciste » ; Ibarretxe, le président de la région basque, est « un fasciste », l'ETA n'est qu'« une bande de fascistes » et ainsi de suite. Un moyen utile de polariser le débat pour ceux qui n'ont aucun intérêt à trouver des solutions. Quoi qu'il en soit, je hoche la tête en signe d'approbation, et en veillant à rester dans le bon camp, celui des préjugés d'Arenaza. Il suggère que nous prenions un autre verre. Après quelques instants, il revient du bar armé de *cañas* et de deux grandes assiettes chargées de *pintxos*.

– Les meilleures tapas de la Parte Vieja, proclame-t-il.

Son bras s'abat sur mon épaule, et je sais maintenant qu'il me prend en sympathie. Arenaza est un homme qui préfère la compagnie des hommes et, pour une raison qui m'échappe, ils sont toujours du genre à m'apprécier. Nous devisons longuement sur la supériorité de la cuisine basque par rapport à toutes les autres, et c'est au moins un sujet sur lequel je peux m'exprimer avec une réelle sincérité. Mais en fin de compte, il est impatient d'en revenir à *Egunkaria*. Il a maintenant l'haleine chargée d'une forte odeur d'alcool, et je me demande s'il n'a pas bu au déjeuner.

– Si je pouvais juste vous signaler, Alec, que le rédacteur en chef du journal a été torturé à Madrid, cette semaine, par la police du ministre de l'Intérieur, O.K. ? C'est un fait, en dépit de ce que vous raconteront les uns et les autres. Un interrogatoire qui a duré toute une nuit dans les cellules de la Guardia Civil, entre lundi à midi et mardi matin. Ils l'ont entièrement déshabillé, ils lui ont enfilé un sac plastique sur la tête pour lui masquer les yeux, et lui ont braqué un pistolet à la tempe.

Afin d'illustrer son propos, il se pointe deux doigts contre la sienne et presse sur une détente imaginaire. Je note que l'homme à femmes porte une alliance à l'annulaire de la main droite.

– Et pendant tout ce temps, ils lui ont déversé dans les oreilles un torrent d'insultes sur la culture et les politiciens basques. Ce sont des brutes bestiales.

J'étais au courant. Le sujet était couvert dans *The Independent* de la veille.

– Mon Dieu, je n'avais aucune idée de ça !

– Eh bien, naturellement ! Et pourquoi en auriez-vous la moindre idée ? Il est dans l'intérêt des médias d'État de ne pas aborder ces questions-là. Et ensuite, cinq des dix journalistes arrêtés liés à *Egunkaria* se sont vu refuser leur mise en liberté sous caution au motif qu'ils seraient des terroristes. Je vous demande un peu ! Des hommes de soixante ans, qui écrivent sur le football et les politiques éducatives – des terroristes ?

Pour la première fois, Arenaza a haussé le ton, au point que toute personne parlant anglais dans ce bar serait à même de comprendre. Il s'en aperçoit, mord dans un canapé au boudin noir et laisse échapper un sourire où pointe un léger mécontentement de soi : il a ses raisons, mais il ne veut pas me laisser croire qu'il prend tout cela trop au sérieux. J'entame ma deuxième bière en dégustant ma tortilla et j'oriente de nouveau la conversation vers Batasuna.

– Alors, pouvez-vous m'expliquer, en tant qu'ancien élu, les conséquences de cette interdiction ? Votre réaction à cette décision, et celle de vos collègues ?

– Ma réaction ? Très bien.

Il se penche en avant. Une minuscule miette de *morcilla* lui est restée collée au menton.

– La vérité, Alec, c'est que le parti n'a pas cessé de perdre ses soutiens, en raison de la violence. C'est une évolution que l'on ne peut nier, ni moi ni personne. Depuis un pic à vingt pour cent de l'électorat dans la région, il est tombé à moins de dix quand le cessez-le-feu a débuté. Les électeurs n'aiment pas voir que l'on tue des gens. Cela ne signifie pas que la lutte armée soit inefficace. Au contraire, si vous considérez n'importe quel groupe révolutionnaire dans un contexte international... le Hamas, l'IRA, les combattants tchétchènes, Ben Laden... ils ont tous été efficaces, sans aucun doute, à l'exception, le cas échéant, d'Al-Qaida, qui, pour moi, ne semble poursuivre aucun objectif idéologique, en dehors de la fureur pure et simple. La violence est le seul moyen d'amener les politiciens à se réunir autour de la table, de les contraindre à faire des concessions, et les gens le comprennent. Les attentats suicides dans les bus à Tel Aviv rapporteront un jour des dividendes, tout comme la guerre menée par ETA a porté ses fruits. Il suffit de regarder ce que l'IRA a soutiré à votre gouvernement et à Tony Blair.

– Qui n'a jamais interdit le Sinn Féin.

– Exactement !

Arenaza s'empare de cette remarque avec un ravissement manifeste, comme s'il avait trouvé l'âme sœur.

– Les Britanniques ont été très malins, m'affirme-t-il en tambourinant des doigts sur la table. Ils n'ont jamais interdit le parti. Ils savaient que ce serait antidémocratique, une décision pareille. Et quand l'heure est venue d'entamer le processus des négociations de paix, ces pourparlers ont pu s'engager de manière civilisée. L'IRA présentait un visage politique et respectable que l'on pouvait recevoir dans les salons d'Angleterre, et tout le monde a pu progresser, en toute dignité britannique. Mais le señor Aznar a interdit Herri Batasuna, et maintenant il ne lui reste plus rien. Il a l'intention de repousser le mouvement nationaliste « à la mer », pour reprendre votre expression à vous, les Anglais. Mais il n'y réussira pas.

– Bon, vous ne pouvez pas franchement lui en vouloir.

C'était comme si Arenaza ne m'avait pas entendu. Ses yeux s'étrécissent considérablement, et il a même une très légère moue, les lèvres froncées, comme si je n'avais pas su rire à l'une de ses blagues préférées.

– Je suis désolé... je ne vous suis pas, dit-il habilement, conservant son charme de politicien.

– C'est juste qu'il y a quelques années ETA a essayé de faire sauter Aznar avec une bombe placée dans une voiture. Ce genre de comportement a tendance à laisser des traces, vous ne croyez pas ? Vous pouvez toujours sympathiser avec les Palestiniens autant que vous voulez, mais si un jour votre fille se trouve dans un bus, et si c'est elle qui a le bras arraché par une bombe, votre point de vue sur la question risque de changer.

Pour une fois, peut-être parce qu'il vient d'être contredit, son anglais impeccable lui fait défaut et il me demande de répéter ce que j'ai dit. Par souci de clarté, j'abandonne le parallèle israélien, et je reviens à la tentative d'attentat de l'ETA sur la personne d'Aznar.

– Vous pensez que la motivation d'Aznar, c'est la vengeance ?

– Je ne crois pas qu'on puisse l'écarter.

Mikel Arenaza semble réfléchir à ma thèse un petit moment – non sans lever les yeux, à un moment donné, pour aviser une jolie femme qui entre à l'autre bout du bar – et il allume une autre cigarette, avant de me répondre :

– Vous êtes un homme intéressant, Alec Milius.

Cette nouvelle flatterie s'accompagne de cette espèce de sourire vainqueur que je le soupçonne de réserver aux dames d'ordinaire.

– Comment un politicien se crée-t-il un nom ? En fournissant davantage de livres aux écoles ? En s'organisant pour que les bus arrivent à l'heure ? Bien sûr que non. Il y parvient grâce à de grandes gesticulations.

Donc, M. Bush va apporter la démocratie à l'Irak, M. Aznar va remporter la guerre contre l'ETA. C'est ainsi qu'ils souhaitent laisser leur empreinte dans les mémoires. Et naturellement, cela relève de l'illusion. Nous sommes dirigés par des hommes faibles et nous allons le payer. Tout ce que ce putain d'ancien inspecteur des finances de Madrid a réussi à obtenir, c'est de mettre en colère beaucoup de nationalistes modérés et de les dresser contre le gouvernement. Herri Batasuna n'a jamais tué personne. Vous devez vous en souvenir. Nous étions une institution démocratique. Soit vous croyez en la liberté d'expression, au principe « un individu, un vote », soit vous n'y croyez pas. Y croyez-vous, monsieur Alec Milius, d'Endiom Bank ?

– Bien sûr que oui.

– Eh bien, pas moi !

Il me considère avec une expression spontanée de triomphe, comme s'il était ravi de m'avoir pris à contre-pied. Il lève même les bras, les mains écartées de la table, et il regarde autour de lui, comme s'il s'attendait à des applaudissements. Je me penche en avant sur mon tabouret et je prends un autre *pintxo*.

– Vous ne croyez pas en la liberté d'expression ?

– Je n'y crois plus.

– En la démocratie ?

– Après mûre réflexion, j'en ai conclu que pour le peuple, c'était peine perdue. Pour le peuple, la démocratie est un gaspillage.

Cela pourrait se révéler intéressant.

– Vous voulez m'expliquer pourquoi ?

– Certainement, affirme-t-il avec un autre de ses sourires brevetés, qui m'invitent à penser que Mikel Arenaza souffre d'une faiblesse fatale – le désir d'être apprécié. Il dira ou fera n'importe quoi pour parvenir à ses fins. Qu'est-ce que la séduction, après tout, sinon une poursuite permanente de l'approbation de l'autre ? Je serais prêt à parier une somme conséquente qu'il n'a pour ainsi dire aucune conviction fermement arrêtée, uniquement le désir de dépouiller les autres des leurs.

– Regardez ce qui se passe avec la guerre du Golfe, s'exclame-t-il en regardant fixement par la fenêtre, comme si des membres de la Garde républicaine, la troupe d'élite irakienne, se massaient soudain dans la Parte Vieja. Des millions de gens, dans le monde entier, protestent contre leurs gouvernements, contre l'invasion en Irak, et qui les écoute ? Personne. Ni M. Blair, ni le Parti populaire, sûrement pas les Américains et Bush. Mais ils iront quand même, ils entreront dans Bagdad. Et vous savez ce qui me fait rire ? C'est cette même prétendue démocratie qu'ils veulent imposer au Moyen-Orient. La même corruption. Les mêmes mensonges. Vous voyez ? Le peuple ne compte pas.

– Mais ce n'est pas sa faute. Je n'aime pas entendre ce style de propos dans la bouche d'un politicien, conviction ou pas conviction. Pour l'opinion, la démocratie n'est pas un gaspillage, sous prétexte qu'elle serait privée de voix. Ce sont les politiciens qui la gaspillent, en profitant du peuple.

– Précisément, précisément. (Il semble approuver de tout cœur et vide son verre.) Mais l'idée que les gouvernements écoutent l'opinion publique, qu'ils rendent des comptes aux hommes et aux femmes qui ont voté pour eux, c'est une notion du XIXe siècle, qui remonte aux débuts du socialisme dans votre pays, quand le peuple a enfin acquis une voix et un moyen d'échanger ses points de vue. Avant, la politique ne concernait que les intérêts particuliers des élites. Les gens l'oublient, et maintenant nous en sommes revenus à ce stade-là. Votre gouvernement britannique mène une politique fondée sur une idéologie simple : suivre l'Amérique. C'est toute la portée de leur imagination. Et, à long terme, il est plus commode pour M. Blair de dire « non » à des centaines de milliers d'électeurs britanniques, et même d'ignorer la voix de sa propre conscience, que pour le Foreign Office du Royaume-Uni de répondre « non » à George Bush. Maintenant, suivez ma logique. Une fois que les Premiers ministres d'Espagne et du Royaume-Uni doivent se plier à une décision forcée de cet ordre, autrement dit parce qu'ils n'ont pas le choix de leurs actes à cause de l'Amérique, alors ils finissent par se considérer comme des hommes appelés à une destinée. De bons Européens contre les méchants, les amis de la démocratie contre les amis de la terreur. Et l'ego prend le dessus.

Là, j'ai perdu le fil, mais je réussis à trouver une question :

– Alors pourquoi vous impliquez-vous encore dans l action politique ?

– Je ne m'implique plus. Nous avons été interdits.

– Oui, mais...

– Écoutez-moi. J'ai siégé lors de ces réunions, même au niveau de la politique locale, et aucun de mes supérieurs ne s'est jamais soucié de rien d'autre que de sa promotion, tant personnelle que politique. Ce sont tous des petits Dick Cheney, tous les mêmes. La politique, c'est la vanité des individus. L'action politique n'est modelée que par leurs défauts de caractère.

Pourquoi me raconte-t-il cela ? Parce qu'il est ivre ?

– Êtes-vous en train de m'expliquer que vous désapprouvez vos collègues ?

Un lourd silence. Arenaza se passe la main dans son épaisse chevelure.

– Pas exactement, non. Je ne désapprouve pas.

Je me dis que mon interlocuteur n'a pas envie de dépasser les bornes.

– C'est plus une question de nature humaine, de
réalité. Écoutez, vous avez autre part où aller ce soir, là ?
– Non.
– Alors venez avec moi. Je vais tout vous expliquer.
Nous irons dans un autre bar et je vais vous montrer ce
que je pense au juste.

10. Niveau trois

À l'heure où nous sortons du bar, une fine bruine s'est mise à tomber, et les rues étroites et sombres du vieux quartier sont nimbées d'une pluie noire. L'air de la mer est humide, atlantique, tout à fait différent de l'atmosphère sèche et poussiéreuse de Madrid, et s'en imprégner à grandes goulées constitue un soulagement bienvenu, après la forte odeur de fumée du bar. Je presse le pas au côté d'Arenaza, nous marchons vite dans la rue, et j'essaie d'anticiper ce que peuvent me réserver les quelques heures à venir. Tout peut arriver. La soirée risque de sombrer dans un humus de gnôle et d'idéologie, comme de revêtir un tout autre caractère. Sauf si j'ai mal analysé la situation. Arenaza semble avoir accompli une sorte d'épiphanie politique en critiquant ses anciens maîtres de la lutte armée et n'hésite pas à faire part de cette révélation à des inconnus comme moi. C'est le phénomène du voyage en avion : souvent, nous confions l'information la plus secrète au passager du siège voisin que nous comptons bien ne jamais revoir. Tandis qu'il me parlait, au bar, le flux des confidences ne cessait de croître à chaque verre, comme si un masque glissait peu à peu de son visage. Sur la base d'une connaissance commune, Julian, un ancien élu de Batasuna se confiait à moi, et pourtant, d'une certaine manière, cela se tenait. Je l'avais charmé à mon tour. Je l'avais pris à revers.

– D'abord, nous allons devoir récupérer ma voiture, m'annonce-t-il. Il faut que je retire ma veste, Alec, que je me change, que je quitte mon costume et mes souliers. Ça vous va, si je commence par là ?

– Pas de problème.

La quasi-totalité des meilleurs bars et des meilleurs restaurants de Saint-Sébastien sont regroupés dans la Parte Vieja, mais j'ai passé très peu de temps par ici, surtout parce que les contacts de Julian préféraient me retrouver au salon bar de l'hôtel Inglaterra, où les canapés et les fauteuils confortables offrent une vue sur la promenade et, au-delà, l'océan. Du coup, je ne sais plus où nous sommes, et les fréquents changements de direction d'Arenaza dans ce maillage de rues ont de quoi me désorienter. J'ai l'impression que nous marchons vers l'ouest, en direction de la Concha, mais il est impossible de se repérer. Arenaza tient un exemplaire du journal *Gara* sur sa tête pour se protéger de la pluie et se sert de son autre main pour maintenir son téléphone portable contre son oreille. Il parle à quelqu'un, avec un débit rapide, en basque.

Denak ondo dago. Gaueko hamabietan egongo maize-txean. Afari egin behar dut Ingles bankari honekin.

À qui s'adresse-t-il ? À son épouse ? À un collègue ? Au milieu de la conversation, il s'interrompt et, d'un geste, me désigne une affiche collée à une vitrine d'un bar tout proche. C'est une caricature d'Aznar, la langue du Premier ministre qui s'enroule très profond dans le trou de balle du président George W. Bush. La légende est rédigée en basque et je ne la comprends pas. Derrière la vitrine, je peux entrevoir des hommes qui jouent aux échecs sur des tabourets. Il articule sans le prononcer le mot « vérité », et reprend sa conversation au téléphone.

Ez arduratu. Esan dizut dagoenekoz. Gaueko hamabiak. Bale ba, ikusi ordu arte.

Ensuite, ce dialogue prend fin et nous débouchons dans une zone piétonne, juste derrière l'hôtel de ville. Il est 9 heures passées et les rues sont noires de monde. Arenaza m'explique que sa voiture est garée dans un parking souterrain à environ cinquante mètres de là. Une main dans mon dos il me guide, nous traversons un passage piétons balisé de signaux clignotants et nous nous dirigeons vers l'entrée du garage.

– Par ici, en bas, me dit-il. En bas.

L'escalier est mal éclairé, je me tiens à la rambarde et, à un certain moment, je me fais bousculer par une retraitée qui monte, vêtue d'un manteau en faux vison. Le parking s'étend sur trois niveaux, et il fait de plus en plus humide et froid au fur et à mesure de la descente. La voiture d'Arenaza, une minuscule Fiat à la portière cabossée, est garée dans le coin le plus reculé du dernier niveau, serrée entre une Mini Cooper flambant neuve et un Renault Espace bleu foncé. Ce doit être le parc de longue durée, car cette partie est complètement déserte. Il fait très sombre maintenant et, pour la première fois, l'idée me vient que j'ai pu complètement me méprendre sur la situation. Pourquoi a-t-il besoin de moi pour descendre jusqu'ici ? Pourquoi change-t-il de vêtements ?

– Vous savez quoi, Mikel, je crois que je ferais aussi bien d'attendre en haut. (Il pourrait s'agir d'une tentative d'enlèvement, de vol, n'importe quoi.) Je vous retrouve à l'entrée de l'hôtel de ville.

Je n'aurais jamais dû venir ici de mon plein gré. J'ai laissé les choses déraper.

– Qu'est-ce que vous racontez ? dit-il, l'air détendu, tout en farfouillant dans le coffre de la Fiat, son visage caché. Alec ?

– C'est juste que j'ai un coup de fil à passer. Depuis l'entrée, là-haut. À une amie de Madrid. Elle doit essayer de m'appeler. Je vous retrouve en haut, Mikel, d'accord ? Je vous retrouve en haut.

– Attendez, attendez.

Il émerge entre la Fiat et la Mini, vêtu d'un vieux pull usé sur une chemise blanche propre.

– Vous montez au niveau de la rue ? Vous pouvez attendre juste deux minutes, s'il vous plaît ?

Je m'éloigne de la voiture à reculons et je pivote lentement, jusqu'à achever un tour complet, en essayant de lire dans son regard au passage. Au loin, quelque part, un objet métallique tombe par terre. Il fait trop sombre, trop calme. Ce n'est que le frisson de béton des sous-sols et une odeur pénétrante d'essence répandue. Ensuite, à une dizaine de mètres, deux hommes surgissent tout à coup d'un fourgon et avancent dans ma direction. Immédiatement, je fais demi-tour et je regagne l'escalier de la sortie en courant, sans penser à rien d'autre qu'à sortir de là aussi vite que possible. Derrière, Arenaza hurle après moi : « Hé ! » Mais je ne réagis pas, je grimpe à fond de train les trois étages pour émerger sous la pluie et à l'air frais, une bénédiction, un soulagement.

Une fois au niveau de la rue, je me courbe, je me plie en deux au milieu de la foule, les mains calées sur les genoux, pour retrouver un peu mon souffle. Pourquoi Julian m'a-t-il tendu un traquenard avec ce type ? Ma tête est douloureuse et j'ai les jarrets, le dos des cuisses tout tremblant. Et puis, derrière moi, deux hommes font leur apparition dans la rue, ils marchent d'un pas égal. Avec une sensation de soulagement qui se transforme vite en honte, je m'aperçois qu'il s'agit de deux Chinois. Pas des nationalistes basques, pas des garçons de course de l'ETA, mais deux touristes en jean et imperméable.

L'un des deux raconte une histoire, l'autre rigole en consultant un plan. C'est humiliant. Quelques secondes plus tard, Arenaza émerge à son tour, lance des regards autour de lui, l'air complètement interloqué. Comment vais-je me sortir de cet épisode ? Je sors mon téléphone portable, je le colle contre mon oreille et je débite : « Deux trois quatre cinq, deux et deux font quatre, deux fois trois font six », histoire de donner le change et de faire croire à une conversation animée. Arenaza remarque mon manège et se rembrunit. Je lui réponds d'un signe joyeux de la main, en désignant le téléphone, qu'enfin je referme avec un claquement, alors qu'il vient vers moi.

— Désolé, Mikel, désolé, dis-je, le souffle court. Mon téléphone s'est mis à sonner, en bas, et j'ai voulu prendre. Il y a cette fille que je vois, à Madrid, et le signal était faible...

Il ne me croit pas.

— Que s'est-il passé ? fait-il gentiment.

— Comme je vous disais à l'instant. Une fille...

— Non, allez ! Quoi, vous avez pris peur ?

Il n'est pas en colère. En fait, il se montre d'une compréhension étonnante.

— Peur ? (Je pars dans un absurde éclat de rire.) Non, bien sûr que non.

— Vous souffrez de claustrophobie, Alec ?

C'est une idée. Rien ne m'empêche de jouer là-dessus, au lieu de prétendre avoir reçu un signal de téléphone portable sous plus de quinze mètres de béton.

— Bon, pour être franc, oui. Je suis claustro. J'ai un peu perdu les pédales. On peut appeler cela de la claustrophobie.

— Mon frère a la même chose. (Dieu bénisse le frère de Mikel Arenaza.) Je suis confus, vraiment désolé de l'apprendre, dit-il en secouant la tête ; et il pose sa main sur le bas de ma nuque, avec une petite pression des doigts.

– Vous auriez dû me dire, m'expliquer avant qu'on ne descende.

– Eh bien, je croyais avoir surmonté le problème, Mikel, vraiment j'y ai cru. Je n'avais plus eu de crise pareille depuis des années. Nous autres, les banquiers, nous ne sommes pas très solides, vous savez ?

Il ne rit pas.

– Non, ce n'est pas drôle. Je le sais, à cause de Julio. Ça lui gâche l'existence.

Il ouvre un parapluie à larges bords, m'abrite de l'averse et prend une expression presque paternelle.

– Vous voulez vous reposer ? Vous voulez rentrer à votre hôtel ?

– Non, bien sûr que non.

Il s'est aspergé d'une nouvelle giclée d'après-rasage dans le parking, et j'aimerais mieux que nous soyons un peu moins proches l'un de l'autre.

– Continuons. Prenons un verre. Cela me ferait plaisir, vraiment.

Et il accepte, en me parlant sur tout le trajet de ses propres peurs – le vertige, les araignées – à seule fin de dissiper mon sentiment de gêne. C'est très gentil de sa part, aucun doute, et j'éprouve un sentiment de honte inattendu, d'avoir suspecté en lui autre chose que de l'ouverture d'esprit et de l'honnêteté.

– C'est là que je voulais vous emmener, me dit-il, alors que nous arrivons devant une *herriko taberna*, de retour dans les profondeurs de la Parte Vieja. À l'intérieur, vous allez constater les problèmes avec les *abertzale*. Ensuite, tout deviendra plus clair.

Le petit bar est bondé et tremble sous les coups sourds et la cacophonie rugissante du heavy metal basque. Une odeur de marijuana me cueille aux narines, comme un souvenir de Malasaña et, quand nous dépassons la source de ce nuage odorant, Arenaza se retourne : deux punks gothiques tirent sur un joint de la taille d'un gros feutre. Plusieurs clients de l'endroit le saluent, sans trop de chaleur, il est vrai, et d'ailleurs il ne s'arrête pour adresser la parole à personne. Au bar, nous nous tournons pour nous retrouver face à face, et j'insiste pour que ce soit ma tournée.

– C'est à la fin qu'on paie, me prévient-il. Vous ne vous sentez pas trop mal à l'aise ici ? Pas trop de monde ?

Il revient encore sur la claustrophobie.

– Non, ça va. C'est plus une peur du noir, Mikel. En général, dans la foule, je n'ai pas de mal.

Une femme sert ces messieurs, derrière le bar. Elle a les côtés de la tête rasés et les cheveux longs sur la nuque. C'est une coiffure de style basque. Je regarde autour de moi, et je vois une demi-douzaine de jeunes gens aux coupes similaires, et encore trois ou quatre autres coiffés de manière identique, cette « coupe Mullet » bien connue dans les tribunes des stades anglais. L'idée – d'après un journaliste avec qui j'ai déjeuné à Villabona mercredi –, c'est de présenter un contraste tranché avec les moumoutes pomponnées des jeunes élites conservatrices madrilènes, qui ont tendance à préférer les raies soigneusement tracées sur le côté ou les crans sculptés au gel. Arenaza se penche vers la barmaid et l'embrasse sur les deux joues, même si, là encore, on le reçoit avec froideur.

– Buvons quelque chose, fait-il, et il commande deux grands whiskeys – irlandais, comme de juste –, avec beaucoup de glace dans le mien.

Il y a, posé sur le bar, un petit pot bleu et noir, comme une urne inca, et je demande ce que c'est.

– C'est une boîte pour la collecte, me répond-il tranquillement. De l'argent pour nos prisonniers.

– Pour les prisonniers d'ETA ?
– Exact.
Voilà qui me prend au dépourvu.
– C'est légal ?
Arenaza hausse les épaules. Je m'aperçois maintenant qu'il y a des photos de prisonniers de l'ETA partout
derrière le bar, nichées dans des recoins, à côté de vieux
autocollants pour la promotion de Batasuna, de clichés
anthropométriques de « combattants de la liberté » à
l'œil fixe, très conscients de leur image, et qui lancent
un regard de défi face à l'insulte que représente ce pouvoir délégué, décentralisé. Parmi eux, un sur cinq à peu
près est une femme, et aucun ne doit avoir beaucoup plus
de trente ans. Comment vit-on au quotidien avec cette
foi en la violence politique, avec la conviction qu'une vie
humaine peut être supprimée au nom d'une cause ? Épiphanie ou pas, il doit avoir une certaine expérience de
la chose. Vous ne travaillez pas pour Batasuna pendant
seize ans sans vous souiller les mains de quelques gouttes
de sang. C'est dans une *herriko taberna* comme celle-ci,
dans tout le Pays basque, que les fauteurs de trouble de
l'ETA procèdent à une grande partie de leur recrutement, déversant leur propagande nationaliste dans les
oreilles de jeunes hommes prédisposés, qui, plus tard,
iront déclencher des bombes devant des hôtels pour touristes britanniques à Alicante et faire sauter la voiture
d'un politicien ou d'un juge assez courageux pour avoir
pris position contre la « lutte armée ». Est-ce ainsi qu'il a
commencé ? A-t-il été repéré pour ses talents de terroriste dès l'adolescence, pour envoyer plus tard des acolytes sur le chemin d'un martyre pavé d'ignorance ?
   – Vous avez envie de manger quelque chose ?
   – Je n'ai pas faim.
Comme obéissant à un signal, mon téléphone portable sonne et un texto m'arrive de Sofía :

Ce soir tu me manques. Espère que tu es prudent
au nord. Fais attention aux Basques. Ce sont des fascistes.

– Est-ce que tout va bien ?

J'éteins le téléphone.

– Tout va bien. Je me sens encore un peu bizarre,
après le parking.

Il prend nos verres et trouve un coin où nous
pouvons parler, en restant debout.

– Dites-moi une chose, lui demandé-je, avec l'envie
d'en finir à ce sujet. Tous ces bars servent à blanchir de
l'argent ? Si j'achète un whiskey ou un *bocadillo*, je contri-
bue à payer un détonateur pour la prochaine voiture
piégée que ETA fera sauter ?

Il paraît admirer ma franchise.

– Eh bien, c'est vrai jusqu'à un certain point. Et
quelle est la raison qui nous pousse à le nier ? Beaucoup
de gens sont engagés dans cette guerre, Alec. Beaucoup
de gens veulent voir un État basque indépendant.

– Et beaucoup de gens ont juste envie qu'on les
laisse en paix. La grande majorité d'entre eux n'a aucune
envie de se mêler de politique. Vous l'avez dit vous-
même il y a tout juste une demi-heure.

– C'est vrai, c'est vrai. (Il a l'air subitement dégoûté
de sa cigarette et l'éteint dans un cendrier.) La politique,
pour la grande majorité, c'est terminé. Nous en avons
parlé. L'inadaptation totale du discours politique, quel
qu'il soit. C'est pourquoi un événement comme le 11-
Septembre a provoqué un tel choc chez l'Américain
moyen. « Qui sont ces gens ? » se demandaient les Américains. « Que leur avons-nous fait pour qu'ils puissent
nous infliger un traitement pareil ? » Les gens ignorent
les faits. Ils sont mal renseignés par les journalistes de la
télévision et de la presse écrite, et puis, de toute manière,

cela leur est égal. S'ils ne s'en moquaient pas, ils chercheraient les réponses. Si tout cela ne leur était pas égal, ils prendraient possession de la rue.

– Mais le peuple espagnol n'arrête pas de descendre dans la rue. À Madrid, il y a sans arrêt des manifestations. Dans la Calle Princesa, en ce moment, je ne peux pas m'entendre penser. Chaque fois que je regarde par la fenêtre, il y a dix mille personnes qui manifestent contre la guerre en Irak.

Arenaza a un sourire narquois.

– Et ils ne seront pas entendus. C'est un fait divers qui alimente les infos à la télévision, de quoi fournir un sujet de conversation aux gens à l'heure du déjeuner. Ces protestations leur font du bien, comme s'ils avaient accompli quelque chose. Mais ce n'est jamais qu'un orgasme, de l'art collectif, de la masturbation. (Il écorche ce dernier mot et j'en rirais presque.) Supprimez-leur la télévision, leur voiture, leur maison, et là, vous verrez ces gens s'engager pour une cause.

– Mais c'est la position défendue ici, en Euskal Herria. En dépit de toutes les libertés dont jouissent les Basques à l'heure actuelle, vous soutenez que l'Espagne vous a volé quelque chose. Votre pays. Et pourtant, vous avez renoncé... à vous-même et à votre peuple. Vous estimez que la démocratie et la liberté de parole pour le peuple, c'est peine perdue.

Cela lui donne matière à réfléchir, comme si je l'avais enfermé dans une contradiction, et là encore, je finis par me demander s'il croit réellement à tout ce qu'il raconte. Tout ce discours semble à tel point cynique, si réducteur, tellement en porte à faux par rapport au nationaliste sûr de lui, pourfendant Madrid, que j'ai découvert de prime abord. L'a-t-on prié de tenir ce discours ?

– Je vais vous expliquer.

Seuls ses yeux bougent, et il fait signe à une silhouette arachnéenne qui se tient à peu près trois mètres plus loin, au bar. Un homme âgé, voûté, chauve et barbu, débite sa logorrhée, avec une conviction très électrique, à un adolescent vêtu de jean et de cuir.

– Qu'est-ce que vous voyez là-bas ?

– Je vois quelqu'un qui est en train d'argumenter. Et je vois un jeune homme impressionnable.

Après que je lui ai expliqué ce mot, « impressionnable », il s'exclame « exactement ! » et reproduit son sourire triomphal de tout à l'heure.

– Cet homme est l'un de mes anciens collègues. Nous avons travaillé ensemble dans le même bureau. Ne vous inquiétez pas, il ne parle pas l'anglais. Il ne sera pas en mesure de comprendre ce que nous nous disons. C'est un homme rempli de haine. Il fut un temps où il était un vrai patriote, et maintenant il est devenu extrême, dans tous ses points de vue. Comme je vous l'expliquais... une personne de conviction qui a laissé sa vanité et sa faiblesse lui obscurcir le jugement. Et ce garçon que vous apercevez, je le vois dans ce bar pour la première fois. C'est encore un gamin. Il y en a des centaines comme lui, et mon collègue va lui inculquer le bien-fondé de la lutte armée, lui permettre de s'initier à l'argot des rues de notre langue, lui apporter un objectif, une direction. Et regardez la manière qu'a ce jeune de le regarder, comme s'il était en présence de la grandeur.

Il est évident, en effet, que l'adolescent est influençable, pétri de ferveur, au point même que c'en est caricatural : la tête penchée, les gestes précautionneux, le respect et la déférence dans le regard. Les poils filasses et blonds d'une barbe adolescente lui couvrent le visage et il a le front grêlé d'acné. Voici un être à l'aube de sa vie d'adulte, engagé dans une recherche de sens, un jeune homme au caractère indécis, sur qui bondissent des opportunistes. Tout comme je l'étais lorsque Hawkes et Lithiby m'ont aspiré dans le secret du Cinq et du Six, en 1995. C'est la première règle du recrutement : se saisir d'eux avant que le cynisme ne s'installe. Se saisir d'eux tant qu'ils sont jeunes.

– Donc, votre collègue est en train de recruter pour ETA ? me suis-je enquis.

– Qui sait ?

Arenaza hausse les épaules et boit son whiskey et, naturellement, il n'y aura pas de réponse nette. Je lance un deuxième regard à la dérobée à cet homme et je réprime une envie impérieuse de me confronter à lui. Y a-t-il plus dangereux que l'idéologue, le fanatique, avec son amertume et la cause qu'il défend ?

– Personnellement, j'ai perdu toute croyance, m'avoue Arenaza en m'interrompant dans le fil de mes pensées. Mon collègue... il s'appelle Juan... croit certainement qu'ETA va triompher. Mais je sais maintenant que la lutte armée est un mal.

– Pourtant, vous disiez que cela pouvait marcher. Vous souteniez que les bombes amèneraient les politiciens autour de la table.

– Autour de la table, oui. Après quoi, tout est affaire de consensus. Regardez un peu ce qui s'est passé en Irlande. Alors, pourquoi combattons-nous ? C'était aussi inutile que de mettre des lunettes de soleil dans le noir.

Même si Arenaza me mène en bateau, j'aimerais savoir jusqu'où cela nous conduit.

– Que vous est-il arrivé à vous ? lui demandé-je.

Il répète ma question, peut-être pour créer un effet mélodramatique, et engloutit son whiskey d'une seule traite.

– Il est arrivé deux choses. La première, c'est qu'ils ont fait sauter une voiture piégée à Santa Pola, une bombe qui a tué une fillette de six ans. Elle jouait avec ses jouets dans sa chambre. Vous étiez probablement à Madrid quand c'est arrivé. Vous avez certainement pris part aux manifestations qui ont suivi. « Manifestation » est une mauvaise traduction du mot espagnol « *protesta* ». ETA n'a pas songé à vérifier la présence de cette petite fille. Ce n'était qu'une enfant, innocente vis-à-vis de la politique ou des frontières. Le lendemain de cet attentat, j'étais très secoué, et cela m'a surpris d'éprouver ce sentiment. J'étais incapable de travailler, incapable de dormir. Pour la première fois, je n'ai même pas réussi à dire un mot à ma femme ou à mes collègues. C'était comme si tous mes doutes sur la direction que prenait mon existence s'étaient condensés dans cet unique incident. Ils avaient publié sa photo dans le journal. Elle ressemblait à ma propre fille, presque la copie conforme. Les mêmes yeux, les mêmes cheveux, les mêmes vêtements. Et j'ai pensé : « C'est de la folie, cela ne peut pas continuer. » Et, pour aggraver les choses, quelques heures après l'explosion, j'ai été contraint de publier une déclaration au nom du parti, en prétendant que nous serions tout disposés à « analyser » la situation. Non pas condamner le meurtre accidentel d'un enfant innocent, mais procéder à une « analyse ». Un terme nul, un terme que Rumsfeld aurait pu employer, ou même cet inspecteur des finances à la con, Aznar. Le Premier ministre nous a traités de « déchets humains » et, pour une fois, il avait raison. Ensuite, une semaine plus tard, une autre bombe, et je me suis dit : « Maintenant, ils vont opter pour l'interdiction du parti. » Et ce fut le cas, bien sûr. Ils ont ordonné que l'électricité soit coupée. Dans toute l'Euskal Herria, plus aucun des bureaux de Batasuna n'était desservi en eau. Et, en petit comité, j'étais très critique vis-à-vis de notre direction, je leur ai dit qu'ils étaient incapables de voir ce qui se passait, même si, évidemment, personne n'a jamais su toute l'ampleur de mon mécontentement. Ensuite, j'ai marché dans les rues de la ville, avec tout le monde, tous ceux qui protestaient contre la décision du gouvernement, parce qu'elle était antidémocratique, parce que c'était stupide, de la part du juge Garzón, mais la situation était sans espoir. Je n'avais plus le cœur à tout ça.

À l'autre bout de la salle, Juan lâche une toux rauque et sèche, comme un chien qui s'est coincé un os dans la gorge. J'espère qu'il étouffe. Arenaza s'appuie contre une étagère et allume une autre cigarette. Il y a des boulettes de chewing-gum, comme de petits morceaux de cervelle, au fond de son cendrier.

— Mais la tuerie n'a pas cessé, objecté-je. Deux semaines plus tard, on abattait un chef de la police...

— Oui, à Andoain. Il prenait son petit déjeuner dans un bar.

Devant l'inutile vacuité de tout cela, le visage de Mikel s'affaisserait presque. Si c'est un numéro, il lui vaudrait l'Oscar. Il est maintenant dans les affres d'une confession en bonne et due forme.

— Donc, de toute manière, je voulais en sortir. L'interdiction est tombée au bon moment.

— Pourquoi me racontez-vous cela ?

Il rit, d'un rire forcé.

— Eh bien, parfois, on se fie à des inconnus, cela nous arrive à tous, non ? Je suis soûl. Je ne suis pas très prudent, dit-il en se penchant vers moi. Ce n'est pas le genre de confidence que je vais aller faire à mes amis, Alec. Un homme ne quitte pas le parti. Il y en a qui seraient là pour se venger de lui.

— Vous faites allusion à ETA ?

— Bien sûr que je fais allusion à ETA.

Il essaie de boire encore une gorgée de whiskey, oubliant qu'il l'a déjà terminé.

– Nous avons une équipe dirigeante plus jeune maintenant, plus brutale. Et ensuite il y a la crainte dans laquelle nous vivons tous, celle de représailles des familles des victimes. Nous étions les porte-parole de la lutte armée, nous apparaissions à la télévision, et cela fait toujours de nous la cible d'une vengeance possible.

– Et maintenant, vous êtes pris dans l'entre-deux ?

Après réflexion, très tranquillement Arenaza acquiesce.

– Oui, dans l'entre-deux.

U2 cogne dans la stéréo – un morceau de *The Unforgettable Fire* – tandis qu'Arenaza fixe le sol du regard, avec découragement. Son dos se voûte, les muscles de ses épaules se gonflent, étirent le tissu de sa chemise.

– Et la deuxième chose ?

– Quoi ?

– Vous disiez qu'il était arrivé deux choses. La bombe, et une autre.

– Oh !

Sa tête se redresse, il est comme enchanté à ce souvenir et, un bref instant, toute la douleur, le doute et la tristesse semblent s'être évanouis. Subitement, il paraît content.

– La deuxième chose qui m'est arrivée, c'est que je suis en train de tomber amoureux.

– De votre femme ?

C'est une question stupide, et Arenaza rit, d'un rire qui lui rouvre le visage, qui l'éclaire.

– Non, pas de ma femme. Pas de mon épouse. De la señorita Rosalía Dieste. Une jeune femme. De Madrid, en fait. Nous nous sommes rencontrés il y a deux mois, à un colloque sur les énergies nouvelles, ici, à Donostia, à l'hôtel Amara Plaza. Elle est ingénieur dans l'industrie, elle est très belle. Depuis lors... que puis-je vous dire ?... nous nous faisons plaisir.

Il a un sourire survolté. L'homme à femmes.

– Elle est votre maîtresse ?

– Ma maîtresse, répète-t-il fièrement, comme si cette appellation lui plaisait.

J'ai envie de lui donner quelques conseils pour ne pas se faire surprendre. *Procure-toi un compte e-mail dont ta femme ignore l'existence. Conserve les cadeaux qu'elle t'offre dans un tiroir, au bureau. Si tu vas chez elle, pense à rabattre le siège des toilettes après.*

– Donc, vous êtes allé la voir ? Elle vient ici et vous tâchez de vous débarrasser de votre femme ?

– Ce n'est pas si facile. Elle a aussi un homme avec qui elle vit. Un compagnon. Mais la semaine prochaine, je vais à Madrid, pour être avec elle. Jeudi. Et donc nous allons passer le week-end ensemble, à mon hôtel. Nous pourrions nous retrouver, un soir, non ? propose-t-il soudain, une idée qui lui vient après coup. Vous me montreriez un peu Madrid, Alec ?

Cela fait-il partie du plan d'ensemble ? C'est ce que souhaite Julian ?

– Avec Julian et Sofía ?

– Bien sûr, pourquoi pas. Mais rien que nous deux, aussi. Le soir, Rosalía doit rentrer chez elle, donc j'aurai plein de temps devant moi. On ira à Huertas, on ira à La Latina. Je connais un merveilleux restaurant basque à Madrid, la meilleure cuisine de la ville. Entre hommes, sans le moindre souci. J'aimerais laisser tous mes problèmes derrière moi. Pendant ces cinq jours, je serais dégagé de toute responsabilité. Et puis on vous trouve une jolie fille. Vous avez une petite amie ?

Je lui réponds en secouant la tête.

– Personne de régulier. (Sa main vient claquer sur mon biceps.) Et Julian, il ne sait rien de tout cela ?

– Julian ?

Cette idée semble le prendre par surprise.

– Julian. Julian Church.

– Je sais de qui vous voulez parler. Non, il ne doit rien savoir. Personne ne sait rien, et vous ne devez en parler à personne. (Il est de nouveau tout sourires, et il agite le doigt.) Vous pouvez m'imaginer racontant cela à Julian, ce que je viens de vous raconter là ? Il ne comprendrait pas. Il jouerait les Anglais et il agiterait les mains en l'air, comme pour dissiper le tout. Ils ne comprennent rien au sexe ou à la politique, dans votre pays. Vous, Alec, vous comprenez, je le vois bien. Peut-être à cause de l'histoire de votre famille, de la souffrance de l'Irlande et des pays baltes.

– Quoi ? Cela m'aiderait à comprendre le sexe ?

Il rit.

– Évidemment, évidemment. Mais je vais vous dire ceci : une fois, il m'est arrivé de partager une chambre avec Julian et, dès qu'il a éteint la lumière, il s'est endormi. Aucun dialogue intérieur dans sa cervelle, aucune mauvaise conscience, aucun problème. Rien qu'un petit coup sur l'interrupteur et boum ! (Arenaza fend l'air du tranchant de la main.) Julian Church ronfle. Vous pouvez vous imaginer un individu pareil ? Paisible à ce point. Une âme sans conflit.

Pourquoi Julian et Mikel partageaient-ils une chambre ?

– Cela lui ressemble plutôt, en effet, oui. Oui, en effet.

– Mais bien sûr, cela ne s'est pas toujours passé de cette manière. Comme nous tous, il a aussi eu des ennuis, dans ses relations avec les autres.

– Oui.

À l'évidence, il se figure que je connais Julian beaucoup mieux que je ne le connais en réalité.

– Par exemple, quand il vivait en Colombie.

– En Colombie.

– Tous les problèmes avec sa femme.

– Ah oui !

Sofía ne m'avait jamais évoqué le fait qu'ils avaient vécu en Colombie. Arenaza m'observe d'un œil dubitatif, mais il est trop ivre pour faire le rapprochement.

— Vous êtes au courant de sa période en Amérique latine ? Vous savez, pour Nicole ?

— Naturellement.

Je n'ai jamais entendu Julian parler d'aucune femme de ce nom, ni d'une période où il aurait vécu en Amérique du Sud. Et si j'ai une certitude, c'est que rien de tout cela n'est apparu lors des vérifications que j'ai effectuées sur son compte, trois ans plus tôt.

— Il m'en a parlé, au déjeuner, un jour. Pour lui, ça devait être difficile.

— C'est sûr, c'est sûr. Sa femme qui décampe avec son meilleur ami, c'est plus que « difficile ». À mon avis, cette histoire a failli le tuer.

Je m'estime heureux de cette lumière tamisée et du vacarme de la *taberna*, parce qu'ils contribuent à étouffer ma réaction. Julian aurait eu une autre épouse avant Sofía ?

— Vous le connaissez visiblement mieux que moi, lui dis-je. Julian et vous, vous avez une histoire commune. Je ne crois pas que je révélerais quoi que ce soit d'aussi personnel à un employé, même si nous étions très proches. C'est très intime.

J'essaie de démêler ce que cela implique. Les propos d'Arenaza ont-ils dépassé sa pensée ? J'ai besoin de reconstituer les pièces du puzzle, sans trop paraître ignorer les faits. Pourtant, je ne parviens même pas à saisir si Sofía connaît la vérité du passé de son mari. Est-elle extérieure à tout cela, en pleine innocence, ou s'est-elle jouée de moi durant tout ce temps ?

— Un autre whiskey ? Je le lui propose, car je suppose que l'alcool aidera Arenaza à baisser un peu plus la garde.

– Et comment.

Ce bref répit, le temps de me rendre au bar, me permet de concevoir une stratégie, une question destinée à découvrir ce que Julian fabriquait en Colombie.

– J'ai oublié, lui fais-je en revenant à la table avec deux babys de Jameson. C'était quoi, la désignation du poste de Julian en Amérique du Sud ?

– À Bogotá ? Son poste ? (Il prend un air perplexe.) Je crois qu'il enseignait l'anglais, rien d'autre. C'était là le problème.

– C'était là le problème.

– Eh bien, c'est à cause de Nicole qu'ils se retrouvent là-bas, non ?

– Oui.

– Je veux dire, avec elle qui travaille à l'ambassade toute la journée, et Julian n'a rien de plus à faire que d'enseigner l'anglais à des hommes d'affaires et des étudiants...

Cela me fait l'effet d'un coup sourd, un choc, une contraction de tout le haut du corps.

– L'ambassade.

C'est tout ce que je parviens à répondre.

– C'est ça.

– Oui. Je ne sais trop pourquoi, mais je m'imaginais bien que Julian était en rapport avec eux.

Mais quelle ambassade ? Celle des États-Unis ou celle du Royaume-Uni ?

– Est-ce que ça va, Alex ? Vous m'avez l'air inquiet.

– Je vais très bien. Pourquoi ?

– Vous êtes certain ?

– Ça doit être l'alcool. On a pas mal bu.

Il hausse les épaules.

– Oui, je pense aussi.

– Alors, où se sont-ils rencontrés ?

– Julian et Nicole ?

– Oui.

Cela commence à ne plus trop l'intéresser.

– Aux États-Unis. Julian travaillait pour une banque à Washington, et ils se sont rencontrés dans le travail.

Cela suffit-il à faire de Nicole une Yankee ?

– Mais lui, voilà, par amour, il renonce à tout. Il suit sa nouvelle épouse en Colombie, où elle tombe amoureuse d'un autre homme. Pourquoi cette question ?

– Eh bien, c'est peut-être pour cela que Julian préfère épouser des étrangères, suggéré-je en adoptant une formulation ambiguë dans l'espoir de découvrir la nationalité de Nicole. Arenaza s'exécute volontiers.

– Sûrement. Mais je ne crois pas qu'il épouse encore une autre Américaine, hein ? À mon avis, dans une vie, une seule suffit.

Tout cela ne relève peut-être que de la coïncidence, mais l'épouse de Julian travaillait au moins pour le Département d'État. Certes, mais à quel poste ? Le fait que ni Sofía ni Julian n'aient jamais mentionné son existence permettrait de songer à un lien avec le Pentagone ou la CIA – et cela supposerait un lien avec Katharine et Fortner. Mais pourquoi Julian me mettrait-il en relation avec quelqu'un qui aurait accès à cette information ? Est-ce parce qu'il sait que je ne pourrai pas m'empêcher de faire des recherches ?

– J'avais oublié tout cela, lui dis-je. J'étais toujours parti du principe que Julian était avec Sofía depuis plus longtemps que cela. Ce qui explique pourquoi ils n'ont pas d'enfants, j'imagine.

– Je suppose.

Il paraît fatigué, il jette un coup d'œil à sa montre. J'essaie d'entretenir la conversation, mais ses réponses sur le passé de Julian sont soit évasives, soit peu informées. Ce n'est qu'au moment où je l'interroge sur l'adultère de Nicole qu'il s'anime.

– Écoutez, l'infidélité, ce n'est pas si rare, non ? Nous sommes tous coupables, là. J'étais comme Nicole. Je me suis marié très jeune, voilà, et nous commettons des erreurs. Elle et moi, tous les deux.

Mais c'est assurément une réponse biaisée, des paroles destinées à émousser son propre sentiment de culpabilité, concernant Rosalía. En l'espace de quelques instants, il consulte de nouveau sa montre, il termine son whiskey et annonce qu'il doit s'en aller. Je l'invite à rester pour un dernier verre, mais il a déjà pris sa décision et il est fermement déterminé à regagner son domicile.

– C'était avec ma femme que je parlais tout à l'heure, m'explique-t-il. Elle aime bien que je sois rentré à la maison avant minuit. Les femmes, elles nous tiennent entre leurs griffes, hein ? Mais je vous donne ma carte, Alec. On s'appelle quand je viens à Madrid.

Et c'est terminé. Les autres informations éventuelles devront attendre une semaine, quand je pourrai remplir le verre d'Arenaza sans limite aucune dans les bars de Madrid. Nous arrivons à la sortie de la Parte Vieja, il me fait au revoir de la main, je m'enfonce dans la banquette arrière d'un taxi et, une demi-heure plus tard, je suis de retour à l'hôtel, où je me repasse trois années de rencontre avec Sofía et Julian, à essayer de reconstituer l'ensemble. Il y a un mauvais film américain à la télévision, et j'ai quelques mignonnettes de scotch pour me tenir compagnie, mais aucune de mes pensées ne se tient. Au bout du compte, je me mets au lit, je me résigne à passer une nuit sans sommeil et j'éteins la lumière.

11. California Dreaming

Je règle ma note d'hôtel à 7 heures le lendemain matin, et je quitte Saint-Sébastien dans l'obscurité, en prenant la direction du sud, vers Madrid, sur des routes estompées par le brouillard. Je m'arrête pour prendre un petit déjeuner dans un restoroute au nord de Vitoria, j'en profite pour envoyer un texto à Arenaza en le remerciant de cette rencontre, et nous convenons d'un dîner samedi soir à Madrid. Cela devrait lui laisser deux jours de passion débridée avec Rosalía, après quoi il risque d'être d'humeur à s'épancher. Ensuite, Saul m'appelle, alors que je suis à une heure au sud de Burgos, et mon retour semble le mettre dans un état de nervosité assez singulier. J'en conclus qu'il doit me cacher quelque chose et je lui précise que je ne serai pas arrivé avant 3 heures. C'est un mensonge. Vu la circulation, je roule de manière tout à fait correcte, et je devrais être à la maison vers midi.

Je gare l'Audi à son emplacement réservé, sous la Plaza de España, je retire le sac de billets de banque du coffre et, bagage à la main, je franchis la courte distance qui me sépare de la Calle Princesa, jusqu'à l'appartement. À peine suis-je sorti de l'ascenseur qu'une voix de femme, une voix américaine aux inflexions hispaniques, est déjà audible.

– Tu es sérieux ? demande-t-elle, et la fin de sa phrase part dans l'aigu, manifestant une surprise à l'intonation très californienne. Les gens paient aussi cher pour un appartement à Londres ?

Il ne m'est pas possible d'entendre la réponse.

Je colle l'oreille à la porte, mais je n'entends plus aucun bruit. Trois ou quatre secondes s'écoulent, et il ne se dit plus rien. Se sont-ils rendu compte de ma présence sur le palier ? Je tourne la clef dans la serrure et je m'attends – à quoi ? Une équipe d'agents secrets américains, occupés à dissimuler des micros dans les lampes ? Au lieu de quoi, je me retrouve en face d'une vision à la fois étrange et merveilleuse : une superbe fille noire sort de la chambre d'amis, sans rien d'autre sur elle qu'une culotte jaune vif. Quand elle me voit, elle se fige.

– Qui êtes-vous ?

Saul sort de la chambre précipitamment, enveloppé dans un drap tout froissé.

– Alec !

– Salut, mon pote.

Je devrais être en colère, mais c'est une véritable scène de vaudeville.

– Tu m'avais prévenu que tu n'arrivais pas avant 3 heures. Que s'est-il passé ?

– Je n'avais pas faim. Me suis pas arrêté pour déjeuner. Vous vous êtes bien amusés ?

La fille a disparu.

– Presque, presque, fait-il, une réponse qui tombe sous le sens, au vu des circonstances. Tu n'y vois pas d'inconvénient, non ?

Il craint que je ne prenne la fille pour une barbouze. Loin de moi cette idée, mais je vais jouer un peu là-dessus, rien que pour lui fiche la frousse.

– Qui est-ce ?

– Juste une fille que j'ai rencontrée hier soir. (Il fait des efforts pour se rappeler son nom, se rembrunit, l'air contrarié.) Sasha ? Sammy ? Siri ? Un truc dans ce genre. Elle est sans souci, mon vieux.

– Vraiment ? Tu es sûr ?

– Ne joue pas les paranos avec moi.

– Qui t'a parlé de parano ?

Nous nous sommes éloignés insensiblement de la chambre d'amis, en nous rapprochant de la cuisine, hors de portée de voix de la fille.

– Écoute, elle n'est pas venue ici pour te voler je ne sais quoi. Elle n'est pas ici pour planquer des micros. Nous sommes rentrés et nous avons regardé un DVD.

– Ah ouais ? Lequel ?

– *Ronin*.

– Ça me paraît passionnant. Content de voir que tu n'as pas perdu la main avec ces dames.

Il se frotte les yeux. Son visage se chiffonne, avec une expression amusée.

– Écoute, elle est étudiante en histoire de l'art à Columbia. Elle étudie le cubisme.

– Analytique ou synthétique ?

Là, je suis allé trop loin.

– Oh, la barbe !

Je me retourne, tout sourires, et je me dirige vers ma chambre.

– Occupe-toi de ton invitée. Qu'elle se sente ici chez elle, lui dis-je.

D'ailleurs, ce que Saul a fait là me soulage. Cela compense un peu mes propres manquements à la morale. L'adultère compte-t-il encore si l'épouse qui vous a quittée couche avec un autre homme ?

– Elle aurait envie d'un café ? D'un journal du jour ? D'une orange pressée ?

– Je vais m'habiller, me répond-il.

Et pourtant, une fois que Saul a disparu dans la chambre, je ressens un étrange mélange d'émotions contradictoires : une panique diffuse, apaisée par son insistance à me présenter cette fille comme une simple étudiante, le soulagement de ne plus le voir camper sur je ne sais trop quelles hauteurs morales dès qu'il se met à critiquer mon comportement, et de la jalousie, ne serait-ce qu'à cause des petits gloussements que j'entends en provenance de la chambre d'amis et qui suffiraient à inspirer un sentiment de solitude à n'importe quel homme.

J'envoie un texto à Sofía :

De retour à la maison. Pense à toi. On peut se voir ?

Je consacre la demi-heure qui suit à défaire mes bagages et à ranger l'argent derrière le frigo. Saul et la fille ne donnent plus signe de vie, je laisse donc un mot et je sors. J'ai envie de me renseigner plus à fond sur Arenaza et d'examiner le personnage de Nicole plus en détail. Au bureau de poste, je récupère le disque dur de mon ordinateur et les divers pense-bêtes correspondant à mes mots de passe et adresses de contact, avant de me diriger vers un cybercafé, tout au bout de la Calle de Ventura Rodríguez.

D'après les articles que je trouve sur le moteur de recherche nexis.com, au cours des cinq dernières années il a paru dans les journaux cent vingt-sept articles sur Mikel Arenaza. J'imprime ceux qui mentionnent son nom dès les deux premiers paragraphes, puis je mène une recherche distincte sur Google. Pour l'essentiel, cela me conduit à des informations d'ordre général sur Batasuna, à l'exception d'un élément qui sort du lot, émanant de l'université de Bilbao, au sujet d'une conférence qu'Arenaza a donnée là-bas en 1999, et dont je lance aussitôt un tirage papier. Comme il fallait s'y attendre, la combinaison Arenaza/Bogotá, Batasuna/Colombie ou Église/Arenaza ne donne que des foutaises ou des éléments sans rapport aucun. Un Julio Arenaza, en Argentine, a séjourné dans une obscure auberge de montagne, au Chili, en 2001, et laissé un mot dans le livre d'or en ligne pour indiquer combien sa visite de l'église locale lui avait plu. Quand je tape Batasuna/FARC dans Nexis, j'accède à deux articles intéressants d'agences de presse américaines au sujet de la relation entre l'ETA et la mafia italienne – auprès de laquelle les Basques ont pu acquérir des armes dans les Balkans, en échange de stupéfiants – et leurs liens avec les FARC, le mouvement de guérilla colombien. L'ambassade des États-Unis à Bogotá offre aussi un site Internet détaillé, mais une consultation minutieuse des adresses e-mail figurant dans les différentes pages du site ne me donne rien concernant Nicole, Nicki ou Church. Il y a bien un « nrodriguez » qui travaille au département des ressources humaines, mais, à moins que Nicole n'ait épousé un homme d'origine hispanique et n'ait pris son nom, il semble peu vraisemblable que ce puisse être elle. Je note le numéro de téléphone du central, et je reprends tout à partir de zéro.

Arenaza m'a expliqué que Julian et Nicole s'étaient rencontrés à Washington, il y a de cela plusieurs années, à l'époque où Julian travaillait dans une banque. Il existe plus de soixante-dix établissements financiers recensés sur Internet pour la seule agglomération de la capitale américaine, mais je sais qu'Endiom ne possède qu'un seul bureau sur la côte Est, dans le bas de Manhattan. Pour commencer, je vérifie les banques privées et les établissements britanniques installés à Washington, puis j'étends ma recherche aux structures dont l'actionnariat est américain ou celles qui ont un lien quelconque avec le monde hispanique. La liste grossit, grossit, et il s'agit surtout de noter les numéros de téléphone dans l'ordre, afin de contrôler directement auprès des banques dans un deuxième temps. À l'inverse de son homologue américain, le site du Foreign Office contient si peu d'informations sur Bogotá que c'en est déplorable. La page met environ six minutes à se télécharger et ne contient guère plus de quelques entrefilets sur les formalités à accomplir pour l'obtention d'un visa et sur le ministre, Jack Straw. Les yeux me picotent, c'est le mal de l'écran, et je m'en vais déjeuner, fermement résolu à reprendre le fil dans une heure.

Saul m'appelle juste au moment où je m'apprête à avaler une tortilla

— Sasha est partie, m'annonce-t-il.

— Alors, tu t'en es souvenu, de son nom...

— J'espère que ça ne t'a pas contrarié, qu'elle se retrouve chez toi. J'aurais peut-être dû te poser la question avant.

— Ne t'inquiète pas pour ça.

Je suis trop occupé par ces révélations au sujet d'Arenaza pour attacher la moindre importance à cette fille. En plus, cela ne me déplaît pas d'avoir une emprise sur Saul, donc il serait stupide de lui casser les pieds au sujet de Sasha.

— Écoute, me dit-il, Andy est rentré à Cadix. J'ai pensé que je ce serait une bonne idée de descendre là-bas quelques jours.

— Tu pars quand ? Cet après-midi ?

— De préférence demain. Tu as envie de venir ?

C'est bien la dernière chose à laquelle je songerais.

— J'adorerais, mais je dois rédiger ce rapport pour Julian. Cela va me prendre plusieurs jours.

Il paraît désappointé. Il y a un long silence. Comme si nous n'avions plus rien à nous dire.

– Comment s'est passé ton voyage ?

– Bien.

Et le reste de la conversation est sans importance. Je lui demande si la poursuite en voiture, dans *Ronin*, lui a plu. Reverra-t-il cette fille ? Ensuite, je raccroche et je découvre que Sofía m'a laissé un message.

```
Pas ce week-end. Dois rester avec Julian. Lo
siento. S
```

Et, subitement, c'est le retour de la paranoïa. Pour-quoi faut-il qu'elle me rejette ? Arenaza lui a-t-il parlé de moi ? Leur plan est-il parti à vau-l'eau ? Voici de quoi vont être faites les suites de Saint-Sébastien : non pas d'inquiétudes concernant la vie sexuelle de Saul, mais d'accès de méfiance et de soupçons d'une autre teneur. Je termine ma tortilla – non sans manquer m'ébrécher une dent sur un morceau de *jamón* dur comme le dia-mant. J'appelle Julian, manière pour moi de tirer au clair ce qui se trame, ou tout au moins d'essayer.

– Alors, tu es rentré ? Comment était-ce ?

Il est à son bureau, aussi jovial que d'habitude, sans rien qui laisse soupçonner la moindre arrière-pensée.

– Formidable, merci. Il me faut juste le week-end pour rédiger mon grand œuvre. Et toi, comment vont les choses ?

– Comme d'habitude, mais de quel droit irais-je me plaindre ?

En effet.

– Manchester United enchaîne toujours les vic-toires ?

– Ah oui, ça oui !

La question, comme j'aurais dû le prévoir, l'entraîne dans un monologue de cinq minutes sur les chances du club de Manchester de « chiper le titre » à Arsenal. (« Si on n'arrive pas à aligner quelques résultats, je crois que Wenger va vraiment manger ses mots encore plus que d'habitude. ») Ensuite, un appel arrive sur l'autre ligne de Julian, et il est contraint d'abréger notre conversation.

— Tu as quelque chose ce week-end ? lui demandé-je en essayant d'en déduire ce qui a motivé le refus de Sofía, avant qu'il ne raccroche.

— Rien, me fait-il. Rien. Les parents qui viennent à Madrid. Vacherie.

Voilà au moins qui me rassure, elle me disait la vérité. Je suggère :

— Eh bien, pourquoi ne pas déjeuner ensemble mercredi ? En épluchant mon rapport.

— Bonne idée, me répond-il. Cela m'irait très bien.

Mais il raccroche sans me dire au revoir.

Pour éviter que quiconque puisse repérer chez moi d'éventuelles habitudes de comportement, je choisis un autre cybercafé, dans la Calle de Amaniel, et je travaille jusqu'à 6 heures à retrouver la trace des écoles de langues de Bogotá. Si la Colombie ressemble un tant soit peu à l'Espagne, il doit y avoir des établissements proposant des cours de langues qui ferment leurs portes toutes les deux semaines, mais les vieilles maisons, elles, et notamment Berlitz, figurent sur Internet. Je relève une série de numéros, et je m'aperçois que je vais devoir consacrer le gros de la semaine suivante à des appels téléphoniques à Washington et en Colombie. Je découvre aussi un service de traduction du basque, toujours sur la Toile, qui me réclamera un peu moins de huit cents euros pour traduire en anglais plusieurs articles consacrés à Arenaza parus dans des titres de presse comme *Gara* et *Ahotsa*. Ils me promettent que les travaux seront prêts en moins de cinq jours, même si cela me met en colère d'avoir à débourser l'équivalent de cinq cents livres sterling rien que pour avoir la possibilité de lire ce qui, selon toute vraisemblance, ne constituera que de la propagande nationaliste à peine déguisée.

Enfin, j'accède à un site qui me fournit des informations sur les actes de mariage délivrés par la Cour supérieure du district de Columbia, aux États-Unis, et j'appelle le numéro fourni, en utilisant ma carte SIM de l'opérateur Amena. Pendant au moins deux minutes, je me retrouve pris au piège d'un dédale de voix automatisées, jusqu'à ce qu'une réceptionniste plein d'allant me passe « Leah », à « l'Administration ».

– Qui dois-je annoncer, monsieur ?
– Je m'appelle Simon Eastwood.
– Un instant, je vous prie.

Devant l'ordinateur voisin du mien, un adolescent trapu, coiffé d'écouteurs, est très occupé à mitrailler un gang de trafiquants de drogues armés jusqu'aux dents en pilonnant sa souris pour recharger sa mitrailleuse. Plus l'écran dégouline de sang, plus son front est en sueur. Je suis obligé de patienter une trentaine de secondes avec du Mozart de synthèse avant que Leah ne décroche. La voix est cassante, elle a l'efficacité d'une machine.

– Monsieur Eastwood, que puis-je faire pour vous ?

Je m'éloigne de la batterie des ordinateurs et je trouve un endroit plus au calme dans le fond de la salle.

– Oui, je me demandais si vous voudriez bien avoir la gentillesse de m'aider à résoudre un petit problème.

Dès que l'on sort de New York et Los Angeles, les Américains se laissent parfois encore charmer par les Brits qui s'expriment sur le ton d'un David Niven.

– J'essaie de savoir si l'une de mes connaissances ne s'est pas mariée dans le district de Columbia, à une date comprise entre 1991 et ce jour.

– Puis-je vous demander de me préciser le motif de votre demande, monsieur ?

– Je suis généalogiste.

À en juger par la surprise dans le ton de sa voix, Leah ne reçoit pas trop souvent d'appels de cette espèce d'individus.

– Je vois, dit-elle. Et vous voulez juste savoir si ces gens se sont mariés ?

– Pas exactement. Pour cet aspect de leur situation, j'en suis à peu près certain, mais je constate une incohérence géographique dans mes dossiers, entre l'État du Maryland et le district de Columbia. Je reste également dans une relative incertitude quant à la date. Il s'agit donc pour moi de vérifier le lieu du mariage et de retrouver la trace de l'acte.

– Pour un arbre généalogique ?

– Précisément.

Un minuscule temps de silence. Elle paraît détendue, cela me rassure.

– Quel était le nom du marié, monsieur ?

– Il s'appelle Church. Julian Church.

– Et l'épouse ?

D'entrée de jeu, je savais que le nom de Nicole constituerait le point épineux.

– De son nom de jeune fille, la mariée s'appelait Harper, Nicole Harper.

Il s'ensuit un long silence, presque comme si Leah avait une instruction placardée derrière son téléphone lui enjoignant de contacter immédiatement son superviseur si des Anglais fouineurs se mettaient à poser des questions au sujet de Julian Church.

– Êtes-vous toujours là ?

– Bien sûr, que je suis toujours là, dit-elle en riant. J'ai un Julian Church, qui a épousé une Nicole Law en mars 1995.

– Ah oui ?

– Pourrait-il s'agir de votre recherche ?

Par souci de crédibilité, je persévère dans mon mensonge.

– Non, je recherche une Nicole Harper. Mais la coïncidence semble curieuse, en effet. Vous êtes certaine qu'il n'existe pas une autre liste ?

Leah prend son temps. Elle a vraiment l'intention de m'aider, en l'occurrence.

– Je suis désolée, monsieur...

– M. Church est citoyen britannique. Peut-être cela vous aidera-t-il ?

Et, là-dessus, sa voix grimpe d'un octave.

– Mais c'est ce qui est écrit ici. Julian Anthony Charles Church, ressortissant britannique, a épousé Nicole Donovan Law, citoyenne américaine, le 18 mars 1995. C'est forcément lui.

– Hélas, non, soutiens-je en me penchant pour noter « Donovan Law 1995 » sur un bout de papier. Le mariage a dû avoir lieu dans le Maryland. Mais je vous remercie de votre aide.

– Mais de rien, monsieur Eastwood. Je suis simplement navrée de n'avoir pu vous aider davantage.

12. Conversation sur l'oreiller

Saul part à 11 heures le dimanche matin. Il prend l'AVE, le train à grande vitesse, jusqu'à Cordoue, où il projette de visiter la Mezquita, puis de rejoindre Cadix avec une voiture de location. Je lui suggère de rester trois nuits à Séville et deux autres à Ronda, dans l'espoir qu'il s'écoule au moins une quinzaine avant son retour.

– Tu peux même pousser jusqu'au Maroc par le ferry, ai-je ajouté, alors que son taxi démarrait dans Princesa. Histoire de t'offrir quelques journées à Fès, mon vieux. J'ai entendu dire que c'était vraiment joli.

Il y a beaucoup à faire. Je consacre le reste de mon dimanche et la presque totalité de mon lundi matin à rédiger le rapport pour Endiom, avant de l'envoyer par e-mail à Julian. Dans une situation pareille, travailler me semble futile, mais Julian est un perfectionniste, et il souhaitera sans doute introduire plusieurs modifications avant de livrer les documents aux imprimeurs. Finalement, à 4 heures de l'après-midi – 10 heures du matin à Bogotá –, j'appelle l'ambassade des États-Unis là-bas. Je suis assis dans la cuisine de mon appartement, une tasse de thé posée sur la table à côté d'un carnet et deux stylos bille, pour le cas où l'un tomberait en panne sèche.

– Ici l'ambassade des États-Unis en Colombie. (Encore un système de standard automatisé.) Pour l'anglais, tapez 1 ; pour l'espagnol, tapez 2.

Je tape 1, et je suis mis en relation avec une réceptionniste ensommeillée et à l'accent très local, qui me demande à qui elle peut me transférer.

– J'essaie de retrouver une amie que j'ai connue aux États-Unis. Je crois qu'elle travaille à l'ambassade.

– Quel est son nom, monsieur ?

– Eh bien, elle s'appelait Nicole Law, mais je suis à peu près certain qu'elle s'est mariée.

Elle acquiesce un peu mollement.

– Oh, mais certainement. Nicki, je la connais. (Je sens mon cœur cogner, palpiter d'excitation.) Mais elle ne travaille plus ici. Je peux vous mettre en relation avec quelqu'un qui serait éventuellement en mesure de vous aider. Voulez-vous ne pas quitter, je vous prie, monsieur ?

– Naturellement.

Obtenir des informations confidentielles au téléphone se révèle en général assez simple. Le grand avantage consiste à ne pouvoir être réellement vu par l'interlocuteur qui se trouve à l'autre bout du fil. On est tenu de se contenter de la voix. Vendredi, en parlant avec Washington, je me suis efforcé d'accréditer l'impression d'un Britannique un peu piqué, divaguant avec ses questions sans réponses. Il en va de même à cette occasion : je me montre accommodant et poli, et j'insiste pour manifester ma reconnaissance envers le personnel qui prend la peine de m'aider.

Il y a un temps d'attente de dix secondes avant un petit bruit sur la ligne, comme une chaîne en métal qui tomberait sur le béton. Ensuite, un mâle américain, très sûr de lui, décroche le téléphone.

– Bonjour, David Creighton. J'ai cru comprendre que vous cherchiez Nicki ?

J'ai déjà préparé mon plan d'attaque.

– C'est exact.

– Et il s'agit d'un appel personnel ?

– Oui. Nous sommes de vieux amis.

Dave lâche un petit bruit de gorge.

– Parfait, vous êtes tombé au bon endroit.

– Ah, vraiment ? Ah, mais c'est merveilleux.

– En fait, Nicki ne travaille plus ici depuis un bout de temps. Elle dirige une crèche au Granahorrar, pour les familles d'expatriés. Vous voulez que je vous ressorte le numéro ?

– Ce serait formidable. Une crèche ?

– Ouais. Un paquet de gosses ici. Un paquet de parents très occupés.

– Enfin, Nicki a toujours aimé les enfants.

Dave approuve cette dernière réflexion, sans réserve aucune, et tape quelque chose sur son clavier, en alimentant la conversation par pure politesse à l'américaine.

– Donc, Nicki et vous étiez de vieux copains de fac ?

– Pas vraiment. J'ai toujours voulu fréquenter l'université aux États-Unis, mais en réalité nous nous sommes rencontrés à Londres, il y a de cela quelques années, et c'est ainsi que nous sommes devenus amis. Maintenant, j'ai l'occasion de venir en Amérique du Sud avec mon épouse et mon fils, et nous voulions contacter Nicki pour convenir de manger un morceau ensemble. Elle est toujours avec son mari ?

– Felipe ? Bien sûr. (Dave semble surpris.) Vous le connaissez ?

– Felipe ? Je la croyais mariée à un banquier anglais ?

– Oh non ! Non ! fait-il en riant, inconscient de ma stratégie. Vous ne l'avez vraiment pas revue depuis un moment, hein ? C'était il y a longtemps. C'est Felipe, maintenant.

– Elle n'est plus Nicole Church ?

J'ai envie de savoir si son nouveau nom de femme mariée est bien Rodríguez, ce qui concorderait avec celui de l'adresse e-mail, sur le site de l'ambassade.

– Non. Jamais de la vie. Elle a toujours conservé son nom de Law, à ma connaissance, en tout cas. Maintenant, c'est Palacios, sûr et certain. Señor y señora. Voyons si je peux vous la trouver. D'où appelez-vous, monsieur ?

– Barcelone.

– Ouah. Bon. Quel temps fait-il là-bas ?

– Vraiment beau. Ensoleillé.

– Super.

Il a trouvé le numéro et je le note, en renversant du thé noir sur la table, quand je bouscule mon mug.

– C'est à peu près tout ce que je peux pour vous ?

– C'est à peu près tout, oui. Merci, Dave, vous avez été très serviable.

La conversation s'est déroulée à ce point en douceur que je risque encore une autre question.

– Mais alors, qu'est-il arrivé à son mari anglais ?

– Là, je ferais mieux de vous laisser poser la question à Nicki. Situation compliquée, d'accord ? Voilà, bonne continuation. Je vous souhaite une agréable soirée.

Je raccroche, et je tâche de démêler un peu ce que je ressens. Si Nicole n'est qu'une nounou améliorée, il n'y a pas de quoi s'inquiéter. Son boulot à l'ambassade pouvait fort bien ne comporter que des missions administratives ou commerciales : jamais un ancien collègue ne parlerait avec une telle franchise de quelqu'un qui aurait été membre de la CIA. Mais pourquoi répugnait-il à aborder le sujet de Julian ? Purement et simplement pour protéger la vie privée d'une collègue ou parce que

leur couple s'est décomposé de manière trop scanda-
leuse ? Maintenant, j'ai vraiment l'esprit qui se met à
turbiner. À qui ai-je parlé ? La réceptionniste a-t-elle
appliqué une procédure, pour me mettre en relation
avec un fonctionnaire de la CIA qui m'a évoqué cette
crèche comme une couverture de simple routine ? Et
pourquoi m'a-t-il demandé d'où j'appelais ? Il se peut
qu'ils procèdent à une vérification sur la carte SIM en
ce moment même, avant d'avertir Julian et Nicole de
tout mettre en œuvre pour protéger leur plan d'action.
Pourtant, il m'a communiqué ce numéro sans aucune
hésitation et sans jamais me demander mon nom. Cette
conversation était conforme aux impressions que j'en ai
tiré. Quoi qu'il en soit, appeler cette crèche ne rimerait
à rien. Si Nicole est là-bas, je vais devoir lui parler et me
présenter comme un père qui se renseigne sur les tarifs
et les garderies. Si elle n'y est pas, les possibilités sont
infinies : qu'elle ne travaille jamais dans ces locaux ;
qu'elle ait pris une journée de congé ; qu'elle ait reçu
pour instruction d'éviter mon appel. J'ai besoin d'un peu
d'air.

Dehors, dans Princesa, j'envisage de jeter ma carte
Amena dans une poubelle, mais je me ravise et je vais
boire un café sur la Plaza de las Comendadoras. Je
remonte la Calle del Conde Duque et prends à droite
dans Guardias de Corps, en suivant plus ou moins le
même itinéraire que Saul et moi lorsque nous sommes
allés au Café Comercial. Il y a là des enfants qui jouent
à la balançoire dans la petite aire de jeux fermée, à
l'extrémité ouest de la place, surveillés par des parents
à peu près dénués d'énergie et par un clochard allongé
sur un banc. Derrière eux, tout au fond de la place, trois
garçons plus âgés vêtus de T-shirt tapent dans un ballon
de football crevé qu'ils envoient contre le mur d'un vieux
couvent. Curieusement, le claquement du cuir percé est

assez délassant. Je finis par prendre une décision : afin d'obtenir des réponses concluantes sur la véritable identité de Julian, il me sera nécessaire de questionner Sofía. Ce sera là une tâche d'une difficulté plus redoutable que de simples coups de fil à des fonctionnaires qui s'ennuient, à Bogotá et Washington, mais on soutient toujours que les meilleures informations émanent des conversations sur l'oreiller. À cette fin, vers 5 heures, j'appelle à son bureau et je l'encourage à venir faire un saut. Elle m'a l'air excitée à cette idée et me répond qu'elle peut être à l'appartement vers 6 h 30. Cela me laisse le temps de boire un petit *café solo* dans l'un des bars du bout de la place, de prendre la direction de la maison, de me doucher et de lui acheter une coûteuse boîte de chocolats chez VIPS. Ensuite, ce ne sera plus qu'une question de patience.

Elle arrive avec trois quarts d'heure de retard, vêtue d'un manteau à parements de fourrure, de bottes en cuir à hauts talons, d'une jupe en tweed qui s'arrête aux genoux et d'un chemisier blanc Donna Karan que je lui ai acheté à Marbella, lors de mon dernier voyage là-bas, en novembre dernier. Des vêtements adultères. Dans l'entrée, elle laisse glisser le manteau par terre et nous nous acheminons vers la chambre, sans un mot, nos sous-vêtements laissant un sillage très cinématographique jusqu'à la tête de lit. Durant l'heure qui suit, nous n'échangeons quasiment pas un mot, nous redécouvrons la passion de nos premières semaines ensemble. C'est comme si la menace d'une trahison de la part de Sofía nous avait rapprochés. Ce n'est que vers 8 heures, douchée, allant et venant à pas feutrés dans l'appartement, qu'elle se détend et commence à parler.

– Tu avais l'air épuisé quand je suis arrivée, m'avoue-t-elle. Ce voyage dans le nord t'a fatigué ?

– Un peu, lui ai-je répondu. Mais c'était surtout d'avoir Saul à la maison. Nous sommes sortis boire jusqu'à 6 heures, samedi.

– Six heures !

Il n'y a rien d'inhabituel à cela, pas à Madrid, mais elle a l'air surpris.

– Il est resté longtemps, ton ami ?

– Trop longtemps, dis-je, et nous passons à l'espagnol. Cela ne me plaît pas particulièrement qu'il soit tout le temps là. Je ne peux pas t'expliquer. Et sa femme vient à peine de le quitter, donc il était plutôt grincheux. Il a besoin de se changer les idées. Il est parti pour Cordoue dimanche, il devrait rentrer la semaine prochaine.

Je suis allongé, enveloppé d'un drap de coton, dans la chambre, incapable de garder l'œil sur Sofía, qui déambule dans l'appartement, même si je l'entends nettement attraper des bouts de papier, des magazines, sans rien cacher de la fascination fouineuse que lui inspire mon existence obscure et opaque. Dans le salon, elle échange un CD de Mozart contre un autre de Radiohead, puis revient me donner un baiser. Cela m'étonne qu'elle n'ait pas réagi à ce que je viens de lui annoncer au sujet de Saul. Je me renseigne :

– À quelle heure dois-tu rentrer chez toi ?

– Tu veux que je m'en aille ?

– Évidemment pas. J'ai envie que tu restes. J'ai envie que tu restes pour toujours.

– À 10 heures, me répond-elle, ignorant ma déclaration flatteuse. Julian me croit au yoga avec María.

Elle a de nouveau quitté la pièce. Depuis la cuisine, elle me demande si je veux un peu d'eau et je l'entends remplir deux verres. J'enfile un T-shirt, je remonte le duvet pour m'en couvrir et me réchauffer, et je perçois le parfum de Sofía sur l'oreiller.

– Ton ami m'a expliqué que tu avais travaillé dans le pétrole, me lance-t-elle. Comment se fait-il que tu ne m'en aies jamais parlé ?

– Cela te fâche ?

– Que tu ne m'en aies rien dit ?

– Oui.

Elle revient dans la chambre, me tend un verre d'eau minérale et semble réfléchir à la question avec sérieux.

– Cela ne me fâche pas que tu ne m'en aies pas fait part, finit-elle par reconnaître. Cela me fâche que tu aies des choses à cacher.

– Eh bien, mon passé, c'est mon problème à moi, affirmé-je avec plus de franchise que je ne l'aurais souhaité. Nous avons tous nos secrets, Sofía. Nous avons tous des choses à dissimuler.

– Pas moi.

Ce pourrait être un moyen d'aborder la situation de Julian, la chance à saisir pour commencer de poser des questions délicates. Elle porte l'une de mes chemises, elle a enfilé d'épaisses chaussettes d'hiver et elle s'appuie magnifiquement contre le mur, au pied du lit, à côté d'un Matisse de chez Habitat.

– Tu n'as pas de secrets ? Tu n'as pas de choses à me cacher ?

– Rien, m'assure-t-elle, avec une conviction un peu mélodramatique.

Elle lève le pied, le pose sur le lit, me caresse la jambe à travers le duvet.

– J'adore la courbe de tes cuisses. Je te montre tout, *cariño*. Je te confie tout de mon mariage. Il n'y a rien que je te tairais.

– Et Julian ?

Son visage se défait.

– Quoi, Julian ?

Elle n'apprécie pas que nous parlions de lui. C'est un sujet d'aigreur, fauteur de culpabilité. Elle baise avec moi sans quitter son alliance, mais si jamais je touche cette bague, elle tressaille.

– Est-ce qu'il me cache des choses ?

– Qu'entends-tu par là ?

Craignant d'avoir été maladroit, je modifie le pronom que j'ai utilisé en espagnol, pour modifier le sens de ma question.

– Tu m'as mal compris. Je disais : « Est-ce qu'il *te* cache des choses ? »

– Je ne pense pas, dit-elle, l'air déroutée.

– Tu ne penses pas.

– Non.

Elle s'écarte, ne touche plus ma jambe. J'ai mal joué. Elle s'approche de la fenêtre, j'ai l'impression qu'elle attrape une particule de poussière sur le mur, avant de l'expédier en l'air d'une chiquenaude, comme si c'était un insecte. Elle se retourne face à moi.

– Pourquoi me poses-tu ces questions ?

– Je m'intéresse, c'est tout, répliqué-je, mais je commence à regretter de ne pas avoir plutôt suscité cette conversation au téléphone. Tu n'aimes pas quand nous parlons ? Je n'ai pas envie qu'on se contente de baiser, sans échanger un mot. J'ai envie que nous comptions davantage l'un pour l'autre.

Cette tactique pourtant non préméditée se révèle fructueuse. Sofía revient dans le lit, m'effleure le bras et me regarde avec un mélange de surprise et de ravissement.

– Bien sûr, bien sûr. Moi non plus, je n'ai pas envie. Nous faisons l'amour, Alec, nous passons du temps ensemble, et j'aime bien te parler.

– Je voulais juste en savoir davantage sur Julian.

– Oui, naturellement.

Elle m'embrasse sur le front.

— C'est simplement que Mikel Arenaza m'a raconté une histoire. À Saint-Sébastien. Une histoire à son propos.

Cela l'immobilise. Son geste se fige. Elle se redresse.

— Quoi ?

— Qu'il a déjà été marié avant toi. Qu'il avait une autre vie.

Si Sofía et Arenaza font partie d'une conspiration contre moi, ils se seront attendus à ce que je soulève la question. De même, si elle n'a aucune vague idée du passé de son mari, cela peut contribuer à mettre à nu sa véritable motivation. Mais elle esquisse un sourire.

— Tu ne le savais pas ? Julian ne t'avait jamais raconté qu'il avait déjà été marié ?

— Jamais. Ni toi non plus.

Elle se met à me caresser la paume avec le pouce.

— Eh bien, c'est son secret à lui.

— C'est naturel.

— Et il en a un peu honte, je crois. Une partie de sa vie qui a mal tourné. Julian est un homme très fier.

— Très.

— Et Mikel t'a évoqué cela ?

— Il était soûl.

— Mikel est un fasciste.

Elle replie les jambes sur le lit, ses genoux me viennent presque sous le menton. C'est dans ce sens que je souhaitais faire évoluer la conversation. J'aimerais que ma bouche glisse le long de cette cuisse douce et divine, mais je dois m'en tenir à la mission que je me suis assignée.

— Il m'a expliqué que la femme de Julian l'avait quitté pour un autre homme. Son meilleur ami.

— Felipe, oui. Un ingénieur.

— D'où était-il ?

— De Colombie.

– L'épouse de Julian était colombienne ?

J'ai mauvaise conscience à feindre la surprise de la sorte, mais au vu des circonstances, c'est nécessaire.

– Non, américaine. Une famille de la côte Est, beaucoup d'argent. Mais ils sont partis s'installer là-bas parce qu'elle travaillait pour le gouvernement.

– Le gouvernement américain.

– Oui. Elle était une espèce de spécialiste de la banque ou de la finance. Tellement ennuyeux.

Et là, Sofía emploie une expression espagnole proprement superbe. *Qué coñazo !* Quelle barbe ! J'en éprouve un grand sentiment de soulagement.

– Et c'est comme cela qu'elle a rencontré Felipe ?

– Je suppose, mon cœur, je suppose.

Afin de paraître me désintéresser de la question, je me tais et consacre dix minutes silencieuses à explorer son corps nu. Ensuite, nous refaisons l'amour, nous prenons une douche, et nous nous remettons au lit.

– Alors qu'est-ce que Julian fabriquait de ses journées ?

Maintenant, je fais mine de prendre tout cela à la légère, à la plaisanterie. Nous avons l'un et l'autre un verre de vin en main et ma peau est encore humide, après la douche.

– Travaillait-il pour l'ambassade américaine, lui aussi ? Travaillait-il pour Endiom ?

– Oh non ! s'exclame-t-elle en riant. C'est pour cela qu'il tient cette histoire secrète. Il enseignait l'anglais, comme tous les bons Anglais quand ils s'installent loin de leur pays. En ce temps-là, Julian n'avait rien d'un banquier d'affaires qui réussit. Il se limitait à suivre Nicole un peu partout dans le monde.

– Elle s'appelait Nicole ?

– *Sí.*

– Tu ne l'as jamais rencontrée ?

Cette question suscite un bref regard, rempli d'un dégoût très hispanique, aigre comme un lait trop vieux, qui suffit à m'apporter une réponse tangible.

— D'accord, mais comment se fait-il que le meilleur ami de Julian ait été colombien ?

Sofía fait volte-face sur le lit et vient placer sa tête à côté de la mienne. Peut-être a-t-elle fini par se lasser de toutes mes questions.

— Felipe n'était pas son meilleur ami. Julian n'a pas d'amis. Rien que des idiots de son université en Angleterre.

Elle se met à les imiter, en adoptant le ton pète-sec et BCBG d'un jeune Londonien bon teint, et en cambrant le cou pour m'embrasser en parlant.

— *Sofía, ma chérie ! Comme c'est charmant de vous trouver ici ! Je ne sais pas comment vous faites pour supporter ce vieux Jules.* Ils sont tellement bêtes, ces Anglais. Mais pas toi, *cariño*. Pas toi.

Je tends la main, je lui caresse le ventre, et mes doigts remontent jusqu'à ses seins.

— Alors ? continue-t-elle avec un soupir. Tu n'as plus de questions ? La petite séance d'interrogatoire est terminée ?

— C'est fini, lui promets-je. C'est fini.

Je lui retire son verre de vin des mains et le pose par terre.

13. Développement

Tard jeudi soir, la sonnerie stridente du portable Nokia retentit à côté de mon lit.

– Alec ?

C'est Arenaza.

– Mikel, salut. Désolé, je dormais. Comment allez-vous ?

– Vous dormez ? À 11 heures ? Vous êtes malade, Milius ?

– Je me suis couché tard la nuit dernière.

– Je vois. Je vous appelle pour vous dire que je pars maintenant pour l'aéroport. Je prends l'avion, je serai à Madrid cet après-midi. Nous dînons toujours ensemble, pas vrai ? Vous voulez qu'on se retrouve samedi ?

– Ça me paraît super.

Je tourne le cou pour me défaire d'un torticolis, et me redresse contre la tête de lit.

– Est-ce que Julian sera aussi des nôtres ?

– Non, cette fois je ne l'appelle pas. Qui sait ? Peut-être que je le verrai à déjeuner dimanche ?

– Et votre amie, alors ?

– Vous voulez parler de Rosalía ? (Il doit m'appeler d'un lieu public, car il prononce ce nom à voix très basse.) Elle me retrouve à l'aéroport de Barajas cet après-midi. Nous passons la nuit ensemble, et la journée de demain, mais pour le week-end, je serai libre. Donnons-nous rendez-vous au Museo Chicote, d'accord ? Vous connaissez ?

– Sur Gran Vía ? Bien sûr.

Chicote est sans doute le bar le plus célèbre et le plus cher de Madrid. L'un des repaires de Hemingway et de Buñuel. Un repaire à touristes.

– Bon. Je vous retrouve là-bas à 10 heures. Restez zen, mon ami.

– Vous aussi, Mikel. Je vous souhaite un bon vol.

Intéressant qu'il batte froid Julian. Le problème viendrait-il de Sofía ? Refuserait-elle de recevoir des fascistes sous son toit ? Je m'habille, je me prépare un café et je descends dans la rue relever mes e-mails au cyber-café de Ventura Rodríguez. Julian a lu le rapport Endiom et il semble satisfait. « Du sacré bon travail, m'écrit-il. Vachement content du grand œuvre. » Voilà au moins une chose dont je suis débarrassé. Les traductions du basque m'ont aussi été adressées et je les imprime, en demandant à l'employé barbu un grand sac plastique pour les emporter. Pendant que je patiente, un e-mail me parvient de Saul :

```
De : scricken1789@hotmail.com
À : almmlalam@al.com
Objet : Sur la route

Salut, mon pote
Je pensais te mettre un mot depuis Cadix l'enso-
leillée. Andy a dû partir en déplacement jusqu'à
demain mais il a un appartement sympa près de la
plage qui a servi de décor pour La Havane dans Meurs
un autre jour. Tu es déjà allé là-bas ? C'est situé
sur une péninsule qui pointe dans l'Atlantique. Ce
```

matin, un porte-avions de la taille de l'Empire
State Building est venu croiser à l'horizon en route
pour l'Irak. Apparemment, il y a une base navale américaine à sept ou huit kilomètres en remontant le
long de la côte. Franco leur a alloué ce terrain dans
les années cinquante en échange d'une aide économi-
que et maintenant il y a des milliers de marins
yankees en short qui viennent manger des Oreos et
boire de la Bud et qui font vraiment de gros efforts
pour se fondre dans la culture locale. C'est le genre
de chose qu'un homme apprend pendant ses vacances.

Cordoue c'était super. Je ne suis pas resté
longtemps. Rencontré une fille de Bristol à la Mezquita et je l'ai impressionnée avec ma connaissance
des mihrabs et des califes piochée dans ton *Guide
minute de l'Espagne* (merci). Elle a été un peu esto-
maquée que Charles Quint ait construit une cathédrale catholique en plein milieu d'une mosquée et
elle m'a fait un commentaire sur « tout cet édifice
qui serait un genre de métaphore pour ce qui se passe
en ce moment au Moyen-Orient » et moi je lui ai
répondu : « Vous savez quoi ? vous avez raison » et
ensuite j'ai menti en lui racontant que j'allais
manquer mon train.

Pour finir, une mauvaise nouvelle : Tu te souviens de l'amie de Kate, Hesther ? Apparemment, elle
a un cancer. Venait de rencontrer un type vraiment
bien, ils allaient sans doute s'installer ensemble
et se marier, et maintenant elle doit affronter ça.
En tout cas, elle a demandé ce que tu devenais et je
lui ai répondu que tu allais bien et elle m'a prié de
te dire bonjour de sa part.

```
Sais pas quand je serai de retour. Pourrais te
prendre au mot avec ton idée de pousser jusqu'à Fès/
Maroc.
```

```
Pas un mot d'Héloïse.
Ne te prends pas la tête, mon pote.
Saul
```

Hesther. Une jeune femme à qui je n'ai plus repensé depuis des années. C'était une amie de Kate, de son cours de théâtre, qui avait un peu flirté avec moi et s'endormait au bout de deux verres de vin. La maladie incurable qui frappe à l'aveuglette. La pensée me vient qu'en ce qui me concerne le risque statistique de contracter un cancer s'est amélioré du seul fait de sa maladie à elle : si un membre de mon entourage a un cancer, alors c'est que je devrais l'éviter. À ma grande tristesse, je constate que je parviens désormais à me faire ce style de réflexion sans en être atterré. Je paie l'employé et je m'en vais.

Il y a un restaurant très animé qui sert un *menù del día* plutôt correct dans la Calle Serrano Jover, juste en face du grand magasin Corte Inglés d'Argüelles. C'est là que je vais pour déjeuner tôt, à 13 h 30. Les articles ont été mal traduits, dans un espagnol à peine intelligible, et je me sens l'envie de déposer une plainte sur leur site Internet. Toutefois, il est encore possible d'en saisir l'essentiel, et j'en arrive assez vite à la conclusion qu'ils contiennent fort peu de choses sur Arenaza que je ne sache déjà. L'élu basque tient surtout lieu de porte-parole et de plume mercenaire pour Batasuna sur un certain nombre de sujets. Je trouve l'article dans lequel il promet une « analyse », au sein de l'ETA, du meurtre de cette fillette de six ans à Santa Pola, et je découvre qu'il a été arrêté pour *un alterador del orden pùblico* – en gros, pour trouble à l'ordre public – lors d'un rassemblement de Batasuna en 1998. Même sa conférence à l'université de Bilbao traitait un sujet des plus banals, celui des modèles électoraux. J'adopte un autre angle d'attaque – de quoi me fournir un sujet de conversation une fois au Chicote –, je traverse la rue après le déjeuner, et je m'achète un livre de poche sur l'ETA signé par un journaliste irlandais, puis je rentre à la maison le lire dans mon canapé.

D'après l'ouvrage, le nationalisme basque en tant que mouvement politique remonte à plus d'une centaine d'années, lors de la fondation du PNV, le Partido nacionalista vasco, en 1895. Son père fondateur, Sabino Arana, que l'on considérerait aujourd'hui comme un raciste pur et simple, s'inquiétait de voir l'ethnicité basque diluée par les ouvriers agricoles qui se déversaient depuis l'Andalousie et l'Estrémadure très appauvries. Arana, qui est encore considéré avec la plus sainte révérence dans la région, fit essentiellement de l'eugénisme la pierre angulaire du manifeste de son parti. Les nationalistes intransigeants vous diront encore aujourd'hui que les groupes sanguins des Basques « purs » sont différents de ceux des Européens des autres régions. À telle enseigne que, les premières années de son existence, le PNV n'acceptait dans ses rangs que les membres capables de prouver qu'ils possédaient quatre grands-parents ethniquement basques.

Jusqu'à la Guerre civile, le Parti nationaliste basque était le parti dominant du nationalisme dans toute la région, convaincu qu'Euskal Herria était un pays sous occupation espagnole. Cette occupation devint en fait une réalité quand Bilbao tomba aux mains des troupes fascistes en 1937. Au cours des années qui suivirent, le PNV misa tout sur la chute de Hitler, et se retrouva dans un dangereux isolement quand les Alliés ne parvinrent pas à s'entendre pour chasser Franco dans la période de l'après-guerre. Au lieu de quoi, lorsque s'instaura la Guerre froide, l'Ouest leva une série de sanctions économiques et diplomatiques édictées contre Franco, lui pardonna son flirt avec le nazisme et l'adouba comme un anticommuniste loyal. Il n'est pas surprenant d'apprendre que la CIA a brièvement œuvré aux côtés de membres du PNV autour du projet de renverser Franco. Pendant un temps, les nationalistes crurent pouvoir prendre part à un coup d'État soutenu par les États-Unis, jusqu'à ce qu'Eisenhower y coupe court et vienne se ranger auprès du Generalísimo.

À en croire l'ouvrage, les racines de la lutte armée remontent à la répression brutale menée par Franco trente années durant contre la culture et l'identité basques. Le Generalísimo, motivé par un profond mépris politique et idéologique envers Euskal Herria et le vif désir de punir la région pour son soutien aux Républicains du temps de la Guerre civile, interdit tous les mouvements nationalistes, défendit aux parents de donner des prénoms basques à leurs enfants, en frappant d'illégalité l'emploi de la langue euskera dans les rues. L'ETA fut forgée dans cette atmosphère – celle d'un pays de postes de contrôle et de brutalité policière, de torture et de mauvais traitements –, même si, au début, l'organisation n'était guère plus qu'un petit groupe d'étudiants catholiques non violents qui se réunissaient, en observant des conditions de secret quasi totales, dans les années cinquante. Visant une complète indépendance des sept provinces de la région, l'ETA puisait son inspiration dans les luttes anticoloniales de la planète et avait développé une aile militaire, suivant l'exemple de Mao et Che Guevara, dès le début des années soixante. L'organisation revendiqua sa première victime, au hasard d'un barrage routier, à l'été 1968, mais après cela les meurtres furent décidés avec davantage de discrimination. Quand ils

firent sauter le bras droit de Franco et son héritier pré-
somptif, le très impopulaire amiral Luis Carrero Blanco,
l'ETA se retrouva tout à coup sur la scène mondiale.

Leur plan était remarquable. En 1973, une unité de
comando conduite par José Miguel Beñaran Ordeñana
creusa un tunnel sous une rue dans le centre de Madrid,
sur le trajet emprunté par Carrero Blanco tous les matins
pour se rendre à la messe. Le 20 décembre, lors d'une
opération baptisée du nom de code Operación Ogro, le
comando mit à feu trois charges de dynamite, tuant Carrero Blanco et deux de ses gardes du corps sur le coup.
Le souffle de l'explosion propulsa le véhicule, qui
s'envola dans les airs, par-dessus un bloc d'immeubles,
jusque dans une rue voisine. Commis de nos jours, un
tel acte serait considéré comme une atrocité. Voilà
trente ans, la sympathie pour l'ETA était au plus haut,
et l'assassinat de Carrero Blanco reçut un large assenti-
ment, même sur le plan international. Jusqu'à une époque récente, vous pouviez aller découvrir les vestiges du
véhicule au Museo del Ejército, dans la Calle Méndez
Nùñez. Ce n'était qu'à une courte distance à pied du
Prado.

14. Le Chicote

À Madrid, quand il pleut, il pleut plusieurs jours d'affilée, ce qui chasse les gens des rues et modifie le caractère de la ville. Ce ne sont pas ces averses exsangues de l'Angleterre. Ce sont des orages subtropicaux accompagnés de vents musclés, assez puissants pour retourner un parapluie. Quand je sors de l'appartement à 9 h 30 ce samedi soir, en route pour rejoindre Arenaza au Chicote, des rafales de pluie balayent la Calle Princesa avec une telle force que c'est déjà toute une entreprise de traverser la rue en quête d'un taxi. J'attends en vain sous l'abri assez inefficace de l'arrêt de bus, puis je monte la côte au pas de course, jusqu'à la station Ventura Rodríguez, mes chaussures et mes chaussettes déjà trempées lorsque j'arrive à la bouche de métro.

Sept lycéens – deux filles et cinq garçons – fument des cigarettes et écoutent de la musique sur un banc de béton, à côté du quai de Legazpi, des briques de vin rouge à deux sous et des bouteilles d'un litre de Coca-Cola jonchant le sol autour d'eux. Il n'y a rien d'exceptionnel à cette scène : dans le métro de Madrid, les voyageurs fument jusqu'au tout dernier moment avant de monter dans les voitures de la rame, et l'alcoolisme des mineurs le week-end – connu sous le nom de *botel-*

lón – est la norme. En attendant d'avoir l'âge où ils peuvent se permettre de boire dans des bars, les Espagnols s'enivrent avec de l'alcool à prix cassé, et font ensuite pot commun pour se payer l'entrée d'une *discoteca* ouverte tard dans la nuit. Par un vendredi ou un samedi soir (et par temps sec), surtout l'été, la Plaza de España finit par prendre des allures de décor où s'improvise une sorte de festival de musique, lorsque des cohortes d'étudiants armés de stéréos et de bouteilles de J&B convergent autour de la statue de Cervantès, boivent et se bécotent jusqu'à s'oublier. Ce soir, ils ont été repoussés dans les sous-sols, et un employé de la station un peu trop autoritaire ne tardera pas à arpenter le quai en leur ordonnant de déguerpir.

Du métro Gran Vía à l'entrée du Museo Chicote, c'est une courte marche à pied. Le bar est relativement tranquille – c'est l'heure du dîner – et il n'y a aucun signe de Mikel. Je m'installe dans le fond, où je choisis un petit box aux banquettes en velours, et je commande un Rob Roy à une jolie serveuse qui s'attarde un peu pour bavarder après qu'elle m'a apporté mon verre. Elle s'appelle Marta. Ses cheveux noirs sont coupés au carré et je sens chez elle une nature douce, espiègle même, pourquoi pas.

– Qu'est-ce que vous lisez ? me demande-t-elle.

J'ai apporté le livre sur l'ETA, pour le cas où Mikel serait en retard et, rien qu'à lui montrer la couverture, je me sens mal à l'aise. Face à la question basque, on ne sait jamais comment les Espagnols vont réagir.

– C'est un livre sur l'ETA. Un livre sur le terrorisme.

Elle hoche la tête, sans rien laisser paraître.

– Vous êtes journaliste ?

– Non, seulement je m'intéresse à l'Espagne.

– *Vale.*

Pour changer de sujet, Marta me demande si je vis à Madrid et je mens, sans aucune raison valable, en lui répondant que je suis juste venu pour une visite de quelques jours. Le réflexe de la tromperie est instinctif, comme toujours chez moi, même si je l'encourage à me recommander les bars et les boîtes dans le quartier qui, à son avis, pourraient me plaire. Et voilà maintenant que nous flirtons – elle n'arrête pas de me flatter en me fixant furtivement de ses yeux amusés – mais, comme de juste, son patron commence à s'agacer et la rappelle au bar.

– À plus tard, me fait-elle

Elle a la taille si souple et agile lorsqu'elle s'éloigne en se déhanchant que j'envisage de tromper Sofía, pour la deuxième fois seulement. J'ai eu la sensation très nette qu'elle avait envie de se faire inviter à prendre un verre après le travail. Je mérite peut-être une petite amie régulière. Et s'il était temps d'écarter l'adultère et de songer à une relation normale ?

Un quart d'heure s'écoule. Peu à peu, les lieux se remplissent, un groupe d'Allemands débarqués pour le week-end viennent occuper le box voisin du mien et ils commandent des *jarras* de bière blonde pour les garçons et des margaritas pour les filles. Marta croise mon regard de temps à autre, depuis le bar, mais il m'est de plus en plus difficile de la voir à mesure que la foule enfle. À 10 h 45, Mikel ne s'est toujours pas montré, et je regagne brièvement l'entrée, en vérifiant du côté des tables qui donnent sur Gran Vía, pour le cas où il serait assis dans une partie moins discrète du bar. J'essaie sur son téléphone portable, mais il l'a éteint. À moins qu'il n'ait décidé d'ignorer mes appels. Quoi qu'il en soit, il me semble peu probable qu'Arenaza puisse encore arriver. Vers 11 heures, j'ai une autre brève conversation avec Marta, je commande un troisième et dernier Rob Roy, et je ressens enfin les premiers effets de l'alcool. Le Chicote est maintenant bourré à craquer, et le jazz a cédé la place au cognement sourd, électrique et fastidieux de la house music. Vingt minutes plus tard, sans lui dire au revoir, je décroche mon manteau de sa patère chromée, au-dessus de la table, et je me dirige vers la rue. La pluie a enfin cessé, et je marche vers le nord, j'entre dans Chueca pour trouver quelque chose à manger.

Jusqu'à 2 heures du matin, sans discontinuer, j'essaie de joindre Arenaza sur son téléphone. C'est étrange, mais je sens naître en moi le sentiment de plus en plus marqué qu'il lui est arrivé quelque chose, un accident ou une crise. Il ne m'a pas du tout semblé faire partie de ces gens qui vous posent un lapin, d'autant que c'est lui qui a tenu à ce rendez-vous. À tout le moins, il aurait cherché à exercer son charme et pris la peine d'inventer une excuse. Tard dimanche, il se trouve que Julian me téléphone et, au cours d'une conversation par ailleurs assez terre à terre concernant Endiom, je réussis à lui demander s'il a eu des nouvelles d'Arenaza. Il est manifeste qu'il ignorait tout de sa venue à Madrid et nous raccrochons peu après. Par la suite, je me mets au lit, convaincu que soit Mikel me contactera le lendemain matin à la première heure, soit je n'entendrai plus jamais parler de lui.

15. Le disparu

Tard mardi après-midi, la police m'appelle :
– *Buenos días. Podría hablar con Alec Milius, por favor ?*
Je comprends aussitôt que c'est un flic et j'éprouve une terreur instantanée, celle de la loi. La voix est chargée de nicotine, officielle, et elle me parle depuis un bureau où des téléphones n'arrêtent pas de sonner à l'arrière-plan.
– *Soy yo.* Je suis Alec Milius.
Je suis assis, seul, dans un bar à tapas, juste au sud du stade Bernabéu. Pour commander une tasse de café, je me suis adressé au serveur en espagnol, mais je décide maintenant de contrer ce policier en feignant une inaptitude à communiquer dans une autre langue que l'anglais.
– *Soy el Inspector Baltasar Goena. Llamo de la comandancia de la Guardia Civil en San Sebastián.*
– *I'm sorry ?*
– *Quisiera hacerle unas preguntas sobre la desaparación de Mikel Arenaza.*
Cette révélation ne me surprend pas tellement. Arenaza a disparu. Néanmoins, je fais celui qui n'a pas compris.

– Il faut m'excuser, monsieur. Je ne parle pas très bien l'espagnol.

Il marque une pause, de contrariété. J'espère que Goena va tout simplement perdre patience et se rabattre sur une autre piste, dans son enquête. Ce serait l'idéal. S'il est une chose que je préfère éviter entre toutes, c'est bien que la Guardia Civil vienne chez moi, dans mon appartement, me soumettre à des questions gênantes.

– Je parle un peu la langue, me répond-il. Je suis un police. Mon nom c'est Baltasar Goena. Je vous appelle pour un souci sur la disparition de Mikel Arenaza.

– Mikel qui ?

– Arenaza. Vous le rencontrez ?

J'observe la seconde de silence qui convient, en essayant de conserver toujours un temps d'avance dans la conversation.

– Oui, oui, dis-je.

À ce stade, il serait futile de nier le fait que je connais Mikel, du moins jusqu'à ce que je sache de quoi il retourne au juste. Goena a pu retrouver la trace de mon numéro de téléphone, il y a donc lieu de supposer qu'il détient des preuves formelles de notre rencontre.

– J'ai vu M. Arenaza pour la première fois voici deux semaines. Vous disiez qu'il avait disparu ? Est-ce que tout va bien ?

Goena s'éclaircit la gorge.

– J'ai des questions.

– Bien entendu. C'est naturel, dis-je au moment où le serveur arrive avec mon café. Que puis-je pour vous ?

– Je vous explique cela. Je vais expliquer. (Goena adresse quelques mots en basque à un collègue.) Vous rencontrez señor Arenaza pour un rendez-vous dix jours avant que je vous appelle. *Febrero día veintesiete.* Un jeudi. Pouvez-vous me parler de ça, je vous prie, monsieur Milius ?

– Señor Goena, il m'est terriblement difficile de comprendre ce que vous me dites. Y aurait-il quelqu'un dans vos bureaux qui parle ma langue ?

Le serveur regarde ma table, et son coup d'œil furtif montre qu'il a compris le mensonge. Goena tousse comme un chat qui aurait quelque chose coincé dans la gorge. Il est contrarié.

– Non, non, il n'y a pas ça ici. Moi seul je parle votre langue. J'ai juste ces questions, très rapides tout de suite dans votre temps. Votre rendez-vous avec señor Arenaza...

– ... señor Arenaza, oui...

– Pouvez-vous donner à moi des détails, je vous prie ?

Je verse deux sachets de sucre blanc dans mon café.

– Est-ce qu'il vous parle qu'il va partir ?

– Oh non, pas du tout, dis-je, et en même temps, je me demande si la police sait pour Rosalía. Nous avons dîné à Saint-Sébastien, nous avons discuté un peu affaires. Depuis, je ne l'ai plus revu.

Goena dispose peut-être d'un rapport sur le coup de téléphone qu'Arenaza m'a passé depuis l'aéroport, aussi j'ajoute :

– Nous nous sommes bien parlé brièvement au téléphone, quelques jours plus tard, mais il m'appelait juste pour vérifier certains points de détail.

– Je demande pardon. Alors vous lui parlez ?

Nom de nom.

– Oui. Jeudi dernier. Du moins, je crois. Il faudrait que je vérifie dans mon agenda. Pourquoi ? Que s'est-il passé exactement ?

Goena ignore ma question.

– Et à quelle heure était ce téléphone ?

– Pour être franc, je ne me souviens pas. Dans la matinée, je crois.

– Et il vous a dit qu'il doit aller dans un endroit quand vous lui parlez ?

– Je vous prie de m'excuser. Pourriez-vous répéter la question ?

– *Qué ?*

– Je disais : Pourriez-vous répéter la question ?

– *Sí, sí*. Je répète : Señor Arenaza vous dit qu'il voyage dans une autre ville ?

Si Mikel a réservé un vol pour Madrid, la police de Saint-Sébastien disposera sûrement de cette information à titre de premier axe d'investigation, mais je n'ai aucune raison d'être au courant.

– Non, prétends-je, il ne m'a pas parlé de son départ. Pourquoi ? Où est-il allé ?

Goena note. Un long silence s'éternise, avant sa question suivante, et je n'arrive pas à savoir si j'aide l'enquête ou si j'y fais obstruction.

– Nous pensons qu'il vole en aéroplane à Madrid. Il arrive et il disparaît. Alors vous n'avez pas eu l'intention de rencontrer señor Arenaza quand il venait dans votre ville ?

– Non. Non. Que voulez-vous dire, il est arrivé ici, et il a disparu ?

Il est facile de paraître soucieux. Je me contente de placer la voix à peine un ton plus haut.

– Comme je vous le disais, nous ne nous connaissions guère. Nous avons eu un rendez-vous à Saint-Sébastien. À part ça, rien. Je suis désolé de ne pouvoir mieux vous aider.

Cette dernière remarque paraît faire mouche. Goena me pose encore deux autres questions, mais il a l'air de croire à mon innocence. Je vide ma tasse en deux gorgées, en priant pour que cette conversation se termine. Pour des raisons de pure bureaucratie, le policier me demande l'adresse de mon domicile et mon numéro de passeport, mais l'interrogatoire ne se prolonge pas davantage. Dès que nous avons raccroché, je laisse deux euros sur la table, je sors en courant jusqu'au kiosque à journaux le plus proche, et j'achète *El País*. Effectivement, je découvre, page cinq, placé en évidence, l'article suivant :

UN IMPORTANT DIRIGEANT DE BATASUNA DISPARAÎT
L'une des figures éminentes de Herri Batasuna, l'aile politique interdite de l'organisation terroriste ETA, a disparu.

Mikel Arenaza, un élu de Saint-Sébastien, a embarqué jeudi à bord d'un vol Iberia pour Madrid. Il est ensuite descendu à l'hôtel Cason del Tormes, mais, au bout de quarante-huit heures, en ne le voyant pas regagner sa chambre, le personnel s'est inquiété.

L'épouse du señor Arenaza a officiellement signalé sa disparition à la police de Guipùzcoa ce week-end. Señora Izaskun Arenaza a déclaré à la police que son mari, âgé de quarante-trois ans, avait quitté le domicile vers 9 h 20 le 6 mars au matin et qu'il prévoyait une absence de plusieurs jours pour affaires.

L'article développe ensuite la carrière de Mikel au sein de Batasuna, mais en dit très peu sur les détails entourant l'enquête. À l'exception de son bagage à l'hôtel Cason del Tormes, aucun effet personnel n'a été retrouvé pour le moment. J'appelle Julian à partir de ma ligne portable d'Endiom et je découvre qu'il a eu lui aussi une conversation avec Goena, auquel il n'a pu fournir que très peu d'informations utiles. Il ignorait par exemple qu'Arenaza avait projeté de venir à Madrid, et n'avait pas lu l'article d'*El País*. À la vérité, toute cette histoire n'a pas l'air de l'intéresser le moins du monde, et il va même jusqu'à plaisanter, pour alléger le climat de la conversation.

— Qu'est-ce que tu as fichu, Alec ? Tu l'as coulé dans des bottes en ciment et tu l'as balancé dans l'Atlantique ? Un petit trajet dans le coffre de ta voiture, tu le caches dans ta cave, et tu le noies dans la citerne d'eau du grenier ?

Vu les circonstances, je ne trouve pas ça drôle, mais je réussis à rire, manière de flatter mon patron.

— En fait, après Saint-Sébastien, je ne l'ai jamais revu.

Là-dessus, Julian soutient, avec une assurance dénuée de tout fondement, que ce « vieux Mikel va refaire surface d'ici un jour ou deux », et nous nous disons au revoir.

Mais les choses vont de mal en pis.

Le lendemain matin, mon Nokia sonne à 8 h 05, me tirant d'un profond sommeil. Un Espagnol à la voix pleine d'assurance, cette fois dans un anglais impeccable, demande à parler – « immédiatement, je vous prie » – à M. Alexander Milius.

— Je suis Alec Milius. Quelle heure est-il ?

— Il est 8 heures.

La voix est jeune, dépourvue d'humour, et l'homme ne me présente pas ses excuses, ou à peine, pour m'avoir dérangé si tôt.

— Je m'appelle Patxo Zulaika. Je suis journaliste au quotidien *Ahotsa*, en Euskal Herria. J'ai besoin de vous poser quelques questions concernant la disparition de Mikel Arenaza.

Je regarde à nouveau le réveil. Il va m'être difficile de réfléchir à des questions avant d'avoir pris une douche et une tasse de café.

— On ne pourrait pas faire ça un peu plus tard ?

— Nous pourrions, oui, nous pourrions, mais la vie d'un homme est en jeu, déclare-t-il pompeusement. J'ai cru comprendre que vous vous étiez déjà entretenu avec la police. Je suis actuellement à Madrid et j'aimerais convenir d'un rendez-vous avec vous ce matin.

Zulaika a dû se procurer mon numéro auprès de Goena. Je m'assieds dans mon lit, je me racle la gorge et je tente de le tenir à distance.

– Écoutez, pourriez-vous rappeler ? J'ai de la compagnie.

– De la compagnie ?

– Quelqu'un, ici.

Il semble soupçonneux.

– Bien.

– Je vous remercie. D'ici une heure ou deux, peut-être ? Je serai à mon bureau.

Mais j'ai à peine le temps de m'éclaircir les idées. Sur le coup de 9 heures, Zulaika rappelle, aussi tenace qu'un chien avec un os. J'ai pris une douche rapide, et c'est en robe de chambre que je décroche.

– Monsieur Milius ? commence-t-il, toujours aussi familier et indiscret. Comme je vous l'ai expliqué tout à l'heure, j'aimerais vous rencontrer pour discuter de la disparition de Mikel Arenaza, l'élu de Batasuna. C'est une affaire d'une grande importance pour la région basque. À quelle heure seriez-vous libre aujourd'hui ?

Cela ne sert à rien de botter en touche. Ce style d'individu ne renonce jamais.

– Plus tard dans la matinée, qu'en pensez-vous ?

– Parfait. J'ai appris que vous travailliez pour Endiom.

– C'est exact.

Peut-être a-t-il déjà bavardé avec Julian.

– Leurs bureaux vous conviendraient-ils, ou songez-vous à un autre endroit qui aurait votre préférence ?

Je lui réponds qu'il vaudrait mieux se retrouver près de mon domicile, chez Cáscaras, la *tortilleria* où je prends mon petit déjeuner, dans Ventura Rodríguez. Il note l'adresse et nous convenons de nous y retrouver à 11 heures.

Dans l'intervalle, je m'achète presque tous les quotidiens espagnols. Aucune information nouvelle au sujet d'Arenaza. L'affaire continue de figurer en bonne place dans les pages d'actualité, et je trouve la signature de Zulaika dans *Ahotsa*. Un serveur basque de ma connaissance, dans le *barrio*, est en mesure de me traduire les éléments principaux de son article. Il semblerait que la police dispose de très peu de pistes. À aucun moment, tous ces journalistes qui évoquent la disparition ne mentionnent Rosalía Dieste. Je prends la décision de ne pas prononcer son nom devant Zulaika. En revanche, comme il a pu juger mes réponses évasives lors de nos conversations téléphoniques, il faudra donc que j'aie l'air coopératif. Dans ce but, j'arrive chez Cáscaras avec un quart d'heure d'avance, je repère une table au calme vers le fond et, quand il entre, je le gratifie d'un grand sourire très diplomatique.

– Vous devez être Patxo.

– Vous devez être Alec.

Je me lève, je me dégage de la table pour venir lui serrer la main. Zulaika porte un jean repassé, des chaussures un peu minables et une veste en tweed miteuse, la tenue d'un élève de pensionnat en permission de sortie.

– Comment m'avez-vous reconnu ? s'étonne-t-il.

– Je ne vous ai pas reconnu. Simplement, il m'a paru plausible que ce soit vous. Votre visage correspond à votre voix.

À vrai dire, Zulaika est encore plus jeune qu'il ne m'avait semblé au téléphone. Je lui donnerais vingt-cinq ans, pas davantage, même s'il porte une alliance et s'il se dégarnit à la naissance des cheveux, implantés en « pic de veuve ». Il a le visage impassible et dénué d'humour d'un fanatique, et met un point d'honneur à ne pas me quitter du regard. En ces tout premiers instants, il émane de lui un aplomb qui me donne l'impression d'un esprit quelque peu dérangé. Il tente de retourner la situation à son avantage en me soutenant qu'il a besoin de s'asseoir près de la fenêtre, tout en jaugeant du regard le décor jaune vif et en plissant les yeux à la vue des reproductions de Miró et de Kandinsky. Maintenant qu'il m'a placé là où il le souhaitait, il ne prend même pas la peine de me remercier de lui accorder un peu de temps.

— Donc, vous êtes à Madrid pour enquêter sur cette disparition ?

— Je suis le correspondant principal d'*Ahotsa* dans la capitale, me réplique-t-il, comme si j'aurais déjà dû le savoir. C'est l'affaire sur laquelle je travaille en ce moment. Comment avez-vous rencontré M. Arenaza ?

Pas de préliminaires, pas de temps mort, avant ce qui s'annonce comme une longue interview détaillée. Zulaika a posé devant lui un carnet à spirale, deux stylos bille et une longue liste de questions, en basque, notées d'une écriture propre et nette sur trois feuillets A4 lignés. Il est aussi venu avec une sacoche d'ordinateur portable qui, à cet instant, est appuyée contre ma jambe, au-dessous de la table. À un certain stade, je pourrais déplacer mon pied pour faire tomber cette sacoche par terre.

— Eh bien, c'est mon directeur chez Endiom, Julian Church, qui me l'a présenté. Ce sont de vieux amis. Je montais à Saint-Sébastien pour affaires, il y a de cela deux semaines, et il m'a mis en rapport avec lui.

Zulaika n'écrit pas le nom de Julian, ce qui laisserait entendre qu'il en a déjà entendu parler par l'intermédiaire de Goena, ou qu'il a pu même recueillir ses propos. Diego, l'un des serveurs que je vois presque tous les jours, s'approche de notre table, me salue d'un chaleureux « *Hola*, Alec » et me demande ce que nous souhaiterions prendre. Zulaika ne lève pas les yeux. D'un ton maussade, il demande un « *café con leche y un vaso de agua* », puis se gratte l'oreille. Il y a beaucoup à comprendre des individus rien qu'à la manière dont ils traitent les serveurs.

— *Dos cafés con leche*, dis-je à mon tour, en insistant sur le « *dos* ».

Diego me demande comment vont les choses de la vie et, pour faire bonne impression, je lui réponds qu'elles ont rarement mieux été.

— Et combien de fois avez-vous parlé à Arenaza avant votre rendez-vous ? demande Zulaika, nous coupant carrément la parole. Une fois ? Deux fois ?

— Juste une fois. J'ai eu son numéro par la secrétaire de Julian et je l'ai appelé de mon hôtel.

— Et où étiez-vous descendu ?

— Au Londres y de Inglaterra.

Un frémissement de mépris.

— Le grand hôtel de la Concha ?

— C'est cela.

Je vois danser toute une kyrielle de préjugés déplorables dans les yeux de Zulaika. Le Londres y de Inglaterra est une gâterie bourgeoise, un lieu de débordements castillans. Seul un riche étranger irait séjourner là-bas, un *pijo*, un *guiri*.

— Et avez-vous communiqué avec lui par e-mail, à un moment ou à un autre ?

Pourquoi me poser cette question ?

— Non. Juste au téléphone.

Il note et allume une cigarette, relâche une bulle de fumée qui roule sur la table.

— Dites-moi, Alec, que saviez-vous de Herri Batasuna avant de faire la connaissance de M. Arenaza ?

— J'en savais très peu. Nous avons discuté de l'interdiction du parti et des perspectives d'une trêve pour l'avenir. C'était le but de ma visite... évaluer la viabilité de la région basque pour d'éventuels investissements.

— Pourquoi une personne se refuserait-elle à investir en Euskal Herria ?

J'avais oublié, naturellement, que Zulaika écrivait pour un journal nationaliste de gauche qui reprend souvent les déclarations de l'ETA. Se hasarder à la moindre critique à l'encontre de la région basque équivaudrait à une insulte.

— En fait, nous en avons conclu que nos interlocuteurs devaient investir là-bas.

Cela lui cloue le bec. Diego est de retour et dépose deux cafés et un verre d'eau sur la table. Cette fois, Zulaika le remercie d'un signe de tête, mais revient aussitôt à la liste des questions.

— Pouvez-vous m'exposer ce qui s'est passé au cours de votre rendez-vous ?

Sa cigarette est restée sur le cendrier, intacte, depuis environ une minute, et elle laisse maintenant échapper un filet de fumée qui me pénètre dans les yeux. Sachant que je commets une erreur, j'ai le malheur de le lui faire remarquer.

— Cela vous ennuie si je déplace ceci ?

— Quoi ?

— C'est juste que je n'apprécie pas particulièrement la cigarette, surtout aussi tôt le matin.

— Je ne comprends pas.

— Je disais, cela vous ennuie-t-il d'éloigner votre cigarette ? Je reçois la fumée dans la figure.

J'aurais tout aussi bien pu le prier de cracher sur mes souliers pour les briquer. Il regarde la cigarette, revient à moi et l'écrase lentement dans le cendrier. La transformation par rapport à sa civilité antérieure, au téléphone, est désormais totale.

— Est-ce que ça ira ?

– Ce n'était pas la peine de l'éteindre.

Il renifle et reprend ses notes.

– Alors ?

– Alors quoi ?

– Le rendez-vous. Pourriez-vous me raconter votre rendez-vous ?

– Bien sûr.

J'adorerais tout bonnement me lever et sortir, en piétinant au passage cette petite merde trop vite montée en graine. S'il y a une chose que je ne peux pas supporter, c'est d'être bousculé ou traité de manière condescendante par des individus plus jeunes que moi. De la façon la plus neutre possible, je lui reconstitue la soirée avec Arenaza, dans un compte rendu qui tient plus ou moins debout, en évitant délibérément toute allusion au fait qu'il paraissait avoir perdu sa foi en la lutte armée, et se trouvait visiblement à la croisée des chemins dans son existence. Zulaika le découvrira par lui-même, tôt ou tard. En l'occurrence, il prend très peu de notes, et ne relève le nez qu'à la mention du parking souterrain.

– Pourquoi êtes-vous descendu avec lui ?

– Je n'avais rien de mieux à faire. Il avait envie de m'emmener dans un autre bar.

– Donc vous diriez qu'à ce stade de la soirée vous vous entendiez plutôt bien ?

– Pas particulièrement. Je pense que M. Arenaza avait l'attitude typique du Basque qui se conduit en hôte accueillant.

– Mais pourquoi ce parking ?

– Il voulait se changer, enlever son costume.

– Il portait un costume ?

Comme je l'avais pensé sur le moment, il était étrange, de la part d'un élu de Batasuna, d'être vêtu avec une telle élégance.

– Nous nous rendions dans une *herriko taberna*, lui ai-je expliqué. Je crois que Mikel avait été en réunion toute la journée et qu'il voulait se mettre un peu plus à l'aise.

Zulaika me scrute, ses yeux plantés dans les miens, comme si, en appelant Arenaza « Mikel », j'avais laissé supposer une relation de plus grande proximité.

– On dirait que quelque chose vous perturbe.

– Quoi ? fait-il.

– Vous me regardez comme s'il y avait un problème.

– Ah oui ?

– Oui. Mais il se peut que ce soit votre manière d'être.

Il faut un gros effort de ma part pour ne pas le rembarrer et réagir, pour ne pas laisser cet entretien dégénérer en engueulade en bonne et due forme.

– Ma manière d'être ? reprend-il. Je ne saisis pas cette formule.

– Laissez tomber. Quelle était votre question suivante ?

Zulaika prend son temps, il retarde la confrontation, change de position, se cale contre le dossier de son siège et lance un bref regard dans la salle autour de lui. En tout cas, il paraît satisfait. Là, je déplace le pied et je laisse l'ordinateur basculer sur le flanc, s'abattre par terre. Ne sois pas puéril, Alec, ne sois pas sot. Zulaika se penche, lâche un borborygme entre ses dents et place la sacoche sur le siège à côté de lui.

– Je veux en savoir plus sur cette *herriko taberna*, insiste-t-il. Combien de temps êtes-vous resté là-bas ?

– Environ trois quarts d'heure.

– Et après ?

Il lève sa tasse de *café con leche* et le termine d'un seul trait.

– Après, je suis rentré.

– À votre hôtel ?

– À mon hôtel.

– Et de quoi avez-vous discuté, pendant ces trois quarts d'heure ?

– Des mêmes sujets que précédemment. Politique. Investissements.

– Et il n'a rien dit de sa venue à Madrid, rien de son départ ?

– Rien du tout.

Dehors, dans la rue, un conducteur bloqué par une voiture stationnée en double file appuie sans discontinuer sur son klaxon, un bruit qui remplit tout Cáscaras par la porte ouverte. Les petits groupes d'employés de bureau agglutinés autour du bar l'ignorent, continuant leurs conversations en grignotant des *churros*. Une femme âgée perchée sur un tabouret fait mine de se boucher les oreilles, s'attirant un haussement d'épaules de la part de Diego.

– Et le lendemain, vous ne lui avez pas parlé ?

Il m'est difficile d'entendre la question de Zulaika, à cause du vacarme du klaxon.

– Je vous demande pardon ?

Il répète, un peu plus fort.

– Je disais : vous ne lui avez plus reparlé après votre rendez-vous ?

– Non. Mais nous nous sommes entretenus le jour de sa disparition. Il m'a appelé pour me confirmer un élément concernant mon rapport.

– Quel élément ?

C'était une imprudence de ma part. Ne jamais fournir d'information à moins que l'on ne vous la réclame expressément. J'ai pu parler à Goena du coup de fil de jeudi, mais il était inutile d'en informer Zulaika.

– Je voulais juste savoir quel serait le résultat vraisemblable d'un référendum sur l'indépendance basque.

Si elle était soumise au vote, immédiatement, Arenaza m'a répondu que Madrid en sortirait sans doute vainqueur.

– Vraiment ? fit Zulaika, l'air dubitatif. Je ne suis pas d'accord. La position d'*Ahotsa*, c'est que l'issue serait tout autre. Nous avons mené notre propre étude et, si la tendance se poursuit, la probabilité d'une indépendance basque et catalane dans les cinq prochaines années est considérable.

– Eh bien, je n'omettrai pas de le mentionner dans mon rapport, lui assuré-je, trop heureux de cette diversion.

Le klaxon se tait enfin et, en me retournant sur mon siège, j'aperçois un fourgon blanc qui démarre dans la rue, libérant la voiture prise au piège. Zulaika semble être à court de questions, car il retourne deux des feuillets A4, qui ne révèlent rien d'autre, au verso, que des pages blanches. Quand il referme son carnet, il boit une gorgée d'eau et se trouve un nouveau terrain d'investigation.

– Comment caractériseriez-vous l'humeur de M. Arenaza le soir de votre rendez-vous ?

– Amicale. Affable. Serviable. Je l'ai apprécié. J'aurais aimé le revoir. D'après la police, que se serait-il passé ?

Il ignore la question.

– Serviable en quel sens ?

– Au sens où il voulait que je me plaise dans sa ville. Serviable au sens où il a répondu à mes questions. Il avait du charisme. Il était sociable. Je m'étais attendu à quelqu'un de plus... agressif.

– Pourquoi ?

– Eh bien, nous attribuerons cela au registre de la spéculation.

Zulaika n'a pas l'air de goûter l'insinuation, le préjugé terroriste. Il allume une autre cigarette, probablement pour me contrarier.

– Ne vous inquiétez pas, je vais souffler la fumée loin de votre visage, me promet-il, et il ne manque pas de déplacer le cendrier pour le poser sur sa sacoche d'ordinateur. Pourquoi êtes-vous ici, à Madrid, Alec ?

– Cela a-t-il un rapport ?

– Une question de contexte.

– J'habite ici depuis à peu près cinq ans.

– Et vous avez toujours travaillé pour Endiom depuis ?

– Non. Sur la moitié de cette période, plus ou moins.

– Quel lien la banque a-t-elle avec Mikel Arenaza ?

– Il n'en existe aucun, pas à ma connaissance, en tout cas. Julian Church est un ami personnel, voilà. Il faudrait le questionner, lui.

– Et vous ne savez pas pourquoi M. Arenaza venait à Madrid ?

– Comme je vous l'ai dit, je l'ignore.

– Il vous appelle deux heures avant d'embarquer à bord d'un avion et ne vous signale pas qu'il est en route pour ici ?

– À ce qu'il semblerait.

Où Zulaika se procure-t-il des informations aussi précises ? Auprès de Goena ? Possède-t-il un contact chez l'opérateur téléphonique ?

J'ai besoin de trouver un moyen de dévier ses questions.

– Et vous ne saviez pas où il avait l'intention de résider ?

– Écoutez. Vous devez comprendre qu'en me posant ces questions encore et encore, au fond, vous m'accusez de mensonge. Et je n'apprécie pas d'être accusé de mentir, monsieur Zulaika. Je vous ai dit que j'avais rencontré ce type pour prendre quelques tapas, il y a de cela deux semaines. Qu'il m'ait téléphoné le jour de sa disparition, c'est une sombre coïncidence, voilà tout. J'ignorais qu'il venait à Madrid, donc j'ignorais dans quel hôtel il avait réservé. Et je n'ai absolument aucune idée de l'endroit où il peut être, bordel.

– Bien sûr.

– Parfait.

Était-ce une manière de s'excuser ?

– Bon, je n'ai plus de questions.

– Tant mieux. Parce que je vais devoir retourner travailler.

16. Peñagrande

Ces derniers jours, je ressens un étrange changement d'humeur, comme si – à l'exemple de Zulaika, ou
de la police –, je ne pouvais trouver le repos tant que je
n'aurais pas compris ce qu'il était advenu de Mikel.
Appelez cela de l'ennui, appelez cela l'odeur du complot,
mais je suis incapable de rester à la maison, de protéger
éternellement ma vie privée, pendant que sa famille et
ses amis deviennent fous à cause de sa disparition. Si
Mikel s'est collé en ménage avec Rosalía, ainsi soit-il.
Mais quelque chose me souffle que tel n'est pas le cas.
Quelque chose me dit qu'Arenaza est confronté à de
profondes difficultés, au-delà même du récupérable. Et
je suis dans une position unique où je suis capable de
l'aider.

Remonter la piste de Rosalía se révèle étonnamment
facile. Mikel m'a confié qu'ils s'étaient rencontrés alors
qu'elle participait à un colloque sur les énergies renouvelables à l'hôtel Amara Plaza de Saint-Sébastien. J'appelle
donc tout simplement la réception de l'hôtel, en me présentant comme un employé de l'Institut des Ingénieurs
de l'Industrie qui crée une lettre d'information pour un
site Internet, et je demande que l'on me télécopie à
Madrid une liste de tous les délégués qui ont participé

à ce colloque. Je donne le numéro d'une succursale de Mail Boxes Etc. dans la Calle de Juan Álvarez Mendizábal et, dans les trois quarts d'heure, un document de six pages m'est transmis dans la boutique. Je n'ai même pas besoin de m'adresser au service de relations publiques de l'hôtel. Le concierge m'a mâché le travail, et sans la moindre hésitation. À la troisième page de la télécopie, le nom « Dieste, Rosalía Cristina » apparaît à côté du descriptif de son poste : « Chercheuse », d'une liste de qualifications – notamment une *licenciatura* de cinq ans à l'Universidad Politécnica de Madrid – et le nom de la compagnie qui l'emploie : Plettix S.L. Un rapide coup d'œil dans l'annuaire me permet de situer leurs bureaux à Peñagrande, une banlieue paumée au nord-ouest de Madrid. J'appelle afin de lui donner un rendez-vous juste après 5 heures, jeudi.

– Bonjour, pourrais-je parler à Rosalía Dieste, je vous prie ?

– Malheureusement, je crains qu'elle ne soit absente pour l'après-midi.

La réceptionniste me semble de bonne humeur et s'exprime avec un fort accent d'Estrémadure.

– En fait, c'était sa dernière journée ici. Puis-je vous trouver quelqu'un qui serait susceptible de vous aider ?

J'allais me faire passer pour le correspondant scientifique d'un obscur trimestriel anglais en quête d'une interview, mais cela modifie considérablement ma stratégie.

– Je ne sais pas trop.

D'une manière ou d'une autre, il faut que je trouve un moyen d'atteindre Rosalía avant qu'elle ne quitte l'entreprise pour de bon. Heureusement, la jeune fille lâche un petit rire, elle reconnaît que c'est un drôle de concours de circonstances, et me propose une solution éventuelle.

– Elle devait rentrer chez elle tôt parce que nous nous retrouvons tous pour un verre, m'explique-t-elle. Rosalía voulait se préparer.

Cette fois, je réfléchis très vite.

– Eh bien, en réalité, c'était pour cela que j'appelais. Je suis un ancien camarade d'université de Rosalía, du Politécnica. J'étais censé venir à la petite réception, mais je n'étais pas sûr d'avoir bien compris si c'était aujourd'hui ou demain. Elle ne répond pas sur son portable. Sauriez-vous dans quel bar cela se passe, par hasard ?

La réceptionniste, Dieu merci, est du style crédule et pas inquisitrice pour deux sous.

– Mais oui. C'est juste en face, dans la même rue. Le Sierra y Mar, au sous-sol de l'Edificio Santiago de Compostela. Connaissez-vous nos bureaux ?

– Évidemment. Évidemment, dis-je, et le frisson du mensonge est comme un vieil ami. Je peux trouver sans problème.

Mais je n'ai pas énormément de temps devant moi. Dès que j'ai raccroché, j'attrape un livre, mon manteau et mes clefs et je file au parking souterrain de la Plaza de España. Vingt minutes plus tard, je suis à Peñagrande, où je me gare à côté de la bouche de métro, dans une rue déserte. Le *barrio* est à l'image de toutes les banlieues post-nucléaires de l'Espagne du XXIe siècle : un no man's land poussiéreux d'imposants immeubles d'habitation en béton, de commerces de proximité miteux et de bars crapoteux. Les rues viennent à vous de toutes les directions. De l'autre côté d'un terrain à l'abandon jonché de détritus et de plantes mortes, les bureaux de Plettix S.L., à l'élégance incongrue, se dressent dans un scintillement de verre et d'acier. J'emprunte une large avenue anonyme et je traverse un pont qui enjambe l'autoroute M3. L'Edificio Santiago de Compostela est à une centaine de mètres plus bas dans la descente, sur la gauche, jouxtant le siège de Plettix et en retrait de la chaussée d'environ une dizaine de mètres. Le Sierra y Mar m'a l'air élégant et propre, et sert visiblement de lieu de rendez-vous aux employés qui travaillent dans les deux bâtiments, un endroit où l'on va pour déjeuner, où l'on va boire son café. Je m'installe au bar, à quelques pas de la porte, et commande un *caña* que l'on me sert avec deux cornichons et un oignon mariné enfilés sur une pique. Il y a là quatre autres clients : un ouvrier du bâtiment assis sur un haut tabouret près de moi ; un couple qui roucoule et s'embrasse sans se cacher, à une table non loin de la sortie, et un vieil homme qui boit un café à l'autre bout du bar, qui forme un angle à quatre-vingt-dix degrés sur ma droite. C'est ici que le livre tombe à pic. Avec un peu de chance, les collègues de Rosalía vont commencer à débarquer pour la réception d'ici une demi-heure et, dans l'intervalle, il va me falloir quelque chose pour m'occuper.

À 6 h 45, deux hommes en costume et portant des montres massives au poignet font leur entrée, et il est évident que ce sont les premiers invités. Le patron a installé huit tables à part, dans l'angle du restaurant, où il a disposé des bols d'olives et de chips, et plusieurs bouteilles de *cava*. C'est mon premier problème : les tables étant situées derrière moi, il me sera difficile, depuis ma place au bar, de garder un œil sur Rosalía. Les deux hommes serrent la main du patron, commandent chacun une bière, et les emportent avec eux vers les tables les plus proches. Il m'est possible de les observer dans le reflet que me fournit un miroir accroché au-dessus de la machine à café, malgré un champ de vision assez étroit. Trois minutes plus tard, une meute d'une demi-douzaine d'employés de Plettix se pressent à l'entrée, enveloppés dans les rires comme dans un nuage de fumée. Deux d'entre eux sont des femmes, mais aucune ne me paraît être le type d'Arenaza : il m'a décrit Rosalía comme « jeune » et « très belle », or les deux *mujeres* qui rient sous cape et ferment la marche sont bouffies et au bord de la ménopause. Elle va arriver d'une minute à l'autre, sans nul doute.

Comme je m'y attendais, à 7 h 05, Rosalía Dieste entre à son tour, avec un groupe de cinq collègues. Une petite clameur s'élève, suivie d'applaudissements et même d'un cri de joie. Les deux hommes installés dans l'angle se lèvent et s'approchent du bar, et ils embrassent la jeune femme sur la joue. Elle se tient juste à côté de moi, maintenant, elle mesure à peu près un mètre soixante-cinq, elle doit peser entre quarante-cinq et cinquante kilos, avec un léger hâle et les cheveux blonds – artificiels l'un comme l'autre –, une peau claire, des seins généreux et de grands yeux fatigués. Je m'attendais presque à voir Arenaza franchir le seuil du restaurant avec elle, mais l'une des femmes s'écrie « Où est Gael ? » et je suppose que c'est le nom de son petit ami. Elle s'exprime d'une voix tranquille, intelligente, et semble témoigner une affection sincère envers ses collègues, qui se sont visiblement entichés d'elle. Part-elle pour entamer une nouvelle vie avec Mikel ? A-t-elle la moindre idée des mystères qu'elle a laissés dans son sillage ? D'instinct, je dirais qu'elle a l'air perturbé, mais il vaut toujours mieux – en particulier lorsqu'il s'agit de femmes séduisantes – ne pas trop se fier à des réactions immédiates. Un verre à la main, elle accompagne le groupe vers le fond de la salle et s'exclame « *Joder !* » quand elle voit les bouteilles de *cava* sur la table. Après quoi, il est malaisé d'entendre ce qui se dit. Les tables sont à cinq mètres de là au moins, et masquées par un large pilier, avec un extincteur boulonné sur le flanc. Rosalía est rarement visible dans le miroir et toute sa conversation se perd dans le vacarme de la réception. Pour aggraver les choses, une diarrhée de musique pop espagnole se déverse sans répit par les haut-parleurs, chanson après chanson, d'« *amor* » en « *mi corazón* », la bande-son typique de stations à la mode telles que Benidorm et Marbella. De temps à autre, je me retourne en consultant ma montre, l'air agacé, comme si j'attendais quelqu'un, mais ma surveillance devient de plus en plus inutile. Si je dois suivre Rosalía ce week-end, il est hors de question qu'elle prenne conscience de ma présence ou que me voir assis, seul au bar, éveille ses soupçons. Aussi, après avoir réglé la note, je regagne l'Audi et je viens me poster sur l'aire de stationnement, juste en face du bâtiment. Dans le rétroviseur, j'entrevois distinctement l'entrée du restaurant et, avec un peu de chance, je serai bientôt en mesure de suivre Rosalía dès qu'elle partira pour chez elle.

C'est une longue attente. Vers 9 heures, les premiers invités commencent à s'éclipser, mais il s'agit surtout des membres de la direction, des messieurs grisonnants aux épouses emmitouflées dans le confort de leur vison, plus assez jeunes pour rester et faire la fête. Rester assis là devient de plus en plus désagréable, et je commence à souffrir dans le bas du dos. Il s'écoule encore une heure et demie avant que ces gens ne sortent enfin en nombre, et je dois rester concentré sur la porte pour avoir la certitude que Rosalía, qui n'est pas très grande, ne file pas avec les autres. Ensuite, une voiture s'arrête derrière l'Audi et le conducteur passe un coup de téléphone. Il allume ses feux de détresse et il est clair que si elle s'éloigne, il va me boucher la sortie. Je m'apprête à aller le prier de se déplacer quand elle sort du restaurant et se dirige droit vers lui. Ce doit être Gael, venu la chercher. Comme il fallait s'y attendre, il se penche vers la portière du passager, qu'il déverrouille, et elle se glisse à côté de lui. Ils s'embrassent, un bref baiser sur les lèvres, mais elle est trop occupée à prendre congé d'une collègue en larmes, avec des petits signes de la main, pour vraiment engager la conversation avec lui. Néanmoins, d'instinct, je dirais que ces deux-là ont l'air à l'aise ensemble et mon cœur se serre, j'éprouve une crainte pour Mikel. Rosalía ne paraît pas du tout affectée par sa disparition. Je démarre, je sors en marche arrière derrière eux et je les suis jusqu'en bas de la côte. Gael conduit une Citroën Xsara bleu foncé, immatriculée M6002GK, numéro que je griffonne à l'intérieur de la quatrième de couverture du livre dès que nous avons atteint le premier feu. Il roule vers la M30, avant de prendre l'embranchement nord-est vers l'Autovía de Colmenar Viejo et, de là, directement la Castellana, l'épine dorsale à huit voies de Madrid, qui descend très au sud, jusqu'à Gran Vía. Nous passons au pied des deux tours Kia de la Plaza de Castilla, penchées à l'oblique, et nous restons sur la Castellana jusqu'au rond-point du Santiago Bernabéu. Le grand stade se dessine en surplomb comme une arche dans l'obscurité, et Gael prend à gauche, en longeant la façade sud, puis il accélère dans la montée vers l'Hospital de San Rafael. Juste après le sommet de Concha Espina, il tourne encore à gauche pour s'engager dans une rue tranquille et résidentielle, et je ralentis afin de ne pas me faire repérer.

Je viens à peine de tourner à leur suite quand je les vois prendre de nouveau à gauche, là-bas, devant moi, dans une rue étroite, encombrée de véhicules. Sans connaître le quartier, je dirais que c'est par là qu'ils habitent. Si Gael emprunte un raccourci, il y a de fortes chances pour que je les perde. Immobilisé à une longueur de voiture du coin de cette rue de traverse, j'éteins le moteur et les phares, et j'essaie de repérer où ils sont passés. À environ cinquante mètres sur la droite, une voiture entre à reculons dans un espace à côté d'une rangée de bouleaux argentés. Un autre arbre me barre en partie la vue, mais il a été récemment taillé, et je distingue nettement la tête de Rosalía lorsqu'elle descend de voiture. Gael apparaît à son tour – cheveux noirs, il doit mesurer un mètre soixante-quinze, bel homme, trente-cinq ans environ – et il se penche pour verrouiller sa portière. Ensuite, il la suit de l'autre côté de la rue. Ils entrent dans le premier immeuble au coin, celui qui se trouve immédiatement à ma gauche.

Cette fois, j'avance vite. Je laisse l'Audi stationnée en double file et je vais me poster à un endroit où je jouis d'une vue sans obstacle sur la façade de leur immeuble, un bâtiment plutôt petit, recouvert de lierre, avec des appartements sur six étages, de part et d'autre d'un escalier central. Sur la vingtaine de fenêtres visibles d'où je suis, il y en a sept qui sont allumées et, avec un peu de chance, je devrais pouvoir situer à quel étage habite Rosalía une fois qu'ils seront entrés chez eux. Je sors mon téléphone portable et le colle contre mon oreille, comme si j'étais en conversation, sans quitter des yeux le bâtiment devant moi.

Bingo. À une fenêtre du sixième étage, côté droit, une lumière vient de s'allumer. Gael apparaît brièvement, tire sur des rideaux, et les ferme.

Donc, maintenant, j'ai son adresse. Calle Jiloca 16/6 gauche.

17. Un week-end en pure perte

Le lendemain matin, à 5 heures, je reprends la voiture au parking et je retourne à Jiloca, afin d'être sûr de pouvoir suivre Rosalía si elle sortait avant l'aube. Tel un de ces privés lessivés chers à Hammett ou Chandler, je m'achète un gobelet de café dans un garage, que je bois dans ma voiture glaciale, en maudissant mon dos endolori. C'est pour cela que tous les experts recommandent la surveillance depuis un fourgon : vous avez la place de vous dégourdir les jambes, vous pouvez déambuler à l'intérieur, vous pouvez pisser sans être obligé de le faire dans une bouteille.

Enfin, Gael sort, vers 7 h 25, vêtu d'un costume mal coupé, un petit sac à dos rouge à l'épaule. Il est seulement la deuxième personne à quitter l'immeuble ce matin. Il traverse la rue, ouvre la portière de sa Xsara, jette sa veste sur la banquette arrière et part pour son travail. C'est maintenant l'heure cruciale. Si Arenaza est encore à Madrid, s'il subsiste une chance que Rosalía parte le rejoindre, c'est dans la demi-heure. Il pourrait même se présenter à son appartement. C'est ce que j'espère. Sinon, la journée sera très longue.

En fin de compte, elle ne se montre qu'au bout de trois heures. Trois heures à mourir de faim, trois heures

de douleurs dans le dos, trois heures d'un ennui incon-
solable. Qu'est-ce que je fabrique, bon sang ? Pourquoi
ne pas aller directement avertir la police, leur apprendre
ce que je sais de Mikel et Rosalía et laisser les flics tout
régler ? Pourtant, il y a quelque chose de grisant à pénétrer dans les plus sombres secrets d'Arenaza, et, si sa
disparition excède le simple adultère, cela me ramènera
peut-être un peu à l'excitation des années 1996 et 1997.
Je suis encore plein d'allant, après mon premier mensonge chez Plettix, depuis cette surveillance devant le
Sierra y Mar et l'entretien avec Zulaika. En un sens, c'est
tout le plaisir électrique et le croustillant d'antan qui ont
resurgi. C'est un soulagement d'avoir de quoi alléger le
quotidien assommant de l'exil.

Rosalía porte un blouson en jean sur un épais col
roulé en laine et un sac à main à peu près de la taille
d'un grand livre relié. Elle est maquillée, mais pas autant
que la veille au soir, et paraît encore un peu renfermée,
fatiguée. Il se peut qu'elle soit en route pour rejoindre
Arenaza, mais son aspect laisse supposer l'inverse. Ce qui
me frappe, c'est qu'elle n'a pas du tout l'air de la maîtresse d'un homme marié qui se serait pomponnée pour
une journée d'idylle et de passion. Au contraire, on dirait
une femme ordinaire qui a pris une journée de congé,
partie faire quelques courses ou rejoindre une amie
autour d'une tasse de café.

Hier soir, j'ai consulté le plan du quartier et mémo-
risé toutes les rues dans un rayon de trois pâtés de
maisons, et je comprends immédiatement qu'elle ne va
pas héler de taxi. À la place, elle sort de Concha Espina
– où ils passent sans arrêt – et remonte au nord, par
Calle de Rodríguez Marín, en direction de la bouche de
métro de Príncipe de Vergara. Au risque d'écoper d'une
contravention, je laisse l'Audi et décide de la suivre à
pied, et c'est un enchantement d'être de nouveau en

mouvement, ma colonne vertébrale se dénoue. Je la suis à une distance comprise entre trente et quarante mètres, en empruntant tour à tour le trottoir d'en face ou le même qu'elle. Dans le petit ensemble de boutiques situées à l'extrémité nord de Marín, elle achète *El Mundo*, puis entre dans un café pour prendre son petit déjeuner. Depuis le banc en plastique d'un arrêt de bus, de l'autre côté de la rue, j'ai une vue dégagée sur la table qu'elle occupe, mais durant tout le temps qu'elle reste à l'intérieur, elle n'adresse la parole à personne – même pas sur son portable. Après quoi, elle rentre chez elle et n'en ressort plus avant 15 h 15 pour aller déjeuner seule dans un restaurant à quatre rues de son appartement. Le point culminant de ma journée survient quand Rosalía se livre à une série d'étirements d'aérobic dans sa salle de séjour, et je finis par me sentir comme James Stewart observant sa ballerine dans *Fenêtre sur cour*. Sinon, c'est une journée inutile. Gael est de retour à 19 h 40, heure à laquelle je suis pris de vertige, à la fois d'ennui et de faim. En treize heures, je n'ai avalé que deux *magdalenas* et un *bocadillo* au fromage, achetés en vitesse dans une épicerie de quartier, à un moment où j'avais la certitude que Rosalía était installée pour le déjeuner. Ils restent chez eux toute la soirée et, à 23 h 30, je limite les frais et je m'en vais. Il doit exister un moyen plus commode de procéder. Il doit y avoir une raison qui a empêché Arenaza de se montrer.

Le lendemain – samedi –, c'est la même routine : debout à 5 heures, en place à 5 h 45, rien ne se passe avant 11 heures. Je m'organise un peu mieux, cette fois : j'ai apporté des sandwichs, une bouteille d'eau, un baladeur et plusieurs CD. Pourtant, le temps avance à une allure d'escargot, avec la lenteur de la dernière heure d'un voyage en train, et je suis de plus en plus inquiet à l'idée de me faire repérer, soit par Rosalía, soit – plus vraisemblable – par un voisin aux aguets, derrière son rideau qui frémit. Si seulement j'avais accès à un appartement inoccupé, à un commerce ou un café, avec une vue dégagée sur son appartement. Ce ne serait pas une mauvaise idée, lundi, de retirer l'Audi de la circulation et de la troquer contre un autre véhicule, disons, une location chez Hertz, pourquoi pas même un fourgon. Ce serait peut-être une meilleure idée encore de louer les services d'un enquêteur professionnel. Après tout, d'ici à la fin de la semaine, à quelles déductions vais-je parvenir ? Que Rosalía aime bien aller en salle de sports le samedi matin ? Qu'elle a l'air heureuse et en harmonie avec Gael sur le plan physique ? Qu'elle a rendu visite à une parente âgée dans la banlieue de Tres Cantos samedi après-midi et qu'elle est sortie faire une courte promenade dans le parc ? Qu'ils ont retrouvé des amis pour un verre à La Latina ce soir-là, mais étaient de retour à la maison à une heure du matin ? Cela m'a permis de m'octroyer trois heures d'un sommeil dont j'avais grand besoin, en me laissant avec la sensation écrasante d'avoir perdu mon temps. Dimanche, ils se sont réveillés tard, ils ont pris le métro jusqu'à Callao et j'ai suivi Rosalía à l'intérieur de la FNAC. Gael l'ayant laissée à l'entrée, j'ai redouté un bref instant qu'il ne m'ait repéré et ne veuille me surveiller, mais il s'est dirigé vers le sud, vers Sol, et n'est pas revenu avant une vingtaine de minutes. À ce moment-là, Rosalía avait acheté deux CD (Dido, Alejandro Sanz) et – comme toujours – paraissait n'avoir aucune conscience d'une menace, d'une surveillance. Plus tard, ils se sont rendus dans un café près du musée Reina Sofía mais, à 20 h 15, ils étaient de retour chez eux. Apparemment, ils passaient un temps considérable sur leur canapé, au point que cela en devenait inquiétant.

Tout cela soulève la question inévitable : où est donc passé Arenaza ? *ABC, El Mundo* et *El País* rendent encore compte de sa disparition, mais tous les journalistes qui travaillent sur cette histoire – y compris Zulaika – semblent à court de pistes. D'après des reportages publiés vendredi, les caméras de vidéosurveillance de l'aéroport de Barajas ont filmé Mikel montant dans un taxi au terminal 1, le jour de sa disparition. Le chauffeur, qui a maintenant été interrogé par la police, se rappelle l'avoir déposé à l'hôtel Casón del Tormes, dans la Calle del Río, mais il n'a pas été capable de fournir la moindre information sur son humeur du moment. Cela corroborerait d'autres reportages, où une réceptionniste affirmait ne conserver aucun souvenir d'un comportement singulier de la part d'Arenaza. Il n'était ni angoissé, ni nerveux, n'avait pas fait d'histoires. C'était un simple homme d'affaires, portant une alliance à l'annulaire, qui avait quitté son hôtel à 7 heures du soir et que l'on n'avait jamais revu depuis. C'est donc avec un curieux mélange de frayeur et d'hilarité que je commence à admettre la réalité d'un meurtre. Qu'aurait-il pu lui arriver d'autre ? À moins que je n'aie repéré la bonne Rosalía Dieste, pourquoi ne s'est-il pas fait connaître ?

Je suis Rosalía pour la quatrième journée consécutive, en ce lundi 24 mars, au volant d'une Renault Clio de location. Elle retourne à la salle de sport, puis chez Plettix pour récupérer un carton de bricoles, et se rend à un rendez-vous chez un médecin à 4 h 30. Sinon, rien. Au vu de mon absence de progrès, je décide d'engager quelqu'un pour fouiller son milieu d'origine, dans l'espoir d'établir un lien avec Mikel. Si rien n'en sort d'ici une semaine, j'irai voir Goena.

18. Atocha

Vers la fin de chaque édition quotidienne d'*El País,* juste après le cahier de six pages entièrement consacré aux petites annonces de prostituées, figure une liste de six numéros de détectives privés en activité à Madrid. Mardi matin, à la première heure, je téléphone tour à tour à chacun d'eux et je me décide pour celui qui me paraît le plus professionnel et le plus efficace – un Chilien de « Detectives Cetro » du nom d'Eduardo Bonilla.

– Je vais vous envoyer une de mes assistantes, elle vous rencontrera dès que possible, me répond Bonilla qui, ayant identifié mon accent, choisit de s'adresser à moi dans un anglais alambiqué, mais qu'il parle couramment. Connaissez-vous la grande *cafetería* à la gare d'Atocha ?

– Celle du jardin d'hiver ? À côté du massif de plantes tropicales ?

– C'est exactement cela. Nous disons, à midi ?

La *cafetería* fait face à l'extrémité sud d'une grande structure en forme de grange, plus proche d'un jardin botanique que du terminus d'une gare de grandes lignes. Une jungle d'arbres tropicaux, humectée à intervalles de dix à quinze minutes par les brumes fréquentes d'un système d'arrosage automatique, domine tout le centre du jardin d'hiver. C'est l'une des visions les plus étranges de Madrid. Je prends un siège d'angle à côté d'une rambarde en bois et je commande une orange pressée à un jeune serveur qui paraît tendu et incapable de se maîtriser. C'est peut-être son premier jour.

L'assistante de Bonilla est une femme d'allure respectable, la quarantaine très entamée, portant un tailleur bleu marine soigné et trop de mascara. Ce pourrait être une mère célibataire, vendeuse d'encyclopédies en guise de second métier. Il est difficile de l'imaginer remontant la piste d'une personne portée disparue ou fouinant dans une liaison extraconjugale.

— Señor Thompson ?

J'ai donné à Bonilla un faux nom, comme de juste.

— Je porterai une veste de cuir marron, lui ai-je indiqué. Vous chercherez un homme aux cheveux noirs et courts, qui lira l'édition du *Financial Times* de la veille.

C'est ma petite plaisanterie pour initiés.

— Oui. Chris Thompson. Et vous devez être... ?

— Mar, me répond-elle. Je travaille pour M. Bonilla. Que pouvons-nous faire pour vous, selon vous ?

La conversation s'engage en espagnol et je mens d'entrée de jeu. Je ne vais pas mentionner Arenaza. Je ne vais pas leur parler de Zulaika ou des flics. Il s'agit juste d'en savoir un peu plus sur l'existence de Rosalía : pourquoi elle a quitté Plettix, comment elle a fait la connaissance de Gael.

— J'ai besoin que vous meniez une recherche sur une jeune femme, une certaine Rosalía Dieste.

— Dans quel but ?

— Je n'ai pas réellement latitude de vous renseigner à ce sujet.

Mar dissipe de son visage un regard vaguement suspicieux et note quelque chose en sténo dans un bloc-notes.

— Eh bien, où habite cette señora Dieste ?

Un petit garçon frôle notre table en courant à l'aveu-glette, heurte le chariot d'un passager chargé de bagages et de sacs plastique. Il y a des cris et des larmes. Et puis sa mère se montre et l'éloigne de là sans ménagement.

Je donne l'adresse, j'informe Mar de l'existence de Gael, mais sans préciser que j'ai surveillé l'appartement ces derniers jours. Tout ce qu'il me faut, ce sont des relevés téléphoniques, lui dis-je, un peu d'éléments sur sa famille, l'historique de ses liaisons précédentes, et les pseudonymes qu'elle serait amenée à employer, plus une surveillance vingt-quatre heures sur vingt-quatre pen-dant au moins dix jours.

– Une surveillance vingt-quatre heures sur vingt-quatre ?

Elle me pose la question sur un ton assez impassible, comme il convient, mais je ne suis pas loin de voir le sigle du dollar s'afficher et tournoyer dans ses yeux.

– Cela va nécessiter une équipe de six à huit agents opérant en continu. Quel est votre budget dans cette enquête, monsieur Thompson ?

– Quels sont vos tarifs ?

– Par jour, par employé, cent quinze euros, plus les frais. Pour dix jours, une équipe de huit, vous devez vous attendre à verser autour de...

Je lui épargne ce calcul.

– Neuf mille deux cents euros.

– Vous êtes fort en arithmétique.

– Eh bien, dans ce cas, cela mérite peut-être réflexion. Combien cela me coûterait-il d'effectuer une recherche sur son milieu d'origine ?

– Selon le temps consacré, probablement pas plus de mille euros.

– Parfait. Alors j'aimerais que l'on commence tout de suite.

Et le reste du rendez-vous est de nature purement logistique. « Comment souhaiterais-je payer ? – En cash, avec la moitié versée d'avance. Ai-je une adresse fixe à Madrid ? – Oui, mais je me sers de ma boîte postale à Moncloa. À quelle fréquence voudrais-je recevoir un rapport ? – Tous les deux jours. »

Nous nous organisons pour que l'investigation débute dès que Mar sera retournée dans les bureaux de Bonilla et j'accepte de la revoir dans quarante-huit heures.

19. Milieu de partie

Dans le bon vieux temps, quand je travaillais contre Katharine et Fortner, je n'avais pas besoin de fouiner. La relation était stable : je savais à quoi m'attendre. Ils attendaient quelque chose de moi, et je voulais quelque chose de leur part. De temps à autre, je fourrais mon nez dans leur chambre à coucher – une fois, j'ai failli me faire pincer –, mais à part cela, c'était surtout du travail psychologique, purement une question de confiance et de mensonge. Et plus je consacre de temps à suivre Rosalía dans Madrid, plus je comprends que je ne suis pas taillé pour le travail de surveillance sur le terrain, pour la patience et l'attente. Trop peu d'excitation là-dedans, rien de croustillant.

À l'heure où je roule vers le nord dans une nouvelle voiture de location, mardi après-midi, elle est encore à son domicile. L'agence Hertz à Atocha avait une Citroën Xsara disponible pour quarante-quatre euros la journée, et je suis allé la chercher dès la fin de mon rendez-vous avec Mar. Même si, à l'évidence, il a pu se passer quelque chose au cours des huit dernières heures, nous retombons dans une histoire identique à celle de ce week-end – salles de sport et repas, café et Gael. Cette femme ne fait-elle rien de sa vie ? Il doit sûrement se passer autre chose.

Je la file depuis plus de trois jours, en attendant un rapport de Bonilla. De temps à autre, Mar m'appelle pour me demander si je connais l'adresse e-mail de Rosalía, son numéro de téléphone ou son numéro national d'identification. Aucune de ces questions n'est de nature à m'inspirer une confiance démesurée – si elle est incapable de trouver ce genre d'information, comment espérer la voir récupérer quoi que ce soit d'utile ? –, mais il n'existe apparemment aucune autre option. À l'évidence, un accès à la base de données du renseignement espagnol accélérerait radicalement ces investigations, mais je me suis résigné depuis longtemps aux frustrations de la vie de simple citoyen.

Donc, Rosalía va nager. Rosalía s'achète une jolie paire de chaussures neuves. Rosalía retrouve la même amie deux fois à déjeuner et lit les romans noirs de Pérez-Reverte dans le métro. Elle est timide, elle a un physique inexpressif, mais elle est visiblement très éprise de Gael et porte une attention marquée aux membres les plus âgés de sa famille. Mercredi après-midi, par exemple, elle a pris le train pour retourner à Tres Cantos et passer le plus gros de son temps avec la même femme âgée à qui elle avait rendu visite le week-end. Je suppose qu'il s'agit de sa mère – une veuve habillée en noir de la tête aux pieds –, car elles se sont étreintes un long moment sur le pas de la porte, quand Rosalía est enfin repartie de là. En dépit de tout mon agacement et de mon ennui, je commence à comprendre ce qu'Arenaza a pu lui trouver, en dehors de son évident attrait physique. Il y a chez elle quelque chose de mélancolique, une absence, comme s'il suffisait de lever les défenses de cette maîtrise de soi pour avoir accès à une âme tendre, épanouie.

Le deuxième rendez-vous avec Cetro, programmé jeudi après-midi, est annulé au motif que Bonilla – qui a pris maintenant la « responsabilité personnelle » de l'investigation – attend de recevoir des informations de deux contacts d'une « extrême importance ». Aussi, je consacre l'après-midi à suivre Rosalía dans le parc du Retiro, où elle se rend à une exposition et s'achète une glace près du lac. À un certain moment, détournant la tête pour se protéger d'une soudaine rafale de vent, elle fait volte-face et se retrouve face à moi. Pour la première fois, nos yeux se croisent. Vingt-cinq ou trente mètres nous séparent, mais il y avait quelque chose dans cet échange de regards, une lueur fugitive de surprise. C'était la pire des issues possibles et, dans des circonstances normales, cela aurait suffi pour que je me retire de l'affaire. Un guetteur que le sujet a remarqué est considéré comme inefficace, il est brûlé. Mais j'opère en solo, et je ne peux que retirer ma veste et me coiffer d'une casquette de base-ball, dans une pauvre tentative d'introduire aussitôt un changement dans mon apparence. Elle ne semble plus regarder dans ma direction, mais jusqu'à ce qu'elle sorte du parc, je la suis en empruntant un chemin parallèle au sien, en accompagnant sa progression à travers les écrans successifs des immeubles et des arbres. C'est un jeu de dupes.

Et puis arrive vendredi. En un sens, j'ai toujours su qu'il arriverait quelque chose ce vendredi.

Gael s'en va à 6 h 55 du matin pour ce qui semble être un déplacement professionnel. Il porte le même sac à dos rouge et une grosse valise, et ils se disent au revoir de la main avec toute la tristesse des amants qui se séparent. Debout derrière la fenêtre du sixième étage quand il démarre, Rosalía a l'air perdu et semble essuyer ses yeux embués de larmes – à moins que ce ne soit de sommeil ? Combien de temps sera-t-il absent ? La valise avait l'air assez grosse pour une semaine au moins. Est-ce le moment ? Est-ce là qu'Arenaza va venir ?

Il ne se passe rien avant le lendemain soir. Rosalía ne va nulle part, ne sort même pas acheter un journal. Cela se présente comme la plus longue journée de la semaine, et je romps avec l'une des règles d'or de la surveillance en partant me promener cinq minutes, afin de soulager la douleur cuisante qui me barre le dos. Sa porte d'entrée ne sort jamais de mon champ de vision, mais il devient de plus en plus clair que je ne tiendrai encore le coup que pour deux ou trois journées de sandwichs et d'observation. Je commence à manquer de rigueur, et je vais bientôt devoir passer la main à la police.

Rosalía quitte enfin son appartement à 19 h 10, les yeux masqués par des lunettes de soleil Anna Wintour à l'épaisse monture. Je ne les lui avais encore jamais vues. La journée est maussade, le ciel couvert. Elle ne m'a jamais fait l'effet d'une femme vaniteuse et soucieuse de la mode, donc j'en suis réduit à supposer qu'elle souffre d'une allergie ou qu'elle a pleuré. Elle sort d'un pas rapide, marche dans la Calle Rodríguez Marín, puis elle tourne à droite en direction de Concha Espina. Elle est arrivée à une vingtaine de mètres du coin de la rue quand je lance le moteur de l'Audi, m'attendant à ce qu'elle prenne un taxi. Sauf qu'elle ne s'arrête pas. À la place, elle tourne à droite et je la perds de vue une trentaine de secondes, jusqu'à ce que je la rattrape à pied et que je la repère, cinquante mètres plus bas dans la descente, qui continue son chemin d'un pas rapide vers l'ouest, en direction de Bernabéu.

Elle continue de marcher, traverse Serrano, puis la partie sud du Paseo de la Habana, dépasse la rangée de guichets vitrés sous l'étage inférieur du stade. Je reste à environ une soixantaine de mètres derrière elle, plus en retrait que d'habitude, craignant de me faire voir une deuxième fois après l'incident du Retiro. En tout cas, il est à peu près certain qu'elle se rend juste au métro. Nous avons déjà suivi ce parcours : elle saute dans une rame de la ligne 10, change à Tribunal et sort ensuite faire quelques courses du soir à Sol.

Sauf qu'elle continue de marcher. Sur Castellana, elle attend que le signal du passage piétons se mette au vert, et elle traverse l'avenue. Elle avance plus vite que d'ordinaire, elle est pressée. Je me cache derrière un car turquoise immatriculé en Allemagne, sur le parking du stade, et je la regarde rapetisser au loin. C'est risqué. Si elle se dirige tout de suite vers le maillage de rues qui s'étend derrière Castellana, je pourrais la perdre, pour la première fois en huit jours. Nous sommes séparés par douze voies d'une circulation chargée qui file vite dans les deux sens. De ma part, c'était stupide de la laisser prendre autant de champ. J'aurais dû rester collé derrière elle et ne pas laisser s'ouvrir une telle brèche.

Où a-t-elle disparu ?

Sur la droite, à cent cinquante mètres de distance, à 2 heures, comme disent les pilotes, je la retrouve, sur le trottoir. Jean clair, blouson en jean, toujours aussi pressée, toujours seule. Un bonhomme vert clignote au passage piétons et j'en profite, je fonce de l'autre côté de la chaussée, puis j'enchaîne en petites foulées, direction nord, pour la suivre.

Je ne la vois plus. Elle a dû prendre à gauche dans la rue d'après. Je tourne au coin de la Calle de Pedro Teixeira, un virage large, comme le conseillent les artistes de la rue. De la sorte, si Rosalía s'arrête, pour quelque raison que ce soit – revenir sur ses pas ou surveiller ses arrières –, je ne cours aucun danger de tomber sur elle et je peux continuer tout droit, comme si j'avais l'intention de traverser. Mais je m'aperçois qu'elle a tourné. Soixante-dix mètres plus à l'ouest, elle presse le pas dans Teixeira. Je la suis depuis le trottoir d'en face.

Au bout d'une quarantaine de secondes, elle prend de nouveau à gauche, dans une rue parallèle à la Castellana. Il me vient maintenant à l'esprit que je suis déjà venu ici boire un verre avec Sofía, il y a environ un an. Il y a un bar, une rue plus loin, le Moby Dick, avec un espace réservé aux voitures, juste devant. Nous avions pris une bière dans l'établissement voisin, un pub irlandais en préfabriqué, aussi grand que Dublin. Est-ce là qu'elle se rend ? Est-ce à cet endroit qu'Arenaza et elle ont prévu de se retrouver ? Il parlait tout le temps de l'Irlande. Les Basques adorent le *craic*. L'ambiance.

Elle y entre, je patiente donc sur le trottoir d'en face, d'où je vois bien l'entrée. Il y a gros à parier qu'elle va retrouver quelqu'un et rester là encore un quart d'heure ou vingt minutes. Entrer immédiatement à sa suite, ce serait courir le risque de me faire repérer, surtout si elle fait demi-tour à la porte ou marque un temps d'arrêt à l'entrée pour prendre la mesure des lieux. Mieux vaut attendre qu'elle soit installée à une table et n'en bouge plus. Ensuite, j'aurai plus de liberté de mouvement pour tâcher de saisir ce qui se passe.

De mémoire, l'Irish Rover est organisé en trois espaces distincts au rez-de-chaussée. Vous entrez par un hall où de grands réverbères en fer forgé et de fausses vitrines de magasins sont censés vous donner l'impression d'un village irlandais. C'est ce qu'on appelle « The Village Pub », une deuxième structure à l'intérieur de l'édifice, avec ses portes et ses fenêtres. Dans le fond du bar trônent deux tables de billard, et il y a aussi un vestiaire où l'on vend des T-shirts. Sur la droite, une estrade, assez vaste pour accueillir un orchestre, avec un escalier sur l'arrière qui mène à un étage. Rosalía pourrait être n'importe où. Je n'ai sans doute pas de meilleure option qu'attendre le prochain groupe de consommateurs qui entrera et engager la conversation avec eux en guise de couverture. Si elle est assise près de la porte d'entrée, elle risquera moins de remarquer mon arrivée dans un groupe de cinq ou six personnes.

Les voici. Des Espagnols du quartier des affaires qui s'acheminent vers leur premier cocktail du week-end. Trois types, deux filles, tous ont moins de la trentaine et ils arrivent de la droite. Je traverse l'amas de voitures en stationnement et j'atteins la porte en même temps qu'eux. L'une des filles me remarque et je tente ma chance, en les saluant tous les cinq à la cantonade.

– *Hola.*

– *Hola. Buenas tardes.*

Je ne m'en tirerais sans doute pas à si bon compte au Royaume-Uni, mais les Espagnols sont en général plus affables et plus décontractés.

– *Parece que tenemos la misma idea,* leur dis-je. Il semblerait que nous ayons eu la même idée.

L'un des types, beau garçon et se sentant menacé, me lâche un regard un peu décontenancé, mais l'autre fille me prend au mot.

– *Sí, sí,* s'exclame-t-elle avec enthousiasme.

– *Una pinta antes del fin de semana. Un partido de billar, y a relajarnos.*

– *Claro.*

Nous avons maintenant franchi la porte et sommes entrés dans un petit vestibule tapissé d'affiches, de la taille d'un appentis de jardin. Un mètre devant nous, l'autre fille a ouvert la porte principale qui donne accès au pub et elle entre déjà à l'intérieur. C'est enfumé, rempli d'éclats de voix, et Van Morrison beugle dans la sono.

– *Eres americano ?*

Je m'arrange pour passer devant elle et me retourner quand elle me pose cette question.

– *No, irlandés,* lui ai-je répondu.

– *Sí ? Sí ?*

Le beau garçon, ça lui plaît. Il n'y a pas trace de Rosalía, à aucune des tables les plus proches de là où nous sommes.

– *Oye, Xavi*, lance-t-il à son copain. *Fíjate ! Este chico es un irlandés de verdad. Cómo te llamas ?*

– *Paddy.*

– *Hola, Paddy. Soy Julio. Encantado.*

– *Encantado.*

L'affaire est dans le sac. Rosalía est soit au premier étage, soit partie aux toilettes, soit assise dans le fond, près des tables de billard. J'alimente la conversation avec Julio pendant encore deux minutes, puis je m'interromps tout net en lui expliquant que je dois chercher une amie.

– Pas de problème, me dit-il en adoptant un anglais du niveau jardin d'enfants. Très-gentil-de-vous-rencontrer-monsieur-Irlandais.

Je vais jeter un œil vers l'espace du fond, mais il n'y a de place que debout et l'endroit est rempli à ras bord de fumée et d'étudiants. Un adolescent à l'œil suffisant, vêtu d'une vilaine chemise, est entouré de sa cour à la table la plus proche. J'aimerais assez m'en prendre à lui. De retour dans le « Village », un membre du personnel descend de l'étage chargé d'un plateau d'assiettes sales. Il a la peau pâle, tavelée, le cheveu roux, et je suppose – à tort – qu'il est irlandais.

– Pourriez-vous m'aider, je vous prie ?

– Mais encore ?

Raté : un Écossais.

– Je cherche une amie. Je me demandais si vous ne l'auriez pas vue. Une Espagnole, à peu près la trentaine, lunettes de soleil, blonde, blouson en jean...

– Aucune idée, mon vieux, me fait-il en passant devant moi. Essayez un peu en haut.

Il semblerait que je n'aie pas le choix. Lorsque je suis venu ici avec Sofía, nous n'étions ni l'un ni l'autre montés au premier, donc je vais devoir m'aventurer à l'aveuglette, en terrain inconnu. Recourant à la même technique que précédemment, j'attends qu'un petit groupe de gens se rendent à l'étage et je leur emboîte le pas. Cela me fournit au moins l'occasion de parcourir les lieux du regard sans courir le risque d'être observé. Le pub est bondé, à la fois en bas et en haut, et toutes les tables à proximité de l'escalier me paraissent occupées. Droit devant moi, il y a une petite salle agrémentée d'une fausse cheminée et des quelques rayonnages poussiéreux d'une bibliothèque factice, mais le bar est à l'écart, sur la droite, au-delà d'un étroit corridor qui mène dans un espace ouvert, avec un décor à thème maritime. Il y a là des voiles ferlées sur des dômes suspendues au plafond et une lourde ancre noire boulonnée à un mur. Mû par une intuition, j'en déduis que Rosalía est assise dans la petite pièce, car je ne la vois pas au bar, et elle aurait eu assez de temps maintenant pour se rendre aux toilettes. Je me fraye un passage jusqu'au bar, je commande un demi de bière blonde, puis je cherche un miroir ou une surface réfléchissante me permettant d'observer ce qui se passe derrière moi.

Je n'ai pas cette chance. Contraint de me retourner, je découvre que je peux voir directement l'intérieur de la petite salle par une étroite embrasure. Rosalía est assise dos à moi, à moins de dix mètres, devant une table placée au-delà de la fausse cheminée et elle parle avec un homme que je ne reconnais pas. Il doit avoir au moins la cinquantaine, les cheveux peignés, d'un noir de jais, un pull en laine de couleur sombre et des poches sous les yeux aussi gonflées que des sachets de thé remplis d'eau. En d'autres termes, pas son genre : un *hombre*, un dur de la classe ouvrière, peut-être un cousin ou un oncle. Sauf qu'elle semble bouleversée. Elle paraît sous tension. Et il n'y a pas trace de sympathie ou de gentillesse dans les yeux délavés du gaillard. Uniquement de l'irritation. En fait, il a l'air ivre de mépris.

À l'évidence, le moment est crucial. Il y a de nouveaux développements à l'œuvre en rapport avec Arenaza. D'une manière ou d'une autre, il va falloir que je m'arrange pour surprendre leur conversation. Mais la salle où ils sont assis n'est pas aussi remplie que le reste du pub, et si je me poste debout ou si je m'assois quelque part près de leur table, Rosalía va forcément s'en apercevoir. Un homme accoudé au bar à côté de moi oscille sur une jambe, et je dois le rattraper pour l'aider à conserver son équilibre.

– Désolé, vieux, s'excuse-t-il, avec un accent des Midlands, en m'empoignant le bras. L'un de ses amis rit de bon cœur.

C'est alors que je vois une occasion s'offrir à moi. Au-delà de la table de Rosalía, il y a une deuxième ouverture qui donne sur un balcon surplombant le chaos du rez-de-chaussée. S'il y a un siège par là-bas, ou même un espace où se tenir debout, je resterai dissimulé tout en étant à portée de voix de leur conversation.

Après avoir attrapé un journal que quelqu'un a laissé au bar, je prends mon demi, je retraverse la foule en jouant des coudes et je trouve un banc étroit sur lequel je m'assieds et je tends l'oreille. La musique est très forte, mais je peux entrevoir l'assise de la chaise de l'homme et la main gauche de Rosalía posée sur la table. Ils fument chacun une cigarette. Elle qui ne fume jamais. Devant moi, encastrée dans le parpaing de la cloison, une fenêtre mal ajustée, maculée de traces de doigts. À travers, je peux apercevoir la cheminée et la plupart des autres tables de la petite salle, ainsi que les portraits de rigueur : Yeats, Beckett, George Bernard Shaw.

L'homme dit quelque chose au sujet de la « culpabilité ». Je saisis ce mot-là, en espagnol. *La culpabilidad.* La réponse de Rosalía est murmurée, ou tout au moins inaudible de l'endroit où je suis assis. Nouveauté exaspérante, le DJ qui opère depuis un box juste derrière moi a choisi de passer *Living on a Prayer* à un volume assourdissant. À la table voisine, cinq femmes sorties pour une soirée entre filles beuglent le refrain et m'empêchent d'entendre.

Il faut que je m'approche.

Tâchant de rester le plus naturel possible, je prends mon demi et je m'appuie contre le mur à côté de la porte. Si Rosalía sort par là, il y a toutes les chances pour qu'elle me reconnaisse, mais le jeu en vaut sûrement la chandelle. Je saisis à présent des bribes de leur conversation avec plus de clarté, et le morceau suivant, une chanson espagnole, est un tout petit peu plus calme. Des mots comme « temps » et « patience ». À un moment, l'homme marmonne quelque chose au sujet de la « loyauté ».

– Je me fiche de la loyauté, rétorque-t-elle sèchement. *No me importa la lealtad.*

Elle est bouleversée, cela s'entend. Mais à quel propos ? Si seulement j'avais une indication d'ordre général sur la teneur de leur discussion.

– Vous n'avez pas à vous inquiéter, lui répond l'homme. *Usted no tiene que preocuparse.*

Je viens d'entendre cela, très distinctement. Et ensuite, ceci :

– Rentrez chez vous pour le week-end, détendez-vous et attendez votre petit ami.

Rosalía tousse et sa réponse est de nouveau étouffée par la musique. Mais j'obtiens un élément d'information essentiel. Le nom de l'homme. Abel.

Une chaise qu'on recule, qui racle. Un bruit semblant indiquer que l'un des deux se lève. Je pivote pour m'éloigner de la porte, je sors le journal de la poche arrière de mon pantalon et je m'assieds vite sur le banc. Embrumés par la boisson, les autres clients présents sur l'étroit balcon ne réagissent pas à mon comportement étrange. Je lève les yeux vers la fenêtre dans le mur, et je vois Abel qui s'écarte de la table et se dirige vers l'escalier. Rosalía ne l'accompagne pas. Il prend à gauche, peut-être pour se rendre aux toilettes, mais il a déjà enfilé un manteau. L'une des filles de la soirée entre filles croise mon regard, mais je l'ignore.

Trois minutes plus tard, Abel refait son apparition et descend au rez-de-chaussée. Autant que je puisse m'en rendre compte, Rosalía reste là où elle se tient. À la seconde, je prends la décision de suivre son compagnon. Peu importe qui il est, il doit savoir quelque chose au sujet d'Arenaza. Il vaut beaucoup mieux courir un risque sur une impulsion de ce genre, saisir l'opportunité, plutôt que de perdre encore mon temps dans cette Calle Jiloca.

Dehors, il pleut, c'est l'averse qui a menacé tout l'après-midi. Deux videurs sont venus se réfugier dans le vestibule et ils me souhaitent une bonne nuit. Abel prend sur la droite, en direction du Moby Dick, mais quelque chose retient mon regard. Quand j'attendais sur le trottoir d'en face, avant d'entrer dans le pub, j'ai vu une Seat Ibiza vert bouteille s'arrêter à hauteur de l'entrée. Elle s'est garée quelques mètres devant moi, mais les deux hommes à l'intérieur ne sont pas descendus. Au contraire, l'un d'eux a allumé une cigarette et s'est mis à bavarder. Sur le moment, cela n'a pas retenu mon attention, mais je trouve singulier qu'ils soient encore là. Les couples espagnols – qui, en attendant d'être prêts à se marier, sont nombreux à habiter chez leurs parents – considèrent leur voiture comme l'un des rares endroits où ils peuvent s'accorder une certaine intimité physique, mais là, ce sont deux types, et certainement pas des amants. De surcroît, alors qu'il pleut visiblement depuis un certain temps, leur pare-brise est absolument net, comme s'il avait été récemment balayé par les essuie-glaces, histoire de maintenir une vue dégagée sur le pub. L'argument décisif, ce sont sans doute les deux boîtes de Fanta Limón posées sur la planche de bord. Ces types sont en pleine surveillance. Mais qui guettent-ils ?

Entre-temps, Abel s'éloigne dans la rue, qui se resserre sur une seule voie conduisant à un deuxième parking, planté de pins. Il y a là une aire de jeu déserte d'un côté et à nouveau des bars de l'autre. La pluie fait monter une odeur de crotte de chien et les gens ont couru pour se mettre à l'abri. Le contact de Rosalía ne s'en soucie guère, comme s'il était pressé par le temps, aussi je me couvre la tête avec mon journal, et j'essaie de ne pas le perdre de vue. Ensuite, encore une bizarrerie : une femme, sans parapluie, debout, un peu à l'écart, sur la droite, à côté d'un garage qui vend des pneus. Elle parle dans un téléphone portable, mais tournée vers le mur, comme pour dérober son visage à la vue des étrangers. Suis-je paranoïaque ? Pourquoi ne s'abrite-t-elle pas de la pluie ? Fait-elle partie d'une équipe désignée pour suivre Abel ? Ou Rosalía, ayant fini par piger que je la surveillais, aurait-elle engagé une équipe pour me tenir à l'œil ?

Pour sa part, Abel a peut-être recours aux techniques de contre-surveillance, car il atteint une rue de traverse à deux sens de circulation, perpendiculaire à la Castellana, et regarde autour de lui, en quête d'un taxi. Cela me confronte à deux problèmes. S'il en trouve un, il me sera pratiquement impossible par ce temps d'en héler un autre assez vite pour coller à son itinéraire. Ensuite, à force de constamment décrire des tours complets sur lui-même, il se donnera toute possibilité de surveiller ses arrières, et une possible filature. Ce type est-il un pro ? À qui diable Rosalía a-t-elle affaire ? Il traverse, et je le suis, avec autant de discrétion que possible, alors que la pluie faiblit, mais si peu. En l'espace de deux minutes, il a atteint la Castellana et avise aussitôt un taxi qui se dirige vers le sud. Un bras levé, et voilà Abel à bord. Merde. Je cours sur les vingt derniers mètres, jusqu'au carrefour, et je me tourne vers le nord, en proie au désespoir. Rien. Le taxi est bloqué dans la circulation, à quelques mètres de là, mais il suffira que les feux passent au vert pour qu'Abel disparaisse à jamais. Retiens le numéro de la plaque, Alec. Retiens au moins ça.

Et puis – tout espion a besoin d'un peu de chance – un taxi arrive en fonçant de la tribune sud du stade, feux de détresse allumés, et s'arrête immédiatement à ma hauteur. Une femme aux cheveux gris s'écarte tout à coup du trottoir pour le héler, mais je m'interpose lorsque la portière s'ouvre sur le passager qui en descend. Pressons. Paie le chauffeur. File. Le feu est passé au vert et le taxi d'Abel a démarré, pris la direction du sud. Le passager du mien est un Japonais – jeune, citadin, rapide, Dieu merci – et, lorsqu'il se penche pour remercier le chauffeur, je plonge derrière lui et je claque la portière.

Vaya al sur ! Deprisa, por favor ! Droit devant, à midi, comme disent les pilotes, j'entrevois encore le témoin lumineux sur le toit du taxi d'Abel qui disparaît au loin sur la Castellana. La dame aux cheveux gris frappe à ma vitre, mais je me contente de l'ignorer.

– Ma femme est dans un taxi avec un autre homme, dis-je au chauffeur. C'est mon associé en affaires. Il faut suivre cette voiture.

– *Claro*, me répond l'homme. *Claro*, comme si ce genre de situation se présentait à lui sans arrêt.

Il passe la première, oriente son porte-blocs sur le côté et démarre pile quand le feu passe au rouge.

– Plus près. *Más cerca.*

Il obtempère avec un signe de tête et un haussement d'épaules.

Abel s'est sûrement rendu compte qu'il était suivi. Va-t-il tenter de me semer, soit en effectuant une série de changements de direction tout à fait artificiels, soit en abandonnant son taxi et en continuant en bus ou à pied ?

Je ne cesse de répéter au chauffeur :

– Il va falloir vous rapprocher encore plus. Il est très important de ne pas les perdre.

– *Muy importante, sí*, me répond-il en se raclant une mucosité au fond de la gorge.

Et c'est alors que je vois la Seat Ibiza verte. Trois voitures derrière nous, dans la voie la plus à gauche. S'agit-il bien du même véhicule ? En me servant du rétroviseur extérieur côté passager, j'essaie de discerner qui est au volant, mais c'est impossible à dire à travers toute cette circulation et sous la bruine. Un vélomoteur frôle ma portière en pétaradant et le taxi pousse un juron. Loin devant, à proximité de Nuevos Ministerios, la voiture d'Abel a déjà franchi un feu qui passe du vert à l'orange.

– Vite, dis-je encore au chauffeur, vite.

Et, heureusement, il me donne satisfaction en grillant le feu au rouge.

– Votre associé en affaires ? me demande-t-il, s'intéressant enfin à ma fâcheuse situation.

Un coup de klaxon retentit, long et fort, juste derrière nous.

– Mon associé en affaires, affirmé-je en tâchant de prendre un air suffisamment égaré.

La Seat n'a pas franchi les derniers feux avec nous, mais devant, la circulation avance lentement. Il y a toute chance qu'ils nous rattrapent.

– *Joder*, grommelle le taxi.

Nous continuons encore une demi-heure ainsi, direction plein sud, vers Rubén Darío, où Abel prend à droite en direction d'Alonso Martínez. Mais c'est un demi-tour : il vient se placer sur la voie de gauche, et son taxi repart en sens inverse, de l'autre côté de la Castellana, comme s'il se dirigeait vers le Barrio Salamanca. Nous le suivons à trois voitures d'écart, il effectue un deuxième virage à gauche, vers le nord de nouveau, une éventuelle tentative pour nous semer. Très rapidement, toutefois, il s'arrête le long du trottoir et s'engage dans l'avant-cour de l'hôtel Villa Carta. Il est impossible qu'il s'agisse de son lieu de résidence : Abel est habillé comme un maquereau deux étoiles et le Carta est l'un des plus beaux hôtels de Madrid.

Je prie le chauffeur de me déposer un peu plus loin, je lui tends un billet de dix euros et j'achève à pied la courte distance qui me sépare de la rampe menant à l'entrée. Un portier vêtu d'un habit gris et d'un chapeau haut de forme ouvre la porte et introduit Abel à l'intérieur. Visiblement, ils se sont déjà rencontrés, car ils ont échangé quelques mots et Abel a brièvement posé la main sur l'épaule de l'autre.

– *Alfonso*, l'ai-je même entendu souffler.

– *Buenas tardes, señor.*

Alfonso lui avoue en plaisantant qu'il est fatigué mais qu'il termine dans une demi-heure. Abel lui serre alors la main, passe devant lui, entre dans l'hôtel et se dirige vers une batterie d'ascenseurs sur la gauche. J'attends quelques secondes derrière un groupe de touristes américains avant de le suivre dans le hall, et je m'approche de la réception juste à l'instant où les portes de l'ascenseur se referment. J'ai la quasi-certitude qu'il a pris une chambre à l'hôtel. S'il avait rendez-vous avec quelqu'un, il aurait attendu dans le vestibule ou il aurait obliqué sur la droite, vers le bar. Cette familiarité entre Abel et le portier tendrait aussi à suggérer qu'il a déjà instauré une relation avec le personnel, et sur une durée de plusieurs jours.

Pour légitimer ma propre présence dans l'établissement, je quitte le hall d'entrée et je prends la direction du bar, en passant devant les vitrines illuminées qui proposent des articles signés Chopard, Gucci et Montblanc. La plupart des tables sont occupées par des hommes d'affaires et des couples âgés qui savourent un verre de début de soirée, et je balaie en vitesse les lieux du regard avant de revenir sur mes pas et de regagner l'entrée. Un vigile à peu près du même âge et de même apparence que Bruce Forsyth a fait son apparition près de la porte principale, équipé d'une oreillette et l'air très m'as-tu-vu. Pour éviter son regard, je prends par la sortie de derrière, devant un restaurant chinois rattaché à l'hôtel, et j'emprunte un passage qui longe le bâtiment sur l'arrière. Il y a une succursale d'El Corte Inglés d'un côté et une agence Aeroflot de l'autre. Pour exécuter le plan que j'ai en tête, j'ai besoin d'une banque.

Cinq minutes plus tard, j'ai retiré quatre cents euros de mon compte à Paris et localisé l'entrée de service de l'établissement à l'angle de la Calle José Ortega y Gasset. En me postant sur le trottoir d'en face, loin des regards de la caméra de surveillance fixe montée sur le mur, j'attends qu'Alfonso quitte son travail. De prime abord, il m'est difficile de le reconnaître, mais le nez camus et les jambes légèrement arquées, mis en évidence lorsqu'il était en haut-de-forme et habit, caractérisent un homme qui ressort peu après 21 h 15. Il porte un pantalon foncé et un manteau noir, et s'éloigne d'un pas lent vers le sud, sans doute vers l'une des deux stations de métro situées autour de la Plaza de Colón. Il a cessé de pleuvoir et, au bout de quatre cents mètres, je lui débite mon topo.

La discussion se déroule bien, comme il fallait s'y attendre. La plupart des concierges des grands hôtels européens sont susceptibles de se laisser acheter par des agents du renseignement, et il n'y avait aucune raison de craindre qu'il en aille différemment avec celui-ci. Après tout, Henri Paul, le chauffeur de Lady Di, était presque à coup sûr un informateur du SIS, et Alfonso, en comparaison, c'est de la petite bière. Après avoir engagé la conversation sur le trottoir en lui demandant du feu, je le convaincs promptement de m'accompagner dans un bar tout proche – pour le cas où nous serions sous surveillance –, et je découvre qu'il est docile jusqu'à se laisser corrompre de la façon la plus éhontée. En me présentant sous un faux nom, je lui explique que je travaille pour une société de haute technologie basée à Genève, qui le rémunérera largement pour toute information qu'il serait susceptible de fournir concernant l'identité et les motivations de l'individu avec lequel il a échangé quelques mots à l'entrée de l'hôtel à 20 h 35 ce soir. Pour accélérer les opérations, je tends à Alfonso quatre billets de cinquante euros pliés dans une petite feuille de papier, sur laquelle j'ai inscrit mon nom – Chris Thompson – et un numéro de téléphone portable sur le réseau Telefónica. S'il éprouve l'envie de me parler, il doit m'appeler dans les prochaines vingt-quatre heures avec des informations sur le nom de famille de cet individu (« Il se sert toujours d'un pseudonyme »), l'adresse de son domicile, le pays et le numéro de son passeport, les renseignements concernant sa carte de crédit, le modèle de sa voiture et les éléments figurant sur son permis, s'il y a lieu, ainsi que toute autre information qu'il pourrait juger utile à mon investigation.

– Qu'est-ce qu'il a fait, M. Sellini ? s'enquiert-il, me
livrant déjà le patronyme d'Abel.

– Je crains de ne pas avoir toute latitude de divulguer cette information, réponds-je, avec une allusion à
des agissements louches concernant des enfants, sur
Internet. Alfonso a l'air atterré, comme il se doit, mais
puisque je suis en position de tripler son salaire hebdo-
madaire, il ne va pas en perdre le sommeil non plus.
Nous nous serrons la main et j'insiste pour que notre
conversation reste confidentielle. Il acquiesce et disparaît
dans le métro. Ensuite, j'appelle Bonilla depuis une
cabine au coin de la rue, je lui glisse le nom de Sellini
et lui demande une actualisation sur Rosalía.

– Tout cela s'est révélé très compliqué, insiste-t-il,
en adoptant le style évasif qui est devenu de plus en plus
fréquent lors de nos entretiens, pas simple d'obtenir des
réponses, pas simple du tout.

Après avoir écouté ses excuses pendant cinq bonnes
minutes, j'insiste pour que l'on me remette un rapport
complet sur l'avancement de leurs investigations dès
lundi soir, et nous nous entendons sur la mise en place
d'une petite équipe de surveillance de quatre personnes
pour suivre les faits et gestes de Rosalía pendant le week-
end. Bonilla me propose un forfait – mille six cents euros
pour trois jours, mais sans personne sur place, sauf circonstances exceptionnelles, entre 2 et 6 heures du matin.
Après quoi, je hèle un taxi pour aller dîner dans Malasaña et je me mets au lit avant minuit pour la première
fois depuis dix jours.

20. Nettoyage à sec

Les coups commencent à 5 h 30 du matin, très doucement au début, mais leur volume augmente petit à petit, au point que j'en suis presque tiré de mon lit en sursaut. Au départ, c'est un bruit de martèlement, une petite séance de bricolage dès l'aube, mais je finis lentement par me convaincre que quelqu'un lâche une grosse boule en métal sur le sol, juste au-dessus de mon lit. Vers 6 heures, le bruit s'arrête enfin, pour être remplacé, quelques minutes plus tard, par le roulement d'un escadron de billes de marbre géantes sur un parquet. Il y a ensuite l'éclat de rire d'un enfant, puis des pas lourds et, au bout du compte, un fracas.

Mes voisins du dessus, un couple danois originaire de Copenhague, ont donné naissance à leur premier enfant huit mois plus tôt. Je le croise dans l'ascenseur de temps à autre, un bébé tout blond tout mignon qu'une jolie jeune fille au pair vénézuélienne emmène en promenade dans une poussette. Il a désormais atteint un âge où il sait marcher à quatre pattes, au rythme que lui permettent ses mains et ses genoux, doté sans nul doute d'une boîte complète de Lego, et ses parents dévoués qui rangent tout le bazar qu'il laisse derrière lui. Pourquoi ne l'emmènent-ils pas dans une autre pièce ? Ils n'auraient pas des jouets plus mous, à Copenhague ?

Il serait vain d'essayer de se rendormir. Comme si un moustique n'arrêtait pas de plonger en piqué dans le creux de mon oreille, j'attends, à moitié réveillé, le prochain cognement venu du plafond, le prochain choc de la balle, à vous fracasser le parquet. À 6 h 30, je sors de mon lit, je me prépare une tasse de café et je reste debout sous la douche pendant dix minutes, à tâcher de comprendre le lien entre Rosalía et Sellini. Ensuite, je descends chez le marchand de journaux de la Plaza de España et je m'achète les quotidiens anglais sérieux, avec *The Economist* dans le paquet, pour m'offrir une bonne conscience. Des noctambules blasés sont encore à la dérive dans Gran Vía, à la lumière du petit jour, et il me revient en tête que Saul doit rentrer d'un jour à l'autre, maintenant. Après avoir traversé la Plaza de los Cubos, je choisis une table près de la fenêtre chez Cáscaras, je commande un café, une tortilla et un jus d'orange, et je m'installe deux heures, pour lire les journaux de bout en bout, de la une à la dernière page.

Sofía m'appelle à la maison à 10 h 30, alors que je commençais à pas mal avancer dans une pile de dix jours de linge sale à l'odeur fétide.

— Comment s'est passé ton petit séjour en Angleterre ? me demande-t-elle.

Afin d'avoir la paix durant cette semaine de surveillance, je lui ai raconté que je devais me rendre à Londres pour un mariage. Elle ignore tout à fait que je ne suis plus retourné dans mon pays depuis bientôt six ans.

— C'était très bien, merci. Très bien. Revu pas mal de vieux amis. J'ai eu droit à de la bonne cuisine. Mon Dieu, ce que Londres est cher.

— On croirait entendre Julian, s'écrie-t-elle.

– On croirait entendre n'importe qui ayant passé cinq minutes sur le sol anglais.

Cette réflexion la fait rire et elle me demande ce que portait la mariée, et si j'ai dansé avec des jolies filles, mais je suis las d'inventer des histoires et je suggère que nous nous retrouvions, si Julian est en déplacement.

– Il est à Cadix, m'annonce-t-elle.

Cadix ? Là où est descendu Saul. J'éprouve à nouveau ce bon vieil accès de frayeur paranoïaque, mais je m'efforce de repousser mes craintes et j'attribue cela à une pure coïncidence.

– Eh bien, et si je t'emmenais faire quelques courses ? Nous pourrions aller voir l'expo Vermeer au Prado.

– Tu n'as pas envie que je vienne te rejoindre chez toi, tout simplement ?

– Non. J'ai envie que nous nous comportions comme un couple normal. Retrouve-moi à l'entrée principale d'El Corte Inglés d'Arguëlles, à midi.

Naturellement, j'ai ma petite idée derrière la tête. Deux ou trois fois par semaine, je me livre à ma petite procédure de contre-surveillance, depuis l'appartement jusqu'à El Corte Inglés, via le bureau de poste situé tout près de Quintana. Ce trajet à pied de dix minutes me fournit plusieurs occasions de repérer une éventuelle filature, tandis que le grand magasin constitue en soi un emplacement idéal où débusquer une équipe d'hostiles. En termes de métier, cette procédure s'intitule un « nettoyage à sec ».

Si j'habitais dans une rue plus calme, l'une de mes premières initiatives aurait été de sortir sur le balcon contrôler la présence d'agents en position de « gâchette » : c'est-à-dire tout individu guettant ma porte d'entrée. Mais Princesa est bien trop animée pour une évaluation fiable d'une quelconque surveillance extérieure, et je

prends Ventura Rodríguez jusqu'au bout, avant de bifurquer à droite, juste après Cáscaras. Une rue plus loin, au
coin de Martín de los Heros et Luisa Fernanda, il y a
une agence du Banco Popular, avec une large façade
vitrée orientée selon un angle idéal pour observer le
trottoir derrière moi. En revanche, je ne dispose que
d'une seconde et demie pour aviser l'adolescente avec
ses cheveux nattés, vingt mètres en retrait par rapport à
moi, et un homme d'âge mûr, sur le trottoir d'en face,
qui tient à la main un sac de provisions et se gratte le
nez. Le truc consiste à mémoriser les visages afin d'être
en mesure de les reconnaître s'ils réapparaissent ultérieurement. Si je devais, par exemple, voir la femme qui
parlait dans son téléphone portable la veille au soir
devant la boutique de pneus, cela prouverait de manière
concluante que j'ai un problème de filature.

Le bureau de poste est aussi un lieu propice, en
particulier pour des guetteurs qui n'en connaîtraient pas
l'agencement intérieur et qui pourraient, par conséquent, ne pas avoir le cran d'attendre à l'extérieur. Ma
boîte postale est au premier étage, tout en haut d'un
étroit escalier, dans une petite salle qui est en général
déserte. Si un agent se montrait assez imprudent pour
me suivre, je pourrais très bien photographier son visage
rien qu'en le saluant d'un signe de tête. Au rez-de-chaussée, le bureau de poste proprement dit est en général
bondé, ce qui me fournit un point de congestion commode où débusquer et semer une éventuelle filature. Là
encore, le truc consiste à se remémorer les visages sans
croiser les regards. Vous ne voulez surtout pas leur faire
savoir qu'ils ont été identifiés, et ils ne veulent assurément pas être vus.

Après le bureau de poste, je reviens sur mes pas
pour prendre Quintana, puis la montée, en direction
d'El Corte Inglés. Sur mon itinéraire, je dois franchir
deux passages piétons et je marque toujours un arrêt pour

donner un coup de fil au second de ces deux passages, en composant mon propre numéro juste au moment où le signal piétons passe au vert. C'est une technique utile, facilitée par la technologie du portable, parce qu'elle me permet de tourner sur moi-même, en décrivant un cercle complet, sans attirer l'attention. Qui plus est, quiconque me suivrait à pied serait obligé de passer et de traverser la rue, ou de continuer de marcher, jusqu'au prochain croisement. Aujourd'hui, j'appelle Saul, qui a quitté Cadix depuis quelques jours, avant de repartir en voiture pour Séville, avec une étape à Ronda. Il a l'air défait, voire limite déprimé, dirais-je, et il a un billet sur l'AVE qui part pour Madrid à 4 heures cet après-midi.

— Je devrais être de retour vers 8 heures, me précise-t-il d'un ton las. Suis impatient de te revoir.

Sofía a vingt minutes de retard, comme toujours. C'est agaçant d'avoir à l'attendre, planté au vu de tout le monde à l'entrée du Corte Inglés sans personne avec qui parler et sans rien pour tuer le temps. Elle porte des lunettes de soleil, pas très différentes de celles de Rosalía, et elle regarde autour d'elle, avec nervosité, avant de me saluer d'un baiser un peu sec.

— Allons à l'intérieur, me souffle-t-elle, soucieuse de ne pas se faire remarquer par un des amis de Julian. Tu as une mine épouvantable, *cariño*. Tu n'as pas dormi, à Londres ?

— J'étais sur un lit de camp.

Ce mensonge me vient de manière si instantanée que je ne comprends même pas quelle peut en être l'origine.

— Pas arrêté de me réveiller toutes les deux heures, incapable de retrouver le sommeil.

— Alors tu aurais dû descendre à l'hôtel, me suggère-t-elle, comme si j'avais été à la fois stupide et pas du tout raisonnable.

Je me rends compte, et ce n'est pas la première fois, que nous nous embarquons dans une discussion totalement dépourvue de fondement.

– Eh bien ! j'y avais songé, mais mon amie se serait sentie froissée. Je ne l'avais plus revue depuis des années.

– Tu as habité chez une fille ?

Mais enfin, qu'est-ce qui me prend de lui raconter ça ?

– Bien sûr. Pas une petite amie. Une ancienne colocataire, à l'université. Je partageais mon appart avec elle. Elle est fiancée. Elle a un copain.

– Et moi je suis mariée, me rétorque-t-elle froidement, et il s'écoulera au moins dix minutes avant que les nuages de sa jalousie ne se dissipent.

Nous commençons par le rez-de-chaussée et les rayons sacs à main et maquillage. Les lieux présentent bien quelques petites surfaces réfléchissantes, mais ce n'est rien comparé aux miroirs en pied du côté des vêtements pour hommes et femmes. Je reste sans cesse à l'affût des visages et je tente de m'en remémorer le maximum possible, avant de suggérer à Sofía de prendre les escaliers mécaniques en zigzag jusqu'au niveau Un. Ce sont peut-être les meilleurs pièges à surveillance du *barrio* tout entier. D'abord, ils sont tapissés de miroir de bas en haut, ce qui fournit une multitude d'occasions pour observer les clients qui montent ou descendent par les escalators situés au centre du bâtiment. Il est donc possible, d'un étage à l'autre, d'entrer dans un rayon, de faire semblant de s'être trompé, d'exécuter un demi-tour, de scruter brièvement l'escalier pour s'assurer que l'on n'est pas suivi, avant de continuer dans la direction opposée. C'est exactement ce qui se produit au niveau 1, où Sofía ajoute même une note involontaire d'authenticité en m'attrapant par le bras et en me soufflant « Non, par là », alors que je tournais à gauche, au lieu de la droite, vers le rayon de la mode féminine. Elle choisit plusieurs robes et je lui en achète deux avec le cash qui me reste, après Alfonso. À cet instant, son humeur s'est visiblement améliorée. Ensuite, nous montons au niveau 2, où elle insiste pour que j'essaie une série de vestes Eurotrash qui, reconnaît-elle avec moi, me donnent presque toutes l'allure d'un souteneur albanais. Il n'empêche, elle est déterminée à m'acheter quelque chose, et c'est non sans un certain pressentiment que je la suis lorsque nous nous dirigeons vers la boutique Ralph Lauren. Voilà qui ne présage rien de bon. En Espagne, le style *pijo* – pantalons de lin repassés, pull-over sans manches – est considéré comme le summum du chic parmi les classes conservatrices, et Sofía ne voit aucune ironie à me recommander des tenues qui m'auraient valu de me faire rosser dans Notting Hill.

– Qu'est-ce que tu cherches, là ? Me transformer en ton mari ? ne puis-je m'empêcher de lui demander, à travers le rideau de la cabine d'essayage alors qu'elle me passe encore une chemise à rayures.

– Essaie-la, c'est tout, me répond-elle. Ne joue pas tant les branchés, Alec.

En fin de compte, je me décide pour un pull, que j'examine à n'en plus finir dans un miroir qui me procure une couverture quasi totale du rayon hommes. Il n'y a aucun signe de la jeune fille aux nattes, ou du pépère au sac de commissions. Chargés de toutes nos emplettes, nous quittons les lieux par la sortie qui débouche sur Alberto Aguilera, pour faire le tour et revenir à l'entrée principale au métro Argüelles, avant de rejoindre Princesa, tout au bout. Cette promenade m'apporte la preuve que je n'ai pas de problème côté surveillance. En presque une heure de nettoyage à sec, je n'ai rien remarqué qui éveille mes soupçons.

De retour à l'appartement, Sofía prépare le déjeuner, mais ne manifeste aucune envie de se mettre au lit. J'en suis secrètement ravi, mais néanmoins irrité par ce coup porté à ma vanité. Elle a beau ne l'avoir jamais évoqué directement, sa vie sexuelle avec Julian est clairement catastrophique, et je me délecte de mon rôle de jeune et beau mâle, tel Pyle dans *Un Américain bien tranquille* de Graham Greene. Nous prenons plutôt un taxi pour le Prado et, en route, Sofía me bombarde d'une série de questions, sur un ton d'une agressivité qui ne lui ressemble guère.

– Comment se fait-il que tu n'aies pas répondu au téléphone quand tu étais parti ? Pendant dix jours, tu ne m'as pas parlé une seule fois. Est-ce parce que tu couchais avec cette fille ?

Je lui réponds avec tout le calme possible, sentant qu'elle cherche la bagarre pour la bagarre, et pourtant, la présence du chauffeur de taxi est énervante. Je suis d'un naturel réservé, assez fermé, et je déteste tenir des conversations potentiellement embarrassantes en présence d'étrangers. Toutefois, en l'occurrence, à quelque chose malheur est peut-être bon. Si nous étions restés à l'appartement, j'accuserais certainement Sofía d'hypocrisie et je me débrouillerais pour que la conversation se transforme en véritable dispute. Qui est-elle, après tout, pour m'accuser d'infidélité quand elle partage le lit de Julian nuit après nuit ?

– Pourrions-nous parler de ça plus tard ?

– Non, je voudrais en parler maintenant.

– Tu as peur que je me retrouve au lit avec une autre femme ? Tu crois que je fréquente quelqu'un d'autre ?

– Je me moque de qui tu vois, me rétorque-t-elle, de façon pas très convaincante. Ce qui m'importe, c'est que tu ne me mentes pas.

– Eh bien, c'est rassurant. Merci. Cela se transforme en un merveilleux après-midi, pile ce que j'avais en tête.

Peut-être sommes-nous arrivés à la dernière bobine du film de l'adultère, à l'inévitable : on ne peut pas échapper à cette fuite complaisante de la réalité. Sofía ne peut pas me respecter à cause de ce que j'ai infligé à Julian, et je ne peux pas la respecter, puisqu'elle a trahi son mari. Elle n'espère rien d'autre de notre relation, et je n'ai rien de plus à lui offrir. Tout cela est allé trop loin, trop longtemps. Nous nous sommes imprégnés de nos mensonges respectifs.

– De quoi s'agit-il, Sofía ? Qu'est-ce que tu veux ?

Un regard cinglant.

– *Qué ?*

– Si cela n'en vaut plus la peine, si tu ne te plais plus avec moi, alors pourquoi as-tu accepté de me retrouver aujourd'hui ? Juste pour provoquer une dispute ?

Silence. D'un coup de volant, le chauffeur enroule la fontaine de Cibeles et il est évident qu'il tend l'oreille à notre conversation. Je me réfugie dans ma langue.

– Si tu veux y mettre fin, mets-y fin. Mais ne me pousse pas à prendre les devants, ne m'impose pas le rôle du bouc émissaire.

– Le rôle du quoi ?

– Le dindon de la farce. *La cabeza de turco.* C'est une expression.

– Je n'ai pas envie que ça finisse. Qui a dit que c'était fini ?

– Alors ne nous disputons pas. Allons voir Vermeer. Profitons de cet après-midi ensemble.

– Seulement, je suis fatiguée de tes histoires, Alec, m'avoue-t-elle. Je n'y crois pas. Je ne crois pas que tu sois allé en Angleterre. Je ne sais pas qui tu es.

C'est comme de me retrouver avec Kate de nouveau. Je conserve ce souvenir sensoriel horrible, celui de la dernière fois que nous nous sommes vus, chez elle. Je réponds à Sofía stupidement :

– Je peux être tout ce que tu as envie que je sois. (Et là, elle me toise avec le plus complet mépris.) Je ne l'entendais pas en ce sens. Je veux dire qu'on est censés s'amuser, sinon, à quoi ça sert ?

– S'amuser ? s'écrie-t-elle, et j'ai l'impression qu'elle est au bord d'éclater de rire. Tu crois que cela s'arrête là, pour moi ? S'amuser ?

– Enfin, qu'est-ce que je peux réclamer de plus ? Je te suis fidèle. Je suis parti pour Londres à un mariage. Je n'ai pas couché avec Anne. Tu es mariée. Je ne vois pas quoi te dire d'autre.

Le taxi s'arrête au feu, à hauteur du Museo Thyssen, à environ cinq cents mètres du Prado. Nous y serons dans moins d'une minute, mais le temps aurait aussi bien pu s'immobiliser. Très calmement, en anglais, Sofía ajoute ces quatre mots :

– *I love you, Alec.*

C'est la première fois qu'elle les prononce. Le mélange de terreur et d'euphorie qu'ils provoquent, la flatterie et la peur panique, me laissent sans voix. Je prends doucement sa main dans la mienne, et elle se détourne, elle regarde par la fenêtre. Je lui effleure la nuque, les cheveux, et je ne sais que dire.

– Qu'est-ce que je vous dois ? dis-je au chauffeur qui se range le long du trottoir. Nous allons descendre ici.

Je lui tends une poignée de petite monnaie et nous sortons en silence. Les trottoirs sont essentiellement envahis de touristes qui font les musées, avec leur ceinture-portefeuille et leur litre d'eau. Sofía me suit, le visage écarlate, les yeux débordants de tristesse. J'ai envie de la serrer contre moi, mais je ne peux pas, par crainte d'être vu.

– Oublie, c'est tout, ajoute-t-elle. Oublie ce que je t'ai dit.

– Comment pourrais-je oublier ? Je n'ai pas envie. Tu m'as surpris, c'est tout.

– Je me suis surprise moi-même.

Pour atteindre le Prado, nous devons traverser la rue au passage piétons. Voici des années et des années de cela, Kate et moi avons parcouru ce même itinéraire lors d'un long week-end romantique à Madrid, à nous tenir par la main et à rire. J'ai consacré une heure à l'intérieur du musée, à me régaler de ces portraits exquis du Titien et de Coello. Elle penchait plutôt vers les Goya tardifs et Jérôme Bosch et, à l'époque, j'avais pensé que cela pouvait m'inspirer une certaine inquiétude sur la nature de notre relation. Sofía marche à peu près un mètre cinquante devant moi, elle dépasse une rangée d'étalages où l'on vend des babioles et des affiches de corridas, et elle a les bras croisés.

Je presse le pas pour la rattraper, et je lui propose autre chose.

– Écoute, pourquoi ne rentrerions-nous pas à l'appartement ? Rentrons et parlons-nous, voilà.

– Non. Ça ira. (Elle renifle.) J'ai envie de voir l'exposition. J'ai envie de voir Vermeer. Nous n'aurons pas d'autre occasion, ajoute-t-elle, puis elle reprend en partie contenance. Il vaut mieux qu'on entre séparément. Si quelqu'un nous voit à l'intérieur, nous pourrons toujours lui raconter que nous nous sommes rencontrés dans la file d'attente.

– Tu es sûre ?

– Pourquoi pas ?

– Non, pas pour ça. Pour nous deux. Tu es certaine que tu n'as pas envie de rentrer à l'appartement ? Tu es certaine que tu n'as pas envie d'aller boire un café ou quelque chose ?

– Je suis sûre.

Donc, nous devons patienter dans la file d'attente pendant un quart d'heure atroce. Sofía se tient plusieurs places devant moi et ne croise que rarement mon regard. À un moment, elle se fait entreprendre par un Italien qui porte un sac en cuir marron. À l'intérieur, elle se rend aux lavabos et loue un casque au bureau d'information, et c'est presque à coup sûr un moyen délibéré de m'éviter pendant la visite de l'exposition. Les tableaux sont extraordinaires, mais les salles temporaires sont surpeuplées, plus petites que ce n'est le cas d'ordinaire au Prado, et je me sens soudain saisi de claustrophobie.

Après quoi, à l'extérieur, dans le hall principal du premier étage, elle se tourne vers moi.

– Toute cette exposition ne parle que d'une chose, vivre avec mesure.

Un Anglais en costume rayé passe à côté de nous, et crie :

– Alors, on tremble, carcasse.

– C'est ce que raconte ton guide ?

– Non. C'est ce que je ressens, dit-elle, et après un bref temps d'arrêt, elle ajoute : Je crois que cela aurait plu à Julian.

Est-ce une plaisanterie aux dépens de son mari ou une menace à peine voilée, je ne sais. Je me contente d'opiner.

– Donc, tu as trouvé cela intéressant ?

– Très. Vingt-cinq toiles pétries d'édification morale et de désirs sexuels réprimés. Qu'est-ce qu'un homme pourrait souhaiter de plus par un samedi après-midi ?

Cette dernière saillie éclaire enfin d'un menu sourire le visage de Sofía, et elle commence à se dérider. Comme si notre dispute de tout à l'heure n'avait jamais eu lieu, elle commence à me parler longuement de l'exposition, de son métier, de ses projets d'acheter une boutique de vêtements dans le Barrio Salamanca et de se mettre à son compte. Nous rentrons à pied en prenant par les rues de traverse du côté de Chueca, à peu près dans la direction de chez moi, et nous arrivons juste au moment où la grande manif pacifiste contre la guerre débute à l'autre bout de la ville. Sofía voulait y participer, mais je l'ai amenée à changer d'avis avec une bouteille chère de *cava* et un court laïus sur l'inutilité des rassemblements politiques.

– Si tu crois que Bush, Blair et Aznar en ont quoi que ce soit à foutre de ce que l'opinion pense de l'Irak, tu te fais des illusions.

Ensuite, elle s'est un peu enivrée, et nous avons fini au lit. Peut-être aurais-je dû lui dire que je l'aimais, mais ses yeux ne m'auraient pas cru. Là-dessus, mieux valait attendre. Mieux valait ne pas compliquer les choses.

21. Ricken nouvelle formule

— La vache, cet appart pue le parfum. Tu t'es encore travesti en nana, Alec ?

Saul rentre de Cadix à 10 heures, arborant une barbe de trois jours et une paire de Campers toutes neuves. De son sac, il extrait une cartouche à moitié entamée de cigarettes et me tend une bouteille de whiskey.

— Désolé que ça m'ait pris autant de temps pour rentrer. À la station Atocha, le métro était bondé. Manif pour la paix. Un cadeau, ajoute-t-il. Tu bois de ce bidule ?

— Tout le temps, lui assuré-je. Comment c'était, ton voyage ?

— Bien. Vraiment bien. Tu m'as l'air crevé, mon vieux.

— Je n'ai pas beaucoup dormi.

— Non ?

— Non.

— Tu baises toujours la femme de ton patron ?

Je lève les yeux au plafond.

— Ha, ha ! Non. Ils ont un bébé, à l'étage au-dessus. Me réveille à 5 heures tous les matins.

— En faisant quoi ?

– Je n'en sais rien. Doit construire un barrage. Abattre des murs porteurs. À mon avis, ils le chaussent de sabots.

Saul sort un bout de chewing-gum de sa bouche et le jette dans la poubelle. J'ajoute :

– Il y a quelque chose de changé chez toi.

– Ouais ? C'est peut-être la barbe. Me donne l'allure d'Unabomber.

– Non. Tu parais plus heureux, plus détendu.

– Eh bien, c'est bon à savoir. J'ai pas mal réfléchi là-bas.

Nous portons ses bagages dans la chambre d'amis et continuons de bavarder. Il a décidé de reprendre un vol pour Londres dès le lendemain matin et de réclamer le divorce à Héloïse. Je m'estime mal placé pour lui répondre qu'il a pris la bonne décision, mais c'est bon de se libérer du mensonge une fois de temps en temps et de simplement discuter avec mon vieux pote de ce qui est important pour lui. Il n'est pas non plus dénué de signification qu'il quitte Madrid si tôt. S'il y avait le moindre rapport avec Julian ou Arenaza, il resterait sûrement à traîner par ici. Néanmoins, je vérifie cette coïncidence concernant Julian, rien que pour en avoir la certitude.

– Au fait, tu sais qui était à Cadix pendant que tu te trouvais là-bas ?

Saul se lave les mains dans la seconde salle de bains. Je peux observer son visage dans le miroir.

– Qui ? me demande-t-il.

– Mon patron, Julian. Le type que tu as croisé au bar. Celui qui a une femme.

– Vraiment ?

Il se retourne. Ses pommettes ont légèrement rosi.

– Tu ne l'as pas croisé ?

– Non.

– Bon, tu as pu repartir avant qu'il n'arrive.

– Ou alors, Alec, c'est que, dans une ville de la taille de Coventry, on n'est pas tombés l'un sur l'autre.

– Remarque judicieuse.

Je vais à la cuisine trouver une cigarette et nous verser à tous les deux un verre de Rueda. Quand je reviens dans la pièce, Saul a ouvert sa sacoche et sorti son ordinateur, qu'il a allumé sur le lit.

– Tu as envie de voir des photos ?

Il a des dizaines de photos de son voyage, chargées sur son disque dur : des clichés de la Mezquita, de l'arène de Ronda, de la plage à Cadix. Un portrait de lui en train de manger des *boquerones* dans un restaurant noir de monde, assis à côté d'une jolie fille.

– Qui est-ce ?

– Une nana. Une Ricaine. Y en a un paquet par là. Elle sortait avec le type qui a pris la photo.

J'aimerais disposer de cinq minutes seul à seul avec le PC de Saul, rien que pour éplucher ses e-mails, l'historique de son navigateur et ses cookies, en quête d'un lien avec Julian. Rien que pour me tranquilliser l'esprit.

– Et ton ami, celui de l'appartement ?

– Qui ça, Andy ? Refuse qu'on le prenne en photo. Prétend que c'est se faire voler son âme.

Cela me paraît peu convaincant et, une demi-heure plus tard, je saisis ma chance. Avant le dîner, Saul prend une douche et, pendant qu'il s'enferme dans la salle de bains, je parcours son Outlook Express, à la recherche de ce tout ce qui pourrait paraître insolite. J'ai laissé la porte de la chambre grande ouverte, et il y a pas mal de circulation dans la rue, mais je devrais quand même pouvoir entendre le loquet de la porte de la salle de bains sauter s'il en ressortait à l'improviste. Je reconnais certains des noms présents dans le dossier « Envoyé », ce sont des amis de Saul à Londres, mais j'en vérifie plusieurs autres, au cas où Julian utiliserait un compte de courrier dont je n'aurais pas connaissance. Il y a un court échange avec Andy au sujet de la remise des clefs, à Cadix, mais à part cela, les messages sont un mélange, affaires et plaisir : des demandes de renseignements sur les disponibilités professionnelles de Saul, des blagues qui circulent d'adresse mail en adresse mail, les dernières nouvelles sur les footballeurs de Chelsea.

Son Internet Explorer est aussi simple d'accès. L'historique des sites qu'il a consultés est un mélange transparent de porno soft et de Google, de renseignements touristiques sur l'Andalousie et de conseils pour les futurs divorcés. Rien qui soit de nature à m'inquiéter. J'entre dans son répertoire Windows du disque C : je recherche les fichiers temporaires supprimés, mais rien que de très légitime dans tout cela. Avec ce souci du prochain qui le caractérise, Saul a pu accéder à un site médical sur le cancer afin de mieux comprendre l'état de santé de Hesther. Il a aussi visité un certain nombre de sites caritatifs pour effectuer des dons en ligne et un portail de jeux où il a beaucoup joué aux échecs. Les cookies m'ont l'air bien innocents, eux aussi, des centaines de liens vers des sites figurant déjà dans l'historique du navigateur. Laissant l'ordinateur là où je l'ai trouvé, je retourne dans la cuisine et je frappe à la porte de la salle de bains.

– Ça va là-dedans ?

Elle s'entrouvre. Le visage de Saul est tout emplâtré de mousse à raser et le miroir, complètement embué de vapeur. Il en a encore au moins pour cinq minutes.

– Je tombe la barbe, me répond-il en toussant. Qu'est-ce qu'on a pour dîner ?

– Du vin.

Mettant ce laps de temps supplémentaire à profit, je trouve le téléphone de Saul, je le sors de la poche de sa veste et je parcours son carnet d'adresses, la liste des appels sortants et entrants, et je note tous les numéros comportant un préfixe espagnol. De mémoire, aucun d'eux ne correspond à des numéros associés à Julian ou Arenaza, mais je pourrais toujours découvrir un lien, le cas échéant, après que Saul sera rentré à Londres. Ensuite, j'envoie un bref message à Sofía et je passe en cuisine préparer des spaghettis. Saul émerge dix minutes plus tard, il a enfilé un jean et un T-shirt blanc arborant le slogan « Règles d'Agression passive (si ça vous va) ». Ses joues rasées de frais sont roses et lisses.

– Ça va beaucoup mieux, s'écrie-t-il en se tapant le visage. Maintenant, je peux vraiment manger sans stocker de la nourriture pour l'hiver.

Nous n'avons pas très envie de sortir ni l'un ni l'autre, donc nous dînons avec notre assiette sur les genoux et je sors *Le Talentueux M. Ripley* du casier des DVD « à voir ». J'insère le disque dans la machine, et mon portable sonne, celui de la ligne Telefónica, dans ma chambre.

– Tu es forcé de répondre ?

Saul sauce son assiette avec un gros morceau de pain et il a envie de regarder le film.

– Accorde-moi juste deux minutes. Bouge pas.

C'est très certainement Alfonso, le concierge de l'Hotel Carta. Très peu de gens ont ce numéro.

– *Señor Chris ?*

– *Alfonso. Qué tal ?*

Il a l'air relax, il appelle d'une cabine. Je m'arrange pour parler dans un espagnol au débit rapide, afin d'empêcher Saul de comprendre.

– J'ai l'information que vous m'avez demandée. Vous avez un stylo ?

– Oui. Juste un instant. J'attrape le carnet à côté de mon lit et je récupère un Biro dans ma poche de pantalon. O.K., allez-y.

– Le client qui est descendu à la chambre 306 a rempli sa fiche sous le nom d'Abel Sellini. Il est déjà descendu dans notre hôtel à de nombreuses reprises. Le numéro d'immatriculation de sa voiture, c'est M 3432 GH, une Opel Corsa grise. J'ai comparé par rapport aux fiches précédentes, et ça change tout le temps.

– Autrement dit, ce sont des véhicules de location ?

– Presque certain, monsieur.

La voix d'Alfonso est très posée, et je suis surpris par son absence d'anxiété.

– Il a un téléphone portable, señor Chris, et je peux aussi vous donner ce numéro-là.

– Parfait. Comment l'avez-vous obtenu ?

Je ferme la porte de la chambre.

– Le señor Sellini m'a demandé des informations sur les *puticlubs*. Il aime bien ramener des filles dans sa chambre. Donc, dès son arrivée, le premier soir, il m'a prié de l'appeler pour lui donner ces informations. Le numéro, c'est le 625 218 521.

– Une ligne espagnole.

– Je suppose. Il voyage avec un passeport irlandais.

– Vous êtes sûr ?

– Je suis sûr.

Presque condescendant, cette fois. Peut-être l'argent lui est-il monté à la tête, à notre Alfonso.

– Le numéro du passeport, c'est 450912914. Mais M. Sellini ne me semble pas du tout irlandais, à moi. J'ai rencontré beaucoup de monde, dans mon travail, et lui, il est Sud-Américain. Son lieu de naissance, c'est Bogotá, en Colombie, et je m'en suis aperçu aussi à son accent.

– Vous avez jeté un œil sur son passeport ?

D'après les bruits qui me parviennent du salon, Saul est en train de visionner la bande-annonce dans les bonus du DVD.

– Des visas ? Des tampons des douanes ?

– Non. Après l'enregistrement, il lui a été rendu. Mes informations à moi viennent juste de l'ordinateur. Il est né le 28 décembre 1949, si cela peut vous être d'une quelconque utilité.

– Peut-être.

Je ne veux pas me montrer trop reconnaissant, pour le cas où l'envie viendrait à ce concierge d'hôtel d'augmenter ses tarifs.

– Y a-t-il autre chose, rien que vous ne puissiez ajouter ?

J'entends d'autres pièces de monnaie qu'il glisse dans la fente du taxiphone, et puis un bref silence. La cabine doit se trouver dans une rue paisible, car je ne capte pas beaucoup de bruits de fond.

– Alors, évidemment, M. Sellini a aussi laissé son empreinte de carte de crédit, pour confirmer sa réservation. Une Visa. Mais l'information est stockée dans une partie de notre système informatique à laquelle je n'ai pas d'accès autorisé. Vous trouverez peut-être un autre moyen, non ?

– Possible.

– La seule chose que je peux vous indiquer, c'est qu'il a demandé de changer de chambre, mercredi dernier, parce qu'il trouvait la sienne trop bruyante. C'est tout, señor Chris.

Il ne serait pas nécessairement venu à l'esprit de la direction de l'hôtel que Sellini se serait inquiété d'un éventuel dispositif de surveillance audio.

– C'est intéressant. Dans quelle chambre était-il auparavant ?

– Je ne sais pas. Il faudrait que je me renseigne.

J'ouvre la porte, car Saul passe dans le couloir, en rapportant les assiettes vides du dîner. Il me lance un regard, je lui réponds d'un sourire, et je lui signale de la main que la conversation sera bientôt terminée.

– S'il se présente quoi que ce soit d'autre, vous pouvez me joindre à ce numéro. Et bien sûr nous discuterons de nos arrangements financiers, lors de notre prochain rendez-vous. J'aimerais les rendre plus réguliers.

– *Vale*, acquiesce-t-il, sans trop d'enthousiasme. *Adiós*.

Quand je regagne le salon, Saul a ouvert une deuxième bouteille de Ribera del Duero et s'est roulé un joint. L'image, à l'écran, s'est figée sur le logo de Miramax International.

– Qui était-ce ? me demande-t-il.

– Juste des affaires. Un truc au sujet d'Endiom.

– Julian ?

– Non. Quelqu'un d'autre.

Je m'assieds par terre.

– Tu es bien, en bas, comme ça ?

– Parfait.

Le début du générique défile. Nous n'allons sans doute plus beaucoup nous parler, parce que nous détestons l'un et l'autre les gens qui parlent pendant les films. Sur la bande originale, une femme chante une lente mélopée au piano. Des graphismes découpent le visage de Matt Damon, révélant ses yeux, ses lèvres, une bouche et ses cheveux, pour finalement nous le montrer assis sur un lit, seul, dans une petite chambre. Ensuite, il parle :

Si je pouvais simplement revenir en arrière. Si je pouvais tout effacer, à commencer par moi-même.

Et Saul ajoute :

– Je connais ce sentiment.

22. Barajas

Saul est touché que je l'accompagne sur tout le trajet jusqu'à l'aéroport, mais je veux m'assurer qu'il embarque bien dans un avion. Son vol est retardé, aussi allons-nous boire un café au salon des arrivées, cela nous prend une heure, et il m'achète une édition poche de *Ripley s'amuse* en espagnol à la maison de la presse. Plus tard, je m'aperçois que la femme de Ripley s'appelle Héloïse.

Au contrôle de sécurité, nous nous étreignons brièvement, mais quand nous nous séparons, il me retient encore par les bras.

– Ça m'a fait du bien de te voir, mon vieux. Vraiment du bien. Je suis content que la situation se soit arrangée. Donc, veille sur toi, hein ? Ne va pas commettre de bêtises.

– Mais non.

– Tu vois ce que je veux dire. Tu nous manques, à Londres. Ne t'arrête pas ici pour le restant de tes jours. Tu ne devrais même pas être là.

– Je me plais ici.

– Je sais que tu te plais. C'est un pays formidable. Et Madrid est une capitale formidable. Mais tu n'es pas chez toi.

Il me relâche et charge ses bagages un par un sur son chariot.

– Saul ?

– Oui ?

Je suis sur le point de m'excuser de toute cette suspicion, de tous mes tours de passe-passe et de ma paranoïa, mais je n'en ai pas le cran. Au lieu de quoi, j'ajoute juste :

– Bonne chance pour tout.

Et il hoche la tête.

– Tout ira bien. Nous sommes encore jeunes, Alec. Nous pouvons reprendre la vie de zéro, dit-il, et il sourit. Tu ne crois pas que tout le monde mérite une seconde chance ?

– Absolument. Je te souhaite un bon vol.

Et dès qu'il est parti, avec encore un seul signe de la main avant de franchir les portiques, vers les portes d'embarquement, j'éprouve une grande sensation de perte. Combien de temps s'écoulera-t-il avant que l'on ne se revoie ? Combien de temps avant que je ne puisse rentrer chez moi, dans mon pays ? Il faut que je trouve un bar, que je commande un whiskey pour dissiper la mélancolie de cette solitude soudaine. J'ai l'impression de lui avoir gâché sa visite à Madrid, comme si je m'étais mépris sur ses intentions en le maintenant constamment à distance respectable. Il n'est pas reparti, un jour à peine après son retour d'Andalousie, à cause d'Héloïse. Il n'est pas reparti en raison de ses liens avec Julian ou Arenaza. Il est reparti parce qu'une composante élémentaire de notre relation s'est déplacée : ce qui existait s'est perdu, et Saul n'avait aucun moyen de sauver quoi que ce soit. L'Alec qu'il avait connu jeune homme est devenu une autre espèce de créature, une créature dont la véritable nature s'est révélée. Et si une amitié ne vous procure plus aucun plaisir, alors pourquoi demeurer loyal envers cet ami-là ? En montant dans un taxi, j'en conclus que Saul va maintenant entrer dans une nouvelle phase de son existence, tout comme moi pour la mienne. C'est ridicule, vraiment, de foncer sur cette autoroute, dans ce taxi, en songeant que, selon toute probabilité, je ne reverrai jamais mon plus ancien ami.

23. Bonilla

Quand Bonilla annule encore un de nos rendez-vous programmés, je finis par me dire que l'on m'a peut-être grugé. Cinq cents euros en liquide remis à Mar dans la gare d'Atocha, voilà presque une semaine, et pas un seul élément d'information utile en échange. La totalité du week-end de surveillance menée par Cetro se résume aux faits suivants, ô combien haletants : Rosalía s'est rendue à une soirée, samedi, habillée en Bunny style Playboy, elle a parlé avec Gael au téléphone pendant quarante-cinq minutes, depuis le café Delic, sur la Plaza de la Paja, dimanche matin, elle a rendu visite à « une veuve... presque certainement sa mère » à Tres Cantos ce même après-midi du dimanche. Et Bonilla n'a pas non plus été capable de découvrir quoi que ce soit au sujet d'Abel Sellini. Et, au lieu de me voir, il m'accable au téléphone d'excuses sirupeuses, il m'explique qu'il doit assister à un enterrement à Oviedo (« Le frère de ma femme, il est mort subitement »), avant de rentrer à Madrid jeudi.

— Mais voyons-nous en tête-à-tête, señor Thompson, propose-t-il. Je vous emmène déjeuner au restaurant Urogallo, à Casa de Campo. Cette affaire est intéressante. J'apprécie toujours d'avoir l'occasion de rencontrer un client en personne.

Ancienne réserve de chasse de la famille royale espagnole, la Casa de Campo est devenue un vaste périmètre de terrains préservés, au sud-ouest de la capitale, envahi de prostituées et d'amateurs de vélocross. Par une soirée ordinaire de printemps ou d'été, ce sont pratiquement toutes les voies traversant le parc, de Pozuelo jusque dans le centre de Madrid, qui sont bourrées à craquer de Clampins roulant au pas le long du trottoir, en quête d'une branlette sur la banquette arrière ou d'une séance de tripotage dans les sous-bois. C'est une vision déprimante : des rangées et des rangées de filles, immigrées clandestines d'Afrique, d'Amérique du Sud et d'Europe de l'Est. Elles s'aventurent dans le faisceau des phares qui s'approchent, elles exhibent leurs dessous et frappent sur le toit des véhicules au passage. Urogallo, à l'extrémité la plus respectable du parc, est l'un des restaurants de plein air qui bordent la rive sud d'un lac où l'on peut louer des barques à rames toute l'année.

Bonilla me téléphone tôt jeudi matin pour confirmer le déjeuner, et je sais qu'il ne va pas de nouveau l'annuler, car il me rappelle que je lui dois toujours mille six cents euros pour la surveillance du week-end.

– Un chèque conviendra tout à fait, me précise-t-il, même si nous préférons toujours les espèces, naturellement.

Un trajet en métro, pour deux stations, me conduit de Plaza de España à Lago et, de là, une courte marche à pied me mène au bas d'une descente, vers le restaurant. Chez Urogallo, on déjeune et dîne au milieu d'un vaste bosquet de platanes qui donne sur le lac, où le jet de la fontaine, en son centre, découpe la vue magnifique sur la ville au-delà. Bonilla a choisi une table à l'autre bout d'un long auvent blanc dont on abaisse ou relève les pans en fonction du temps. L'après-midi est radieux, c'est le premier signe du printemps, et la tente est ouverte à tous vents. Il me reconnaît d'après la description que lui a fournie Mar, mais ne prend pas la peine de retirer ses lunettes de soleil à deux cents euros pour me serrer la main.

– Señor Thompson, je suis content de vous rencontrer, enfin.

Bonilla est plus jeune que je ne m'y attendais, il doit avoir trente-huit ans, et il jouit d'une condition physique impressionnante, avec ses pectoraux dilatés, visibles au travers du T-shirt en nylon noir. Des biceps affûtés en salle de gym jouent sous sa légère veste blanche, et il a le cheveu noir et taillé court, de longs favoris étroits et un très mince filet de barbe qui trace une ligne verticale du milieu de sa lèvre inférieure jusqu'à la fossette du menton hâlé. À première vue, en une fraction de seconde, il évoque aussitôt un code-barres ambulant.

– Permettez-moi tout d'abord de m'excuser pour les désagréments que ma structure a pu vous causer en termes de rendez-vous annulés, commence-t-il. Et si je commandais tout de suite quelque chose au bar, un cocktail, par exemple ?

Il est 2 heures de l'après-midi et vu que nous sommes installés au bord d'un lac municipal pollué, sa proposition est un brin ridicule. Néanmoins, je lui demande de me commander un *fino manzanilla* et j'échange quelques propos badins au sujet du temps.

– Oui, me répond Bonilla en levant les yeux vers le ciel, comme s'il était ébloui par la munificence de Dieu. C'est une magnifique journée, n'est-ce pas ? Dites-moi, depuis combien de temps vivez-vous à Madrid ?

– Environ cinq ans.

– Et vous prévoyez de rester ?

– Je prévois de rester.

Ses manières sont forcées, huileuses, il n'y a rien chez lui, pas un détail, qui inspire la moindre confiance. Il affiche un hâle artificiel et suffisamment de bijoux à deux sous pour garnir un petit marché aux puces. J'arrive à peine à réaliser que je m'apprête à remettre à ce type un chèque de mille six cents euros. Il a l'air d'un figurant dans *L'Impasse*, le film de Brian De Palma.

– Je suis désolé d'apprendre ce que vous m'avez annoncé au sujet de votre beau-frère. Comment était-ce, à Oviedo ?

– Oh, très bien. (Là encore, le sourire blanc et astiqué, de toutes ses dents.) Ne laissons pas une petite mort s'interposer dans notre déjeuner. Je ne le connaissais pas particulièrement, mais mon épouse est très bouleversée, bien entendu.

– Depuis combien de temps êtes-vous marié ?

– Environ trois ans. Mais nous avons la vie devant nous, n'est-ce pas ?

Bonilla aurait aussi bien pu ponctuer cette dernière réplique d'un clin d'œil. Le coin de sa bouche se retrousse en un rictus reptilien et il gobe une olive, qui atterrit sur sa langue. Le serveur est de retour avec mon sherry et nous ouvrons les menus. Nous commandons l'un et l'autre un *gazpacho* en l'honneur de ce temps convenable, et j'opte pour une *merluza a la plancha* en plat principal. Bonilla est un amateur de viande rouge et veut son *solomillo* cuit *poco hecho*, avec une *ensalada mixta* en accompagnement.

– Vous vous bornez à abattre la vache, vous lui essuyez le derrière et vous me la servez à table, s'écrie-t-il, avec un rire énergique à ce bon mot que j'ai déjà entendu quelque part. Sans me consulter, il ajoute une bouteille de vin rouge – alors que j'ai choisi un poisson – avant de me gratifier de quelques opinions de son cru sur le contrôle des frontières et l'immigration.

– Ces putains sont répugnantes, s'agace-t-il, avec un geste dans son dos, en désignant plus ou moins la direction du parc. Des animaux d'Afrique qui apportent le sida en Espagne.

– Le sida n'était-il pas déjà là auparavant ? lui fais-je observer.

Il ne relève pas le sarcasme.

– Aznar laisse entrer des milliers de *putas* de Roumanie, de Hongrie, de Russie. À quoi sont-elles bonnes, si ce n'est à ruiner ce pays ? Elles ne paient pas d'impôts, elles volent, elles sont néfastes pour le tourisme.

– Mais vous êtes chilien.

Le pectoral droit semble se contracter.

– Naturellement.

– Eh bien, beaucoup de ces filles sont originaires d'Amérique du Sud...

– C'est sûr, se défend-il, mais pas du Chili, pas du Chili.

Bonilla se redresse dans son siège, et agite carrément son doigt vers moi. Tout cela est parfaitement normal pour un déjeuner d'affaires en Espagne. Deux *hombres* qui se jaugent. Sa technique consiste à imposer sa personnalité aussi vite que possible ; la mienne serait plutôt de rester assis là et d'observer comment il s'y prend.

– Ces filles-là viennent du Brésil, monsieur Thompson, d'Argentine et de Colombie, pas de mon pays. Nous ne souffrons pas des mêmes difficultés économiques, au Chili.

– Évidemment pas. Quand avez-vous émigré ?

– Mes parents ont été contraints de partir après le coup d'État qui a renversé Allende.

– Donc vous avez été élevé ici ?

– Dans le sud de l'Espagne, oui.

Après cela, nous consacrons le quart d'heure qui suit à évoquer Nixon et Kissinger – « le Chili avait eu son propre 11-Septembre, vous savez. Un État communiste inoffensif qui se fait baiser par le Parti républicain » –, un laps de temps qui permet à Bonilla d'exercer son vigoureux mépris de tout ce qui est américain. Je l'écoute jusqu'au bout, conscient que mon seul but aujourd'hui se limite à découvrir la vérité au sujet du lien de Rosalía avec Arenaza, sans rien révéler de ma relation avec Mikel. À cette fin, il me faut encourager chez lui une certaine franchise, franchise que je risquerais de moucher en me montrant trop raisonneur ou en lui posant trop de questions gênantes. Il vaut toujours mieux flatter l'homme vaniteux.

– Et que faites-vous dans la vie, monsieur Thompson ?

– Je suis scénariste. En réalité, je travaille actuellement sur une histoire autour d'Al-Qaida. Mais assez parlé de moi. Comment êtes-vous devenu détective privé ?

Et ceci nous vaut une vingtaine de minutes de récits hauts en couleur sur le passé de Bonilla, membre de la Guardia Civil à Alicante.

– Naturellement, j'ai rencontré beaucoup de filles, m'assure-t-il, alors que le serveur lui verse des cuillerées de croûtons et d'oignons hachés dans son bol couleur rose chair plein de *gazpacho*. L'uniforme, ça les attire, hein ?

Je ris aux bons endroits, je hoche la tête quand la conversation devient plus sérieuse, je joue les éblouis devant la sophistication de son travail de privé. Pour définir au plus près mon attitude en cette circonstance, je dirais que j'adopte une posture féminine, une manière de me retirer dans l'ombre pendant que Bonilla se pavane en pleine lumière. Sa conversation finit par se conformer à un certain schéma, une habitude de raconter des histoires dans lesquelles les tiers font invariablement l'objet de toutes les critiques, à seule fin pour lui de se placer sous l'éclairage le plus flatteur possible. Les hommes qui ont vécu isolés un certain temps présentent souvent cette même caractéristique, et je commence à me demander si Bonilla n'est pas un angoissé profond ou un être très malheureux, à moins qu'il ne m'ait menti au sujet de cette épouse et de cet enfant prétendus. Certains de ses récits ne concordent pas, et ses descriptions de son domicile pâtissent d'étranges incohérences. Par la suite, je réussis à orienter la conversation vers Rosalía Dieste. À ce moment-là, on a déjà empilé et débarrassé les assiettes de nos plats de résistance et, pour la première fois, il semble hésiter sur ce qu'il doit dire. Deux auxiliaires médicaux en gilet orange fluorescent ont pris place à la table voisine de la nôtre.

– Cela vous convient d'aborder le sujet ici ? me lance-t-il.

Il est évident qu'il n'a rien à me révéler. C'est pour cela qu'il a joué la montre, en commandant deux plats. Maintenant, il voudrait invoquer le prétexte de ces auxiliaires médicaux pour ne pas poursuivre l'exposé.

– Cela me convient, répliqué-je. Je ne vois aucun problème.

Il inspire à fond, de manière ostensible. Il se penche vers moi, soulève une mallette cabossée qu'il avait posée à terre et en extrait une chemise d'une minceur inquiétante. Il tombe les lunettes de soleil, un stylo surgit de la poche intérieure de sa veste, dont il remonte les manches comme Tubbs dans *Miami Vice*.

– Rosalía Dieste... Rosalía Dieste.

– Oui.

– Eh bien, il faut reconnaître que pour nous, cela n'a pas été une mission facile. Pas du tout simple.

Sans coup férir, le glissement au pluriel : responsabilité collective plutôt que personnelle.

– Je vois.

– Nous avons été gênés de ne pas être informés de la nature exacte de votre recherche.

– Je ne comprends pas. J'ai expliqué à Mar...

– Oui, bien sûr, vous lui avez expliqué, bien sûr. (Un temps d'arrêt.) Mais la nature exacte.

Une adolescente qui se promène par là longe la terrasse du restaurant et, comme dans un travelling, Bonilla avise ses seins qui se balancent et suit cette vision du regard jusqu'à ce qu'elle arrive au bord du lac.

– Eduardo ?

– *Sí* ?

– J'ai expliqué à Mar ce que je voulais. Un travail en profondeur sur son passé. Ses précédentes relations amoureuses. Quelques informations sur Plettix et Gael. Je croyais avoir été clair.

Une moue épaisse, signe qu'il réfléchit. Il y a un moment de réflexion, avant que son visage ne récupère un peu de son aplomb et de son assurance. Il tapote sur la chemise, marmonne le mot « Gael » et se met à chercher un bout de papier. Les maigres rabats en carton ne doivent pas contenir plus d'une vingtaine de feuillets, mais il lui faut un certain temps avant de le retrouver.

– Gael et Rosalía se sont rencontrés en vacances il y a deux ans, m'annonce-t-il enfin. Au Parador de Cáceres.

Le serveur revient prendre commande des cafés. J'y ajoute un cigare, un moyen de prolonger l'entrevue.

– Il est parti pour Lyon, en déplacement professionnel, ce week-end.

– Je le savais. Quel métier exerce-t-il ?

– Gael Marchena travaille pour un petit laboratoire pharmaceutique français, Marionne. Le siège se situe près de Tours. Il a reçu une formation universitaire de chimiste à Paris et il a été recruté après l'obtention de son diplôme.

– Il est français ?

Bonilla doit vérifier dans ses papiers.

– Espagnol.

L'un des auxiliaires médicaux lève le nez et je me demande si je n'ai pas sous-estimé la menace d'une surveillance. Bonilla se gratte la nuque.

– Rosalía et Gael vivent ensemble dans un appartement, Calle Jiloca, depuis moins d'un an maintenant. (Il lit encore ses fiches.) Ils partagent le loyer, ils le versent par *transferencia*, tous les mois, avec régularité, depuis le compte de Gael à la BBVA. Il subit de fortes pressions de la part de sa famille, pour se marier.

Un rire étranglé.

– Vous écoutez ses conversations téléphoniques ?

– Je ne peux pas forcément révéler les sources de mes informations.

Pour Bonilla, ceci apparaît comme un petit moment de triomphe, qu'il fête en rechaussant ses lunettes de soleil.

– Je possède les relevés téléphoniques reprenant tous les appels passés par la señorita Dieste depuis la ligne fixe de son appartement Calle Jiloca.

Il me remet une facture de Telefónica. Les auxiliaires médicaux font beaucoup de bruit, ils rient, plaisantent, lèvent leurs verres.

– Si vous aviez des craintes au sujet d'une infidélité, señor Thompson, je sais d'expérience que les gens se servent en général d'un téléphone portable tenu secret, dont leur partenaire ignore l'existence. Nous n'avons retrouvé la trace que d'un seul portable appartenant à Rosalía, et les résultats étaient complètement normaux.

– Rien que des appels à des amis, ou chez Plettix ?

– Exactement.

– Et les e-mails ?

– Rien.

– Aucune activité étrange sur Internet ? Pas de comptes de courrier privés ouverts auprès de Yahoo, Hotmail, Wanadoo ?

Il secoue la tête. Un insecte atterrit sur mon bras et je le chasse d'une pichenette.

– Non.

– Et qu'en est-il de son passé ? Son éducation, ses liaisons amoureuses ?

Le café arrive, avec un Romeo y Julieta dans son tube, qui m'est présenté sur une petite assiette blanche. Cela peut relever de ma paranoïa si caractéristique, mais j'éprouve la sensation angoissante, de plus en plus nette, que Bonilla est sur le point de mentionner le nom de Mikel. Soit cela, soit toute son approche n'est qu'une comédie destinée à me soutirer des confidences par la ruse. S'il lit les journaux ou regarde les infos à la télévision, il sera informé de la disparition d'Arenaza. S'il a exhumé le moindre lien probant avec Rosalía, il y a une chance non négligeable pour qu'il ait déjà alerté la police.

– Là encore, vous nous avez priés d'enquêter pour vous sur ce terrain, et nous n'avons rien découvert qui présente une quelconque importance. Miss Dieste a eu un petit ami pendant trois ans, à l'Universidad Politécnica de Madrid...

– Son nom ?

Bonilla consulte ses notes.

– Javier Arjona. Mais il est parti s'installer aux États-Unis en 1999.

– Et pas de pseudonymes ?

– Pas de pseudonymes.

– Dieste s'est accordé une année aux États-Unis, elle aussi, à l'université d'Illinois. Après quoi, elle est rentrée à Madrid, elle a terminé son diplôme et elle est directement partie pour la France terminer ses études de troisième cycle en *energía nuclear*.

– En énergie nucléaire ? Où ?

– Elle a fait sa thèse à l'INSTN. L'Institut national des Sciences et Techniques nucléaires. Ce cursus a duré deux années. Ensuite, retour dans l'Illinois, pour d'autres travaux dans le cadre de son troisième cycle au Laboratoire national d'Argonne, à Chicago. Je dois dire que j'en ai retiré l'impression d'une personne très déterminée, très travailleuse et ambitieuse, ce que nous appelons parfois en espagnol *una empollona*.

C'est un terme que je n'avais encore jamais entendu prononcer, avant que Bonilla ne me le traduise par « tête d'œuf ». Trois musiciens sud-américains se profilent au bout de la terrasse, chargés de leurs instruments, et viennent installer leur attirail à environ trois mètres de notre table. Le plus grand des trois, un accordéon cabossé porté en bandoulière sur sa chemise blanche brodée, s'avance d'un pas pour saluer les clients attablés, avec un accent qui me semble être péruvien. À l'autre bout du restaurant, un homme d'affaires, seul, à la calvitie naissante, baisse les yeux sur son assiette et lâche un gémissement. Il sait ce qui nous attend. C'est d'abord la batterie électronique qui démarre, branchée sur un puissant amplificateur alimenté par piles, et l'on ne tarde pas à nous régaler des premières mesures de *My Way*, joué à un volume proprement stupéfiant.

– Oh, nom d'un chien !

– Vous n'appréciez pas cette musique ? s'étonne Bonilla, tout sourires.

– Je savourais justement la paix et la tranquillité des lieux.

Je laisse rouler par terre la tête du cigare que je viens de couper et je l'allume très lentement.

– Qu'avez-vous découvert d'autre ? Rien à propos de ce week-end ? Rien d'autre que cette fête en costume de Bunny Girl ? Ou que ce brunch au Delic ?

– J'en ai peur, señor Thompson. J'en ai peur. Pourquoi voulez-vous en savoir tant sur son compte ? Qu'est-ce qui vous intéresse ?

Il faut que je lui lâche quelque chose. Cela devient un obstacle.

– Il se peut qu'elle ait une aventure dans le dos de Gael. Avec le mari d'une amie à moi. C'est une situation délicate.

– Vraiment ? Qui ça ? Quel est son nom ?

Bonilla a l'air captivé.

– Je préfère ne pas vous le communiquer. Il est originaire d'une famille bien connue en Espagne, et il ne veut pas de scandale.

– Donc c'est le mari qui vous a engagé ?

– C'est cela.

Bonilla risque fort de voir clair dans mon jeu, mais je n'ai rien trouvé de mieux.

– Il souhaite savoir dans quelle mesure c'est sérieux. Si elle a l'intention de quitter Gael ou si elle court simplement après l'argent.

– Il est riche, votre ami ?

– Très.

– Je vois. Et où vit-il ?

– Au Pays basque.

Bonilla en fait presque craquer la couture de sa veste.

– Au Pays basque ? *Joder.*

– Vous avez l'air atterré.

– Non. Seulement, c'est une information que nous n'avons pas été à même de découvrir. Mar a vérifié, je crois, tous les numéros de téléphone à la source et aucun d'eux ne renvoyait à Saint-Sébastien.

C'est à mon tour de salement accuser le coup. Je me sens presque trahi. Bonilla vient de se ficher dedans. Il sait quelque chose.

– Pourquoi mentionnez-vous Saint-Sébastien ? Comment savez-vous où vit mon ami ?

Il a l'air déconcerté.

– Je ne le savais pas. C'est sa ville ?

Son visage reflète une expression de complète innocence. Aucune rougeur, aucun geste éloquent pour se masquer le nez ou la bouche. Un homme suspecté de mensonge, mais qui n'a rien fait de mal.

– Je l'ai juste évoquée par pure coïncidence. C'est la ville que j'associe au Pays basque. Je suis allé là-bas, et je n'aime pas Bilbao. Trop d'industries. Saint-Sébastien est magnifique, non ?

L'espace d'un instant, je ne sais plus si je dois continuer. J'aurais dû aller voir la police depuis des semaines déjà, et m'épargner tous ces ennuis, toutes ces dépenses. Si Arenaza est mort et si Bonilla est au courant de sa liaison avec Rosalía, je pourrais être accusé d'entrave à la bonne marche de la justice. Mais si son faux pas n'était vraiment qu'une coïncidence, mille six cents euros dépendent du tour que prendra cette conversation.

– Il y avait encore juste un autre aspect, ajoute-t-il, si calme et détendu qu'il me semble impossible de croire qu'il me mène en bateau.

– Et ce serait ?

– Nous partons du principe que vous connaissez la situation de la famille de Rosalía. Concernant son beau-père ?

– Non.

Il observe mon cigare, il suit la fumée qui dérive en épaisses volutes vers le toit de l'auvent.

– Ce n'est sans doute pas important, car cela remonte à loin, mais c'était le seul élément consistant de nos investigations. Je l'ai découvert ce matin.

– Oui ?

– Quand Rosalía avait six ans, son père est mort

d'insuffisance hépatique. Apparemment, c'était un *bor-racho*, un ivrogne.

Ce détail paraît amuser le détective privé, qui vide le reste de son vin rouge avant de se caler contre le dossier de son siège.

— Sa mère, la femme à qui elle rend visite à Tres Cantos le week-end, a ensuite épousé un officier de la Guardia Civil à Madrid. Un dénommé Pasqual Vicente. Il est devenu... comment présenter la chose ?... un père de substitution pour Rosalía, et pour son frère, Adolfo. Mais il était particulièrement proche de la fillette.

— Comment le savez-vous ?

— J'ai trouvé les interrogatoires. Les rapports de police.

— Les rapports de police ? Je ne vous suis pas.

— Vicente a sauté avec une voiture piégée de l'ETA, en 1983. À proximité de la gare de Chamartín. Tué en compagnie d'un de ses collègues de la Guardia Civil. Vous devenez tout pâle, monsieur Thompson. Est-ce que tout va bien ?

24. El Cochinillo

Elle a servi d'appât. J'ai laissé la simplicité de la tromperie de Rosalía me voiler la vérité sur la disparition d'Arenaza. Elle est devenue sa maîtresse, l'a attiré à Madrid, et – c'est l'hypothèse la plus probable – Sellini s'est chargé du reste. Après le départ de Bonilla, qui avait payé l'addition et accepté mon chèque, je suis allé marcher dans la Casa de Campo, et je n'ai eu aucune peine à reconstituer les pièces du puzzle. La mort de Mikel, c'était la vengeance pour le meurtre du beau-père, aussi simple que ça. Il est temps que la police le sache. Il est temps d'appeler Patxo Zulaika.

De retour à l'appartement, je compose son numéro un peu après 5 heures. Des aveux complets devant Goena ne sont pas une bonne solution : au lieu de quoi, je vais expliquer à Zulaika que Mikel m'avait brièvement mentionné une maîtresse du nom de Natalia ou Rosalía, à Madrid, qui exerçait le métier d'avocate ou d'ingénieur dans l'industrie. Il m'en avait parlé au cours du dîner, et cela m'était complètement sorti de la tête. Sur la base de ces quelques indices, un type aussi professionnel que Patxo devrait être capable de recomposer le tableau. À moins que Bonilla ne connaisse déjà l'histoire dans son ensemble. À moins qu'il ne soit déjà allé voir les flics.

Mais Zulaika ne répond pas. À en croire le message sur son portable, dans un mélange de basque et d'espagnol truffé de crépitements, il serait absent de son bureau jusqu'à lundi. Il ne laisse aucun numéro pour le contacter, mais suggère, « en cas d'urgence », d'appeler l'un de ses collègues à la rédaction d'*Ahotsa*.

« Bonjour, monsieur Zulaika. Ici Alec Milius. Vous vous souvenez, nous avons parlé de la disparition de Mikel Arenaza quand vous étiez à Madrid il y a deux semaines. Cela n'a peut-être aucune importance, mais je me suis souvenu de quelque chose qui risquerait de vous intéresser. Voudriez-vous me rappeler quand vous aurez reçu ce message ? *Gracias*. »

Comme il se doit, Internet est rempli d'articles relatant l'attentat à la bombe de Chamartín. Pasqual Vicente était un officier de la Guardia Civil, âgé de trente-quatre ans, respecté et apprécié de ses collègues, intelligent et ambitieux, avec une carrière qui s'annonçait visiblement sous les meilleurs auspices. Le matin du 6 juin 1983, on l'avait appelé à la gare pour enquêter sur un vol à la tire. Arrivé dans une voiture de patrouille avec son équipier, Pablo Aguirre, il avait consacré environ une heure à interroger une femme qui avait prétendu s'être fait voler son sac dans une cafétéria à l'intérieur du hall de la gare. Par la suite, on avait découvert que la femme – elle s'était volatilisée – leur avait fourni une fausse identité et qu'aucun vol de cette sorte ne s'était jamais produit. Pendant l'heure où les deux policiers avaient laissé leur voiture, des activistes de l'ETA avaient eu le temps de fixer un engin explosif au châssis. Dès que Vicente avait tourné la clef, le véhicule avait volé en morceaux, l'explosion tuant ses deux occupants sur le coup et blessant un grand nombre de passants. Rosalía Dieste avait onze ans, son frère huit. Leur mère, déjà veuve une première fois, avait dû enterrer son second mari avant même d'atteindre la quarantaine.

Pour changer de décor et clarifier mes pensées, je prends la route de Ségovie et je vais déjeuner au Mesón del Cándido, le restaurant le plus célèbre de la ville, situé au-dessous de l'aqueduc de la Plaza de Azoguejo, où je déguste un *cochenillo*. C'est à environ une heure de route au nord-ouest de Madrid, un trajet plus rapide depuis que l'on a prolongé l'autoroute, et cela fait du bien de se libérer de la capitale, de simplement flâner autour de la cathédrale, de la Plaza Mayor et de l'Alcázar. Zulaika doit être en vacances, car il n'a pas rappelé. Dès qu'il m'aura rappelé, lundi, je pourrai oublier tout cet épisode Arenaza et songer éventuellement à rentrer à la maison, à Londres. Je ne peux pas me permettre d'être associé à une enquête pour meurtre, en particulier si elle est liée à une organisation comme l'ETA. J'ai été stupide de me laisser aspirer à nouveau dans cet univers-là. Comme si j'étais incapable de m'affranchir d'une drogue dont les effets m'ont pris dans leurs filets dès 1995, je ne voyais aucun moyen d'ignorer ce qui était arrivé à Mikel. L'occasion paraissait trop belle, les perspectives d'émotions fortes trop réelles pour que je résiste. Et maintenant, pour la deuxième fois de mon existence, j'ai du sang sur les mains. D'abord Kate, et là, Arenaza. Le monde secret me trahit. Si je veux m'en sortir entier, il faut que je coupe les ponts.

Mais c'est alors qu'Alfonso, le portier de l'Hôtel Carta, me rappelle sur mon portable Telefónica avec une information qui met aussitôt ma résolution à l'épreuve.

– Señor Thompson ?

– *Sí, Alfonso. Qué tal ?*

– Abel Sellini est sur le départ.

– Sur le départ ?

– *Sí*. Il y a de cela cinq minutes, il m'a dit deux mots dans le hall en me demandant un taxi pour le conduire à l'aéroport de Barajas à 5 h 15.

C'est dans tout juste deux heures.

– O.K. Merci de m'avoir tenu informé.

En vérité, je n'envisage même pas d'interrompre ma surveillance. Vous pourriez aussi bien me trancher un bras. Je suis programmé pour ces choses-là.

– Vous a-t-il dit où il allait ?

– Non, monsieur. J'ai juste pensé que vous voudriez être au courant.

À tout le moins, je peux suivre Sellini jusqu'à l'aéroport, découvrir quel est son vol, essayer d'en déduire sa destination finale. C'est le genre d'information qui serait utile à la police. Après tout, c'est très probablement lui qui a assassiné Mikel Arenaza. Il est de ma responsabilité de le suivre. De mon devoir.

Dans ce soleil éclatant, je pique un sprint, de la cathédrale à la limite est de Ségovie, jusqu'à l'emplacement où j'ai garé ma voiture, derrière la Plaza del Azoguejo. C'est une course de plus de huit cents mètres et, lorsque je déverrouille les portières et jette ma veste sur la banquette arrière de l'Audi, j'ai le corps trempé de sueur. Il y a des files de voitures à tous les feux qui me conduisent hors de la ville, mais je klaxonne, je bouscule mon monde et je taille ma route jusqu'en tête de file pour déboucher sur la *carretera* à 3 h 50. À 5 heures, après avoir roulé constamment à 170, je traverse Moncloa. Avec de la chance, je devrais arriver devant le Carta d'ici un quart d'heure.

– Est-il déjà parti ? demandé-je au portier, Alfonso, après avoir composé son numéro de portable à un feu rouge, sur Gran Vía.

– *Sí, señor Chris,* me fait-il, l'air dépassé, paniqué. Il est descendu il y a cinq minutes pour régler la note. Il m'a prié de tenir un taxi prêt et je ne sais pas quoi faire. Il y a une station là, tout de suite dehors, et toujours des voitures en attente. Il va falloir que je descende en héler une.

— Eh bien, au moins vous me notez le numéro. Vous essayez de le retarder. Vous bavardez avec lui avant qu'il ne parte et vous lui demandez où il va. J'arrive dans moins de dix minutes.

En réalité, il m'en faut cinq et je gare l'Audi juste derrière la file des taxis, à environ cinquante mètres du début de la rampe qui monte à l'hôtel. Alfonso ne répond pas au téléphone et il n'y a aucun signe de Sellini. Je gravis la rampe d'un pas lent, jusqu'aux portes ouvrant sur la réception, prêt à tout instant à les voir sortir, l'un ou l'autre. Un deuxième portier, que je ne reconnais pas, est posté à la porte principale, et je passe devant lui, pour entrer dans le hall. Sellini et Alfonso sont en pleine conversation près de la réception. Alfonso lève les yeux, enregistre ma présence d'un regard oblique, puis il tire un chariot chargé de bagages et franchit l'entrée principale. Je me détourne des deux hommes, ressors et redescends la pente vers l'Audi. Il y a deux taxis en station, et de fortes chances pour que Sellini prenne le premier. Ensuite, il suffira de le suivre vers Barajas.

Mais il y a un problème. En jetant un coup d'œil plus bas dans la rue, je m'aperçois qu'une Citroën C5 gris métallisé s'est garée en double file à hauteur de mon Audi et la bloque complètement. Les feux de détresse de la Citroën clignotent, mais il n'y a pas trace du conducteur. Si Sellini s'en va tout de suite, je ne serai pas en mesure de le suivre. Alfonso emprunte la rampe derrière moi et fait signe au premier des deux taxis, qui déboîte et accélère dans la rampe jusqu'à l'entrée de l'hôtel. Ensuite, au moment même où je viens de prendre la décision d'abandonner mon véhicule et de le suivre en taxi moi aussi, un homme vêtu d'un costume rayé grimpe dans le deuxième taxi et s'éloigne.

Pourquoi ai-je eu l'impression de le reconnaître ?

Cette fois, c'est sérieux. Je me tourne vers le flux de la circulation, et je cherche désespérément un autre taxi. J'en vois deux qui me dépassent, occupés l'un et l'autre. Si le chauffeur de la Citroën ne se montre pas dans les trente secondes, je vais perdre Sellini. Il ne se rend peut-être même pas à Barajas. Il a pu raconter cela à Alfonso pour créer une fausse piste. Son taxi descend la rampe de l'hôtel et se prépare à tourner à droite pour s'engager dans la Castellana, en direction du nord. Le soleil se reflète sur les vitres arrière, mais je réussis encore à distinguer sa silhouette voûtée. Lorsque le chauffeur redémarre, j'ouvre la portière côté conducteur de l'Audi et j'appuie sur le klaxon, avec davantage de colère que d'espoir, et, malgré tout, le conducteur de la Citroën refuse de se montrer. Un autre taxi occupé file sous mon nez alors que Sellini disparaît au loin. Le bruit de mon klaxon est assourdissant, de longues notes tenues que j'enchaîne avec des coups brefs, furibonds, qui finissent par m'attirer des regards de la part des piétons.

Finalement, un type arrive d'un pas tranquille, avec un trousseau de clefs qui se balance dans sa main gauche. Relax, nullement concerné. Ce doit être lui. Je relâche le klaxon et je le dévisage, son œil croise mon regard, un œil coupable, et il presse le pas. Il doit avoir mon âge, le cheveu châtain et gonflé, la peau tavelée, il porte un jean et une chemise en coton blanc. À première vue, je l'aurais pris pour un touriste anglais, mais je l'aborde en espagnol.

– *Ese es tu coche ?*

L'autre ne réagit pas.

– Hé ! Je viens de vous demander si c'est votre voiture ?

Cette fois, il lève les yeux et il est clair, à en juger par son expression, qu'il n'a pas compris ce que je dis. Pour s'éviter une confrontation, il peut tout aussi bien continuer son chemin et faire comme si la Citroën ne lui appartenait pas. Je ne vais pas le laisser s'en tirer ainsi.

– Vous parlez l'anglais ?

– Oui, je le parle.

L'accent me prend par surprise. Il sent l'école privée britannique, les privilèges de l'élite en moins. BBC. Foreign Office.

– Je crois que c'est la vôtre. Je crois que vous me bloquez.

Nous nous faisons face, sur ce trottoir, à quelques pas de distance, et quelque chose dans son regard posé et son apparente absence d'intérêt pour la fâcheuse situation où je suis ne fait qu'aggraver ma réaction de colère.

– Quel serait le problème ? me réplique-t-il, d'un ton frôlant le sarcasme.

– Le problème, c'est que vous m'empêchez de sortir. Le problème, c'est que vous m'avez empêché de faire mon travail.

– Votre travail ?

Il a prononcé le mot sur une légère note railleuse, comme s'il n'ignorait pas que c'était un mensonge.

– C'est exact. Mon travail. Alors, voulez-vous bien bouger ? Pouvez-vous dégager cette foutue bagnole de mon chemin ? Vous avez commis une infraction et une bêtise, et moi, j'ai besoin de filer.

– Pourquoi ne vous calmez-vous pas un peu, Alec ?

Il aurait aussi bien pu me lâcher un coup de poing dans le ventre. J'en reste le souffle coupé. Je scrute le visage de l'homme, en quête d'un lointain déclic susceptible de favoriser l'identification – était-il étudiant à la London School of Economics ? Avons-nous fréquenté les

mêmes établissements ? –, mais je n'ai jamais vu cet individu de ma vie.

    – Comment savez-vous cela ? Comment savez-vous
qui je suis ?

    – Je sais un tas de choses à votre sujet. Je suis au
courant de JUSTIFY. Je suis au courant pour Abnex. Je
sais pour Fortner et pour Katharine. Ce que je ne sais
pas, en revanche, c'est ce qu'Alec Milius fabrique à
Madrid. Alors pourquoi ne sauteriez-vous pas à l'arrière
de ma Citroën, nous irions faire un petit tour, et vous
pourriez tout me raconter.

25. Notre homme à Madrid

– Avant de monter dans une voiture, je veux savoir à qui je parle.

– Disons simplement que vous vous adressez à un Ami, m'assure-t-il en recourant à l'un de ces euphémismes classiques au sein du SIS. (Une femme passe devant nous et me regarde avec un soupçon d'inquiétude.) Il vaudrait mieux que vous baissiez d'un ton, non ? Allons, montons dans cette voiture et filons.

Une fois à l'intérieur, c'est la fouille au corps – bas des jambes, les mollets, et dans le dos –, puis il paraît prendre un plaisir pervers à me suggérer d'attacher ma ceinture. J'obtempère, non sans lui décocher un regard que j'espère hostile, juste ce qu'il faut, mais la bouffée de sueur et de panique que je sens monter à mon visage me prive de toute autorité.

– Je m'appelle Richard Kitson.

Après un examen plus minutieux, mon interlocuteur semble plus proche de la quarantaine que de la trentaine, avec une tête que j'aurais peine à décrire : ni vilain ni beau garçon, ni intelligent ni stupide. Un Anglais fondu dans la masse.

– Pourquoi ne pas prendre la direction de la M30, histoire de tourner en boucle pendant que vous me raconterez ce que vous avez en tête ?

Pendant les deux ou trois premières minutes, je ne dis rien. De temps à autre, les yeux de Kitson glissent vers les miens, un regard bref tant que nous roulons, plus soutenu aux feux rouges. J'essaie de répondre à ces regards d'homme à homme, mais le choc de ce qui vient de se produire est tel qu'il m'a dépossédé, je crois, de mes réflexes de défense les plus élémentaires. Au bout de six années de cavale, nous en sommes finalement là. Je tremble. Mais pourquoi Sellini est-il impliqué ? Quel rapport a-t-il avec tout cela ?

– Pourquoi vous intéressez-vous à Abel Sellini ? me demande Kitson, comme s'il lisait dans mes pensées. Vous achetez de la drogue, Alec ? Vous êtes acquéreur d'armes ?

– Je vous demande pardon ?

– Vous ne savez pas qui c'est ?

– Je sais qu'il a probablement tué l'un de mes amis.

– Eh bien, voyez-vous, c'est très exactement le genre de sujet dont il faut que nous nous entretenions, vous et moi.

– Vous d'abord. Qu'est-ce que vous fichez ici ? Comment savez-vous qui je suis ? Comment êtes-vous au courant pour JUSTIFY ?

– Une seule chose à la fois, une seule chose à la fois.

Une BMW noire nous dépasse en surgissant dans notre angle mort, et frôle ma fenêtre. Kitson bougonne. Quelle vacherie, les Espagnols au volant...

– D'accord. Premièrement : comment connaissez-vous mon nom ?

– Vous ai pris en photo. Répercuté le cliché à Londres. Un collègue vous a reconnu.

Punaise. J'avais donc raison pour la surveillance. Simultanément, dans un moment d'une clairvoyance effrayante, je me remémore précisément l'endroit où j'ai croisé l'homme en costume rayé qui est monté dans le taxi avant moi. Au Prado. Avec Sofía. *Alors, on tremble, carcasse.*

– Depuis combien de temps me suiviez-vous ?

– Depuis vendredi de la semaine dernière.

Le soir où j'ai filé Rosalía jusqu'à l'Irish Rover.

– Et ce collègue qui m'a reconnu, quel est son nom ?

Si Kitson se présente sans rien que je sois susceptible d'identifier, je peux en conclure que c'est un imposteur.

– Christopher Sinclair. Chris pour les amis. Il se trouve qu'il passait devant un bureau, à Legoland (Legoland, le surnom du siège du renseignement, à Vauxhall Cross)... quand le JPEG de votre auguste personne a surgi. Il a failli en lâcher son cappuccino. Vous transmet son bon souvenir, d'ailleurs. M'a eu l'air de grandement vous apprécier.

Sinclair était le laquais de Lithiby. Celui qui m'avait conduit en voiture à cet ultime rendez-vous, dans ce repaire à Londres, le soir où ils avaient tué Kate. Prétendait m'admirer. M'avait certifié que, d'après lui, tout irait bien pour moi.

– Donc, vous avez lu ma fiche ? C'est comme cela que vous êtes au courant, pour JUSTIFY ?

– Naturellement. Introduit votre nom dans le sommier criminel central et j'en ai sorti *Guerre et Paix*, au complet, et dans le texte. Enfin, en l'occurrence, je devrais plutôt parler de *Crime et Châtiment*.

Kitson est du style à posséder un sens de l'humour un peu hautain, comme s'il était incapable de prendre quiconque ou quoi que ce soit trop au sérieux.

– Une sacrée histoire, jamais entendu parler de ça auparavant. Vous êtes resté azimuté un petit temps, Alec,

Charles Cumming

et ensuite vous avez mis les bouts. Flûte. Personne ne savait où vous étiez passé. Certaines rumeurs vous localisaient à Paris, d'autres à Saint-Pétersbourg et à Milan. Personne ne vous avait repéré à Madrid jusqu'à mardi dernier.

Je ne sais pas si je dois m'estimer offensé que Kitson n'ait jamais entendu parler de moi ou enchanté que six années de contre-surveillance aient porté leurs fruits. Au total, je suis trop ébranlé, trop tourneboulé.

– Et c'est pourquoi vous êtes ici ? Pour me ramener ?

– Vous ramener ?

Il prend la première sortie vers la M30, dans le sens des aiguilles d'une montre, la direction de Valence, sans quitter la route des yeux, comme si je délirais.

– Alec, tout cela remonte à très, très longtemps. De l'eau a coulé sous les ponts. Vous n'avez pas créé de vagues, vous n'avez jamais été un problème. Vous avez respecté votre part du contrat, nous avons respecté la nôtre.

– Vous voulez dire que vous avez fait assassiner Kate Allardyce, oui ?

Il y a un moment de silence, le temps pour Kitson d'examiner les différentes voies qui s'offrent à lui. Il doit savoir, pour Kate, à moins qu'ils n'aient tout étouffé. Il me vient à l'idée que notre conversation est presque certainement enregistrée.

– Là-dessus, vous avez eu tort, me lâche-t-il enfin, d'une voix très posée, très ferme. Totalement tort. John Lithiby souhaitait que je tire cela au clair avec vous. Ce qui est arrivé à votre fiancée, c'était un accident, point final. Le chauffeur était ivre. Le Foreign Office, les Cousins, de l'autre côté de l'Atlantique, ni eux ni nous n'avons rien eu à voir là-dedans.

– Que des conneries !

Je fixe le regard au-dehors, où défile une succession sans fin de barres en béton, de ponts routiers et de rangées d'arbres. Quelqu'un a suspendu une banderole au-dessus de l'autoroute, avec ce slogan bombé en noir : « ETA – Non ! »

– Vous ne connaissez pas l'histoire complète. Ils ne veulent pas que vous la connaissiez. Les Ricains l'ont fait tuer et Elworthy a reçu l'ordre d'étouffer l'affaire.

– Elworthy est mort.

– Mort ? Comment cela ?

– Cancer du foie. Il y a deux ans.

Je suis resté éloigné si longtemps.

– Alors, interrogez Chris Sinclair. Il sait ce qui s'est réellement passé.

– Je n'en ai pas besoin. Je détiens la preuve.

Cette fois, la réponse de Kitson est rapide, une réplique dûment répétée. Il change pour une voie de circulation moins rapide, comme pour souligner la gravité de ce qu'il est sur le point de me révéler.

– Quand nous en aurons l'occasion, je pourrai vous montrer le rapport d'accident. Il y avait des gens présents à cette soirée qui ont supplié Kate de ne pas monter dans la voiture. Son ami... William, n'est-ce pas ?... il avait absorbé pas mal de poudre colombienne et il avait bu presque deux bouteilles de vin à lui tout seul. C'était un jeune crétin de vingt-trois ans, c'est aussi simple que ça et il a tué cette fille, par sa faute.

– Ne parlez pas de Kate sur ce ton-là, d'accord ? Abstenez-vous. Si Will avait de l'alcool et de la drogue dans l'organisme, c'est la CIA qui l'a poussé à les ingurgiter. C'était une opération de couverture standard, destinée à protéger ces putains de relations entre les Cousins et nous. Ils ont tripatouillé les freins, une voiture a pe cuté Kate et Will, et les a éjectés de la route. Point final.

Kitson garde le silence un long moment. Il sait que ce qu'il vient de me raconter m'a mis en colère, m'a bouleversé. Il sait sans doute aussi que j'ai envie de le croire. Alec Milius a été jadis un patriote qui croyait son gouvernement incapable de tuer les gens par souci de convenance politique. Alec Milius a envie d'être remis dans le circuit.

– Alors, pourquoi vous intéressez-vous à Sellini ?

Nous sommes maintenant juste au sud de Las Ventas, le ciel commence à s'assombrir et les phares à s'allumer tout autour de nous. Je n'ai aucune envie que la conversation s'embourbe dans la mort de Kate. Pas encore. Je poursuis :

– C'est quoi, cette histoire de vente d'armes et de drogue ?

– Abel Sellini n'existe pas.

Kitson sort une cigarette d'un paquet de Lucky Strike qui traîne sur la planche de bord et m'invite à me servir en allumant la sienne, tandis que je refuse.

– C'est un nom de guerre. Le vrai nom de Sellini, c'est Luis Felipe Buscon. Ancien combattant des Services secrets portugais, il a servi en Angola et il est devenu maintenant un mercenaire international avec tellement de marrons au feu qu'il ne sait plus où donner de la tête. C'est le grand manitou des sans-adresse-fixe, il opère comme intermédiaire pour toutes les organisations criminelles ou terroristes qui ont les moyens de le loger dans des hôtels élégants comme la Villa Carta. Nous le pistons depuis que nous avons reçu un tuyau concernant une livraison d'armes qu'il a achetées en toute illégalité à une organisation criminelle opérant à partir de la Croatie.

Pour que le Six soit impliqué, il faut que la livraison soit en route pour les îles Britanniques. Mais quel est le rôle de Rosalía dans tout cela ?

– Un tuyau qui provient d'où ?

Kitson me lance un regard de travers.

– Cette information nous a été fournie par une source protégée. Et maintenant, vous, en quoi vous intéresse-t-il ?

– Pas encore. J'ai besoin d'en savoir davantage. J'ai besoin de savoir pourquoi j'ai été suivi et pourquoi vous m'avez bloqué.

Il est difficile de dire si Kitson est impressionné par cette démonstration d'entêtement, mais il répond à ma question avec une franchise laissant croire qu'il se fie à moi et sait que, d'instinct, je suis dans le camp des anges gardiens.

– Je suis ici dans le cadre d'une opération officieuse du SIS visant à pister Buscon. L'officier de liaison local ne sait rien de tout ça, donc s'ils l'apprennent, je saurai qui en tenir responsable.

Cette dernière remarque me vaut un regard noir et noyé de fumée, un changement d'attitude, chez Kitson, véritablement effrayant.

– Les Irlandais et les Croates s'entendent comme larrons en foire. Toujours été le cas. Appelez cela une antipathie partagée envers leurs voisins. Pour les Irlandais, ce sont ces foutus British, pour les Croates, les Serbes, ces meurtriers. Donc, ils ont un tas de choses en commun, beaucoup de sujets de parlote devant un verre de Guinness. Nous avons su que Buscon était mêlé à ce que l'on a appelé, c'est un euphémisme, un projet humanitaire à Split. Sauf que Luis ne se souciait pas trop de nourrir les pauvres. Ce qui l'intéressait, c'était la livraison de ces armes entreposées dans une grange à foin de l'arrière-pays ultranationaliste, dont l'affectation n'avait rien de romantique. Donc, au nom de l'IRA « véritable », la branche dissidente, il a ordonné un enlèvement de la marchandise.

– Et maintenant, les armes sont ici, en Espagne ? À Madrid ? Elles ont disparu ?

– Là encore, je ne suis pas autorisé à discuter de cela. Tout ce que je peux vous affirmer, c'est que Buscon entretient des contacts avec des groupes du crime organisé structurés un peu partout en Europe. Ces armes pourraient être acheminées en direction de la mafia albanaise, des Turcs de Londres, des Russes, des Chinois. Le scénario catastrophe, ce serait une cellule islamiste possédant assez d'explosifs pour arracher la porte du 10 Downing Street et la propulser dans le Berkshire.

– Merde alors !

– En effet. C'est pourquoi nous avons besoin de comprendre ce que vous fabriquiez, à épier la conversation de M. Buscon avec Rosalía Dieste, à l'Irish Rover, vendredi dernier.

– Vous étiez là ?

– Nous étions là. Nous contrôlions Buscon et nous étions incapables de saisir si vous étiez là en officier de liaison ou juste en touriste solitaire amateur de Bon Jovi.

– Où étiez-vous assis ?

– Pas très loin de vous. Nous avions de grandes oreilles fixées sous la table, il a fallu des heures d'installation, mais à la dernière minute le micro est tombé en rade. En fait, j'étais jaloux de vous voir si près d'eux. Et je crevais d'envie de comprendre qui vous étiez.

– Et les deux types devant, dans la Seat Ibiza verte ? Ils faisaient tapisserie ?

Là, Kitson part dans une embardée qu'il a du mal à contrôler, et il doit se concentrer sur sa conduite.

– Très bien, Alec, approuve-t-il. Très bien. Vous n'en êtes pas à votre coup d'essai.

– Et cet homme d'âge mûr qui a pris le deuxième taxi, à l'hôtel ? Cheveux gris, costume rayé. Il me filait au Prado le week-end dernier.

— Tout à fait possible. Tout à fait possible.

Kitson m'apprécie. Je le sens. Il ne s'était pas attendu à un tel niveau de compétence. Mon dossier chez eux me présente sans doute sous un jour minable, un agent style David Shayler, qui dénonce par voie de presse l'incompétence de ses supérieurs, mais tout ça, ce n'est jamais que mon pedigree sur papier.

— Alors, que fabriquiez-vous là-bas ? Quel rapport avez-vous avec cette fille ?

— Je pense qu'elle pourrait être impliquée dans le meurtre d'un homme politique du Pays basque, Mikel Arenaza. Un membre de Herri Batasuna.

— L'aile politique de l'ETA ?

— Exactement.

— Jamais entendu parler de lui.

La réplique de Kitson est sans détour, mais on sent que sa cervelle passe déjà au crible les implications de la chose. ETA. IRA « véritable ». Des armes qui ont disparu de la circulation.

— Arenaza s'est volatilisé le 6 mars, il y a un peu plus de trois semaines. (Sans demander la permission, je prends une cigarette dans le paquet de la planche de bord et je l'allume.) Vous n'avez rien lu à ce propos dans les journaux ?

— Eh bien, nous avons tous été assez pris...

— Rosalía était la maîtresse d'Arenaza. Autant que je sache, personne n'est au courant de cette information. Il était marié et n'avait aucune envie que sa femme le découvre.

— Compréhensible, vu les circonstances. Alors pourquoi vous en a-t-il parlé ?

— Pourquoi les gens confient-ils ceci ou cela ? Alcool. Camaraderie. La mienne est plus grosse que la tienne.

Le briquet lâche une menue détonation, et je tire la première bouffée de cigarette, tellement délicieuse.

– Mikel et moi étions supposés prendre un verre quand il viendrait à Madrid pour rendre visite à Rosalía. Sauf qu'il ne s'est jamais montré. J'ai découvert où elle travaillait, je l'ai suivie à l'Irish Rover et j'ai été témoin de sa conversation avec Buscon. Comme ça m'avait l'air important, j'ai filé Buscon jusqu'à l'hôtel.

– Où vous avez soudoyé Alfonso González.

– Comment le savez-vous ?

– Vous n'êtes pas le seul à émarger chez lui, Alec.

Kitson s'éclaircit la gorge pour contenir un sourire.

Grâce à nous deux, le señor González a gagné assez d'argent pour s'acheter une petite villa dans l'Algarve.

– Donc, c'est vous qui lui avez donné pour instruction de m'appeler aujourd'hui ? Vous qui avez tout monté ?

– Que puis-je vous répondre ? Sa Majesté britannique possédait davantage de moyens que vous pour peser sur la situation. Maintenant, parlez-moi de la fille.

Je marque un bref silence, le temps d'assimiler la trahison d'Alfonso, mais cela n'aurait aucun sens de s'en irriter. Subitement, mes doutes sur la disparition d'Arenaza, ces longues journées et ces longues nuits de filature avec Rosalía, l'argent dépensé en surveillance, tout cela me paraît avoir payé. Je suis de nouveau au centre de l'action. Et cette sensation est électrisante.

– Rosalía Dieste a trente-quatre ans. Elle vit avec son compagnon dans un appartement situé à environ huit cents mètres à l'est de Bernabéu...

– Nous le savons.

– Elle a reçu une formation d'ingénieur industriel, spécialisée dans l'énergie nucléaire.

– L'énergie nucléaire ?

– Vous ne le saviez pas ?

– Non.

– Vous croyez que cela pourrait être important ?

– Possible. Il va falloir que je dispose de tout ça couché sur le papier.

Kitson contrôle l'angle mort dans son rétroviseur et tousse. Visiblement, ce que je viens de lui apprendre est une nouveauté utile.

– Nous aurions besoin que vous veniez nous noter tout ça par écrit, insiste-t-il. Pas d'objection ?

Donc, la conversation n'était pas enregistrée.

– Aucune.

La M30 passe sous un pont de pierre en ruine et nous sommes brièvement pris dans un ralentissement. Devant, sur la droite, j'aperçois les contours du stade Vicente Calderón. L'air du soir, au-dessus de l'édifice, est éclairé par les projecteurs. L'Atlético doit jouer à domicile.

– Rosalía a quitté son poste dans la société où elle travaillait quelques jours après l'arrivée d'Arenaza à Madrid. Il n'y a aucune preuve matérielle susceptible de les relier l'un à l'autre, pas même un relevé téléphonique, mais je suis convaincu qu'elle est bien la fille dont m'avait parlé l'élu basque.

– D'où tenez-vous cette information au sujet des relevés téléphoniques ?

– C'est que j'ai payé quelqu'un pour éplucher son environnement.

Comme si cela s'inscrivait dans le cours normal des choses, Kitson se contente d'opiner et accélère pour s'immiscer dans une file plus rapide. Il me semble s'adapter à la conduite sur les routes espagnoles, gagnant en assurance au fur et à mesure du trajet.

– Les détectives privés ont découvert que le beau-père de Rosalía avait été assassiné lors d'un attentat à la voiture piégée perpétré par l'ETA en 1983. C'était un policier, elle avait beaucoup d'affection pour lui. Pour moi, il est évident qu'elle a attiré Arenaza à Madrid en l'enjôlant...

    – ... pour venger la mort du beau-père, oui. Mais quel est le rapport avec Buscon ?

    – Je n'en ai pas la moindre idée.

    – D'instinct, que diriez-vous ?

    – D'instinct, je dirais que je ne dois pas me fier à mon instinct. (L'homme du SIS goûte cette repartie et rit doucement, un rire dans le masque.) Tout ce que je suppose, c'est qu'elle l'a engagé pour tuer Arenaza.

    – Très improbable.

    – Pourquoi ?

    – Pas le genre de coup sur lequel irait se mettre Luis. Trop imbu de sa propre personne pour se salir les mains. Plus vraisemblablement, il existe un lien entre eux deux, un lien à part, sans rapport avec le reste, ou alors elle fait partie d'une conspiration à plus grande échelle. Tout cela est fort utile, Alec. Je vous en suis très reconnaissant.

Autrement dit, il m'envoie promener. Nous allons refaire le tour jusqu'à la Plaza de España, et je ne le reverrai plus jamais.

    – Je n'ai pas envie d'être mis sur la touche, lui répliqué-je, subitement conscient d'avoir livré trop d'informations, trop vite, et d'être privé de monnaie d'échange. Je souhaite poursuivre dans cette affaire, Richard. Je crois pouvoir être d'une certaine aide.

Kitson ne réagit pas. Que je l'aie appelé Richard, cela a pu le froisser.

    – Où êtes-vous installé ?

    – Je suis ici avec une équipe de huit personnes.

    – Des techniciens opérationnels ? Des lampistes ?

Je veux lui montrer que je connais le jargon, je veux lui prouver mon utilité.

– Quelque chose de cet ordre. Nous avons loué un appartement à Madrid pour la durée de l'opération, un lieu de rendez-vous à l'écart de l'action, m'explique-t-il, puis il me demande, comme si cette pensée lui venait à l'instant :

– Comment se fait-il que les Espagnols ne soient pas au courant pour Rosalía ? Si cet homme est porté disparu depuis trois semaines, vous n'auriez pas dû aller avertir la police ?

C'est une question gênante, et qui vise sans doute à renverser les rôles. Va-t-il s'en servir comme d'un moyen de pression pour assurer mon silence ?

– Je viens de découvrir le lien avec l'ETA jeudi dernier.

Kitson a l'air d'accepter cette réponse, bien que j'aie totalement esquivé la question. J'ajoute :

– Lundi, un journaliste basque qui travaille sur cette disparition va me rappeler et je vais lui livrer le fond de l'histoire.

– Je ne vous le recommande pas, dit-il avec beaucoup de fermeté. Je ne peux pas courir le risque de voir un journaleux creuser autour de Buscon. Les gouvernements hôtes n'apprécient guère que nous nous mêlions de recomposer le paysage local. Si ce journaliste rappelle, enfumez-le, qu'il perde la piste, tenez-le à distance. S'il y a bien une chose que je veux éviter, c'est un retour de flamme.

C'est la première fois que je sens Kitson vaguement ébranlé. Il prend une sortie indiquant la direction de Badajoz et se colle derrière un Ford Transit rouge. C'est cela, le stress de l'espion, les variables, la menace constante de la révélation publique, de la mise à nu. Dans de telles circonstances, conduire une équipe en terre étrangère doit être épuisant.

– Je vous le concède. Mais Zulaika est accrocheur, il fourre son nez partout. De tous les journaux espagnols, *Ahotsa* est celui qui a maintenu l'affaire Arenaza dans l'actualité.

– Zulaika ? C'est son nom ?

– Oui. Patxo Zulaika. Très jeune, très ambitieux. Un vrai con.

Kitson a un petit sourire narquois.

– Alors, ignorez-le. Ne lui opposez que des démentis. Vous êtes manifestement un gars qui a de la ressource, Alec. Vous allez réfléchir à un moyen, vous allez faire ça pour moi.

– D'accord.

– Quand il appelle, tenez-moi au courant, d'accord ? Je vais vous laisser mon numéro.

Après quoi, la conversation aborde la question de ma déclaration sous serment. Kitson a besoin d'une déposition écrite détaillant la nature de mes relations avec Arenaza, Buscon et Rosalía. Il me demande de la rédiger dans la soirée, et me propose de nous retrouver le lendemain pour que je la lui remette, au McDonald's de la Plaza de los Cubos.

– Neuf heures, pour vous, ce serait trop tôt ? Nous pourrions nous offrir un solide petit déjeuner.

Je lui réponds que cela me convient et ce n'est que lorsque nous nous arrêtons Plaza de España qu'il revient à la discussion sur l'opération.

– Il reste encore un point avant que vous ne vous fondiez dans la nuit.

– Oui.

Je suis debout, contre la Citroën, penché à la fenêtre côté passager. Nous sommes au milieu du *paseo* et il y a des centaines de passants qui circulent là, à cette extrémité ouest de Gran Vía, des familles qui marchent à six de front sur le trottoir pour faire étalage de leur descendance, petits-enfants compris.

— Le nom de Francisco Sá Carneiro vous dit-il quelque chose ?

— Francisco Sá Carneiro ?

— Nous considérons qu'il pourrait y avoir un lien avec Buscon. Selon nous, il serait sur le point de le rencontrer.

Je ne peux réprimer un sourire moqueur, cela me démange trop. Surprendre le Six en flagrant délit sur une erreur de détail aussi grossière. La réponse que je vais lui offrir ne peut que militer en ma faveur.

— Buscon n'ira rencontrer personne.

— Ah non ?

— Il part pour Porto. Sá Carneiro était un politicien portugais. Il est mort voilà vingt ans. Ils ont donné son nom à l'aéroport de Porto. À demain, Richard. Pour moi, ce sera un œuf McMuffin.

26. Sacrifice

En réalité, nous ne nous retrouvons que pour cinq minutes. Kitson me serre la main, à côté d'une silhouette découpée grandeur nature du père fondateur, Ronald McDonald, prend l'enveloppe en papier kraft dans laquelle j'ai glissé ma déposition écrite et part en invoquant le prétexte d'une « obligation urgente » à Huertas. Il est évident que le Cinq ou le Six l'ont mis en garde contre moi. Après tout, je suis une marchandise avariée, *persona non grata*, à l'instar de figures du renseignement telles que Stella Rimington, Richard Tomlinson et David Shayler. Avec ces gens-là, on ne vous accorde qu'une seule chance, et si vous la gâchez, c'est sans espoir de retour. Ce sont les règles du club, ils ne savent pas procéder autrement.

Je prends mon petit déjeuner chez Cáscaras et j'attends toute la semaine que Zulaika me rappelle. Comme il ne me contacte pas, je commence à redouter le pire. Soit il est venu s'ajouter à la liste des victimes de Buscon, soit Kitson, pris de panique en raison de l'intérêt qu'il manifeste pour cette opération, a embauché une dizaine de costauds à Bilbao afin de le contraindre à lâcher prise. À mesure que les journées passent, je finis par avoir le sentiment que ma rencontre avec le monde du secret est arrivée brutalement à son terme, comme une vieille histoire d'amour que l'on ravive avant de moucher la flamme trop rapidement. Mais Zulaika finit par reprendre contact. À 8 heures précises, le matin du lundi 7 avril, dix jours après que je lui ai laissé mon premier message, il m'appelle sur mon Nokia. Qu'est-ce qu'il a, Zulaika, avec ses coups de fil matinaux ? Je suis profondément endormi dans mon lit, et je tends le bras pour récupérer l'appareil au fond de la poche de ma veste, me froissant un muscle du dos par la même occasion.

Son nom s'affiche à l'écran et je gagne du temps en le laissant enregistrer son message :

```
Oui, ici Patxo Zulaika, qui répond à l'appel
d'Alec Milius. J'ai été absent, en congé avec ma
famille, et je n'ai pas emporté mon téléphone du
journal. Rappelez-moi à ce numéro, je vous prie, dès
que cela vous sera possible, votre information
pourrait être importante.
```

La voix est telle que je me la remémore – monocorde, suffisante, ça se croit tout permis – et exerce aussitôt sur moi un effet irritant. Intéressant qu'il ait pris une semaine de vacances en plein dans cette affaire de disparition d'Arenaza. De grandes manifestations contre la guerre en Irak ont eu lieu dans tout le Pays basque, qu'il aura sûrement voulu couvrir, lui aussi. Peut-être a-t-il renoncé à son article sur le sujet, ou l'a-t-on lancé sur une affaire plus récente. Je prépare ma réponse, je m'installe dans le canapé avec une tasse de café fort et je l'appelle, juste après 10 heures.

– Monsieur Zulaika ?

– Oui ?

– C'est Alec Milius.

– J'espérais que vous me contacteriez plus tôt. Vous disiez posséder une information.

Toujours cette même attitude exaspérante, dénuée de la plus élémentaire correction, chaque phrase réussissant à exprimer à la fois la critique et l'arrogance. Cela me donne aussitôt envie de contrecarrer ses plans et j'éprouve une bouffée de gratitude envers Kitson, qui m'a donné son blanc-seing.

– Au fait, bonjour à vous également, monsieur Patxo.

Il ne saisit pas la tonalité sarcastique de ma réponse.

– *Qué ?*

– Rien. Je vous disais juste bonjour. Vous êtes toujours si impatient d'en venir au fait. Toujours pressé.

– Eh bien, je suis occupé, alors ceci explique peut-être cela. Donc, de quoi vous êtes-vous souvenu ?

– Enfin, ce ne sera peut-être d'aucune utilité, mais bon, voyons quand même.

Un temps de silence, que je prolonge pour ménager mon effet, comme si je m'apprêtais à lui divulguer une information d'une immense importance au plan national.

– À un certain moment de la soirée avec M. Arenaza, il a abordé le sujet de la cuisine basque. J'étais allé au restaurant Arzak, juste à l'entrée de Saint-Sébastien, vous savez, pour un déjeuner d'affaires, et j'ai dégusté là-bas sans doute la meilleure cuisine que j'aie jamais...

– Oui, oui...

– En tout cas, je suis à peu près certain d'avoir entendu Arenaza me confier qu'il appréciait tout particulièrement un restaurant basque à Madrid où l'un de ses amis était premier chef de cuisine. L'ennui, c'est que je suis absolument, mais totalement, incapable de me rappeler le nom de l'endroit. Ce devait être vers Malasaña, quelque chose qui commence par un D ou un B, enfin, ce que je vous dis là, c'est vraiment au petit bonheur la chance. Je suis allé me balader par là et j'ai cherché dans les *Páginas Amarillas*, je ne voulais pas que vous perdiez votre temps, mais il m'a été impossible de le retrouver. Cela vous serait utile ? Cela aurait-il un lien quelconque avec vos investigations ?

Il s'ensuit un silence qui s'éternise, suscité, je le suppose, par une prise de notes endiablée, à l'autre bout du fil. Ce sera un plaisir de lancer Zulaika sur une fausse piste. J'espère qu'il va y consacrer les trois prochaines semaines et qu'on va le licencier pour avoir fait perdre son temps à la rédaction d'*Ahotsa*.

— Pourquoi ne me l'avez-vous pas mentionné dès notre premier rendez-vous ? s'enquiert-il enfin. Cela ne ressemble pas à une information que vous auriez été susceptible d'oublier.

— Ah non ? (Zulaika a toujours douté de mon intégrité, senti que j'avais quelque chose à cacher.) Eh bien, je ne sais pas trop quoi répondre à cela, Patxo. Voyez vous, j'avais bel et bien oublié. Mais je pensais pouvoir vous rendre service en vous informant.

— Peut-être un service, oui, répond-il calmement, comme si je n'existais pas, peut-être, oui. Y avait-il autre chose ?

— Non, il n'y avait rien d'autre. Avez-vous réussi à retrouver la trace d'Arenaza ? (Tant qu'à l'avoir au bout du fil, rien ne m'interdit de prendre la température de ses investigations.) Dans les journaux, j'ai l'impression que l'histoire a un peu disparu.

— Nous partons de l'hypothèse qu'Arenaza est mort, me rétorque-t-il sans ménagement. Moi, je travaille dans un autre registre, mais il se peut que cela ne débouche sur rien du tout.

— Oh ! Et de quoi s'agit-il ?

Il me semble peser le pour et le contre, l'intérêt de me mettre dans la confidence, avant de conclure qu'il ne peut rien en sortir de dommageable.

– Une carte SIM qui appartenait à Arenaza, à ce que nous croyons. Elle a été découverte par la police à l'intérieur d'une paire de chaussures, à son domicile de Donostia. Un certain nombre d'appels ont été passés à une société d'ingénierie, à Madrid, et vers une ligne portable non identifiée, mais jusqu'à présent nous n'avons pas été en mesure de découvrir à qui il avait téléphoné.

– Ce n'était pas juste pour affaires ?

Mon cœur s'est mis à battre à toute vitesse. D'ici quelques jours, la carte SIM va relier Arenaza à Rosalía. Je me souviens des propos de Bonilla : *Je sais d'expérience que les gens se servent d'un téléphone portable tenu secret, dont leur partenaire ignore l'existence.* Je risque :

– Vous pensez qu'il existerait un lien de nature plus personnelle ?

– Pas impossible.

Dans le silence qui suit, je crains que Zulaika ne se soit arrêté sur cette dernière question et ne l'ait interprétée correctement. Il était imprudent de ma part d'employer le terme « personnel », une allusion susceptible de suggérer une liaison avec une autre femme.

– Mikel vous a-t-il dit quoi que ce soit à ce sujet ? veut savoir Zulaika. Vous a-t-il posé la moindre question au sujet d'une société qui s'appelle Plettix ?

Je joue les imbéciles. Je n'ai pas le choix.

– Non.

– Et à propos de Txema Otamendi ?

Mardi dernier, Otamendi, un ancien commandant de l'ETA, a été abattu à son domicile, dans le sud de la France, par un agresseur non identifié. On ignore s'il s'agit d'un meurtre consécutif à une lutte intestine au sein de l'ETA ou s'il a été simplement victime d'un cambriolage qui aurait mal tourné. Ne voulant pas paraître m'intéresser de trop près aux questions basques, je demande :

– Pardon, qui ça ?

– Txeman Otamendi a été membre d'Euskadi ta Askatasuna, me répond-il, reprenant de manière pompeuse l'intitulé officiel de l'ETA. Il a été tué la semaine dernière. Vous l'ignoriez ? Tout le monde est au courant.

– Je ne regarde pas vraiment les infos.

– Eh bien, j'essaie d'établir un lien avec Arenaza qui aille au-delà de leurs anciennes relations au plan politique. Donc, si vous avez d'autres souvenirs à retardement du même ordre, Alec, vous songerez à me rappeler, le cas échéant.

Je ne saisis pas pourquoi Zulaika me traite avec une telle condescendance. Me croit-il stupide ? Le mensonge à propos du restaurant basque n'a clairement pas su éveiller son intérêt, et il doit s'imaginer que je lui fais perdre son temps. Ainsi soit-il. Je lui réponds : « Évidemment, évidemment », et je lui souhaite « toute la chance du monde », en ajoutant que c'était un plaisir de lui reparler.

– Moi de même, me fait-il, et il raccroche.

Mais là, j'ai un problème. Dois-je aviser Kitson de notre conversation ? C'est assurément un moyen de ranimer la relation avec le SIS, mais le contexte est inapproprié. Ne jamais annoncer de mauvaises nouvelles que vos interlocuteurs n'ont pas à connaître. L'intérêt de Zulaika pour Arenaza n'affectera en rien Kitson et sa recherche des armes, et ne fera que renforcer ma résolution de ne pas m'impliquer dans de futures tractations. Il est inutile, à ce stade, d'affaiblir encore davantage ma position vis-à-vis du Six. Je dois attendre d'avoir des éléments concrets à leur fournir, de quoi rendre mon intervention irréversible. En outre, depuis que j'ai remis ma déposition écrite, ils n'ont manifesté aucune intention de rétablir le contact. Pourquoi devrais-je me montrer loyal envers une organisation qui ne m'a témoigné aucune loyauté ?

27. Une tombe à fleur de terre

Le corps de Mikel Arenaza fut découvert six jours plus tard, enseveli dans une fosse peu profonde, à environ cent trente kilomètres au nord-est de Madrid. Julian m'appela à la maison et me demanda si je regardais les infos.

– Ils l'ont trouvé, m'annonce-t-il d'une voix brisée, apparemment sous le choc.

Je crois pouvoir entendre Sofía pleurer derrière lui.

La télévision espagnole ne nous épargne rien. Des plans diffusés en direct juste après 11 heures montrent ce qui semble être le bras d'Arenaza, recouvert de mottes de terre, dépassant du sol, dans un terrain vague au pied d'une basse colline. On l'exhume de la terre humide ; son corps est mou, très lourd, et la peau est d'une pâleur si fantomatique que je me sens la gorge sèche, comme une souillure de culpabilité. La police s'affaire autour du corps nu, avec ses sacs noirs et les rubalises qu'elle déploie tout autour du périmètre. Quelques villageois se tiennent en retrait pour observer la scène, certains en sanglots, d'autres simplement curieux. Le présentateur explique que le corps a été trouvé à l'aube par une secrétaire sur le parcours de son jogging matinal. Bien que recouvert de chaux vive, il a été identifié comme étant celui de Mikel Arenaza, élu de Herri Batasuna, et la famille a été tenue informée à Saint-Sébastien. Ensuite, la chaîne renoue avec le flot des nullités télévisées quotidiennes de la journée, pour un talk-show avec un animateur et un chef barbu occupé à préparer un couscous de légumes grillés. La vie continue.

Le nom du village le plus proche a été mentionné – Valdelcubo – et je saute immédiatement dans ma voiture, direction le nord, par la N1. J'atteins les abords de l'endroit vers 2 heures. En route, j'appelle Kitson sur son portable, et je lui apprends la mauvaise nouvelle.

– Alec. Je pensais justement à vous. J'allais vous appeler plus tard dans l'après-midi.

Cela m'a tout l'air d'un mensonge, mais je n'en tiens pas compte.

– Vous avez entendu ?

– Entendu quoi ?

– Ils ont trouvé Arenaza. Ils ont trouvé son cadavre.

– Oh, bon Dieu ! Où ?

Je lui livre le peu de renseignements que j'ai recueillis en regardant la télévision et lui explique que je suis en route pour la scène du crime.

– Vous y allez vous-même ? Est-ce une bonne idée ?

Je ne comprends pas vraiment la nature de la question, et je lui demande ce qu'il entend par là.

– Enfin, c'est assez évident. Vous êtes impliqué dans cette histoire, Alec. Vous déteniez sur Rosalía Dieste des informations que vous n'avez pas communiquées à la police espagnole. Si vous vous pointez devant la tombe, les gens risquent de se demander qui vous êtes. Il se pourrait que des photos de vous paraissent dans la presse. La Guardia Civil va certainement vouloir vous poser des questions.

En quoi cela regarde-t-il Kitson ?

– Je cours le risque, lui fais-je.

– Écoutez, je vais me montrer franc. Buscon a atterri à Porto et nous le tenons à l'œil. Grâce à vous, nous avons des gens qui creusent de nouveaux aspects de son entourage, qui essaient d'y voir clair dans sa relation avec cette fille. Concernant cette mission, par la suite, vous pourriez vous révéler indispensable. Londres risque d'avoir besoin de vous. Donc, vous ne pouvez pas vous permettre de vous faire remarquer de manière aussi visible, pas dans un endroit aussi sensible que Valdelcubo.

Il prononce le nom de ce village comme s'il lui était déjà familier. Je me demande si Kitson ne me cache pas quelque chose. Il est possible qu'il ait su où se trouvait le corps avant mon appel. En tout état de cause, quel rôle éventuel serais-je en mesure de jouer dans le cadre d'une investigation du SIS ? Je suis brûlé. Londres n'a pas besoin de moi. Kitson craint juste que je mange le morceau concernant son opération, si jamais la police judiciaire locale me met sous pression.

– Richard, je ne vous suis pas vraiment, là. Je vous ai dit ce que je savais. Je vous ai couché le tout par écrit. Qu'attendez-vous de plus de ma part ? Je veux juste me rendre dans ce village et constater la situation par moi-même. Appelez cela une quête personnelle. Ou bien une façon de tourner la page.

Il y a un long silence, le temps pour lui de mettre de l'ordre dans ses pensées. J'arrête l'Audi sur la bande d'arrêt de l'autoroute, et j'allume les feux de détresse.

– Très bien, fait-il. C'est manifestement le moment de mettre les choses au point.

Avec le grondement de la circulation, il est difficile de percevoir s'il est seul ou non.

– Tout le monde a été très impressionné par la qualité de vos résultats concernant Rosalía, Alec. Très impressionné. Maintenant, il y a certaines personnes, à Londres, qui ne veulent plus me voir fricoter avec vous, et je suis convaincu que cela n'est pas de nature à vous surprendre. Mais, en même temps, certains d'entre nous considèrent que nous devrions passer l'éponge sur le passé et vous réintégrer dans nos rangs, dès que possible. Les rares individus de votre âge et de votre qualité dont nous disposons sont déjà occupés à travailler d'arrache-pied sur d'autres affaires. Vous me comprenez. Nous sommes à la limite de nos capacités en personnel. Vous connaissez le pays, vous parlez la langue, vous abordez cette affaire sous un angle qui s'est déjà révélé très fructueux. Je me soucie de ne pas vous voir tout compromettre en faisant une bêtise.

Il est sûr que certains de ces messieurs des bureaux de Thames House et de Vauxhall Cross connaissent exactement la façon de penser d'Alec Milius. John Lithiby, et d'un. Michael Hawkes, et de deux. Ils savent que pour m'amener à surmonter mes scrupules à travailler pour le Cinq ou le Six, et pour s'assurer de ma loyauté renouvelée à la Couronne, il serait nécessaire de prononcer plus ou moins précisément les paroles que vient de proférer Richard Kitson. *Certains d'entre nous considèrent que nous devrions passer l'éponge sur le passé et vous réintégrer dans nos rangs dès que possible. Nous avons été très impressionnés par la qualité de vos résultats concernant Rosalía, Alec. Très impressionnés.* Ce sont les cordes sensibles sur lesquelles il conviendrait de jouer. Le flatter, lui donner la sensation qu'il est unique. Mettre en valeur tout l'attrait du grand jeu. Kitson s'exécute si parfaitement de cette mission que j'en ressens presque un frisson d'excitation à m'en faire tourner la tête, proche de ce sentiment miraculeux de soulagement, devant l'éventualité d'être à nouveau admis dans le cénacle. Il n'est pas exagéré de dire que ses propos agissent comme un baume qui efface momentanément tous les sentiments de désespoir et de culpabilité que je pourrais éprouver en raison de la mort d'Arenaza. Mais il faut sûrement rester prudent ; en effet, c'est ce qu'ils souhaitent m'amener à ressentir. Je dois me raccrocher à mon cynisme, à mes souvenirs de Kate et Saul. Ne laisse pas ces types revenir te ramper sous la peau. Ne les laisse pas revenir dans ta vie.

– Vous voulez que je travaille pour vous ? Vous dites que vous me jugez de nouveau utile ?

– Oui, c'est précisément ce que je vous dis.

Kitson évoque tout cela d'une manière très dégagée. Il pourrait aussi bien parler d'un film qu'il a regardé la veille, d'un plat qu'il a mangé. Pour lui, cette idée de ma réhabilitation est aussi logique et aussi prévisible que le lever du soleil le lendemain matin.

– Vous n'y croyez pas vous-même ? Vous n'aimeriez pas voir la chose se produire ?

– Eh bien, vous comprendrez sans nul doute que je reste un peu cynique, dès lors qu'il s'agit de me fier aux gens qui sont dans votre partie. Cela me crée un problème de motivation.

Kitson ne rit plus.

– Naturellement, admet-il... À cause de Kate ? ajoute-t-il enfin, après un silence.

La question n'est pas dénuée de finesse. Il m'a déjà livré sa position officielle sur l'accident de Kate. Soit j'accepte sa parole, soit il y aura une rupture fondamentale de la confiance entre nous. Si tel est le cas, notre relation pourrait bien parvenir à son terme avant même d'avoir débuté. Aucun agent du renseignement ne travaillera avec une source qui doute de lui. Le scepticisme, c'est le cancer des espions.

– Ce qui est arrivé à Kate a été sans nul doute la cause principale de ma perte de confiance.

Un poids lourd frôle ma portière à grande vitesse et secoue l'Audi dans un violent déplacement d'air. Je songe à Saul et j'imagine sa réaction s'il pouvait m'entendre avoir cette conversation.

– À cause de ce qui s'est passé, à cause de tout ce qui a mal tourné, j'ai dû vivre en exil pendant six ans, dis-je en essayant de ne pas me montrer trop emphatique, trop mélodramatique. Ce qui a fini par avoir un effet sur ma façon de voir les choses, Richard. Je suis certain que vous le comprendrez.

– Absolument, me répond-il, et sa réponse est peut-être trop rapide, trop facile. Pourtant, il serait malhonnête de ma part de ne pas vous avouer que j'ai mes propres réflexions sur le sujet.

– À savoir ?

– À savoir pourquoi ne déjeunerait-on pas ensemble pour aborder tout cela ? Je dois m'envoler pour le Portugal cet après-midi et je ne serai de retour à Madrid que dans deux jours.

Il juge ma réaction excessive. Il considère que j'ai gâché six années de ma vie en m'alarmant d'un problème qui n'a jamais existé. C'est encore un autre Saul, ce Kitson.

– Cela me paraît une bonne idée, lui dis-je, déjeunons, et je le laisse mettre un terme à la conversation.

– Faites demi-tour et rentrez à Madrid, d'accord ? On se reparle mercredi. D'ici là, tenez-vous à carreau.

Il me donne une adresse à Tétouan, qui doit être, je le suppose, celle de la planque du SIS, et me propose une heure, une date – 2 heures de l'après-midi, le 16. Ensuite, nous nous disons au revoir et, à l'encontre de ses souhaits les plus explicites, je reprends l'autoroute et je continue en direction de Castilla-La Mancha. Le village se situe à environ quatorze kilomètres de Sigüenza, une ville épiscopale qui se trouva jadis sur la ligne de front défendue par les troupes nationalistes durant la guerre civile. C'est le pays de Cervantès, les plaines nues, les collines ondoyantes et les fortins en ruine de Quichotte et Sancho Pança. Voilà deux mille ans, les Romains étaient présents dans la région, et la route suit un tracé rectiligne jusqu'à Valdelcubo, qui se révèle être l'archétype du *pueblo* de l'Espagne rurale : croulant, désert, poussiéreux. Des garçons shootent dans un ballon de football et l'envoient rebondir contre le mur d'un fronton de *pelota* au centre du village, mais tant d'étrangers l'ont traversé aujourd'hui qu'ils ne prennent plus la peine de lever les yeux sur mon passage. Dans un café juste en retrait de la place centrale du village, des équipes de télévision de TVE, Telemadrid et Euskal Telebista sont occupées à manger des *bocadillos* et des parts de tortilla derrière la vitre et je crains que l'Audi n'attire leur attention. Les paroles de Kitson résonnent encore à mes oreilles et il se pourrait qu'il possède une source ici qui, si l'on repère mon véhicule, le lui signalera.

Je ressors de la place et je continue jusqu'au bout d'une rue juste assez large pour une seule voiture, et je suis la piste. Un flux régulier de flics et de plumitifs, comme une procession de fourmis, s'écoule dans les deux sens, vers la campagne et vers le village. Au moment où j'atteins la scène du crime, seuls demeurent quelques rares badauds. En garant l'Audi à côté d'un tas de bois et de purin desséché, je rejoins une hauteur d'où il m'est possible d'observer tout le secteur à 360 degrés. Le paysage est d'une beauté à couper le souffle et, avant que mon regard ne tombe sur l'horreur de la sépulture provisoire de Mikel, je me prends à regretter d'avoir consacré si peu de temps, en six ans, à visiter cette région. Quoi qu'il arrive, ce seront mes dernières semaines en Espagne. Quand ce sera terminé, quand le tueur d'Arenaza aura été emprisonné et que Kitson aura changé d'horizon, je serai obligé de m'en aller, soit pour accepter cette offre d'une nouvelle carrière au SIS, soit pour m'établir dans un endroit encore inconnu, où j'aurai à recomposer les mensonges et la paranoïa de Madrid, découvrir de nouveaux repaires où traîner et de nouvelles planques, à trouver une autre Sofía.

Le corps d'Arenaza a été emporté ailleurs. Cela au moins, c'est clair. Une seule technicienne de la police scientifique examine la scène, évoluant avec gaucherie alors qu'elle tourne autour de la tombe, comme si elle marchait dans une neige épaisse. Quand l'ont-ils amené ici ? Est-ce que Rosalía patientait quelque part à proximité ? Il est difficile d'imaginer cette femme, que j'ai suivie et observée jour après jour, capable de tremper dans un acte aussi diabolique qu'un meurtre. Pourquoi mettre sa carrière et son couple en péril, par vengeance ? Pourquoi s'acoquiner avec un homme comme Luis Buscon ? Gael a pu jouer un rôle dans ce traquenard. C'est peut-être de ce côté-là que devrait chercher Kitson. Un vieil homme, visiblement quelqu'un du coin, les rides de l'âge lui creusant les joues de sillons, telles les cicatrices d'une peau trop exposée au soleil, vient se poster près de moi et marmonne je ne sais quoi au sujet de Batasuna, qui serait « l'ennemi ». Je m'éloigne de lui avec un hochement de tête et je regagne ma voiture.

L'un des chemins qui rejoignent la route principale longe un vieux mur en cours de reconstruction. Des blocs neufs de pierre grise ont été déposés à côté d'une cabane, dans une petite clairière, et une croix en bois, de fabrication récente, a été plantée au sommet d'une petite éminence en surplomb de la partie ouest du village. Je mets mon clignotant et j'attends qu'une voiture me dépasse avant de prendre le virage qui me ramènera dans Valdelcubo. Au moment où je m'apprête à déboîter, Patxo Zulaika vient à la hauteur de la fenêtre, côté passager, un bébé glissé dans un harnais, contre sa poitrine. Ses yeux sont incandescents. Il me scrute derrière le verre fumé, il me dévisage, les doigts levés pour tapoter contre la vitre.

— Patxo, je pensais bien vous rencontrer ici.

C'est tout ce que je réussis à lui dire, avant que ma gorge ne se serre et ne se dessèche sous le coup de la panique.

— Je ne peux pas en dire autant de vous, me réplique-t-il.

J'abaisse la vitre, qui coulisse, effaçant mon reflet, et je m'efforce de paraître détendu.

— Voilà, j'ai vu ce qui s'était passé, à la télévision. Comme j'avais une matinée de congé, je suis venu jeter un œil, me rendre compte par moi-même.

Il me considère un long moment, prolonge ce regard comme pour contrôler la validité de mon existence tout entière. Ensuite, ses yeux balaient la banquette arrière et il fait la moue.

— Alors, vous êtes en reportage pour *Ahotsa* ? lui demandé-je, juste pour rompre ce silence.

Zulaika est le genre d'homme qui vous oblige à rompre les silences.

— C'est exact. Et vous ? Vous partez, Alec ?

Je vois le sommet du crâne de son bébé couvert de croûtes de lait.

— Oui, il faut que je retourne travailler.

— Ah, moi aussi, je me rends à Madrid pour la nuit ! Vous auriez le temps de boire un café, éventuellement ?

Il n'y a pas moyen d'y échapper. Si j'invoque une excuse et démarre, il me forcera la main une autre fois. C'est précisément ce que redoutait Kitson. C'est contre cela qu'il me mettait en garde, au téléphone, sur l'autoroute.

– Bien sûr. Mais je ne peux pas m'attarder long-temps. Ensuite, je dois descendre à Marbella en voiture pour quelques jours. Où voulez-vous aller ?

Il me suggère de le suivre sur l'autoroute. Il y a une station-service très fréquentée, à une quinzaine de kilo-mètres environ au sud de Sigüenza, où nous aurons la possibilité de parler en tête-à-tête, loin des oreilles indis-crètes des journalistes et de la Guardia Civil. Maintenant qu'il a besoin de moi, maintenant qu'il veut des réponses, Zulaika a ajouté la courtoisie, et même une certaine finesse, à ses manières. Il me présente son bébé, un gar-çon – le petit Xavi –, avec l'enthousiasme et la fierté d'un papa et s'excuse cinq minutes, le temps de récupérer sa voiture. Je vais devoir jouer le coup avec prudence. Il me suit à la trace. Zulaika est très intelligent, très minu-tieux, il veut aller au fond, savoir ce que je dissimule, croit-il, et rien ne l'arrêtera.

Il roule vite et nous arrivons à la station-service juste après 15 h 30. Une fois à l'intérieur, il choisit une table dans le fond et m'oblige à m'asseoir dos à la salle. Ensuite, il m'annonce qu'il a faim et commande une salade et une *fabada* au *menú del día*. La manœuvre est rusée : maintenant, nous allons devoir rester ici à discu-ter jusqu'à ce qu'il ait terminé. N'ayant rien à perdre, je commande aussi à déjeuner, et le premier plat arrive trois minutes plus tard. Zulaika a installé Xavi dans un siège à bascule posé sur le sol et la serveuse n'arrête pas de se pencher sur lui pour le cajoler.

– J'ignorais que vous aviez des enfants.

– Oui, enfin, nous ne nous connaissons pas, me rétorque-t-il. Comment l'auriez-vous su ?

Maintenant qu'il m'a placé là où il le souhaitait, il a renoué avec le service après-vente normal. Le ton rede-vient sec et direct.

– Vous êtes venu en voiture de Bilbao ce matin ?

– C'est cela. Mon épouse doit partir pour l'Angleterre ce soir, et elle m'a confié le bébé.

– Elle est allée en Angleterre ?

– Oui. Elle a de la famille là-bas. Sa grand-mère est très malade.

Réflexe qui illustre assez ma paranoïa perpétuelle, je forge brièvement des liens dans ma tête entre Zulaika et le SIS. La conspiration ressemblerait à ce qui suit : Kitson savait que je ne serais pas capable de résister à l'envie de me rendre à Valdelcubo, donc il a averti Zulaika – qui est un contact du MI6 – et, à plus long terme, il espère que la presse espagnole m'imputera le meurtre d'Arenaza. Cette théorie est complètement absurde, et pourtant il me faut trois ou quatre minutes avant de reprendre contenance, un laps de temps durant lequel Zulaika a parlé en basque dans son téléphone portable. Il se peut qu'il ait simplement revu sa copie avec les secrétaires de rédaction d'*Ahotsa*, mais je n'ai aucun moyen de m'en assurer.

– Comprenez-vous l'euskera ? me demande-t-il.

– Pas un mot.

Ma salade déborde d'oignons blancs crus et, à part cela, se compose de lambeaux de laitue iceberg grisâtre et de quelques olives trop mûres. J'écarte mon assiette et je le regarde manger.

– Alors, de quoi vouliez-vous m'entretenir ?

J'ai choisi mon moment pour lui poser cette question, quand il a la bouche pleine. Il s'écoule vingt bonnes secondes avant qu'il ne puisse répondre :

– Ah, je dois dire que j'ai été surpris de vous voir ici, Alec !

– Surpris ?

– Je ne pensais pas que les Anglais étaient une race de gens morbides.

Tablant sur le fait qu'il réagirait avec arrogance à la moindre critique du tempérament basque, je feins le mécontentement.

— Les Anglais ne sont pas morbides Pas le moins du monde. Simplement, j'ai fini par m'intéresser à la disparition de Mikel. Ce n'est pas tous les jours que vous vous retrouvez lié à titre personnel au meurtre d'un homme.

— Bien sûr. Ne vous froissez pas.

— Peu importe.

Il continue de manger en silence, versant du vinaigre sur sa salade, tandis qu'un semi-remorque se gare devant la fenêtre, barrant complètement le soleil. Il fait aussitôt plus frais à notre table, à l'aune de ce refroidissement entre nous, et le petit Xavi se met à pleurer. Zulaika doit le soulever du sol et le tapoter dans le dos. À en juger d'après ses joues légèrement pivoine, il doit considérer qu'il vient de perdre la face. Il est difficile de jouer les gratte-papier endurcis quand vous avez des régurgitations de bébé qui vous dégoulinent sur l'épaule.

— Donc, où étiez-vous, en vacances ?

— Au Maroc, me répond-il, en remettant Xavi dans sa bascule avant de lui fourrer une tétine dans la bouche, pendant que la serveuse débarrasse nos assiettes.

— Quel joli petit garçon ! s'extasie-t-elle en espagnol, avant de lui effleurer les joues.

Sous son jean, elle porte un string rouge qui lui remonte dans le dos quand elle s'accroupit.

— Je ne suis jamais allé au Maroc. Fès, c'est sympa à cette période de l'année ?

— Nous avons visité tout le pays. Fès, oui. Et aussi Tanger, et Casablanca. (Il se verse un verre d'eau.) Je ne suis pas arrivé à retrouver le restaurant basque dont vous me parliez, à Madrid.

Il me faut une fraction de seconde avant de comprendre qu'il se réfère au mensonge que je lui ai servi
au sujet d'Arenaza. Je prends un air désappointé.

– Ah non ?

– Non.

Il plisse les yeux, qui se réduisent à deux fentes
soupçonneuses. Rien que pour l'agacer, je soutiens son
regard. Deux gamins dans une cour de récréation.
Zulaika est le premier à ciller.

– Vous savez ce que je me suis dit ? fait-il.

– Quoi donc, Patxo ?

– Je pense que vous m'avez appelé pour m'apprendre quelque chose, l'autre jour. Quelque chose d'important. Quand vous avez laissé votre message, votre voix
était tendue. Ensuite, je crois que quelqu'un vous a
contacté. Je crois que vous savez ce qui est arrivé à Mikel
Arenaza, mais pour une raison ou une autre, vous ne
voulez pas le révéler.

Je lui concéderai ceci : il sait mettre mes dons de
comédien à l'épreuve. Je penche un peu la tête en avant,
à peine, les sourcils en accent circonflexe, avec une
expression totalement consternée, un peu une mimique
à la Dizzy Gillespie, les joues gonflées.

– Quoi ?

– Vous m'avez entendu, réplique-t-il. Si vous voulez
aborder le sujet, je vous écouterai. Si vous refusez, je le
comprendrai. J'ai ma propre théorie sur ce qui est en
train de se préparer en ce moment même en Espagne.

Il sait que je ne vais pas être capable de résister à
cette dernière allusion. Alors qu'arrive la *fabada*, Patxo
s'incline en avant, en gardant les yeux rivés aux miens,
aussi longtemps qu'il lui est possible, puis il essuie le nez
qui coule du petit Xavi. La serveuse dépose à la cuiller
quelques haricots dans mon bol, et je trempe un bout de
pain dans la sauce, avant de mordre à l'hameçon.

– D'accord. Quelle est votre théorie ? D'après vous, qu'est-il en train de se passer en Espagne ?

Il me répond la bouche pleine.

– Que savez-vous des GAL ? me demande-t-il.

De prime abord, je crois ne pas avoir entendu correctement et je lui demande de répéter la question. Il avale, pose sa cuiller dans le bol, s'essuie la bouche avec une serviette et ensuite, avec tout l'aplomb de celui qui n'ignore pas être tombé sur ce qui constitue sans doute la plus grande affaire politique de sa carrière, il répète sa question presque avec indolence, l'air de ne pas y toucher.

– Je disais : que savez-vous des GAL ?

28. La sale guerre

Nous sommes à l'automne 1983. Joxean Lasa et Joxi Zabala sont deux jeunes hommes qui vivent en exil au sein de la communauté basque d'extrême gauche dans le sud de la France. Ils sont tous les deux rattachés à la branche militaire de l'ETA et ils ont participé, quelques mois plus tôt, à une attaque de banque bâclée en Espagne. Dans la soirée du samedi 15 octobre, ils demandent à un ami s'ils peuvent lui emprunter sa voiture pour se rendre à une fête au village d'Arrangoitze, du côté français de la frontière. L'ami, Mariano Martínez Colomo, lui-même réfugié, accède à leur requête. Trente-six heures plus tard, Lasa et Zabala ne lui ayant pas restitué les clefs, Colomo remarque que son véhicule, une Renault 4, n'a pas bougé de tout le week-end. Pourtant, deux des portières sont déverrouillées, l'anorak de Zabala est sur la banquette arrière et une mèche entortillée de cheveux humains gît sur le sol, comme arrachée au cours d'une lutte. Quand elle ouvre la boîte à gants, l'épouse de Colomo découvre des papiers d'identité appartenant aux deux hommes.

Il s'avérera par la suite que Lasa et Zabala étaient devenus les deux premières victimes des Grupos Antiterroristas de Liberacíon, les GAL, un groupe incontrôlé d'officiers de sécurité espagnols motivés par un désir de vengeance qui allaient poursuivre leurs exactions, avec le meurtre de vingt-sept personnes entre 1983 et 1987. La plupart de leurs victimes étaient des membres de l'ETA qui vivaient exilés derrière la frontière, dans la région autour de Bayonne, protégés par le gouvernement du président François Mitterrand en qualité de réfugiés politiques. Toutefois, sept d'entre eux furent des victimes innocentes qui n'avaient strictement rien à voir avec la terreur basque. Les GAL poursuivaient deux objectifs simples : liquider des personnalités au sein de la direction de l'ETA, et contraindre le gouvernement français à changer de position sur les terroristes réfugiés. Les investigations qui s'ensuivirent prouvèrent que les GAL avaient été montés et financés par des personnalités de haut rang du gouvernement de Madrid, utilisant des fonds secrets détournés des caisses de l'État. D'autres fonctionnaires et officiers de haut rang, tant dans la police que dans l'armée, ainsi que des responsables des services secrets, étaient aussi impliqués. Le Premier ministre socialiste, Felipe González, avait échappé à une motion de censure, mais son gouvernement était tombé, pour une grande part à cause du scandale des GAL, lors des élections de mars 1996 qui avaient porté José María Aznar au pouvoir.

Le matin du 16 octobre 1983, Lasa et Zabala avaient été conduits de Bayonne à Saint-Sébastien, où ils avaient été détenus trois mois dans un immeuble à l'abandon appartenant au ministère de la Justice. On les avait bâillonnés, on leur avait bandé les yeux, on leur avait certainement administré des médicaments psychotropes, on les avait frappés et sévèrement torturés. Une part des informations récoltées lors de leur interrogatoire conduirait plus tard à la mort d'autres *etarras*, à des assassinats perpétrés par les GAL. En fin de compte, on avait découvert les corps de Lasa et Zabala deux ans plus tard, enseveli sous cinquante kilos de chaux vive, à huit cents kilomètres au sud de Bayonne, aux abords du village de Bosot, près d'Alicante. Les deux hommes avaient été transférés dans cet endroit isolé, dépouillés de leurs vêtements, placés devant une fosse et abattus d'une balle dans la nuque. Il s'écoulerait encore dix années avant que leurs restes ne soient formellement identifiés, et cinq ans de plus avant que les hommes responsables – dont plusieurs officiers de la Guardia Civil et le gouverneur civil de Guipùzcoa en personne – ne soient déférés devant la justice.

À mesure que Zulaika me rapporte cette histoire devant son plat de haricots et de pain, l'expression de son visage change à peine. Il ne devait pas avoir plus de huit ou neuf ans quand les GAL avaient entamé leur campagne de terreur, et cependant, plusieurs événements ultérieurs – l'emprisonnement du ministre de l'Intérieur, l'éventuelle responsabilité implicite de González en personne dans l'orchestration de cette guerre – avaient sans aucun doute cimenté dans sa conscience encore juvénile la légitimité de la cause de l'ETA et l'iniquité du gouvernement de Madrid. Les GAL avaient pu persuader le gouvernement français d'adopter une position plus ferme à l'égard de l'ETA, mais ils laissaient derrière eux un legs catastrophique et tenace. Dans toute sa maladresse, la sale guerre des GAL avait transformé ses victimes en martyrs et engendré une génération entièrement nouvelle de jeunes militants basques qui recouraient à la violence comme à une tactique politique légitime.

– Et vous croyez que c'est ce qui se reproduit ici ? Vous pensez qu'Arenaza et Otamendi ont été assassinés par la Guardia Civil ? Par l'armée ? Des mercenaires enrôlés par l'intermédiaire de Madrid ?

Zulaika prend son temps, sur une dernière bouchée de *fabada*. Xavi s'est endormi, avec un filet de bave sur les flancs de son petit ventre. J'ai repoussé mon bol sur le côté de la table.

– C'est une évolution que nous avions anticipée depuis un moment déjà, en Euskal Herria. Réfléchissez un peu. Aznar s'est engagé à détruire l'ETA. Cela au moins, nous le savons. Il fait équipe avec Blair et Bush, et ils se sont unis contre la terreur, quelle qu'en soit la nature. Mais comment sortez-vous vainqueur d'une guerre de cet ordre ? Pas grâce à la négociation, pas en recourant à des moyens légitimes, mais en déployant une autre terreur, qui porte le sceau de l'État. La sale guerre. L'Espagne, dans son incarnation démocratique, a derrière elle de nombreux antécédents de pareilles techniques illégales. De 1975 à 1981, c'est-à-dire immédiatement après la mort de Franco, quand le pays était censé avoir accompli sa mue démocratique, vous aviez des groupes fascistes qui vengeaient la mort de grandes figures comme Carrero Blanco en réagissant aux menées de l'ETA, suivant une logique infantile, œil pour œil, dent pour dent. Pour la seule année 1980, le Batalíon Vasco Español, le BVE, un ramassis de voyous madrilènes, a tué quatre personnes dans un bar, et ensuite une femme enceinte, et même un enfant, sur une aire de jeux. Deux autres femmes ont été violées avant d'être assassinées par le BVE. Les tueurs étaient bien connus des gens du cru, mais aucune action judiciaire n'a été entreprise contre eux. Puis, deux ans plus tard, le fonctionnaire de police qui aurait dû boucler l'enquête a été promu au poste de directeur des services de renseignement de la police espagnole. Et vous vous demandez pourquoi les gens sont en colère. Et vous me demandez pourquoi la sale guerre ne serait pas possible.

– Je n'ai rien demandé de tel. Seulement, il semble peu probable...

Zulaika m'interrompt en s'avançant brusquement vers moi, comme si je venais de l'offenser.

– Peu probable ?

Il est comme un adolescent irritable qui n'obtient pas ce qu'il veut. J'ai la sensation qu'il vient pour la première fois de formuler sa théorie, et il n'appréciera pas que quiconque en sonde les failles. Il poursuit :

– Le mois dernier, un expert respecté auprès des Nations unies, ces mêmes Nations unies que l'Espagne et l'Amérique ont choisi d'ignorer au sujet de l'Irak, a prouvé que nos prisonniers basques avaient été soumis à la torture et à de mauvais traitements dans les geôles espagnoles. Et cela continue, Alec, encore à ce jour. L'ONU a démontré que les détenus avaient été frappés, qu'ils étaient maintenus éveillés pendant de longues heures et obligés de se livrer à des exercices physiques jusqu'à épuisement, qu'on leur enfilait des sacs plastique sur la tête rien que pour fournir un prétexte à rire aux gardiens et qu'on les affamait, qu'on les rossait. C'est Guantánamo en pleine terre espagnole. Si vous vous imaginez qu'on ne livre pas en permanence une sale guerre à l'ETA et à Al-Qaida, c'est que vous êtes bien naïf. Les meneurs des GAL sont encore traités en héros par la majorité des gens en Espagne. Quand ils entrent dans un restaurant, il y a des applaudissements. Mais si une famille d'Euskal Herria obtient une compensation pour les mauvais traitements qu'elle a subis de la part de la police, il peut s'écouler dix ans avant qu'elle ne perçoive l'argent. C'est répugnant, évidemment, et le rapport des Nations unies relève aussi cet aspect. Donc, ce à quoi nous assistons en ce moment, ce n'est jamais qu'une escalade à partir d'un problème préexistant.

Zulaika secoue la tête, comme pour parer à toute réfutation éventuelle de sa démonstration, et se redresse contre le dossier de son siège, en vidant encore un verre d'eau. Le fanatique au repos. À quoi servirait d'attirer son attention sur le passé de l'ETA, plus de huit cents morts sur une période de trente ans, des milliers de blessés, des familles anéanties par la terreur ? N'est-il pas temps que cela cesse ? Trop de vies ont été supprimées au nom d'une ligne que l'on ne tracera jamais sur une carte. Tout ce que je parviens à lui répondre, c'est ceci.

– Patxo, vous devrez convenir que la période n'est pas propice à l'ETA. D'après ce que j'ai lu dans les journaux britanniques, une bonne part de ses dirigeants se sont fait ramasser. Les Français ont mis sur pied leur propre police antiterroriste, ils opèrent conjointement avec les Espagnols, l'extradition est beaucoup plus facilitée qu'auparavant. Pourquoi Aznar et ses subordonnés risqueraient-ils de créer d'autres GAL ? Cela n'a pas de sens.

Il se tait, appelle la serveuse, lui commande deux tasses de café. Pour une fois, elle oublie Xavi, qui dort. L'idée m'est venue que Zulaika doit avoir connaissance du rôle de Buscon dans le rapt d'Arenaza. Une figure de mercenaire validerait sa théorie du complot. Les cerveaux à l'œuvre derrière ces sales guerres ont masqué leurs liens avec cette conspiration en enrôlant des extrémistes étrangers auxquels ils confient le sale boulot. Kitson lui-même m'a expliqué que Buscon était membre des services secrets portugais. Plusieurs figures de l'extrême droite issues de la pègre portugaise ont été impliquées dans les agissements des GAL.

– Permettez-moi de répondre de deux manières, reprend-il, en suivant du regard des chauffeurs de camion qui sortent du restaurant. D'abord, l'ETA n'est pas finie. Pas du tout. Elle est comme le serpent. Si vous lui coupez la tête, il lui en repousse trois autres. Les *gudaris* iront simplement porter le combat en France, et ils iront se baser ailleurs : en Belgique, dans des pays plus hospitaliers. Ensuite, vous devez toujours vous rappeler que les Espagnols ont la vengeance dans le sang. Un touriste ne le percevra sans doute pas. Vous voyez des familles souriantes dans les rues de Madrid et le beau temps qu'il fait à Marbella, et vous vous figurez qu'il ne peut rien arriver de mal, ici. Mais les Espagnols sont cruels et morbides.

– Je ne souscris pas du tout à cette idée. Vous venez d'émettre le même jugement sur les Anglais. *Et puis évite de me traiter de touriste à la con, petit merdeux.* S'il est une chose que démontre le nationalisme, c'est que tous les êtres humains, quelles que soient leur foi ou la couleur de leur peau, sont capables de commettre des actes de violence odieux, d'une cruauté épouvantable. Nous avons tous cela en nous, Patxo. Vous, moi, le chef qui vous a préparé votre plat de haricots.

Son front se plisse, comme s'il ne parvenait pas à saisir le sens de mes paroles. Je ne prends pas la peine de revenir en arrière et de traduire en clair.

– Tenons-nous en aux faits. Tout ce que vous avez, en l'occurrence, ce sont deux cadavres et pas de suspects, et soudainement l'État espagnol dans sa totalité serait impliqué dans une troisième sale guerre ?

La serveuse a posé la tasse de café du journaliste, dans laquelle il vide deux sachets de sucre, puis le remue en mijotant sa réponse. À la mention de cette formule, la « sale guerre », la jeune fille m'a semblé tressaillir, et elle me regarde droit dans les yeux, l'air inquiet. Son visage est blême de fatigue et elle a une légère rougeur sous le menton. Subitement, il fait très chaud dans ce restaurant, et je retire mon pull, que je lâche sur la chaise à côté de la mienne.

– Connaissez-vous l'histoire de Segundo Marey ? me demande Patxo.

Marey a été enlevé par les GAL et détenu dix jours, en 1983, alors qu'il n'entretenait aucune relation visible avec l'ETA. C'était la victime innocente la plus flagrante de la deuxième sale guerre. Pour voir où Zulaika veut en venir, et pour continuer de lui donner cette impression d'ignorance de l'histoire basque en général, je secoue la tête.

– Non.

– La famille Marey est basque. Comme beaucoup de gens, ils ont été forcés de quitter Euskal Herria pendant la guerre civile à cause des activités des troupes fascistes sous Franco. Segundo avait quatre ans quand on l'a conduit de l'autre côté de la frontière, en France. Devenu adulte, il menait une existence irréprochable, il travaillait pour un fabricant de meubles. Il jouait d'un instrument dans un orchestre de cuivres et il écrivait des articles sur la corrida pour une petite feuille locale. Ensuite, Noël 1983, un voyou de la Légion étrangère frappe à sa porte, étourdit sa femme avec une bombe de gaz lacrymogène et l'enlève. Ce rapt avait été commandité par les GAL, sur ordre du gouverneur civil de Biscaye, un homme qui est devenu plus tard le directeur de la sécurité d'État pour toute l'Espagne. Le marlou possédait le numéro de téléphone du chef de la police de Bilbao dans sa poche. N'oubliez pas ces liens capitaux. Donc, ils ont emmené Segundo dans une bergerie, sur les collines, près de Laredo, où ils l'ont enfermé dans des conditions que vous n'imposeriez pas à un cochon. Sauf qu'ils se sont rendu compte très vite qu'ils avaient commis une erreur. Un vendeur de meubles chauve de cinquante ans qui écrit des articles sur la corrida, ce n'est pas pareil qu'un *gudari* de trente-sept ans, avec une tignasse de cheveux épais, qui se trouve habiter dans la même rue que Marey, à Hendaye. Mais l'ont-ils relâché pour autant ? Évidemment pas. Ils ont décidé de retirer un avantage politique de la situation. Ils voulaient alerter les Français et attirer leur attention sur la question du terrorisme en territoire français. Dix jours plus tard... dix jours plus tard !... Marey est libéré par ses geôliers et la police le découvre, appuyé contre un arbre, dans les bois, non loin de Dantxarinea. Crasseux, affamé, un message dans la poche de sa chemise. Ces derniers temps, j'en conserve une copie sur moi. Voulez-vous le lire, Alec ?

Avant de me laisser l'occasion de lui répondre, Zulaika a plongé la main dans sa serviette et en ressort un simple feuillet au format A4, plié en deux et encore assez propre et neuf. Je parierais qu'il a été tiré sur papier dans les trois ou quatre derniers jours.

En raison du nombre croissant de meurtres, d'enlèvements et d'extorsions commis par l'organisation terroriste ETA sur le sol espagnol, planifiés et pilotés depuis le territoire français, nous avons décidé d'éliminer le problème. Les Grupos Antiterroristas de Liberació (GAL), fondés à cette fin, font valoir les points suivants :

1. Chaque assassinat des terroristes aura la réponse nécessaire ; pas une seule des victimes ne restera sans réponse.

2. Nous manifestons l'intention d'attaquer les intérêts français en Europe puisque son gouvernement est responsable d'accueillir et de permettre aux terroristes d'opérer sur notre territoire impunément. Aucune personnalité et aucun objectif de l'économie française ne vont être en sécurité désormais.

3. En signe de bonne volonté et convaincus que le gouvernement français évaluera correctement ce geste, nous libérons Segundo Marey, arrêté par notre organisation en raison de sa collaboration avec les terroristes de l'ETA.

Vous recevrez des nouvelles des GAL.

Je rends le message à Zulaika et je roule ma serviette en boule.

– Quel rapport entre tout ceci et votre théorie ?

– Permettez-moi d'ajouter autre chose, poursuit-il en levant les mains, comme si je venais de m'exprimer sans que ce soit mon tour. Les hommes qui étaient responsables de ce crime, et de deux fusillades des GAL, dînaient de homard et de gigot d'agneau en prison. Ils se faisaient amener des *putas* dans leurs cellules. Les surveillants les traitaient en héros.

– Je l'ignorais.

– Ah oui ? Eh bien, maintenant, vous ne l'ignorez plus.

Zulaika a haussé le ton, mais il paraît maîtriser son mouvement d'humeur, dans un rare moment de conscience de soi.

– Je suis désolé. Je n'avais pas l'intention de crier devant mon fils.

Mais Xavi réagit au timbre véhément de la colère de son père et enchaîne les coups de pied dans sa bascule. Quand Zulaika lui retire sa tétine, les cris du bébé emplissent la salle du restaurant. Il le prend dans ses bras, le tapote dans le dos, prononce quelques paroles consolantes, en basque, puis il me regarde comme s'il s'attendait à ce que je parle à mon tour.

– Vous êtes au courant de la disparition d'un autre homme à Bilbao ? Juan Egileor ? s'enquiert-il.

Egileor, c'est un patronyme que je n'ai jamais entendu auparavant. Je fais non de la tête. À présent, Xavi hurle sur une note si aiguë que nous nous attirons des regards irrités des tables voisines.

– Lui aussi, il travaille pour un fabricant de meubles. Pas chez Sokoa comme Marey, mais pour ADN, une société de mobilier de bureau. Vous les connaissez peut-être. Ils ont des succursales en Euskal Herria, mais aussi à Grenade, à Marbella, à Valence.

– Oui, j'ai entendu parler d'ADN. Un de mes amis leur a acheté un bureau.

– Ah oui ? (Zulaika paraît étrangement ravi.) Eh bien, le señor Egileor est l'un des trois vice-présidents de la société. On l'a enlevé à son domicile il y a quatre jours. Aucun message de demande de rançon, aucune exigence. La police a laissé entendre qu'elle ne soupçonnait pas l'ETA d'avoir joué un rôle dans ce rapt.

– Pourquoi cela ?

– En raison des liens de la victime avec le mouvement nationaliste, en raison de sa haute considération pour Herri Batasuna, de son travail pour le parti. Non. Egileor serait plutôt considéré comme un ami de l'ETA et, par conséquent, comme un ennemi de l'État espagnol.

– Et vous pensez qu'il a été enlevé par les hommes qui sont responsables du meurtre d'Arenaza ?

Xavi observe un bref silence.

– C'est certainement une possibilité.

– Mais Otamendi était en train de quitter l'organisation. C'est ce que disent les journaux. Votre théorie pourrait s'appliquer à Mikel et à Egileor, mais pourquoi tuer un homme qui avait tourné le dos à l'action militaire ? On a volé quantité d'objets à son domicile. La télévision, des bijoux, des tableaux. Tout laisse à penser qu'Otamendi aurait surpris un cambrioleur.

Zulaika n'a pas de réponse à cela. La serveuse est venue apporter un biberon de lait qu'elle avait réchauffé, et il nourrit son fils. Je ne me souviens pas d'avoir entendu Zulaika demander son aide à la jeune femme, mais il la remercie avec un sourire, une rareté chez lui, avant de me dévisager à nouveau en tâchant de me prendre au piège de son regard.

— Écoutez, je pense que c'est vous la clef de tout cela, Alec Milius. Je veux savoir ce que vous cachez. Si vous êtes menacé, mon journal peut vous protéger. Mais si quelqu'un essaie de vous empêcher de révéler ce que vous savez, comprenez que des gens vont mourir, à cause de votre silence.

— Bon, écoutez, évitons le mélo.

La présence de l'enfant qui tète sur les genoux de Zulaika m'aide à conserver une mine relativement détendue face à la menace, mais il est néanmoins difficile d'esquiver la question et de rester en retrait.

— Personne n'essaie de me réduire au silence. Tout ce que je sais, c'est que Mikel a été enlevé et assassiné. Ça s'arrête là.

— Et qu'en est-il de Rosalía Dieste ?

Il est trop tard pour masquer mon saisissement.

— Qui ?

Voilà tout ce que je parviens à répondre, mais Zulaika me laisse patauger dans mon mensonge. Il sait qu'il m'a cueilli par surprise. Il a abattu sa carte maîtresse à point nommé.

— Rosalía Dieste, répète-t-il.

— Jamais entendu parler d'elle.

Je suis obligé de maintenir cette ligne à tout prix, et Zulaika le sait.

— *Claro*, ajoute-t-il, lorsque je hoche la tête.

Encore un peu, et son visage affiche la déception d'un homme trahi par une personne en qui il avait placé sa confiance. C'est efficace. Je commence à me sentir coupable.

— Quand nous nous sommes parlé au téléphone après mes vacances, reprend-il, vous avez évoqué une relation qu'avait Mikel avec quelqu'un, à Madrid.

— J'ai dit ça ?

– Oui. À cause de la carte SIM. C'était votre réaction. J'ai mes notes ici, si vous voulez les lire. Vous disiez que l'existence de tous ces appels passés chez Plettix suggérait que Mikel avait une liaison avec l'une des employées de la compagnie. Qu'entendiez-vous par là, Alec ?

Rester vigilant quant aux limites éventuelles des informations de Zulaika et au contenu de nos conversations précédentes réclame un véritable effort. Il se peut qu'il invente, pour me tendre un piège. Il se peut qu'il me pose une question d'une manière bien particulière afin de susciter une réponse irréfléchie.

– Je ne me rappelle pas avoir déclaré cela. Vous pensez que je connais cette femme ?

Zulaika rit sous cape, comme si je venais de proférer une insulte à son intelligence. Avec un mouvement de tête incrédule, il repose Xavi dans sa bascule et fait signe qu'on lui apporte l'addition.

– Vous savez très bien qui elle est. Rosalía Dieste était la maîtresse de Mikel. Même sa femme est au courant de son existence.

Je feins encore plus la surprise.

– Écoutez, ce n'est pas moi qui étais marié à lui, que je sache, non ? Mikel avait une maîtresse ? Il ne m'en a rien dit.

– Non, bien sûr que non.

La serveuse pose la note sur la table et s'éloigne.

– Écoutez-moi, vous. Le beau-père de Rosalía Dieste était l'un des deux policiers de la Guardia Civil tués par une voiture piégée, une bombe cachée par l'ETA. Vous avez là un motif de vengeance. Je pense qu'elle a pris Arenaza au piège d'une aventure amoureuse qui était uniquement destinée à lui ôter la vie.

– Sérieusement ?

Je mets au point une courte séquence de mimiques, censées exprimer la confusion où je suis, et je m'étonne :

– C'est un peu tiré par les cheveux, vous ne croyez pas ? Un piège où une femme sert d'appât ? Le piège du pot de miel ?

Zulaika n'avait encore jamais entendu cette expression et je suis obligée de la lui expliquer en recourant à un mélange d'espagnol et d'anglais. Une fois qu'il a compris, il opine du chef.

– Exactement. Le piège du pot de miel.

Mais je repousse l'idée d'un geste de la tête.

– Même si c'est vrai, pourquoi faudrait-il qu'elle fasse partie d'une conspiration à plus grande échelle ? Qu'est-ce qui l'aurait empêchée d'agir seule ?

Cette question vise à lui soutirer une information vitale. Si Zulaika a connaissance du rôle de Buscon dans l'enlèvement d'Arenaza, c'est le moment où il sera obligé de le mentionner.

– Je ne suis pas cet avis. (Il glisse un billet de vingt euros sur la table.) Vous ne conduisez pas une opération pareille sans aide. Mlle Dieste est ingénieur. C'est une femme. Elle aurait été incapable de tuer un homme de la force d'Arenaza. L'autre meurtre, et l'enlèvement de Juan Egileor, tout cela indique un plan impliquant plusieurs personnes.

– Alors qui sont-ils ?

Mais Zulaika n'a pas de réponse. Je me lève de table. Au moins, il ne sait rien de Buscon.

– Vous êtes paranoïaque, Patxo. Vous êtes un bon journaliste, mais vous êtes paranoïaque. Vous voulez voir des choses qui n'existent pas. Vous cherchez une conspiration là où il n'y en a aucune. Pourquoi ne pas poser la question à cette femme, tout simplement ? Pourquoi n'allez-vous pas trouver Rosalía Dieste, pour ensuite aller tout dire à la police si elle vous ment ?

Zulaika reste assis, il observe attentivement mon visage, il guette déjà la réaction à la réponse qu'il va me faire.

– Vous vous imaginez que je n'ai pas déjà essayé ? me réplique-t-il. Comment dois-je m'y prendre ? La señorita Dieste a disparu.

29. Otage

Nous avions garé nos deux voitures à distance du restaurant. Zulaika attend dehors pendant que je me rends aux toilettes, puis il m'accompagne à l'arrière du bâtiment, en dialoguant une deuxième fois avec quelqu'un au téléphone en basque. Je tiens Xavi dans mes bras et je me sers de l'enfant comme d'un paravent pour éviter de reprendre la conversation au sujet de Rosalía ou de la sale guerre. Dès que Zulaika se tourne vers moi, je me mets à gazouiller avec le bébé. Quand le bébé gigote, j'attrape ses petits pieds et je les lui chatouille, en complimentant son père, en lui certifiant que son fiston deviendra le grand buteur de l'Atlético Bilbao. Nous traversons l'espace désert d'une aire goudronnée poussiéreuse, en passant derrière une file de semiremorques, et je perçois le grondement sourd de la circulation sur l'autoroute. Zulaika regarde fixement devant lui, comme plongé dans ses pensées, puis il ouvre le coffre de sa voiture. Il y entasse sa serviette et les sacs de Xavi, installe le bébé dans son siège, sur la banquette arrière, et il met le contact.

— Bon, vous êtes pressé, vous devez partir pour Marbella, me lance-t-il, mais souvenez-vous de ce que je vous ai dit. Si vous voulez me parler de quelque chose, n'importe quoi, si vous repensez à un sujet dont vous aimeriez discuter, en rapport avec cette fille, vous avez mon numéro. De jour comme de nuit, Alec, de nuit comme de jour. Comme vous voudrez.

Je lui fais au revoir de la main en le rassurant.

– Bien sûr, Patxo, bien sûr.

Je considère comme une réussite que notre rendez-vous se soit terminé sans aucune capitulation véritable de ma part. Zulaika peut toujours suspecter que je lui dissimule une information importante, mais il a été incapable de briser le mur de ma feinte innocence. Je chantonne « Au revoir, Xavi, sois un bon garçon maintenant » d'une voix légère et veloutée, et je lui tapote le crâne. Zulaika démarre, tourne dans une voie de déviation tout là-bas et ne tarde pas à disparaître. Je crois l'avoir vu me lancer un dernier regard en s'éloignant. Il fait chaud, un tourbillon de mouches survoltées s'élève en hélice dans le ciel. Je couche ma veste dans le coffre de l'Audi.

Ils ont dû s'approcher dans mon dos, entre les poids lourds en stationnement. Leur vitesse, leur force, sont écrasantes. Je me sens soulevé du sol, j'ai une sensation d'apesanteur, maintenu par des bras d'une puissance extraordinaire. Ils sont au moins deux. Deux hommes. On m'écrase un objet humide contre la bouche, une panique fébrile me parcourt le corps, qui se mue vite en sueur froide. J'ai conscience du ciel et de la rapidité, que personne ne parle, que personne ne dit un mot. Très vite, presque dans un seul mouvement, on me balance dans le coffre d'une voiture, pas la mienne, et l'obscurité se referme sur moi dans un claquement. Une douleur intense me pétrifie l'épaule et le côté gauche de la tête, mais on a dû me lier les mains, car je ne peux pas tâter le sang. Dans le coffre règne une odeur de brûlé, la même que chez le dentiste quand il manie la fraise. Je

pense que c'est Zulaika qui m'a infligé ça. J'en rends
Kitson responsable, et puis Buscon. Nous démarrons et
j'entends des voix provenant de l'habitacle. Une femme
parle. Les voix glissent et s'estompent.

Nous sommes peut-être des heures plus tard, peut-
être des jours. Je suis allongé sur un matelas nu, poussiéreux, dans ce qui semble une chambre à l'étage. Un
indice, dans la hauteur du ciel, à travers la fenêtre, dans
la lumière. Il n'y a pas de mobilier, pas de tapis ou de
lino sur le plancher aux lattes ébréchées, pas d'évier ou
de lunette de toilette. Et je suis nu. Il me faut du temps
pour m'en rendre compte, mais le sentiment de honte
est puissant, comme un enfant qui a mouillé son lit. Je
me couvre brièvement de mes deux mains, je me
redresse en position assise et je cherche du regard,
autour de moi, un drap ou un vêtement, n'importe quoi
pour recouvrer ma dignité. Il n'y a rien. La douleur sur
le côté de la tête, juste au-dessus de la tempe gauche
revient en force, sur un rythme lancinant. Il fait froid et
je ne sais pas où je suis.

Dehors, un chant d'oiseau. Un refrain régulier
Donc, il est soit tôt le matin, soit tard dans l'après-midi.
Ma montre a disparu, ainsi que mes deux téléphones,
mon portefeuille et mes clefs. J'essaie de manipuler la
poignée de la porte, mais elle est verrouillée. Il n'y a pas
de judas, aucune autre issue. Je traverse la pièce jusqu'à
la fenêtre. Une couverture tachée, mangée aux mites, a
été fixée avec une demi-douzaine de clous pour empêcher la lumière de pénétrer, mais elle est retombée, sur
un côté, révélant des taches de peinture fraîche sur le
verre fêlé. La pièce semble être située en haut d'un bâtiment de deux étages qui donne sur un champ à l'abandon. Probablement un corps de ferme. Il n'y a personne
en vue. Le ciel est humide, bas et gris. Le Pays basque.

Avec terreur, je comprends que j'ai été capturé, pris en otage par l'ETA.

Au bout de dix minutes, j'entends des voix en bas, puis le raclement d'une chaise. Ils doivent savoir que je me suis réveillé. C'est comme si mes os se contractaient, et cela me réclame un effort énorme de lutter contre ma propre couardise, de me redresser pour leur faire face. Quelqu'un monte les marches. Un homme, à en juger par le poids de ses pas. Il insère une clef dans la serrure, la poignée branle, tourne, et je suis debout, au centre de la pièce, prêt à lui faire face. Je ne vais pas avoir peur. Il porte un passe-montagne noir et cette vision suffit à me repousser d'un pas vers la fenêtre, comme aspiré par la peur. Il tient en main un mug de thé noir ou de café. De minces volutes de vapeur lui lèchent le poignet. Il porte un bandeau en coton éponge rouge au poignet et une vieille montre au bracelet en cuir.

– *Drink*, me dit-il dans ma langue.

Pour une raison qui m'échappe, je juge important de ne pas tout de suite demander où je suis, de ne pas découvrir pourquoi on m'a enlevé ou qui sont ces individus. Je n'ai pas envie de montrer ma peur à ces gens. Il me tend le mug et m'encourage à m'avancer vers lui. Et puis je hurle.

Il m'a jeté le café au visage. Le liquide bouillant me brûle la peau et les yeux. Le choc est si violent que je hurle à pleins poumons. Je veux lui faire mal, rien ne m'arrêtera, je m'avance, mais d'un seul coup de poing il m'envoie au tapis et je vomis comme un chien à ses pieds. Il prononce trois mots en basque et il est ressorti. Des voix se répercutent à travers le plancher et je crois entendre une femme. Elle est en colère. Je l'entends vociférer.

Pendant cinq minutes, je reste étendu, je ne vaux pas mieux qu'un animal, gelé, humilié. Je me lèche les bras, pour les nettoyer. Seigneur, je t'en supplie, fasse que je ne conserve pas de cicatrice ! Mes épaules sont rouges à cause du café chaud, mais elles ne sont pas à vif, elles ne sont pas brûlées. Il a dû attendre que le breuvage refroidisse un peu, et puis il est monté se mesurer à moi. Prévoyant. Pourquoi ne voulaient-ils pas me laisser de trace ? Pourquoi ne m'a-t-il pas permis de voir son visage ?

Une heure passe, deux peut-être. Dehors, la lumière ne change pas. Je m'éloigne de mes vomissures sur le sol, rejoins le matelas et m'allonge sur le dos. Dans le contenu de mon estomac, il y avait des haricots. J'avais encore cette *fabada* dans l'organisme. Un élément, au moins, qui me fournit une échelle de temps. Ce doit être le matin qui suit le déjeuner avec Zulaika. Il va s'écouler encore vingt-quatre heures supplémentaires avant que quiconque ne s'aperçoive de ma disparition. Quand je ne vais pas me présenter à leur planque demain, cela va éveiller les soupçons de Kitson. Mais que puis-je faire ? Il ne va pas compromettre son opération en lançant ses hommes à la recherche d'Alec Milius. Si ça se trouve, c'est lui qui m'a trahi.

Tâche de garder ton calme. Tâche d'être logique. Il est sidérant qu'après six années je n'aie personne à Madrid à qui je vais manquer, pas une femme, pas un voisin, pas un ami. Il pourrait s'écouler des jours avant que Sofía ne remarque mon absence. Je suis assis près de la fenêtre pour avoir un peu de chaleur et je scrute l'extérieur, au travers des traînées de peinture qui maculent la vitre, en quête de mouvements dans le champ. Je n'ai pas envie de hurler pour réclamer des vêtements et des aliments. Je n'ai pas envie de leur procurer ce plaisir. Au lieu de quoi, je vais attendre, patiemment, et supporter tout ce qu'ils me feront. Tout au fond de ma tête, je conserve cet optimisme persistant, à cause de mon geôlier qui est resté le visage recouvert de son passe-montagne. S'ils devaient me tuer, il n'aurait pas pris cette précaution.

Mais à la fin de l'après-midi, j'ai froid et j'ai très faim. J'ai besoin d'uriner et le coup que j'ai reçu dans le ventre m'a laissé un hématome tout enflé au bas des côtes. Un vent humide et froid s'est insinué par l'étroit interstice de la fenêtre et le soleil est parti. J'essaie de dormir, mais l'odeur de vomi, près du lit, est effroyable, et je ne peux que rester couché, les yeux ouverts, grelottant, en fixant le plafond du regard. À une ou deux reprises, j'entends du mouvement au rez-de-chaussée, mais à part cela, je pourrais être complètement seul dans la maison. Le crépuscule approche, j'arrache la couverture de la fenêtre en tirant cinq coups brutaux. Elle me retombe sur la tête, dans une pluie d'insectes et de poussière. Quelques instants plus tard, une voiture arrive en direction du bâtiment, elle suit un chemin que je ne peux pas voir. Ce bruit est grisant. Il prouve que de la vie existe ailleurs. La voiture se gare à l'autre bout, et une portière claque, une seule. Des bottes sur la terre durcie, puis le vague murmure d'une conversation. Après guère plus de deux ou trois minutes, le moteur redémarre et le véhicule s'éloigne. La maison est de nouveau enveloppée dans le silence. Incapable de patienter davantage, je vais dans le coin de la pièce et je pisse contre le mur.

Il doit être 8 ou 9 heures quand un autre homme monte à nouveau les marches. Il y a maintenant très peu de lumière, dehors.

– Écarte-toi de la porte, ordonne-t-il.

Et je m'accroupis sur le sol, près de la fenêtre, prêt à bondir s'il m'attaque. La serrure cliquette, la poignée tourne et on pousse un plateau à l'intérieur. Je ne vois pas de visage, rien qu'un bras pâle, sans poils. La voix dit : « Ça pue ici, bordel », c'est tout. L'homme referme la porte à clef et redescend.

Il n'y a pas de couverts, rien à boire, mais je dévore la nourriture avec mes mains crasseuses, enveloppé dans une couverture qui me démange la peau. C'est un ragoût insipide, fait de riz, de carottes et de vieille viande pleine de gras et de nerfs, bonne à rien, si ce n'est pour le sel et l'énergie. Je me crée une cuiller avec les trois doigts du milieu de la main droite et engloutis la sauce gluante à une cadence démentielle. De constater à quelle vitesse j'ai été réduit à cet état animal, je suis effaré. Je ne sais comment, une mouche s'est débrouillée pour pénétrer dans la pièce et elle bourdonne autour de ma nourriture, de ma pisse, avant de s'installer dans ma flaque de vomissures. Pourquoi ne viennent-ils pas me chercher ? Pourquoi ne me posent-ils aucune question ?

Avec tout ce que j'ai enduré, mes angoisses au sujet de la mort de Kate, toutes ces années de solitude et la stupidité de l'exil, j'ai touché le fond. Je respire et j'inhale une terreur abjecte. Les hommes et les femmes de l'ETA sont impitoyables dans la défense de leur cause et ils n'hésiteront pas à me faire du mal, sauf si je leur donne ce qu'ils veulent. Mais que veulent-ils ? Qu'est-ce qui me vaut d'avoir été amené ici ? Dans cet état d'hébétude panique du captif, je ne peux que supposer une chose : Zulaika est le responsable de tout, il est la créature de ces gens, leur laquais ou leur outil de propagande. Il a passé deux coups de téléphone, tous les deux en basque, pendant que nous déjeunions. Il devait les guider vers moi, me tendre un traquenard. Il a commandé ce déjeuner non pour prolonger notre entretien, mais pour laisser à l'ETA le temps d'atteindre la station-service.

Il fait maintenant nuit noire, une nuit sans lune. Les oiseaux ont cessé de chanter et il n'y a plus de voitures.

Parfois, un chien aboie au loin, mais je n'entends jamais aucun de mes ravisseurs. La sensation d'isolement est aggravée par le bruit des avions qui volent très haut, le dernier étant passé peut-être à 11 heures ou minuit. Je me souviens, enfant, dans cet internat en Angleterre, lorsque je levais la tête pour suivre les appareils qui s'envolaient de Londres, et j'enviais aux passagers leur liberté, le luxe dont ils jouissaient. Je m'imaginais en prisonnier, incapable de m'échapper et de les rejoindre en des terres lointaines. Tout cela me semble ridicule à présent. Je suis incapable d'envisager le voyage, les décisions prises qui m'ont conduit à cette terreur, à cette fin improbable.

Et puis la femme arrive. Elle attend derrière la porte et me donne pour instruction de me tenir près de la fenêtre, dos à la pièce.

– Si tu avances, on te tue, me prévient-elle en espagnol.

Et cette menace est proférée comme une telle banalité, d'une voix si dure et si inhumaine, que j'ai du mal à l'associer à une femme. Elle insiste, « C'est compris ? », me forçant ainsi à répondre. Et j'adresse mes premiers mots à mes ravisseurs :

– J'ai compris. Je suis debout près de la fenêtre.

La serrure cliquette et la poignée tourne, on pose quelque chose par terre, et puis la femme se retire de la pièce. Je crois l'entendre renifler, et même suffoquer à cause de l'odeur. La porte est de nouveau verrouillée et, à travers le panneau, je l'entends encore me parler.

– Si tu veux dormir, bois.

Mais l'intrusion soudaine de la lumière surgie de l'escalier m'a endolori les yeux, et il s'écoule un certain temps avant que je ne puisse me réadapter à l'obscurité. En m'approchant de la porte, je manque faire rouler un verre d'eau, je me rattrape et mes orteils viennent au contact d'un morceau de tissu. Ils m'ont laissé un short en coton déchiré. Je l'enfile, j'avale l'eau en deux longues gorgées et je m'allonge sur le lit. Je rêve de maman et de Kate. Je rêve de chez moi.

Ce verre d'eau devait contenir une sorte de sédatif. Je suis réveillé, dans la noirceur de la nuit de mardi, par un bruit de tumulte. Deux hommes sont dans la pièce avec moi, et une lumière éblouissante est braquée droit sur mon visage. Ils portent tous les deux des passe-montagnes et l'un m'arrache la couverture qui me couvre le corps, en hurlant « Réveille-toi ! Sors de ce plumard, bordel ! » Puis ils me soulèvent, en me crochetant les bras, et ils me giflent. Ils sont repartis tout aussi vite. La porte, de nouveau verrouillée, leurs pas qui s'estompent. Obscurité. Maintenant, je ne vois plus rien, je n'entends plus rien. J'ai la cervelle embrumée, engourdie. Il me vient vaguement à l'esprit que ce sont les premiers stades d'une privation de sommeil. Si tel est le cas, ils vont revenir dans une demi-heure, puis une fois encore avant l'aube, et ainsi de suite, jusqu'à demain. Leur idée consiste à désorienter et à terroriser, à pousser le prisonnier au bord de l'inconscience pour ensuite le réveiller, qu'il finisse par redouter même le sommeil.
Je m'allonge et j'essaie d'être fort. Il faut que je lutte. Mais je suis tellement déboussolé que je parviens à peine à me concentrer. Combien de temps ai-je dormi ? Combien d'heures de repos me faudra-t-il pour rassembler mes esprits au moment où la torture débutera ? Pour la première fois, je suis confronté à la possibilité de ma propre mort, et je m'en réjouis presque. Si j'étais resté avec Lithiby et Hawkes, si JUSTIFY avait réussi, le Cinq ou le Six m'auraient-ils entraîné à résister à une situation de cet ordre ? Aurais-je été mieux préparé ? Je suis saisi par l'odeur de pisse et de vomissure qui règne dans la

pièce et j'éprouve encore une envie pressante d'uriner. Je reste allongé, immobile, sur le lit pour essayer que ça passe. Et puis il doit s'écouler encore une heure avant qu'ils ne reviennent, les deux mêmes hommes, le même bruit à la porte, si bien que cette fois je suis prêt à les accueillir, je suis déjà réveillé quand ils me braquent la lampe torche à la figure. Je considère comme un petit triomphe personnel de réussir à m'asseoir avant qu'ils n'aient eu l'occasion de me malmener, et ce doit être pour se venger de cela qu'ils profèrent des paroles accusatrices au sujet de ma couverture que j'aurais déchirée, de ma chambre que j'aurais abîmée, et l'un des deux me flanque un violent coup de poing dans la région des reins. Je vomis à nouveau, instantanément. Je laisse retomber mon visage contre le flanc du lit et mes vomissures ont dû atteindre leurs souliers car je reçois un coup cinglant derrière la tête, une vraie châtaigne.

« Sale espion », fait une voix, mais je ne mesure pas tout de suite la signification de ce mot, ce qu'il implique. Mes vomissements m'ont coupé le souffle, et j'entends des rires brefs et féroces dans la cage d'escalier. J'ai des picotements dans les narines, une acidité qui me remonte du fond de la gorge. Pour je ne sais quelle raison misérable, je ressens un besoin maladif de la présence de cette femme maintenant et je suis au bord des larmes. Ne pleure pas, Alec. Ne t'apitoie pas sur toi-même, sur ce qui se passe ici. Je mets un point d'honneur à me rasseoir, à quitter le lit pour aller à la fenêtre, encore enveloppé dans la couverture, et j'essaie de me redresser en inspirant à fond plusieurs goulées d'air frais.

Mais ils me tiennent. Ils ont sur moi une maîtrise totale. Tout au long de la journée suivante, au-delà de l'heure convenue pour le rendez-vous avec Kitson, après de longues heures de soleil et de nouveau l'arrivée d'une voiture, je suis maintenu éveillé. Je suis contraint de pisser et de chier dans le même coin répugnant de la chambre, envahi par une nuée de mouches qui bourdonnent autour de mon corps. D'où viennent-elles ? La femme me propose une nourriture que je suis trop lâche et trop affamé pour refuser. De temps à autre, je bois de l'eau, sans savoir et sans me soucier de sa provenance, ou de ce qu'elle contient. Avec le temps qui passe, seul l'un d'eux monte à mon étage et me tient éveillé en cognant simplement contre la porte, en secouant la poignée et en hurlant des obscénités qui s'évaporent dans l'espace sordide de ma prison. Pas une fois je ne leur crie dessus, pas une fois je ne réponds. Je conserve au moins cette maigre dignité. Mais pour le reste, je suis un homme brisé, un homme fini. Si Kitson ne vient pas rapidement me libérer, je crains tout simplement de ne jamais plus quitter cet endroit.

Ce doit être le troisième jour, ou le quatrième ; ils arrivent tous les trois et me sortent dans la lumière. Un Anglais pâle, à peu près nu, un espion qui titube dans une cour boueuse cernée de bâtiments de ferme, sous la pluie. Nous ne nous attardons pas longtemps et je ne vois que des taches de verdure entourant les collines. Masqués par leurs passe-montagnes, ils me conduisent dans une grange à environ cinquante mètres de la porte d'entrée et m'ordonnent de me placer debout contre le mur du fond, mains sur la tête.

Je sais ce qui va suivre.

L'eau glacée jaillit du tuyau et me crible le ventre, puis le plus petit des deux hommes l'envoie gicler partout sur mon corps. J'essaie d'avaler, de suivre le trajet du liquide avec la bouche, de goûter cette eau fraîche, sublime, mais il hurle.

– C'est pas pour boire. Lave-toi.

Et j'entreprends de me rincer l'entrejambe, le derrière et les pieds, puis lentement le dessous des bras, en retirant le short de coton souillé, car j'ai depuis longtemps cessé de me préoccuper de la gêne d'être nu. Je n'ai pas dormi depuis plusieurs jours, mais ces premiers moments sont très clairs, l'eau a la saveur de la pluie et me réveille. On lance une petite savonnette rose sur le sol, je m'en frictionne et je sens l'odeur de merde, de vomi et de honte qui me dégouline de partout. La femme, qui est mince et porte des bottes en cuir bon marché et un blue-jean clair, s'est assise sur une chaise en métal au centre de la grange. Le troisième homme a fait coulisser le battant de la porte pour le fermer et se tient devant, armé d'un pistolet. Il est aussi en jean, chaussé de baskets blanches ; c'est lui qui m'a lancé le café à la figure, j'en suis presque sûr. Ils ont tous trois des yeux noirs, immobiles. Il y a de la paille et de la boue séchée par terre, et une odeur rance de fumier, mais il semblerait que cette ferme n'ait plus été en activité depuis des années. Des bâches bleues toutes souillées recouvrent divers outils rouillés près du mur du fond, à vingt mètres au moins de l'endroit où je me trouve. Une seule ampoule très puissante est suspendue au plafond, mais des fentes et des points de lumière demeurent encore visibles dans le toit et les murs.

Dès que le jet d'eau est coupé, on me pousse, nu et mouillé, sur une petite chaise en bois à laquelle on me ligote par les mains et les pieds avec du fil électrique. Je ne me débats pas, je ne me plains pas. Mon corps est couvert de marques de coups et de piqûres, qui se mettent maintenant à me démanger à cause de l'eau. Ensuite, on m'enfonce sur la tête un sac de jute qu'on me saucissonne autour des épaules avec ce qui me paraît être de la ficelle très fine. Quand ils m'ont jeté comme un paquet dans le coffre de leur voiture, ils m'ont cogné l'épaule contre la carrosserie, et c'est dans cette contusion que cette ficelle mord maintenant comme du fil à couper le beurre.

– Quel est ton vrai nom ?

La femme vient de parler. C'est elle le chef, c'est clair. J'entends l'homme qui m'a ligoté regagner la porte.

– Je m'appelle Alec Milius.

De l'intérieur du sac, où j'ai déjà très chaud, je ne vois rien, pourtant ces premiers moments sont d'un calme étrange. Je sais que mon corps est faible et pâle, que ma nudité est une émasculation, mais en un sens, ma fatigue intense et ma faim me sont un soutien.

– Pour qui travailles-tu ?

– Je suis un banquier d'affaires. Je travaille pour une banque, Endiom, dis-je, et je mets un long moment, peut-être trop long, pour épeler les lettres. E.N.D.I.O.M. C'est une société anglaise, avec un bureau à Madrid.

Un poing s'enfonce dans mon estomac. Je ne l'avais pas entendu venir. Les poumons brutalement vidés de leur air, j'étouffe et je tousse. Le sac contient de fines particules de terre qui me rentrent dans la gorge. Je n'arrive plus à respirer. J'essaie de parler, mais je n'arrive pas à respirer. La femme poursuit :

– Arrête de mentir. Pour qui tu travailles ?

Mais je suis incapable de répondre. Le fil électrique qui me lie les mains est trop serré, et j'ai l'impression que tout le poids de mon corps est suspendu à mes poignets déchiquetés.

Et encore.

– Pour qui tu travailles ?

Je lui fournis la même réponse – ce seul mot : Endiom. Je reçois un deuxième coup de poing. Je bascule en avant, et mon agresseur doit rattraper le poids de ma tête. Sa main me couvre la bouche à travers le sac et j'ai envie de la mordre, de lui rendre douleur pour douleur. La femme dit en basque quelque chose que je ne comprends pas. Ensuite, une grande vague de nausée monte en moi, et je crois que je vais vomir. Là encore, elle me pose la question, et comme je ne réponds pas, j'entends le grognement d'un homme, tout près de moi, comme s'il s'apprêtait à m'assener encore sa frappe. J'essaie de bander les muscles de mon abdomen, de me préparer, mais j'ai perdu toute maîtrise physique de la partie inférieure de mon corps. Ensuite, le déclic d'un briquet juste à côté de mon oreille. Oh, bon Dieu ! Va-t-il mettre le feu au sac ? Puisant dans la force du désespoir, je crie :

– Putain de Dieu, je ne suis pas un espion. Vous m'avez traité d'espion. Quand il m'a apporté à manger, il y a trois jours. Quand il m'a empêché de dormir.

Un déclic, le briquet s'éteint. Je réussis à éloigner la chaise de ce bruit, elle racle le sol. Il y a un silence. À la porte, le garde qui m'a jeté le café à la figure s'éclaircit la gorge. Je crois l'entendre s'avancer vers moi, mais je ne peux plus me fier à mes sens. Je tousse encore, à cause de la poussière. J'étouffe, dans la terrible obscurité du sac, et je secoue la tête, totalement perdu.

– Depuis combien de temps tu es un espion ? demande la femme.

C'est la logique folle et hachée de l'interrogatoire. Quoi que je dise, je ne dis rien.

– Je vous l'ai dit, je ne suis pas un espion. Vous détenez le mauvais prisonnier. Je ne suis pas un espion. Je vous en prie, quand je vous dis la vérité, ne me frappez pas. Je m'appelle Alec Milius. Je suis un citoyen britannique. Je suis arrivé à Madrid il y a six ans. Je travaille pour une société britannique. Vous pensez que je suis un espion à cause du contact que j'ai eu avec Mikel Arenaza, mais je n'ai rien eu à voir avec sa mort. Je veux démasquer ce tueur autant que vous. Je pense que vous savez...

Mais ce que je dis est couvert par le terrible crissement d'un objet pesant qu'on traîne sur le sol. Cela vient de la direction de la bâche bleue, près du mur du fond. C'est le bruit d'un frigo, d'un coffre, un objet de grande taille, encombrant, le grincement atroce des ongles sur le tableau noir. Ce que j'avais à dire n'intéressait pas la femme. Ils ont déplacé cet objet pendant que je parlais.

– Qu'est-ce que c'est ?

– Alec ?

Sa voix est soudain devenue très douce, elle est juste en face de moi, à quelques centimètres de mon visage. Je pourrais lui flanquer un coup de pied si j'avais les jambes libres. Nous pourrions nous embrasser. Même dans cet état cauchemardesque, l'idée me vient qu'on ne doit jamais frapper une femme. Je peux entendre le souffle lourd des deux hommes qui s'arrêtent, tout près.

– Oui ?

– Tu as bien écouté ça ?

– Écouté quoi ? Le bruit ? Oui, bien sûr.

– Et tu comprends ce que je t'ai dit ?

– Qu'est-ce que vous m'avez dit ? Vous ne m'avez rien dit. Je sais que vous êtes l'ETA. Je ne suis pas un espion.

Un autre coup de poing dans le ventre, j'en reste suffoqué. Qui m'a fait ça ? Était-ce la femme ? Je lui crie quelque chose, conscient que mon vœu secret de ne jamais me comporter de la sorte, de ne jamais leur accorder la satisfaction d'entendre la punition qu'ils m'infligent porter ses fruits, que ce vœu, je l'ai rompu trop aisément. Et puis subitement c'est le silence, long et assez profond pour que j'entende un oiseau battre des ailes dans les chevrons de la grange, jusqu'à ce que la femme finisse par reprendre la parole.

– Je vais formuler ta situation de façon claire, reprend-elle. Devant toi, c'est un réchaud à gaz. C'est cela que nous venons de traîner depuis l'autre extrémité de la grange. Maintenant, je voudrais que tu m'écoutes attentivement.

Une fois de plus, l'horrible crachotement de la flamme du briquet. L'un des deux hommes se tient juste à ma droite. Quelqu'un tourne ce qui me fait l'effet d'une manette sur une cuisinière. J'entends le sifflement du gaz qui s'échappe et se disperse dans le néant, suivi d'un ronflement quand il s'allume. Oh, mon Dieu ! Je vous en prie, non !

– Si tu refuses de coopérer avec nous, nous allons allumer ce réchaud. Nous allons te rôtir et te laisser mourir. Nous tous, ça nous est strictement égal. Ce ne sera pas la première fois, et rien ne nous interdit de recommencer. Donc, je souhaite que tu réfléchisses très attentivement à ce que tu vas nous répondre.

Je fonds en sanglots. Je ne peux plus dissimuler la peur qu'ils m'inspirent. Mon corps frigorifié tremble de terreur et de froid, et je sens une sorte de folie monter en moi, sous l'horreur noire de ce sac. Qu'ils fassent de moi ce qu'ils veulent. Je n'ai plus envie de lutter.

– Alors, allez-y ! ai-je hurlé. *Venga. No soy un menti-roso.* Allez vous faire foutre, bande de brutes ! Je ne suis pas celui que vous croyez. Je ne suis pas un espion. Allez-y, putain !

Une manchette en travers de la tête, du dos de la main, puis quelque chose de dur me claque contre les genoux, un bâton ou un gourdin en bois. Mes yeux se noient de larmes, je tords le cou. Je leur hurle dessus.

– Vous êtes des brutes. Vous trahissez votre cause. (D'où me vient cette force ? Une extraordinaire volonté de défi surgit en moi et s'impose.) Vous ne savez pas ce qui se passe. Il existe d'autres GAL. Pour les GAL, je sais.

Si vous me tuez, si vous me carbonisez, vous serez tous nettoyés.

J'ignore si mes menaces ont le moindre effet. Je m'en moque. Je crois que je m'évanouis, avant de reprendre conscience. Je crois qu'on éteint le gaz. Mes genoux me lancent. Comme si mes os vibraient de douleur. Je n'arrête plus de tousser. Enfin, la femme reprend la parole :

— Qu'est-ce que tu entends par là ? (Et sa voix, pour la première fois, laisse transparaître une note d'anxiété.) *Qué significa la otra GAL* ? Que veux-tu dire, Alec ?

L'emploi de mon prénom serait presque une bénédiction. J'ai une chance de pouvoir mettre un terme à ce cauchemar. Je me redresse sur mon siège, je prends le risque de recevoir encore un coup d'un de ces hommes, je m'exprime très lentement, en y mettant toute la sincérité et tout le soin que je peux.

— On m'a envoyé à Saint-Sébastien. La banque m'a envoyé à Donostia. J'ai rencontré Mikel Arenaza et je me suis entretenu avec lui. J'avais des questions à lui poser pour mon travail. Il s'est montré aimable. Il a suggéré que l'on se revoie à Madrid et il m'a téléphoné le jour de sa disparition. Il a appelé de l'aéroport et nous sommes convenus d'un rendez-vous.

Quelqu'un s'est éloigné de la chaise et s'est penché sur le réchaud. J'ai entendu la masse métallique se déplacer, à peine, sur le sol de pierre. J'essaie désespérément de me remémorer les détails, et cela m'aide de ne pas avoir à mentir. Je poursuis :

— M. Arenaza ne s'est pas présenté à notre rendez-vous. Je l'ai attendu dans un bar de Gran Vía. Le Museo Chicote. C'est un endroit connu. J'ai pensé qu'il rejoignait son amie, que c'était la raison de sa présence à Madrid. Il avait une maîtresse. Je tiens à bien me faire comprendre. Il faut que vous le sachiez. Est-ce que je me fais bien comprendre ?

    – Qui ? demande la femme.

    Je marque une pause, j'essaie de retrouver une respiration fluide, qui m'apaise, sous ma cagoule. À qui se réfère-t-elle ? Veut-elle savoir au sujet de Rosalía ? Pourquoi leur chef me demande-t-elle « qui ? » J'ai perdu le fil de mes pensées. J'ai envie de demander à l'un des hommes de me retirer ce sac de jute et de me donner un verre d'eau, mais cela m'exposerait au risque de recevoir encore un autre coup.

    – Elle s'appelle Rosalía Dieste. Son beau-père a été assassiné par l'ETA, à la gare de Chamartín. L'une de vos opérations, ça remonte à loin. Elle a séduit Mikel parce qu'il était membre de Batasuna. Elle voulait le voir mort. C'était sa vengeance. Je l'ai suivie parce que j'aimais bien Mikel. J'ai essayé de le retrouver.

    Il se produit quelque chose. Je sens le contact du métal sur la peau de mon biceps. Un couteau. La corde qui retient le sac, elle vient d'être tranchée. Ensuite, ils m'arrachent la cagoule et, immédiatement après, m'attachent un bandeau sur les yeux, très fermement ajusté. Je ne me rends compte de rien, rien qu'une explosion de lumière. Suffoquant à moitié, j'avale une grande goulée de l'air de la grange et je lâche un cri pitoyable, comme si l'on m'avait libéré d'un trou noir. Et puis la femme me parle :

    – Continue.

    – Je suis banquier, un banquier d'affaires. Je ne suis pas un espion. Je vous en prie, je ne veux pas être brûlé vif. Je vous en prie, pas le gaz. (C'est si dur, de réfléchir.) Je l'ai suivie parce que cela m'intéressait. Je savais, pour la fille, et je ne voulais pas aller le raconter à la police ou aux journalistes qui me téléphonaient, parce que c'était un secret. Vous voyez ? Mikel m'avait demandé de

ne rien dire à personne. Il était mon ami. Ensuite, j'ai
vu Rosalía avec Luis Buscon. Vous connaissez Luis Buscon ? Il est des GAL. J'en suis sûr. Il y a un journaliste,
Patxo Zulaika, qui sait tout là-dessus. Peut-être le
connaissez-vous. Je pense que vous le connaissez. Il travaille pour *Ahotsa*. Il n'est pas au courant pour Buscon
parce que je ne lui fais pas confiance. Mais pour les GAL,
il sait. Il me l'a dit, au déjeuner. Il faut me croire. Il faut
que vous lui parliez.

Rien n'est dit. Il règne un silence absolu, une minute
pour les morts. Et puis, soudain, comme si on venait de
monter le volume à la télévision, je les entends se dis-
puter en basque avec fougue. Même dans mon état de
quasi-démence, je comprends que j'ai tenu des propos
qui les ont mis sur les nerfs, quelque chose susceptible
de me maintenir en vie. Il se peut que je n'aie pas à leur
mentionner Kitson. S'ils me mettent à griller sur le
réchaud, je leur parlerai de Kitson le cas échéant. Je ne
crois pas que je serais capable de me retenir. J'aime bien
Richard. Il est ce que je voulais être. Mais s'ils me mettent
à griller sur ce réchaud et s'ils allument le gaz sous mes
cuisses nues, Dieu sait que j'ignore ce que je serais capable de leur révéler.

— Répète-moi ce nom, fait-elle. Tu as bien prononcé
le nom de Luis Buscon ?

— Oui, oui, fais-je, me ruant là-dessus comme sur un
morceau de viande. Luis Buscon. Il se fait aussi appeler
Abel Sellini. Il travaillait avec Dieste. Il a assassiné Arenaza et il a transporté le corps jusqu'à Valdelcubo. C'est
pourquoi j'étais là-bas aujourd'hui. Buscon est un mercenaire portugais. Juan Egilan... Je n'arrive pas à me
souvenir de son nom. Celui qui a été enlevé...

— Juan Egileor.

— Oui. Il a été enlevé par les Espagnols. Et Otamendi aussi. Il a été abattu parce qu'il était des vôtres.

Ils vous haïssent. Ils vous considèrent comme des terroristes. Ce sont des fascistes qui ne croient pas à la cause.

Là encore, ils replongent dans leur conversation. Tout ce que je veux, c'est une demi-heure de répit, et reprendre des forces. Je donnerais n'importe quoi pour ça. Je donnerais n'importe quoi, rien que pour serrer Sofía dans mes bras et retourner à notre hôtel de Santa Ana. S'ils arrêtent de me frapper, s'ils me laissent repartir, je lui dirai que je l'aime. S'ils me retirent cet engin à gaz, là, je lui dirai que je l'aime.

– Luis Buscon est un personnage que nous connaissons. Comment as-tu appris son nom ?

– J'ai graissé la patte du concierge de l'hôtel.

– Quel hôtel ?

– Le Villa Carta, à Madrid.

– Et comment sais-tu que c'est un mercenaire portugais ? Comment un banquier d'affaires anglais sait-il ce genre de choses ?

Comment répondre à cela ? J'ai presque l'impression de les sentir s'avancer vers moi, de refermer l'espace autour de moi. Il devrait être plus facile de mentir, car ils ne peuvent pas voir mes yeux, mais je ne trouve rien à leur ajouter.

– C'est le concierge Alfonso qui m'a révélé ça. (Cette invention que je viens de trouver relève du miracle.) Il m'a expliqué que Buscon descendait toujours à l'hôtel et le personnel avait fouillé dans ses effets. L'hôtel est au courant de ses faux passeports, de tout l'argent qu'il enferme dans son coffre. Il réserve sa chambre au nom d'Abel Sellini. La police le tient sous surveillance, mais ils ne l'arrêtent pas, à cause de ce qu'il fait subir à l'ETA. Vous ne saisissez pas ? Ils veulent qu'il continue. Il dirige les GAL.

– C'est peu vraisemblable.

La réplique de la femme est très brusque et j'ai la crainte redoutable d'un autre passage à tabac. S'ils ne me croient pas, ils vont allumer le gaz. Ensuite, terminé, tout sera terminé. Ils se parlent en basque et l'un d'eux se rapproche du réchaud. Si j'entends le déclic du briquet, je crois que je vais crier.

Dis quelque chose. Dis quelque chose.

– Pourquoi peu vraisemblable ?

– Parce que nous connaissons le señor Buscon depuis longtemps.

La voix de la femme n'est plus dirigée vers moi, comme si elle regardait vers la porte. Je me demande s'il n'y a pas un nouvel arrivant, une quatrième personne, dans le hangar. J'aimerais que l'un des hommes dise quelque chose.

– Il est associé au ministère de l'Intérieur. L'un de ses plus anciens amis est l'adjoint du ministre en personne. As-tu rencontré ces hommes ?

– Non, bien sûr que non. Bien sûr que non.

– Alors pourquoi t'es-tu impliqué ?

– Je vous l'ai déjà dit. Je ne suis pas impliqué.

– Tu ne connais pas Javier de Francisco ?

– Non.

Et c'est la vérité.

– S'il existe un autre GAL, ce sera Francisco qui aura la mainmise dessus. C'est lui, l'ordure. Tu sais qu'il était soldat au temps de Franco ?

– Je vous l'ai dit, je ne sais rien de lui.

– Alors permets-moi de t'instruire. Un jeune Basque lui a tenu tête, un courageux garçon de Pampelune. Et Francisco a pris ce garçon qui n'avait rien fait et, avec deux de ses hommes, ils sont partis en rase campagne et ils l'ont frappé à coups de pelle, jusqu'à le tuer. Donc, cet homme sait ce que c'est, de tuer en lâche. C'est la vipère noire du gouvernement de l'Espagne. Et tout cela est resté dissimulé, grâce à ce pouvoir corrompu que tu sers.

– Ce n'est pas vrai.

Je ne comprends pas le rapport qu'elle établit entre Francisco et Buscon, entre un jeune homme que l'on a assassiné et des soldats d'une époque révolue. Je sais que je sortirai de cet endroit vivant si je parviens juste à prouver l'authenticité de ce que Zulaika m'a révélé. Et pourtant, il a déjà dû faire part de sa théorie à mes ravisseurs. J'ai tout le côté gauche de la tête assailli de violents élancements de douleur, qui m'interdisent de réfléchir. Était-ce tout cela que Kitson souhaitait d'entrée de jeu ? M'a-t-il piégé ? Je n'arrive pas à tout démêler. Si Julian arrivait, là, tout de suite, ou Saul, ou Sofía, en un sens tout se tiendrait davantage. Je n'arrive plus à raisonner.

– Je vous l'ai dit. Je suis un banquier d'affaires. Je vis tout seul à Madrid.

Puis je leur répète des propos qu'ils ont déjà entendus, mais il ne me reste plus rien d'autre.

– J'ai fini par m'intéresser à ce qu'était devenu Mikel. Je l'appréciais, sincèrement. Je n'aurais pas dû suivre Buscon. Je n'aurais pas dû suivre la fille. Simplement, je m'ennuyais. Je suis désolé. Je suis franchement désolé. Je ne suis pas un espion.

Et ensuite, ça recommence, ils me cognent. Après, je ne me souviens plus de rien. Plus de conversation, plus de question, plus de peur et même plus de douleur. Je ne me souviens de rien.

30. Dehors

Il y a ce film réalisé par un Hollandais, *La Disparue*, dans lequel un homme se réveille à l'intérieur de son propre cercueil. Il a été enterré vivant. Dans la dernière scène, il reste seul, il endure cette fin terrifiante, cette asphyxie cauchemardesque, et le public sort de la salle à la dérive, dans la nuit, abasourdi de peur. Et il en est de même, sous le contrecoup de ma propre terreur, lorsque je me réveille, dans le trou de mémoire total d'un mort-vivant. Je suis allongé sur le flanc. Quand je tends le bras droit, ma main bute sur une paroi. Lorsque je le tends au-dessus de ma tête, il se heurte à un panneau de plastique dur qui provoque une douleur sourde dans mes doigts et mon poignet. Mes pieds ne peuvent pas se déployer de plus d'une dizaine de centimètres avant d'être arrêtés par une surface ferme et résistante. Autour de moi, tout paraît clos. Ce n'est qu'en tendant la main à l'aplomb de mon visage, comme si je voulais chercher le couvercle du cercueil, que je trouve un espace dégagé, libre.

Je recouvre peu à peu les sens. Je porte des vêtements. Il fait chaud, cela fait longtemps que je ne me souvenais plus d'avoir eu aussi chaud. J'ai des souliers aux pieds et mes yeux s'habituent progressivement à la lumière. Mais quand je relève la tête, quand j'essaie de m'asseoir, la migraine me vrille le crâne, et je sens le vomissement tapi dans le fond de ma gorge. La douleur est si intense que je dois me rallonger dans l'obscurité, respirer à fond pour me relâcher, déglutir.

Je tâtonne encore de la main droite, je procède par lents tapotements tout le long du panneau au-dessus de ma tête. Il flotte une odeur étrange, reconnaissable, un mélange d'alcool et de pomme de pin, cette même acidité âcre que dans mon arrière-gorge. Mes doigts se referment autour de ce que je crois être une poignée de portière. Je lève la tête, au risque de souffrir, je tire dessus et une lumière aveuglante enflamme aussitôt l'espace. Lorsque je rouvre les yeux, je m'aperçois que j'étais allongé sur la banquette arrière d'une voiture, garée dans un minuscule garage en parpaings. Je suis à l'intérieur de l'Audi. Qu'est-ce que je fais là ?

Réclamer à mon corps tout tordu de bouger provoque une souffrance atroce, pire peut-être que toutes les douleurs de l'interrogatoire que je garde en mémoire. Toutes les parties de mon être me font mal : mes pieds, mes chevilles, mes cuisses, mes bras, mes épaules, ma nuque, tout se mêle en un seul bloc meurtri très conscient. Je meurs de soif. J'ai besoin de rester assis, portière ouverte, les pieds posés sur le sol pendant au moins une trentaine de secondes, le temps de rassembler mes forces, avant de me lever. J'ai un terrible hématome sur tout le ventre, une carte aux contours écarlates qui me laisse atterré quand je relève ma chemise pour l'examiner. Ce sont mes vêtements, ceux que je portais à Valdelcubo. Je ne suis plus dans leurs loques. J'essaie de placer le poids de mon corps sur mes jambes, mais la douleur me rend la marche difficile. Au bout de deux pas, j'ouvre à l'avant, côté passager, et je m'effondre sur le siège.

La boîte à gants est ouverte. À l'intérieur, je vois qu'il y a mon portefeuille, les deux téléphones portables et leurs chargeurs. C'est déconcertant. Les cartes SIM sont dedans, et j'essaie d'allumer les deux appareils, mais les batteries sont à plat. Pourquoi fallait-il qu'ils me les restituent ? Les *etarras* ont vidé mon portefeuille, sauf vingt euros, mais les cartes de crédit, les photographies de Kate, de maman, de papa, tout est là. Et je vois aussi mon trousseau de clefs pendu au démarreur. Les clefs de la Calle Princesa, de la boîte postale, même celles de la chambre meublée en Andalousie.

Quel est cet endroit ? Une salle d'attente de la mort ? Mes ravisseurs sont partis, c'est évident, et pourtant, je n'ai aucune idée du lieu où je me trouve, de l'heure ou de la date, de leurs raisons d'agir de la sorte, ou de mon droit à la survie. J'examine mon visage dans le rétroviseur, avec cette barbe de plusieurs jours, je vérifie d'éventuelles contusions ou des coupures, mais il me semble intact, Dieu merci. Ils n'auraient pas voulu que l'opinion découvre ma figure tuméfiée, pour le cas où j'aurais fait une apparition devant la presse. Cela desservirait l'ETA auprès de sa base populaire. Ils ne cessaient jamais d'avoir ces questions de mise en scène à l'esprit.

Je me relève, je m'aide en prenant appui sur la portière ouverte, je marche très lentement, comme un vieil homme, un infirme, vers la porte du garage. L'air est moite, étouffant. J'ai conscience de mon odeur, de l'aigreur de mon haleine et de ma sueur. La porte n'est pas fermée. Quand je tourne la poignée, elle coulisse sans difficulté au-dessus de ma tête, révélant un paysage dénudé de terre poussiéreuse et de basses collines aux pâles contours. Ce n'est plus la ferme. C'est ailleurs. Nous avons quitté le Pays basque et sommes descendus plus au sud, dans le désert. Cela ressemble à l'Aragon.

Puisant un surcroît de force dans l'euphorie de la liberté, je contourne le garage par l'arrière, là où il n'y a rien d'autre que de vieux sacs plastique et des flaques d'eau boueuse. Un oiseau mort gît sur un tas de bois. J'entends passer des voitures, le chuintement des moteurs et des pneus sur l'asphalte. Une deuxième construction, plus vaste, se dresse en retrait du garage, elle est en ruine, exposée aux éléments. J'éprouve un désir irrésistible de quitter ces lieux et d'être libre. Mon corps raidi se dénoue peu à peu, mais si je ne bois pas quelque chose assez vite, il me sera presque impossible de prendre le volant. J'ai la présence d'esprit de me baisser et de contrôler la présence éventuelle d'une bombe sous la voiture, mais dans ce mouvement, mes cuisses, mon dos, ma migraine me font un mal de chien. Puis je m'enfonce dans le siège du conducteur, je tourne la clef dans le démarreur et je me sors lentement de là, pour m'engager dans le chemin boueux.

Ma vision me paraît correcte. Je n'ai pas inspecté le reste de mon corps, les marques ou les cicatrices, mais je pourrai le faire dès que j'aurai trouvé un hôtel. La radio fonctionne. Rien que d'entendre à nouveau des voix humaines, de me reconnecter au monde, me fait l'effet d'une seconde chance, d'une bénédiction. Il s'écoule plusieurs minutes avant que je n'apprenne quel jour nous sommes et la date – samedi 19 avril –, mais l'horloge du tableau de bord m'indique 4 :06. Cela ne se peut pas. Ils ont dû la dérégler. Ensuite, ce sont les informations sur Cadena Ser à 17 heures. Le présentateur évoque longuement l'enlèvement d'Egileor et l'invasion de l'Irak. Dans le centre de Bagdad, la statue de Saddam Hussein a été renversée et, à la place, un crétin de Ricain a hissé la bannière étoilée. Un collègue d'Arenaza a exigé une enquête approfondie sur les circonstances entourant sa mort, mais il n'y a aucune mention de Dieste ou de

Buscon, de Javier de Francisco ou de la sale guerre. Ma propre disparition semble être passée complètement inaperçue.

Ensuite, comme un miracle au bord de ma route, je vois un stand où l'on vend des boissons et des fruits, et j'avale presque un demi-litre d'eau en longues gorgées, jusqu'à épuisement. Si mon allure ou mon comportement semblent inhabituels à la marchande, elle n'en laisse rien paraître. Elle prend mon billet, se contente de froncer le sourcil devant le montant inscrit dessus, vingt euros, me rend une poignée de pièces et se rassied sur un tabouret bas. Je lui demande de m'indiquer sur la carte l'endroit où nous nous trouvons et elle me désigne une portion de route entre Épila et Rueda de Jalón, à deux heures de route au sud du Pays basque. Ils ont dû m'amener ici en convoi, dans le coffre de la voiture, me balancer sur la banquette arrière de l'Audi, refermer le garage et reprendre la direction d'Euskal Herria.

La route me conduit au sud, à l'*autovía* NII. Je peux être à Madrid à 10 heures, mais c'est une longue route et mon corps, malgré le plein d'eau, ne supportera pas ce trajet. J'ai besoin de me reposer et de me laver. J'ai besoin de réfléchir. Mes genoux se raidissent sur les pédales et une douleur nerveuse, comme un petit choc électrique, me cisaille de temps à autre le creux des cuisses. Je réclame l'anonymat de la grande ville, quelque part où je puisse disparaître et reprendre mes esprits, et décider de la suite. Je ne suis pas encore prêt à faire face à Kitson ou à Sofía, à me rendre à la police ou à me confronter avec Zulaika. Je prends donc la décision de rouler vers l'est, vers Saragosse, de réserver dans un hôtel quatre étoiles situé au centre de la ville, sous mon nom. Dieu merci, j'ai laissé mes faux passeports, mes permis de conduire, tout l'attirail imbécile de mon existence secrète à Madrid. Si les *etarras* avaient découvert quoi que ce soit de cet ordre, ils m'auraient presque certainement tué.

Les téléphones se mettent à sonner dès que je les branche. Message sur message de Sofía, deux de Kitson et de Julian, un simple texto de Saul. Même maman m'a appelé, et rien qu'à écouter la modulation de sa voix, douce et dégagée de tout, j'éprouve une fois encore le caractère miraculeux de ma survie. Je me serais attendu à ce que Kitson soit inquiet, mais il a appelé mardi pour annuler notre rendez-vous à Tétouan. Cela expliquerait son attitude si imperturbable. Son second message, qu'il m'a laissé à midi, le 16, me confirme simplement le fait, évoquant des « difficultés logistiques à Porto ». Seule Sofía paraît bouleversée, ses messages gagnent chaque fois en intensité, au point qu'elle finit par couper la communication, exaspérée, convaincue que je fais la sourde oreille pour « passer du temps en Angleterre avec cette fille ».

– Sois honnête avec moi, Alec, c'est tout, me dit-elle. Dis-moi juste si tout est fini, si c'est ce que tu veux.

Je prends un long bain chaud, je bois une demi-bouteille de scotch, avec trop de Nurofen. L'hématome qui me barre l'estomac est très vilain, et mes genoux, là où mes ravisseurs ont abattu cette barre en métal, sont presque bloqués après ces heures de route. J'ai une meurtrissure d'un jaune-noir très prononcé, en haut du tibia gauche, une marque que je ne m'imagine pas voir disparaître un jour. Je vais devoir consulter un médecin, payer discrètement quelqu'un pour m'examiner, sans qu'il me pose trop de questions gênantes. J'ai aussi des ecchymoses autour des épaules, d'autres bleus dans le dos, même un caillot de sang séché, encore poisseux, dans les cheveux. Quand est-ce arrivé ? Je peux prendre ce rendez-vous sous un faux nom et raconter que j'ai été happé dans une bagarre. Ensuite, il va falloir procéder à des analyses de sang et à des radios. Je vais devoir subir des examens.

Juste après 9 heures, je commande un *sandwich mixto* au service d'étage et je passe une série de coups de fil depuis le téléphone de l'hôtel. Maman est sortie, donc je laisse un message sur son répondeur pour lui signaler que je suis en déplacement professionnel et qu'elle peut me joindre dans ma chambre ici. Saul dîne dans un restaurant à Londres, et il m'est difficile de saisir ce qu'il me répond, mais rien qu'à entendre les mots qu'il prononce et les rires détendus des filles à l'arrière-plan, je sens m'envahir un mal du pays qui confine au délire. Je redoute que ma voix ne manque de fermeté et, tandis que nous nous parlons, je vois mes doigts trembler sur le lit. Il m'annonce que le divorce avec Héloïse progresse, mais sans s'étendre sur le sujet, et me promet de revenir à Madrid sous peu. Ensuite, j'appelle Sofía.

– Est-ce que je peux te parler ?
– Que veux-tu dire par là ?

À en juger par son ton sec et dédaigneux, il est évident qu'elle est d'humeur revêche.

– Je veux dire par là : est-ce que Julian est près de toi ?
– Il est sorti.
– Écoute, je suis désolé, j'ai été injoignable. Je ne peux rien t'expliquer pour le moment. Ce n'est pas ce que tu crois.
– Et qu'est-ce que je crois, Alec ?

J'ai la sensation qu'elle a un œil sur sa télévision, ou sur une page de magazine, rien que pour m'irriter. Elle sait que je déteste qu'elle ne se concentre pas sur ce que je lui raconte. J'ai envie de lui crier la vérité, de sangloter, de l'appeler au secours. Je me sens si totalement brisé, si seul dans cette chambre d'hôtel, et je regrette qu'elle ne soit pas avec moi, pour prendre soin de moi et m'écouter. Mais c'est inutile.

– Je peux imaginer ce que tu penses. Que je suis parti avec une autre femme, que je suis allé à Londres, ou je ne sais quoi. Mais ce n'est pas ça. J'avais à faire. D'accord ? C'est tout. Ne sois pas en colère.

– Je ne suis pas en colère. Je suis contente que tout aille bien.

Il y a un long silence. Elle veut mettre un terme à la conversation. Je replie les genoux contre ma poitrine, et je m'aperçois qu'en parlant, je frissonne.

– Sofía ?

Elle écarte le combiné de sa bouche et lâche un profond soupir très théâtral.

– Oui ?

– Peux-tu me retrouver ? Quand je serai rentré à Madrid ? Dans deux jours ? Pouvons-nous aller au Reina Victoria ?

– Lundi ? C'est lundi que tu rentres ?

Je sens une pointe de reproche, déjà, dans cette simple question.

– Oui.

– Et c'est tout ce que je suis pour toi, maintenant ? Une histoire d'hôtels ? Tu ne me téléphones pas pendant plus d'une semaine, et ensuite tu veux me baiser ? C'est ça ?

– Tu sais que ce n'est pas vrai. Ne réagis pas ainsi. J'ai vécu un enfer.

– Que veux-tu dire, tu as vécu un enfer ? Moi, j'ai vécu un enfer. J'en ai marre, Alec, j'en ai marre.

– J'ai été pris dans une bagarre.

Le choc. Une fraction de seconde.

– Quel genre de bagarre ?

C'est étrange. Tout ce que je veux, c'est avoir le dessus dans cette dispute, lui faire honte pour sa mauvaise humeur.

— J'ai été passé à tabac. Ici, à Saragosse. C'est pour ça que je n'ai pas pu aller dans le sud pour Julian. Il m'a laissé des messages en me demandant où j'étais. J'ai perdu connaissance, je suis resté inconscient un certain temps.

C'est un épouvantable mensonge, l'un des pires que je lui aie jamais inventés, mais nécessaire, dans la mesure où cela suffit à la retourner. Instantanément, elle est affolée.

— Inconscient ? Tu as été pris dans une bagarre ? Mais tu ne te bagarres jamais, Alec. Où est-ce arrivé ? *Lo siento, cómo estás, mi vida ?*

— Ici, à Saragosse. Je cherchais une propriété. Saul songe à s'acheter quelque chose par ici. Je lui ai proposé de l'aider, pendant qu'il resterait en Angleterre. Des hommes m'ont attaqué lorsque je suis remonté dans ma voiture.

— Saul était avec toi ?

— Non. Non. Il devait revenir de Londres, plus tard. Je viens de quitter l'hôpital aujourd'hui. Dis-le à Julian, d'accord ? Je ne veux pas qu'il se mette en colère.

Je ne suis pas fier de recourir à pareil stratagème, mais je n'ai pas le choix.

— Alec, me fait-elle avec douceur, et sa voix me va droit au cœur.

Je pense à la grange, à cette noirceur sous cette cagoule, et je ferme les yeux, très fort, pour lui répondre :

— Je vais mieux maintenant. Je garde juste quelques bleus. Mais ça m'a mis dans une telle colère, tu comprends ? Je crois que si jamais je revois ces hommes, je les tuerai.

– Je sais, je sais...

Elle pleure.

– Je meurs d'envie de te toucher, lui dis-je. Tu me manques. Très fort.

– Moi aussi, m'avoue-t-elle. Je vais réserver l'hôtel. Là, on pourra en parler.

– Oui. Mais ne pleure pas, d'accord ? Ne sois pas bouleversée. Je vais bien.

– Je me sens tellement mal...

On frappe à la porte. Cela me fait sursauter, plus peut-être qu'en d'autres circonstances, mais ce n'est que le service d'étage. En disant au revoir à Sofía, je me lève lentement du lit, je ferme mon peignoir, en scrutant par le judas. Derrière la porte se tient une serveuse, très jolie, et seule. Quand elle entre, elle a l'air saisie de me voir, une réaction qui peut être sexuelle, à moins que ce ne soit juste le choc. Je suis incapable de le dire. Elle pose le plateau sur le lit.

– *Buenas tardes, señor Milius.*

Soudain, un rêve de sexe surgi de nulle part m'électrise. Je m'allongerais volontiers avec cette fille sur mon lit et je dormirais avec elle, des jours et des jours. N'importe quoi, rien que pour la douceur et la paix, au contact d'une femme. Je lui tends un billet de cinq euros en guise de pourboire et j'aimerais qu'elle ne s'en aille pas.

– Merci, je vous en prie, fait-elle.

Et je suis sur le point de la prier de rester, quand subitement ma tête se fend en deux de douleur. Elle est partie, elle a refermé la porte derrière elle, et je me laisse choir sur le lit comme une pierre, en me demandant combien d'autres comprimés, combien d'autres verres d'eau et de whiskey je vais devoir avaler avant que tout cela ne cesse. La vision de mon corps brisé me rend furieux, en sachant que j'ai eu tort de convenir d'un rendez-vous avec Sofía si tôt. Les hématomes sur mes jambes et mon ventre vont la terrifier. Je regrette que la fille ne soit pas restée. Je regrette de ne pas avoir été seul.

Comme un invalide, je réussis à ingurgiter la moitié seulement de mon sandwich, avant de le vomir dans les toilettes. Quelque chose ne tourne pas rond chez moi, cela va au-delà du choc et de l'épuisement. Comme s'ils m'avaient empoisonné à la ferme, comme s'ils m'avaient injecté quelque chose dans le sang. Je sombre dans un sommeil désespéré et, à 4 heures du matin, je me réveille, tendu, égaré. Je laisse la lumière allumée dans la chambre, pour me réconforter, et je m'habille lentement, je sors marcher dans le centre de Saragosse pendant plus d'une heure. Ensuite, de retour à l'hôtel, incapable de retrouver le sommeil, je règle ma note à 6 heures, je m'accorde un petit déjeuner et je prends la route du retour vers Madrid.

31. Plaza de Colón

À 7 heures, quand je lui téléphone depuis une ligne fixe, dans une station-service, Kitson est réveillé. Il n'a pas l'air surpris de m'entendre.

– Vous étiez parti, Alec ?

– Quelque chose dans ce goût-là.

Je lui réponds qu'il nous faut nous voir dès mon retour à Madrid, et je suggère un rendez-vous à 2 heures, devant les chutes d'eau de la fontaine, sur la Plaza de Colón. Il ne connaît pas l'endroit, mais je le lui décris en détail et le prie de venir seul.

– C'est bien intrigant.

Le trajet me prend à peu près sept heures. Je suis forcé de m'arrêter à plusieurs reprises pour récupérer, parce que mes yeux sont douloureux, à cause d'une migraine persistante. Les antalgiques ont émoussé mes réflexes et les conséquences de ce que je suis sur le point de faire me plongent dans une sorte de confusion. Une fois arrivé à Madrid, sachant que l'ETA sait presque à coup sûr où je vis, je laisse l'Audi à Plaza de España, je passe sous la douche en vitesse et j'emprunte mon itinéraire de contre-surveillance en sillonnant le *barrio* en direction d'El Corte Inglès. J'utilise les escalators en zig-zag et j'essaie plusieurs vêtements, tout en m'assurant que je ne suis pas surveillé. Là encore, néant. À titre de dernière précaution, je descends tant bien que mal en claudiquant l'escalier qui mène aux quais de la station de métro Argüelles, je prends une rame de la ligne 4 et j'en sors au dernier moment, à la station Bilbao, où j'attends une deuxième rame, pour le cas où j'aurais été suivi sur la première. Pendant trois minutes, j'ai le quai pour moi tout seul, puis une lycéenne de treize ou quatorze ans descend les marches avec un ami. Ils tiennent tous deux une besace à la main. Soit l'ETA m'a perdu, soit ils ont décidé de ne pas me soumettre à une filature. S'ils ont dissimulé un mouchard dans la voiture, il les conduira à mon garage, et pas plus loin. S'ils ont relié mes portables à un système de triangulation, il ne leur désignera que mon appartement.

La Plaza de Colón est une vaste place située du côté est de la Castellana, à environ un kilomètre au nord du musée du Prado. Un grand drapeau espagnol flotte au centre de la place à côté d'une statue de Christophe Colomb. À sa base, les débordements d'un système de fontaine complexe forment une chute d'eau qui se déverse sur toute la façade d'un musée, dissimulé en contrebas au-dessous du niveau du sol. L'entrée du musée n'est accessible qu'à pied, en passant sous la fontaine par des escaliers, aux deux extrémités. L'endroit offre un cadre naturel à une manœuvre de contre-surveillance, un long passage étroit, avec un mur d'eau d'un côté et un édifice public de l'autre, invisibles de l'extérieur. Notre rendez-vous peut s'y tenir sans encombre.

Quand je fais mon apparition au pied de l'escalier sud, Kitson lève les yeux, mais sans réagir. Il est assis vers l'autre bout du passage, sur un muret en brique qui court au-dessous de la chute. L'eau crépite et décrit dans son dos un arc vibrant et régulier qui alimente un bassin peu profond. En face de l'endroit où il est assis, une carte du périple de Colomb vers l'Amérique est sculptée en haut-relief dans le mur du musée. Je la consulte un petit moment, avant de me retourner et de le rejoindre. Quand je m'assieds, il m'offre une dragée de chewing-gum à la menthe d'un paquet d'Orbit.

– J'en ai besoin ?

Il rit et s'excuse d'avoir dû annuler le rendez-vous convenu la semaine précédente.

– Ce n'est pas grave. De toute manière, je n'aurais pas pu venir.

– Ah bon, pourquoi cela ?

Je respire à fond. J'ai pris ma décision, elle va à l'encontre de tout ce qu'il me reste d'instinct de conservation, je vais avouer la vérité à Kitson sur ce qui s'est produit après Valdelcubo. Ce choix avait de quoi me paralyser. Lui mentir aurait pu être payant à court terme, mais s'il finissait ultérieurement par découvrir que j'avais été enlevé et torturé par l'ETA, toute confiance entre nous aurait été rompue. Cela aurait signifié la fin d'une carrière éventuelle au sein du Six ou du Cinq, sans évoquer le coût, à titre personnel, qu'aurait représenté un second manquement commis à l'encontre de nos services de renseignement. Et pour ce que je veux tenter, j'ai besoin de Kitson. J'ai besoin de lui pour me venger. Pourtant, si je lui avoue ce qui s'est passé, il craindra que je n'aie tout révélé à mes ravisseurs de son opération en Espagne. Dans cette grange où le nom de Buscon a été plusieurs fois évoqué, j'ai été accusé de façon répétée d'être un espion britannique. Je suis presque certain de n'avoir fait aucune mention de Kitson ou du MI6, et rien évoqué non plus au sujet de la livraison de ces armes que Buscon a procurées à l'IRA « véritable » en Croatie. Dans le cas contraire, ils m'auraient sûrement tué. Je ne puis en avoir la certitude. Je leur ai peut-être tout raconté. Il y a certains moments de ces séances de torture dont je ne conserve tout simplement aucun souvenir, comme s'ils avaient été nettoyés de mon esprit au moyen d'une substance psychotrope.

– J'ai fait ce que vous m'aviez demandé de ne pas faire.

– Vous êtes allé devant la fosse où a été enterré Arenaza, complète-t-il sur un ton posé.

– Je le crains.

Derrière nous, la chute d'eau crépite comme une salve d'applaudissements qui ne s'achèverait jamais. Elle noie presque ses paroles. D'une voix calme, il reprend :

– Et qu'est-il arrivé ? Pourquoi boitez-vous, Alec ?

Donc, je lui raconte. Je reste assis là une demi-heure et je lui décris l'horreur de la ferme. À la fin, je tremble de colère et de honte, et il pose une main sur mon épaule pour essayer de me calmer. Ce doit être la première fois que nous avons un véritable contact physique. À aucun moment, son visage ne trahit la vérité de ses sentiments. Ses yeux sont aussi prévenants et contemplatifs que ceux d'un prêtre. Il est sous le choc, naturellement, et m'exprime sa sympathie, mais, sur un plan professionnel, sa réaction demeure opaque. J'ai le sentiment que Richard Kitson comprend exactement ce que j'ai enduré, parce qu'il a été assez infortuné, au cours de sa carrière, pour connaître à maintes reprises de telles situations.

– Et maintenant, comment vous sentez-vous ?

– Fatigué. Furieux.

– Avez-vous vu un médecin ?

– Pas encore.

– La Guardia Civil ?

– Croyez-vous que je doive ?

Cela lui donne matière à réfléchir. Il allume une Lucky Strike et hésite sur la réponse.

– Vous restez encore un simple citoyen, Alec, donc vous devriez agir selon ce que vous estimez le plus juste. Je me serais attendu à ce que vous alliez trouver la police. Les hommes... la femme... qui vous ont infligé ce traitement attendent que vous le déclariez à la police. En fait, si vous vous absteniez, cela risquerait de paraître suspect. D'un point de vue personnel, toutefois, nous préférerions que vous ne rendiez pas cette affaire publique. Le problème du retour de flamme, etc. Cela étant, le choix vous appartient. Absolument. Je ne veux pas que vous imaginiez une quelconque mainmise de notre part sur votre décision.

– Et si je n'y vais pas, hein ?

Je veux qu'il me confirme le maintien de cette offre de coopération. Je n'ai pas envie que les événements récents affectent notre relation professionnelle.

– Le Foreign Office peut certainement vous trouver un endroit où résider en sécurité pour un certain laps de temps. Nous pouvons vous réimplanter.

– Ce ne sera pas nécessaire. Si l'ETA avait voulu ma mort, ils m'auraient tué dans cette ferme.

– Probable, admet-il, mais ce sera plus sûr, pour le moins.

– Je serai prudent. Et qu'en est-il de mon boulot ?

– Avec moi ou avec Endiom ?

Je ne m'attendais pas à cela. Je pensais uniquement à Julian. Il se peut que Kitson ne voie aucune raison pour que cet enlèvement affecte mes rapports avec le SIS. Mieux, il peut supposer que cela me motivera, me poussera à poursuivre Buscon et l'ETA, avec une énergie accrue. Là-dessus il a raison.

– Je ne pensais qu'à Endiom. Pourquoi ? Croyez-vous que je vous serai utile ?

– Absolument.

Il réagit comme si la question était naïve, la tête renversée en arrière et lâchant un filet de fumée au-dessus de lui.

– Mais j'ai besoin d'en savoir davantage sur la sale guerre. J'ai besoin de savoir ce qui s'est dit, au juste. Les paramètres dans le cadre desquels mon équipe opère ici se trouveraient singulièrement élargis par une affaire de cet ordre. Il nous faut une déposition complète que je puisse télégraphier à Londres dès que possible. Vous allez devoir essayer de vous remémorer tout ce qui s'est produit.

À cette fin, nous nous rendons immédiatement dans l'hôtel à peu près convenable le plus proche – le Serrano, sur Marqués de Villamejor –, pour réserver une chambre au nom d'un des passeports de Kitson. Il prépare un enregistreur numérique qu'il sort de sa veste. Je lui fournis les noms et les théories, la principale d'entre elles étant que Luis Buscon entretiendrait une association de longue date avec un personnage haut placé au ministère de l'Intérieur, un dénommé Javier de Francisco. Kitson prend des notes détaillées et boit un Fanta Limón qu'il a sorti du minibar. De temps en temps, il me demande si ça va, et je lui réponds invariablement que oui.

– Donc, quel est le tableau, sur le long terme ?

– Si une nouvelle sale guerre se déclenche, s'il existe des hommes au sein du gouvernement Aznar qui financent clandestinement des attaques contre l'ETA, c'est catastrophique pour Blair et Bush. Comment lutter contre le terrorisme, si vos alliés ont pour tactique de brandir eux-mêmes l'arme de la terreur ? Vous voyez ? Toute leur relation se retrouve sur le flanc.

Ce sont les premières minutes encourageantes que je vis depuis des jours. Être capable de développer une analyse de ce complot contre l'ETA qui saura susciter l'écoute de Vauxhall Cross, et sera peut-être même transmise à Downing Street et à Washington, voilà qui m'inspire un sentiment de satisfaction.

Les Britanniques et les Américains vont devoir mettre un terme à cette conspiration en recourant à des moyens clandestins, ou alors abandonner Aznar en tant qu'allié. Maintenant, je ne sais pas comment ils vont se débrouiller.

Kitson lâche un profond soupir.

– Le plus gros problème, en ce qui me concerne, c'est Patxo Zulaika.

Au moment où j'ajoute cette phrase, mes genoux me font soudain souffrir et je les masse, un geste qui attire son attention.

– C'est un nationaliste basque fervent, il a compris que cette sale guerre était une réalité tangible. D'ici peu, il publiera un reportage complet dans *Ahotsa*, et là, les digues vont sauter.

– Et de combien de temps disposons-nous avant qu'il ne se lance ?

Sans que je sache pourquoi, Kitson se figure que je détiens la réponse à cette question.

– Mystère et boule de gomme. Mais si les gens qui m'ont kidnappé contrôlent le journaliste, il ne se souciera guère de livrer un éclairage équilibré. Il n'est plus temps de vérifier les faits et les sources. Il va foncer.

Peut-être parce que les circonstances sont presque identiques à celles d'un débriefing qui a eu lieu en 1997, je repense à Harry Cohen. Dans un hôtel de Kensington, j'avais annoncé à John Lithiby que Cohen avait pigé pour JUSTIFY : quelques jours plus tard, il gisait dans un hôpital de Bakou après s'être fait démonter la tête par des brutes, des Azéris. En toute honnêteté, si Kitson devait donner le feu vert à une opération similaire visant Zulaika, là, maintenant, je n'émettrais aucune objection.

Je veux qu'il subisse ce que j'ai subi. Je veux me venger de ce qu'il a fait.

— Et vous croyez Zulaika ? Vous pensez que c'est réellement ce qui se trame ? Cet Otamendi, cet Egileor, cet Arenaza seraient les victimes d'une troisième sale guerre ?

— Considérez les faits, Richard. (Sur la bande, à l'écoute, mon ton risque de paraître condescendant.) Il n'y a plus eu de disparitions et de meurtres de cette espèce en Espagne et dans le sud de la France depuis des années, et ensuite en voici trois d'affilée. L'employeur d'Egileor, ADN, est une entreprise de mobilier de bureau. Segundo Marey, un homme innocent qui a été enlevé par les GAL en 1983, travaillait aussi pour un fabricant de meubles accusé de recycler des fonds au bénéfice de l'ETA. Tout cela ressemble à une mauvaise plaisanterie. Ensuite, il y a le cadavre d'Arenaza, retrouvé dans une fosse sous de la chaux vive, dans des circonstances identiques à celles où l'on a retrouvé Joxean Lasa et Joxi Zabala. Le parallèle est volontaire. Ceux qui commettent ces actes narguent les Basques. Les organisateurs des deux premières sales guerres, et nous parlons d'individus occupant certaines des plus hautes fonctions de ce pays, ont tenté de se protéger de toute divulgation en se tenant le plus à l'écart possible de ce qui se fomentait. À cette fin, ils ont embauché des extrémistes de droite étrangers pour accomplir la vilaine besogne à leur place. Des néo-fascistes italiens, des activistes français de l'ancienne OAS, des exilés latino-américains. Ces hommes étaient des idéologues farouches, ils détestaient les groupes marxistes comme l'ETA, et possédaient presque tous une formation militaire. Luis Buscon entre très précisément dans ce schéma.

– En effet, marmonne Kitson. Sauf que, dans ce cas, l'ETA prétend que Buscon est l'élément visible d'une conspiration qui remonte aussi haut que Javier de Francisco.

– Et pourquoi pas plus haut ? ai-je suggéré.

– Qui est le patron de Francisco ?

– Félix Maldonado, le ministre de l'Intérieur. Et, à l'étage supérieur, José María Aznar.

Kitson laisse échapper un sifflement feutré et note quelque chose. Ensuite, comme si les deux observations étaient liées, il ajoute un commentaire :

– Nous avons découvert des preuves, à Porto, que Buscon a engagé des mercenaires pour le compte des Croates pendant la guerre des Balkans, d'où ses liens initiaux avec ce trafic d'armes.

– Que sont-elles devenues d'ailleurs ?

Il relève le nez de ses notes. Il fait sombre, dans cette chambre d'hôtel, et l'air est étouffant.

– Les armes ?

Je hoche la tête. Geste révélateur, il tend le bras pour éteindre l'enregistreur numérique. Il veut protéger sa taupe au sein de l'IRA des oreilles londoniennes.

– Situation en attente. Nous gardons certaines de ces armes en observation, d'autres se seraient apparemment envolées. Bien entendu, j'ai toujours cru possible que les deux enquêtes puissent être liées. Si ce que vous a rapporté Zulaika est vrai, les armes croates ont pu tomber entre les mains de l'État espagnol et doivent peut-être servir à combattre l'ETA. Buscon a pu les détourner de leur destination. C'est certainement un aspect que je vais mentionner à Londres.

– Et Rosalía Dieste ?

Quelque chose se coince en travers de ma gorge et je tousse avec violence, au point d'avoir l'impression que mes côtes vont se fendre. Kitson plisse le front, l'air inquiet, et me propose une bouteille d'eau.

– Que devient-elle là-dedans ? reprends-je, en buvant à petites gorgées pour calmer ma toux. Zulaika disait qu'elle avait disparu. Sous-entendu, qu'on l'aurait liquidée. Vos gens disposent de quelque chose à ce sujet ?

Kitson rallume l'enregistreur et paraît masquer un petit sourire satisfait, peut-être une réaction au vocabulaire que j'ai choisi d'employer. Puis il renverse la tête, vide le reste de son Fanta, écrase la boîte et la jette, un lancer parfait, un tir lobé de trois mètres, directement dans la corbeille à papier.

– Rosalía Dieste est en vacances, me répond-il. À Rome. Elle n'a pas disparu. Elle est attendue ce soir avec son amoureux, sans aucun doute avec des cartes postales du pape, quelques *fagioli* et une bonne bouteille de chianti.

– Bon, ça fait du bien de l'apprendre.

– Votre M. Zulaika a dû se fourvoyer.

Je me demande si tous ces propos ne sont pas destinés aux supérieurs de Kitson, à Londres : il m'a laissé la bride sur le cou avec cet enregistrement ; maintenant, il veut me rappeler qui est le patron.

– En réalité, nous avons un autre problème. Un autre problème avec une autre fille.

Je me lève pour soulager un peu la raideur qui m'ankylose tout le corps, et mon tibia gauche me déloche une pointe d'une douleur cuisante, directement sous la rotule. Je retombe contre le mur, près de la porte, le souffle court. Kitson voit ça et manque renverser la table en essayant de me rattraper. Il récupère presque tout le poids de mon corps sur ses épaules, puis il me conduit à la salle de bains et me dépose sur le rebord de la baignoire. Il est d'une force surprenante. Je lui confie que je suis gêné à cause de ma transpiration qui a traversé ma chemise et souillé son bras.

— Ne vous inquiétez pas pour ça, m'assure-t-il. Ne vous inquiétez pas.

Mais j'ai la tête qui tourne et je tire une serviette de son support, au-dessus de la baignoire, pour m'essuyer le cou et le visage. Il me faut encore deux minutes avant de lui demander ce qu'il veut dire au sujet de cette fille.

— Quelle fille ?

— Vous disiez à l'instant qu'il y avait une autre femme, un nouveau problème. Avec quelqu'un d'autre que Rosalía.

— Oh, oui ! (Il me regarde droit dans les yeux.) Buscon a laissé un paquet à l'hôtel Carta ce matin.

— Buscon est de retour à Madrid ?

— Était. Il a rendu la chambre à 8 heures. Une femme est venue chercher le paquet environ une heure plus tard. Quelqu'un que nous n'avons pas identifié. Vous êtes sûr que ça va, Alec ?

— Très bien.

Il repasse dans la chambre et je l'entends fouiller dans sa veste. J'ai encore chaud, le souffle court, mais la douleur est à peu près passée.

— Attention, me prévient-il, en me donnant ce qui ressemble à une photocopie couleur d'un cliché, sur un feuillet A4. J'avais organisé une surveillance à la réception et la sécurité nous a télécopié ceci. La reconnaissez-vous ?

Je retourne la feuille et elle m'échappe presque des mains. Je n'en crois pas mes yeux.

— Je vais prendre cela comme un oui, reprend-il, en constatant ma réaction. Donc, vous la connaissez ?

— Je la connais.

La femme de la photo, c'est Sofía.

32. La veuve noire

– Sofía Church ? La femme de votre patron ?

Un hochement de tête.

– Vous voulez m'en dire plus ?

Je ne croyais pas possible de me sentir plus en colère et plus déstabilisé que je ne le suis déjà, mais la trahison de Sofía est une humiliation toute nouvelle. Je me sens totalement démuni, vidé, comme si l'on m'avait brisé le cœur en miettes, pour le laisser se dessécher de chagrin, pendant des années. Entre-temps, Kitson n'arrête pas de m'observer et je sais, à tout le moins, que nous ne pouvons pas poursuivre cette conversation alors que je suis assis dans la salle de bains. Je lui demande de me soutenir et nous regagnons lentement la chambre. Je suis obligé de m'étendre sur le lit le plus proche, et de me caler la tête avec un oreiller. Je dois offrir un spectacle lamentable. Je n'ai même pas la force de mentir.

– Elle est espagnole, lui dis-je, comme si c'était un début. Ils sont mariés depuis cinq ans. C'est tout ce que je sais, Richard. C'est tout.

– Vous êtes sûr ?

– Je suis sûr.

Il sait. C'est évident. Tout sur ma liaison avec Sofía, tout sur Julian, tout sur cette fichue histoire. Ils nous ont vus ensemble au Prado. Les yeux de Kitson me soufflent de me mettre à table, avant la rupture de confiance. Ne me décevez pas. Ne reproduisez pas encore la même erreur.

— Écoutez, éteignez le magnéto.

— Quoi ?

— Arrêtez-le, c'est tout.

Il se lève, va à la table, s'assied et semble couper l'appareil. Je n'ai pas le cran de lui demander si je peux vérifier derrière lui.

— Sofía et moi, nous nous fréquentons depuis un moment. Nous avons une liaison.

— D'accord.

Dans la salle de bains, un robinet goutte.

— Êtes-vous marié, Richard ?

— Je suis marié.

— Des enfants ?

— Deux.

— Que fait votre femme ?

— Elle fait tout.

J'aime assez cette réponse. J'en suis jaloux.

— Ce n'est pas une histoire dont je suis particuliè-rement fier.

— Je ne suis pas particulièrement venu ici pour juger de cette histoire.

Il y a un temps d'acquiescement entre nous deux.

— Et maintenant vous pensez qu'elle aurait pu jouer la comédie avec vous ?

C'est la crainte la plus profonde de l'espion : être trahi par ceux qui lui sont les plus proches. En soi, la question de Kitson est un affront. Un officier du rensei-gnement de son calibre ne se serait jamais laissé mani-puler de manière aussi flagrante, lui. J'essaie de comprendre ce que Sofía pouvait bien fabriquer au Carta à récupérer une enveloppe laissée par Luis Buscon, mais tout ce que je vois, c'est qu'elle m'a utilisé depuis le début. Cela doit avoir un rapport avec le passé de Julian en Colombie, avec Nicole. Sont-ils partie prenante de la sale guerre ? Sofía déteste l'ETA, mais ni plus ni moins que la plupart des Espagnols. Elle désapprouvait Arenaza, mais pas assez pour avoir organisé son assassinat. Mon Dieu, je l'ai goûtée, je l'ai fait jouir. Nous avons eu parfois la sensation de nous fondre l'un dans l'autre, tant les sentiments entre nous étaient intenses. Si tout cela n'était pour elle qu'un jeu, un stratagème féminin, je ne sais pas ce que je vais décider. Mentir dans l'intimité entre deux êtres, c'est le plus grand de tous les péchés.

– Ce n'est peut-être pas elle sur la photo, suggère Kitson, comme s'il ressentait la honte que j'éprouve, mais l'entendre essayer de me réconforter me gêne. Peut-être vos yeux vous jouent-ils un tour ?

– Je peux la revoir ?

C'est bien elle. L'image est floue et ne montre la tête de la femme que de dos, mais la silhouette, la taille et la posture sont exactement celles de Sofía. Elle porte même des vêtements que je reconnais : une jupe en tweed à hauteur du genou, des bottes en cuir à talons hauts. Je brûle de rage.

– Bon sang, quel idiot !

– Vous n'en savez rien. Il se peut qu'il y ait une autre explication.

– Vous en voyez une, vous ?

Il a du mal à répondre. Il ne peut pas, faute de connaître les faits. Donc, pour la deuxième fois en l'espace de quelques heures, je suis obligé de renoncer à tout faux-fuyant et, avec des détails humiliants, de lui révéler la totalité de ma relation avec Sofía : les rendez-vous initiaux, les mensonges sans fin avec Julian, les après-midi volés et les disputes. Dieu seul sait comment je suis arrivé au bout de mon récit. Et, pendant tout ce temps, j'essaie de recomposer les pièces du puzzle, de comprendre leur stratégie à long terme. Pourquoi cette ruse pour me séduire ? Pourquoi Buscon et l'ETA, Dieste, Julian et Sofía ciblent-ils un Anglais vivant à l'étranger, si ce n'est pour se servir de lui comme pigeon ? Mais pourquoi moi ? Pourquoi Alec Milius ? J'évoque pour Kitson la vie de Nicole et Julian en Colombie, en lui demandant de vérifier leur dossier, mais je ne peux que conclure à l'existence d'une opération américaine, orchestrée par Katharine et Fortner, comme une vengeance après JUSTIFY. En même temps, il m'est impossible d'entrevoir davantage les rouages de ce piège qui m'a été tendu. En dépit de tout ce que je sais désormais, je ne parviens pas à saisir ce qu'ils me réservent.

33. Reina Victoria

Je rentre Calle Princesa. Il aurait peut-être mieux valu tout remballer, trouver un nouvel appartement à Madrid, ou même déménager dans une autre ville, mais cela aurait trop eu l'air d'une défaite. Je préfère endurer l'humiliation ultime, assister au succès de leur complot, voir l'expression de triomphe dans les yeux de Katharine, plutôt que renoncer maintenant. Il m'importe plus d'agir de mon mieux pour Kitson, d'aller jusqu'au bout, que de me défiler. Quoi qu'il en soit, il m'a certifié avoir encore besoin de moi et, avec ce que nous savons de l'implication de Sofía dans cette conspiration, nous détenons maintenant un avantage crucial. Nous avons de quoi inverser les rôles. Je peux commencer à l'utiliser.

– Voyez-la, couchez avec elle, *habla con ella*, m'a conseillé Kitson. Conduisez-vous comme si de rien n'était. Vous n'avez pas vu cette photo, vous n'avez aucune connaissance d'une sale guerre. Et surtout, surtout, n'allez pas lui parler de Patxo Zulaika et de l'ETA. Si elle est au courant, elle est au courant. Si elle fait partie de cette conspiration, elle fait partie de cette conspiration. En ce qui vous concerne, les marques que vous avez sur le corps proviennent d'une bagarre. Une transaction immobilière qui a viré à l'aigre. Une bande d'agents immobiliers de

Saragosse qui ont pris la formule « eau dans le gaz à tous les étages » un peu trop au pied de la lettre. Ensuite, rideau, et vous vous êtes réveillé à l'hôpital.

Donc, je maintiens notre rendez-vous au Reina Victoria. Dans la nuit de dimanche, je n'ai pas dormi, à cause du petit Danois de l'étage au-dessus qui s'est mis à taper, à marteler le parquet avec son jouet, juste au moment où j'ai piqué du nez à l'aube. Du coup, je suis écrasé de fatigue. Je ne peux pas plus prétendre devant Sofía qu'il ne s'est rien produit entre nous que je ne peux faire disparaître ces contusions et ces coupures de mon corps. Ce que j'éprouve est autant de la rage qu'autre chose : c'est ce que Katharine a dû ressentir quand elle a découvert que je lui avais menti pendant presque deux années entières. Selon toute probabilité, ma tromperie a ruiné sa carrière, et pourtant, après ce couteau planté dans le dos, la blessure d'amour-propre a dû être pire encore. En ce sens, il est possible de considérer ma douleur comme une forme de revanche morale. Sauf que je n'ai jamais embrassé Katharine. Je n'ai jamais couché avec elle.

Sofía est dans une chambre, au troisième étage, qui donne sur la place. Il est trop tard pour en changer et, de toute manière, je n'ai pas envie d'éveiller ses soupçons quant à mes motivations.

Dès les premiers regards, tout semble aller mal. Quand je frappe à la porte, elle m'ouvre tout habillée. Pas de négligé, pas de porte-jarretelles. Pas de nattes, pas de parfum. Rien de tout cet attirail visuel propre à une liaison amoureuse. Au lieu de quoi, elle a l'air angoissée, épuisée, un voile de larmes dans les yeux, et je me sens immédiatement pris à contre-pied.

– Que se passe-t-il ?

Je la suis dans la pièce et je m'assieds à côté d'elle, sur le lit. Aussitôt, elle se lève et va prendre place dans un fauteuil, près de la fenêtre. Je crains que Julian n'ait tout découvert à notre sujet, même si de telles inquiétudes ne sont plus plausibles et ne revêtent même guère d'importance. Mon Dieu, et si elle était enceinte ? Ensuite, elle se sèche les yeux avec un Kleenex et me dévisage. Se pourrait-il qu'elle joue la comédie ? Elle n'a pas encore parlé, mais je sens un mur entre nous que je suis incapable de percer.

— Sofía, que se passe-t-il ? Pourquoi pleures-tu ? Pourquoi es-tu si bouleversée ?

Quand elle pose de nouveau les yeux sur moi, à travers ses larmes, elle a un regard noir.

— Qui es-tu, Alec ?

Cette question vient comme une malédiction.

— Quoi ?

— Qui es-tu ?

Elle cesse de sangloter. Je ne sais comment lui répondre. Kitson ne m'a pas préparé à cela, pas plus que je n'aurais pu anticiper l'état dans lequel elle se trouve. Il y a si longtemps que je joue à ce jeu du mensonge et contre-mensonge professionnel que je me sens comme un boxeur rouillé, à force de déserter le ring, et décontenancé par ce qui arrive. Je ne saisis pas son angle d'attaque. Elle doit se jouer de moi, mais pourquoi cette colère ? Je m'attendais à la routine habituelle, sexe et champagne, orgasmes feints et service en chambre, pas au bluff à double fond des larmes d'une femme.

— Que veux-tu dire par « qui je suis » ? Pourquoi pleures-tu ? Sofía, s'il te plaît...

— Je veux dire ce que je dis. Qui est Alec Milius ? demande-t-elle d'une voix soudain plus forte.

— Eh bien, je pourrais te poser la même question. Qui est Sofía Church ?

Là, elle semble rentrer la tête dans le cou, son visage offre le masque du désespoir.

– Quoi ? Quelque chose ne va pas du tout, ou alors je ne sais pas lire clairement dans tout ceci. Qu'entends-tu par là ? fait-elle.

– Que je voudrais que tu m'expliques ce qui se passe. Laisse-moi t'aider.

Je lui passe un mouchoir en papier de la boîte posée à côté du lit, mais elle m'écarte le bras d'une claque brutale. Cela me met en colère, peut-être parce que je suis trop fatigué, et je perds mon sang-froid.

– Ah bon, et quoi alors ? Qu'est-ce que tu veux ?

Et elle se met à me crier dessus, déchaînée comme jamais je n'ai vu une femme se déchaîner. Le changement d'humeur est terrifiant, et je me demande si ce délire n'est pas destiné à masquer autre chose. Elle se lève de son fauteuil, vient vers moi et me flanque un coup de poing dérisoire à la poitrine, puis me gifle plusieurs fois en pleine figure. Un torrent de mots jaillit de sa bouche, et je n'en comprends quasiment aucun. On dirait qu'elle a perdu la raison. J'essaie d'envelopper son corps de mes bras, pour la maîtriser physiquement, mais elle continue à hurler.

– Lâche-moi, espèce de sale menteur !

Les insultes continuent de se déverser comme un poison. Quelque part, je m'inquiète de ce que l'on risque de nous entendre dans les chambres voisines, mais j'ai les mains trop occupées à me protéger la tête, le visage, contre sa colère. Puis je perds toute patience.

– Pourquoi est-ce que tu me frappes, bordel ? dis-je, sur le point de la plaquer contre le mur. Pourquoi te mets-tu en colère contre moi alors que c'est toi qui mens ? Pourquoi étais-tu à l'hôtel Carta ce matin ? Pourquoi ?

Cela l'arrête net. Je n'avais pas l'intention de trahir Kitson, mais c'était nécessaire. Sofía s'est subitement calmée. En fait, elle a l'air éberlué.

— Tu es au courant de ça ? Comment ? Comment sais-tu ?

Est-ce un aveu de culpabilité de sa part, ou encore une mascarade ? Si seulement je n'étais pas tellement épuisé. Avant de quitter l'appartement, j'ai pris un triple baby de vodka, mais cela ne m'a fait aucun bien. Sommes-nous enregistrés ? Cette petite scène fait-elle aussi partie du plan grandiose de Katharine et Fortner ?

— Évidemment que je suis au courant. Et je suis au courant pour Luis Buscon. Donc je veux savoir pourquoi tu es allée récupérer des paquets auprès de lui. Vous travaillez ensemble ?

Elle s'écarte encore plus loin de moi, en secouant la tête. La force de pleurer davantage paraît lui manquer. En fait, à la voir ainsi, elle m'évoque quelqu'un qui bascule lentement dans la folie. C'est épouvantable d'assister à pareil spectacle chez une femme qui comptait tant pour moi il y a peu.

— Qui est Luis Buscon ? me demande-t-elle, en tâchant de respirer à fond, de conserver la maîtrise d'elle-même. Qui est Luis Buscon ?

Je suis sur le point de lui répondre quand elle ajoute cette explication.

— J'ai reçu un coup de téléphone au bureau, hier soir, me priant de me rendre à l'hôtel Carta ce matin pour y récupérer une boîte d'échantillons déposés par un certain Abel Sellini. Il m'a expliqué qu'il représentait un créateur italien. Je ne savais pas qui il était. Il a insisté, c'était important. Qui est Luis Buscon ? Alec, de quoi s'agit-il ?

Tout commence à se tenir.

— Qu'y avait-il dans ce paquet ? lui demandé-je. Dis-moi. Qu'y avait-il dedans, Sofía ?

Je la presse de me répondre alors qu'elle me dévisage. Je veux à tout prix voir sa trahison démentie. Sans quitter mon visage du regard, en observant mes moindres tics, elle ramasse son sac, par terre. À l'intérieur, il y a une lettre qu'elle sort d'une enveloppe, elle me fourre un simple feuillet entre les mains, comme la preuve d'un adultère.

— Qu'est-ce que c'est ?

— *Léelo*, fait-elle. Lis.

La lettre n'est pas signée, et mal tapée. Elle contient une seule phrase, écrite en espagnol :

« Dis à ton amant d'arrêter son cirque, sinon ton gentil mari anglais saura qu'il a épousé une putain espagnole. »

— À l'intérieur, il y avait aussi des photos, me précise-t-elle, et elle se remet à pleurer. Subitement, tout cela devient logique. Rien de ce qui s'est produit n'a de rapport avec Katharine ou Fortner, avec Nicole ou Julian. Sofía ne m'a pas trahi. Mais mon réflexe d'allégresse est aussitôt battu en brèche par le fait que Buscon est au courant de notre liaison. Ses acolytes et lui ont dû me suivre depuis des semaines.

— Je les ai détruites, poursuit Sofía. C'étaient des photos de toi et moi à Argüelles, Alec, des photographies prises à travers les fenêtres de ton appartement, quand tu m'embrassais, des photos de moi en train de marcher avec toi dans la Calle Princesa. Qui es-tu ? Qui irait nous faire chanter comme ça ? Cela a-t-il un rapport avec ton travail pour Julian ? Comment sais-tu que je suis allée à cet hôtel ce matin ? Tu m'as suivie ?

Je dois échafauder un mensonge, tout en achevant d'assembler les dernières pièces du puzzle. Tout cela n'a été qu'un terrible malentendu. Il faut que je trouve un moyen de garantir l'opération de Kitson.

— C'est en rapport avec les hommes de Saragosse, lui dis-je. Je ne peux pas t'en dire plus.

— Les hommes qui t'ont frappé ?

– Les hommes qui m'ont agressé, oui.

– *Eres un mentiroso.* (Elle secoue la tête et détourne les yeux vers la fenêtre.) Tu mens sans arrêt. Je veux savoir la vérité.

– Je te dis la vérité. C'est une affaire privee, dans laquelle je suis impliqué. C'est un gros accord immobilier. J'ai épargné beaucoup d'argent, depuis la mort de mes parents, et si je l'investis dans ce projet, je pourrais gagner des centaines de milliers d'euros. Mais il y a des gens qui essaient de m'en empêcher.

– Ce Luis Buscon ? Cet Abel Sellini ?

– *Exacto.*

– Qui sont ces gens ?

– Ce sont des hommes d'affaires, Sofía. Sellini et Buscon travaillent pour une société russe, à Marbella.

– Pour la mafia ?

Elle a l'air atterrée. Je l'ai entraînée dans un cauchemar.

– Je ne sais pas s'ils sont de la mafia. Je suppose, oui. Je les ai rencontrés dans le cadre de mon travail pour Endiom. Mais Julian ne sait rien de tout cela. Tu ne peux pas lui en parler.

– Je ne vais pas lui en parler, crache-t-elle. Tu crois que je vais tout raconter à mon mari, au sujet de nous deux ? C'est ce que tu crois, Alec ? C'est ce que tu ferais, toi ? Montre-moi ce que t'ont fait ces hommes. Montremoi les marques, sur ton corps.

– Il n'y a pas de marques.

Mais elle m'arrache mes vêtements, tire sur les boutons, et l'un d'eux se défait et s'envole de ma chemise. Il fait assez sombre, dans cette pièce, et sa réaction à l'hématome qui me barre le torse n'est pas aussi épouvantable que je ne l'aurais craint. Elle se contente de se mordre la lèvre, elle redresse le menton, cligne des yeux sous le choc.

– *Dios mío, qué te han hecho ?*
Elle parvient à une décision, en secouant la tête.

– Il faut que tu mettes un terme à cette histoire, Alec, tout de suite. Les menaces de ces gens sont très sérieuses. Je ne veux plus recevoir de lettres. Je ne veux plus recevoir de photos. Je ne veux pas qu'ils nous fassent du mal. La prochaine fois, ils vont nous tuer, non ? Je veux que tu me promettes d'arrêter cette affaire.

– Je te promets que je vais arrêter tout ça.

– Et nous, c'est fini. Entre nous, c'est terminé. Je ne peux plus te revoir.

Je suis touché, j'imagine, de l'entendre trébucher sur ces derniers mots, mais une part obstinée de moi-même refuse de la laisser partir. J'ai besoin d'elle, maintenant plus que jamais, ne serait-ce que pour être réconforté par elle. Je ne peux plus rester seul.

– Ne dis pas cela. Je t'en prie, pas de réaction excessive. Si je me retire de cet accord, ils nous laisseront tranquilles.

J'essaie de la prendre dans mes bras, mais elle se dégage, elle éloigne son corps du mien, comme si je lui étais devenu odieux.

– Qu'est-ce qui se passe ?

– Ne me touche pas ! Tu crois que j'ai envie de te toucher alors que tu m'as impliquée dans tout ça ? Tu ne m'as jamais dit la vérité sur rien, dit-elle en me jetant un regard de mépris.

Mais dans le même mouvement, elle revient, ses bras se referment dans mon dos, et je peux ainsi la ramener à moi. Soudain, elle est d'une immobilité magnifique, défaite, le visage tourné contre ma poitrine. Ses cheveux sentent si bon tandis qu'elle essaie de reprendre son souffle. Je pose un baiser sur sa tête, je respire la douce caresse de son pardon, en lui chuchotant *Lo siento, **mi** amor, lo siento. Por favor perdóname,* mais sans cesser de me demander si cette femme ne me prend pas encore pour un idiot.

– Je n'avais pas l'intention de te faire du mal, lui dis-je. J'ignorais complètement qu'ils allaient te menacer.

Et elle avoue :

– J'ai besoin de toi, Alec. Je te déteste. Je ne peux pas te quitter.

Et elle renverse la tête pour m'embrasser.

34. Le château de cartes

Je dors treize heures d'affilée, bien après le départ de Sofía, au-delà de l'heure à laquelle j'aurais dû rendre la chambre. Lorsque je me réveille, comme d'un coma, baigné dans la sueur tiède du profond relâchement, c'est le milieu de l'après-midi du mardi. Pendant un long moment, je fixe du regard les mauvaises peintures aux murs, et je profite d'une sensation rare de total apaisement. Kitson m'a demandé de l'appeler pour le tenir au courant de la situation avec Sofía, mais je fais d'abord couler un bain et je commande un café et des œufs brouillés avant de composer son numéro.

— Il vaudrait mieux que vous veniez directement à notre planque, suggère-t-il, l'appartement de Tétouan.

Il m'envoie l'adresse sur mon portable, par texto.

L'équipe de Kitson s'est installée dans un immeuble d'habitation exigu, dans le Barrio de la Ventilla, à environ deux kilomètres au nord-ouest des deux tours Kia. Je prends la ligne 10 du métro deux stations après Plaza de Castilla et descends à Begoña, où je hèle un taxi et demande au chauffeur de faire le tour de Parque de la Paz dans les sens des aiguilles d'une montre, en direction de Vía Límite. Je ne constate aucun problème de surveillance, mais je parcours les deux derniers pâtés de maisons à pied, juste pour être sûr, et j'arrive un peu avant 5 heures.

– Bien dormi ? s'enquiert Kitson en m'accueillant à la porte.

– Comme la Sunny von Bülow du mystère du même nom, lui ai-je répondu.

Et il sourit, en m'introduisant dans le logement.

Quatre barbouzes – deux hommes, deux femmes – sont installés autour d'une table en Formica dans la cuisine. Je reconnais immédiatement deux d'entre eux : « on tremble, carcasse », et la femme de la boutique de pneus près du Moby Dick. Tous quatre lèvent le nez de leur tasse de thé et me sourient, comme à un vieil ami, un familier des lieux.

– Vous reconnaissez tous Alec Milius, s'écrie Kitson.

Je ne sais pas si c'est juste un propos badin ou une petite pique moqueuse visant ma technique de contre-surveillance. Quoi qu'il en soit, cela m'agace. On me présente comme un client de second ordre. Carcasse est le premier à réagir, en se levant de son siège pour me serrer la main.

– Anthony, me dit-il. Content de vous rencontrer.

Je m'attendais à tout autre chose, à une voix en rapport avec le type militaire et fort en gueule que j'ai croisé au Prado, mais c'était manifestement une pose, une couverture. Anthony a un accent à couper au couteau – des Borders, dirais-je, la région du sud-est de l'Écosse – et il porte un jean délavé avec un T-shirt noir Meat Loaf. La dame aux pneus est la suivante, trop coincée sur son siège pour se lever, mais elle me gratifie d'un regard véritablement admiratif en se penchant pour me tendre la main.

– Ellie, me fait-elle. Ellie Cox.

Le deuxième homme s'appelle Geoff, l'autre femme Michelle. Cette dernière a moins de trente ans et elle est ici en détachement du SIS canadien. Kitson m'avait indiqué qu'il tenait sous ses ordres une équipe de huit, donc les quatre autres doivent être partis suivre la piste de Buscon. On m'offre un thé que j'accepte, et je m'assieds sur un banc en pin, au bout de la table. J'ai la surprise de leur trouver tous un air un peu las, épuisé, et il émane de cette petite réunion une étrange atmosphère de fin d'année universitaire. S'ils conservent des soupçons à mon encontre, ils ne le montrent pas. Au contraire, ils sembleraient plutôt contents de recevoir la visite d'une nouvelle tête dans leur univers, un inconnu qu'ils puissent analyser et déchiffrer. Des bouteilles de gin, d'eau minérale et de Cacique sont alignées sur une étroite étagère au-dessus de la tête d'Ellie, et des boîtes de haricots blancs à la sauce tomate, quelques paquets de biscuits Hob Nobs et un pot de Marmite sont visibles dans un placard à côté de la cuisinière. Geoff a un magazine automobile anglais ouvert devant lui sur la table, et renverse un peu de lait quand il me sert mon thé. Des assiettes et des mugs sèchent sur un égouttoir en métal, à côté de l'évier et, derrière moi, il y a un séchoir submergé de linge. On doit se sentir un peu à l'étroit, à vivre ici avec quatre collègues. Ils doivent se taper mutuellement sur les nerfs.

— Alors, c'est vous que j'ai vue dans mon rétroviseur ? lancé-je, une plaisanterie au débotté qui a le bonheur de briser la glace.

— Non. C'était simplement Anthony et Michelle, me répond Kitson, et nous bavardons ensemble à bâtons rompus pendant cinq minutes. Alec, me dit-il enfin, venez avec moi dans la pièce voisine.

Et, l'un après l'autre, ils opinent et retournent en silence à leur tasse de thé. Geoff ouvre son magazine automobile, Ellie soupire et joue avec son téléphone portable, Carcasse se cure les oreilles. Cela ressemble à la fin des horaires de visite à l'hôpital. Kitson me précède dans un petit couloir, jusqu'à une chambre vers le fond de l'appartement, avec une vue dégagée sur les sierras, dans le lointain. Quand nous asseyons tous les deux sur des sièges disposés près de la télévision, du côté de la fenêtre, il sort un bloc et un morceau de papier et me demande ce qui s'est passé avec Sofía.

– Elle n'a rien à voir là-dedans.

Il paraît soupçonneux, et c'est compréhensible, comme si je cherchais à la protéger.

– Rien ?

– Rien. C'était un malentendu.

– Éclairez-moi.

Une fois encore, je dois admettre un manquement professionnel devant Kitson. Cela devient une habitude.

– Buscon a dû me repérer quand je l'ai suivi à l'Irish Rover. Il a lancé ses amis du gouvernement sur ma trace et menacé Sofía quand ils ont découvert notre liaison.

– Que voulez-vous dire par « ses amis du gouvernement » ?

– Je ne sais pas, au juste. Des hommes impliqués dans la sale guerre. La Guardia Civil, le CESID, des organisations paramilitaires privées comme Blackwater. Buscon a laissé un paquet pour Sofía, au nom d'Abel Sellini. Elle est allée le récupérer en croyant que c'était en rapport avec son métier et, à l'intérieur, elle a découvert ceci.

Je lui remets le mot. Il a du mal à le traduire de l'espagnol, et je m'en charge pour lui.

– Comment pouvez-vous avoir la certitude que cela émane de Buscon ?

– De qui d'autre cela pourrait-il provenir ?

La mimique de Kitson évoque toutes sortes d'autres possibilités. Il a l'air un peu contrarié, comme si je l'avais déçu une fois de trop.

– Il subsiste donc une éventualité pour qu'ils vous suivent encore ?

La séquence logique des événements laisse certainement craindre une menace pesant sur l'intégrité de l'opération. Si Buscon m'a placé sous surveillance depuis longtemps, il reste un risque pour que l'un de mes rendez-vous avec Kitson ait été compromis.

– Ils ne me suivent pas, réponds-je avec toute la force de conviction et la sincérité que je parviens à puiser en moi. Chaque fois que nous avons été en contact, j'étais propre.

Heureusement, Kitson semble se le tenir pour dit.

– Et Sofía ?

– Elle était complètement bouleversée. Je lui ai soutenu que ce message venait de promoteurs immobiliers russes.

– Mafia ?

– C'est certainement à cela que je voulais me référer.

– Et elle vous a cru ?

– Oui.

À ce moment-là, un téléphone sonne dans la poche de Kitson. Il consulte l'écran et son visage s'assombrit.

– Il faut que je prenne cet appel, m'indique-t-il, et il quitte la pièce.

Une minute après, Ellie entre, prétendument pour me proposer encore un peu de thé, mais je flaire que Kitson a dû lui demander de venir s'assurer que je ne fouinais pas trop ici ou là. Il y a une photographie encadrée à côté du lit, un cliché noir et blanc, très moyenne bourgeoisie, d'une femme au regard perçant que je crois être l'épouse de Kitson, avec deux petits enfants dans ses bras. Ce doit être ici qu'il dort. La chemise qu'il portait lors de notre dernier rendez-vous à Colón a été nettoyée à sec et pend près de la fenêtre, et une cartouche de Lucky Strike est posée par terre. Je suis en train de me masser le genou autour de ma contusion lorsqu'il réapparaît dans la chambre et me prie de revenir le lendemain matin.

— Il s'est présenté du nouveau. Je suis navré, Alec. Une piste sur Javier de Francisco. Nous allons devoir terminer cela demain.

Mais il va s'écouler encore soixante-douze heures avant que nous ne soyons en mesure de nous retrouver. Quand je retourne à la planque le lendemain, c'est pour apprendre que Kitson n'a pu « éviter d'être retenu » à Lisbonne. Geoff et Michelle sont les seuls membres de l'équipe restés à demeure, nous partageons en toute cordialité une tasse de café instantané à la table de la cuisine, et j'en profite pour leur recommander des bars à La Latina et un restaurant indien où ils pourront goûter un *chicken dhansak* tout à fait correct.

— Ah, merci ! s'exclame Geoff. Nom de Dieu, un bon curry, ça me manque vraiment.

Ce même soir, pendant que ces deux-là sont occupés à flirter devant un *sag aloo* au Taj Mahal, je rejoins Julian dans un pub irlandais du côté de Cibeles, à son invitation, pour suivre un match de football entre le Real Madrid et Manchester United. Man U perd, je m'aperçois que je suis content pour le Real, et je console Julian avec un coûteux dîner de fruits de mer à la Cervecería Santa Barbara, dans la rue Alonso Martinez. À part cela, le temps passe vite. J'essaie de me reposer autant que possible, d'aller au cinéma, et de me détendre, mais mon sommeil est perturbé par des rêves de capture, des visions frappantes de torture et de mauvais traitements, aux petites heures du jour. Un généraliste du Barrio Sala.nanca me prescrit des somnifères et je fais faire une prise de sang pour ma tranquillité d'esprit, et les résultats sont bons. Au cours de cette période, il est à noter que Zulaika n'a rien publié dans *Ahotsa* au sujet de la sale guerre, et je me demande si le SIS ne l'a pas réduit au silence, par des menaces ou moyennant un pot-de-vin. Aucune nouvelle non plus d'Egileor et pas de nouveaux développements concernant le meurtre de Txema Otamendi.

Enfin, Kitson appelle et me case à l'heure du déjeuner, le 25. Nous nous rendons immédiatement dans sa chambre et tout se passe comme si rien n'avait changé, au cours de ces trois jours écoulés. Il porte les mêmes vêtements, il est assis sur la même chaise, et il se pourrait bien qu'il fume la même cigarette.

– J'ai un peu réfléchi, m'annonce-t-il. Cela ne va pas vous plaire.

Je vois son expression se transformer, il est du plus grand sérieux. C'est ce que j'avais redouté. Il m'a convoqué ici pour m'exclure du circuit. Le SIS a évalué les événements et décidé que j'avais commis trop d'erreurs.

– Allez-y.

– Je pense qu'il vaut mieux cesser de fréquenter Sofía. Lundi soir, c'était votre dernière soirée ensemble. Compris ? Vous travaillez pour nous maintenant. Fini les activités hors piste. C'est simplement trop dangereux.

J'accepte immédiatement. Si c'est tout ce qu'il veut, s'il suffit de cela pour emporter le morceau, je capitule.

– C'est aussi dans la logique de ce que je suis sur le point de discuter avec vous, mais avant que je ne poursuive, nous allons avoir besoin de la présence d'Anthony.

Comme par un fait exprès, on frappe à la porte. Kitson fait « Oui », et Carcasse entre dans la pièce. J'ignorais même qu'il était dans l'appartement. À mon arrivée, Geoff et Michelle étaient seuls dans la salle de séjour, à croquer des céréales en regardant un DVD de

Friends. Comment Carcasse savait-il qu'il fallait entrer pile à cet instant ? Écoutait-il depuis une autre pièce ?

— C'est curieux, lui dit Kitson, exprimant ma propre perplexité. J'allais justement venir vous chercher. Vous écoutez aux portes, Anthony ?

— Non, monsieur.

Il s'assied sur le lit. Il est plus mince que je ne le pensais, il doit mesurer un mètre soixante-quinze. Étrange d'entendre un homme sur la fin de la quarantaine s'adresser à Kitson en lui donnant du « monsieur ». Quelles faiblesses a-t-on pu entrevoir chez lui, pour qu'on l'ait écarté de toute promotion ?

— Avez-vous vu les nouvelles ?

Il me faut un temps pour me rendre compte que c'est à moi que Kitson vient d'adresser cette question.

— Non, lui avoué-je, et il se penche pour allumer la télévision.

Carcasse coupe le son avec la télécommande qu'il a ramassée par terre. Une émission de jeu se termine, sur Telemadrid.

— On a tiré sur deux bars au Pays basque, à l'aube, aujourd'hui, m'annonce-t-il, un à Bayonne et un autre à Hendaye. Du côté français.

Je sens les yeux de Carcasse qui m'étudient, dans l'attente de ma réponse. En l'absence d'un spécialiste, suis-je considéré comme l'expert attitré sur l'ETA et les GAL ? Il veut savoir si je suis si bon que ça, connaître ma rapidité d'analyse et de réaction face à ce nouveau développement. Pour la première fois, je ressens une certaine pression exercée par un membre de l'équipe de Kitson, et je comprends que j'ai quelque chose à prouver.

— Des bars fréquentés par l'ETA ?

— D'après ce qu'ils disent, me répond-il.

Le lien est évident.

– Alors c'est un nouveau front qui s'ouvre dans la sale guerre. Dans les années 1980, les GAL n'arrêtaient pas de tirer sur des bars et des restaurants côté français en ciblant les terroristes exilés. Ils appliquent de nouveau la même tactique. Il y a eu des blessés ?

– Personne. C'était avant l'heure du petit déjeuner, dit Kitson tout en gardant un œil sur la télévision, il attend le journal du soir. Un vieil homme qui buvait son café a reçu un éclat de verre dans la main, le barman à Hendaye a senti une balle lui siffler tout près de la tête.

– M'a l'air méchant. Qui parle espagnol ?

Aucun d'eux ne comprend ma question.

– Je veux dire : Où vous procurez-vous vos informations ? Qui chez vous parle assez bien l'espagnol pour comprendre les infos ?

– Geoff, répond Carcasse.

Ils ont l'air tous deux penauds, comme s'il était gênant d'admettre que les deux membres les plus expérimentés de la force d'intervention du SIS en Espagne ne parlent pas couramment la langue du cru.

– Un journaliste basque est intervenu à la télévision en déclarant que l'une des voitures impliquées dans ces fusillades était immatriculée à Madrid.

– Avez-vous noté son nom ?

Kitson a besoin de parcourir son bloc. Il a du mal à relire sa propre écriture.

– Larzabal, m'indique-t-il enfin. Eugenio Larzabal.

– Et vous dites que c'était un journaliste basque ?

– Rattaché à la rédaction de *Gara*, oui.

Je lui réponds que je n'ai jamais entendu parler de lui et, à mon tour, je prends ce nom en note, histoire d'avoir l'air professionnel.

– Et qu'en est-il de Zulaika ?

– Comment cela ? réagit Kitson.

– Vous l'avez suivi ? Savez-vous s'il prévoit de publier son article sur la sale guerre ?

– Zulaika va se taire pendant une semaine ou deux. C'est arrangé. (Donc, ils lui sont tombés sur le dos.) Mais il n'est pas le seul journaliste de l'Euskal Herria. Un enlèvement, un meurtre, une voiture avec des plaques madrilènes. Tout cela commence à se recouper. Quelqu'un, quelque part, va finir par se rendre compte qu'il y a un lien. Et une fois ce lien établi, nous allons devoir cavaler derrière.

– Vous voulez dire que vous allez devoir révéler ce que vous savez aux autorités espagnoles ?

– Je veux dire qu'ils en savent probablement autant que nous.

J'essaie d'évaluer l'opération d'un point de vue politique. Qu'est-ce que le SIS aurait à gagner à s'abstenir d'informer tout de suite le gouvernement Aznar de l'existence de ces nouveaux GAL ? Les supérieurs de Kitson se moquent peut-être de la légitimité de l'État espagnol, et ne se soucient que des réseaux terroristes dont ils vont pouvoir remonter la piste en poursuivant Buscon. La sale guerre n'est qu'une attraction de second ordre, dans laquelle je ne suis qu'un figurant. Mais, à cet instant, Kitson remet en cause cette assertion :

– Ces derniers jours, nous avons creusé dans le passé de Javier de Francisco, afin d'être fixés sur ses motivations. Anthony en a retiré un plan d'action.

Pour Carcasse, c'est le signal. Devant Kitson, il témoigne plus de déférence, il est moins sûr de lui qu'il ne l'était mardi avec les autres. Il s'assied bien droit sur le lit et, d'un signe de tête, son chef l'invite à se lancer dans un monologue dûment préparé.

– Comme vous le savez, Alec, M. de Francisco est le secrétaire d'État en charge de la sécurité, ici, en Espagne, pratiquement le numéro 2 du ministère de l'Intérieur, sous l'autorité de son vieil ami Félix Maldonado. Maintenant, si ce que vous avanciez la dernière fois est exact, de hauts personnages de l'ETA considèrent qu'il est en train d'organiser cette sale guerre contre eux. (Kitson renifle et se tourne sur sa chaise.) Comme je crois vous l'avoir expliqué l'autre jour, nous ne possédons pas ici les effectifs nécessaires pour entamer une investigation d'envergure sur les éléments, au sein du gouvernement espagnol, qui seraient ou non impliqués dans cette affaire.

— En tout cas, pas encore, nuance Kitson, une intervention qui laisserait entendre que des discussions sont en cours avec Londres sur la possibilité de muscler son équipe. Ce qui ne peut être que bénéfique pour ma carrière.

— Maintenant, cela vous causera sans doute un choc d'apprendre que, à la suite de ses travaux lors des sommets du G8, de réunions des délégations de l'Union européenne et ainsi de suite, le SIS conserve des dossiers sur tous les dirigeants gouvernementaux occupant des postes susceptibles d'exercer un impact sur les affaires britanniques.

Carcasse me laisse prendre toute la mesure de ses propos, et mon apparente absence de réaction semble le laisser perplexe.

— Il m'est venu une idée assez bonne, je crois, de la manière dont nous pourrions accéder à une partie des informations qui transitent par le ministère de l'Intérieur.

— Vous songez à du chantage ? Vous voulez dire que vous savez des choses qui vous permettraient de faire pression sur de Francisco concernant son curriculum vitæ ?

— Pas en tant que tel.

Il y a un bref silence, le temps que les deux hommes se consultent du regard. Je me sens entraîné sur le terrain de l'amoralité.

– Comment vous sentez-vous, Alec ? s'enquiert Kitson. De quoi vous sentez-vous capable ?

La question me prend au dépourvu. Qu'est-ce qui le pousse à me la poser devant un collègue ? Il doit bien savoir que je ne me suis pas encore véritablement remis de mon enlèvement.

– Que voulez-vous dire par là ?

Je regarde Carcasse. Il me regarde. Kitson allume une Lucky Strike.

– Voici la situation. Dans la perspective qui est la nôtre, celle du renseignement, nous disposons d'un certain nombre de moyens de récolter des informations sur un individu ou un groupe d'individus. Je n'ai pas besoin de vous en dresser la liste. Toutefois, le montage d'une opération d'une certaine ampleur contre le ministre d'un gouvernement est semé d'embûches. Pour le moment, même notre station, ici même à Madrid, ignore la présence de mon équipe sur le sol espagnol. Pour obtenir une couverture technique complète sur de Francisco, nous devrions alerter l'ambassade, afin que le kit approprié nous soit acheminé par la valise diplomatique.

– Et vous ne voulez pas passer par cette voie-là ?

– Je ne veux pas passer par cette voie-là.

La suite est assez évidente. Ils veulent m'introduire à l'intérieur du dispositif adverse. Mais comment ?

– Et alors quelles sont les autres solutions ?

Kitson tire une longue bouffée sur sa cigarette.

– Eh bien, si nous avions les numéros de téléphone de Javier de Francisco, nous pourrions appeler Cheltenham et les faire porter sur une liste à surveiller, mais cela alerterait le service gouvernemental d'interception des communications...

– ... ce que vous préférez éviter...

– Ce que nous préférons éviter. Pour le moment. Et c'est là que vous intervenez. C'est pourquoi j'ai besoin de savoir comment vous vous sentez.

– Je me sens bien, Richard.

Carcasse baisse les yeux, il regarde par terre.

– Vraiment ?

– Parfaitement.

Ce n'est pas exactement vrai – comment cela se pourrait-il, après ce qui s'est passé ? – mais je lui ai fait cette réponse avec une insistance ironique qui semble suffire à clore la discussion sur ce point.

– Très bien. Le fait est que vous parlez l'espagnol. Vous connaissez Madrid. Et vous avez déjà accompli ce genre de travail.

– Vous pensez à JUSTIFY ?

– Je pense en effet à JUSTIFY, oui.

Et c'est là que se situe le hic. Kitson a été très malin. Il sait qu'après ce qui s'est passé avec Katharine et Fortner, je me sens honteux, anéanti, comme si rien ne pourrait jamais effacer la tache de la trahison qui a conduit à la mort de Kate et de Will. Il sait que je n'ai jamais eu envie d'autre chose que d'une seconde chance, de remettre les pendules à l'heure, de me prouver à moi-même, et aux autres, que j'étais capable de réussir dans le monde du secret. Toutefois, juste au cas où j'aurais les chocottes, juste au cas où il aurait mal lu dans mes intentions, il préfère me mettre au parfum devant un collègue. Ainsi, il me sera difficile de refuser. Kitson sait que je n'aurais aucune envie de passer pour un lâche en face de Carcasse. Il écrase sa cigarette à moitié fumée.

– Pour en venir au fait, nous nous sommes demandé ce que vous penseriez de jouer les corbeaux.

Carcasse m'explique le terme, peut-être parce qu'il a mal interprété mon regard surpris, prenant ma mimique pour une réaction d'ignorance, mais cette précaution est superflue.

— C'est-à-dire celui qui entreprend de séduire une cible afin d'obtenir des informations sensibles.

— Vous voulez que je couche avec Javier de Francisco ?

Cela les fait rire tous les deux.

— Pas franchement. (Kitson se gratte le bras et prend appui sur ses deux mains pour se lever.) Au cours de ces dix prochains jours, Anthony va mener quelques recherches de son cru sur la structure éventuelle de cette sale guerre. Nous avons déjà repéré ce qui ressemblerait à un canal entre des comptes secrets du ministère de l'Intérieur et Buscon. Mais, dans l'intervalle, nous aimerions que vous vous fabriquiez une liaison avec l'une des secrétaires paticulières de M. de Francisco, en vue de découvrir jusqu'où remonte réellement la filière de cette opération contre l'ETA. (Il se tient debout près de la fenêtre, à présent, et il ne regarde plus que moi.) Cette approche s'effectuera en duplex avec notre surveillance sur Buscon, que ce dernier ne peut pas ignorer. Maintenant, si nous en concluons que cette conspiration a contaminé les strates supérieures du gouvernement Aznar, cela aura un impact sur notre alliance avec l'Espagne, c'est évident. L'ensemble des informations que vous recueillerez remontera jusqu'à Londres et constituera la base de toute action. Mais sans votre aide, nous ne disposons pas des ressources pour attaquer le morceau.

Il semblerait que je n'aie pas le choix. Et puis je sens affleurer en moi l'envie de savoir de quoi cette secrétaire particulière a l'air.

— Il y a juste un souci, lui dis-je.

— Lequel ?

— Vous autres, vous partagez quantité de renseignements avec la CIA. Je n'ai pas envie qu'ils sachent où je suis. Si je vous livre du renseignement utile, je n'ai pas envie que mon nom figure sur des rapports qui aboutiraient à Langley.

Sur le moment, Carcasse paraît perplexe, mais Kitson voit où je veux en venir.

— Alec, comme vous pouvez l'imaginer, mentionner votre nom aux Cousins n'est pas le genre de comportement qui s'inscrit dans nos habitudes. JUSTIFY est un épisode dans la relation entre nos deux grandes nations que nous préférons oublier, eux comme nous, j'en suis convaincu. (Là, il ponctue d'un petit sourire, presque un clin d'œil.) Le mépris de la CIA à votre égard est égal, sinon supérieur, à celui que la CIA vous inspire. Ni Anthony, ni moi-même, ni personne d'autre dans mon équipe n'a l'intention d'impliquer la CIA dans ce qui se trame ici.

Il est étrange d'entendre Kitson évoquer si ouvertement ma réputation au sein de la CIA.

— Donc c'est pour cela que vous vouliez que je cesse de voir Sofía ? À cause de cette fille ?

— C'est en partie la raison, admet-il. Si vous continuiez de la fréquenter dans le dos de Julian, cela ne ferait que compliquer la donne.

Cet emploi familier du prénom de mon patron chez Endiom me rend nerveux, comme si Kitson et Church étaient devenus amis. Dans mes moments les plus sombres, je redoute encore de voir se révéler une conspiration entre eux. Néanmoins, je reste l'esprit léger et je me montre coopératif.

— Eh bien, je ne sais pas si je dois me sentir flatté que vous me jugiez capable de m'acquitter d'une mission de ce genre ou m'offenser de cette image de gigolo amateur que vous avez de moi.

Il y a un silence gêné, le temps qu'ils décident l'un et l'autre s'ils doivent rire ou non. Ce que Kitson finit par faire, tandis que Carcasse préfère se dérober et se contenter d'un sourire faiblard.

– S'il s'agit de la secrétaire particulière de Javier de Francisco, comment savez-vous si elle n'est pas elle-même impliquée dans la sale guerre ?

– Nous n'en savons rien. Ils se connaissent certainement depuis assez longtemps. Et si elle est impliquée, cela fait partie des choses dont vous devrez vous assurer.

Mon regard croise celui de Kitson. Il veut me convaincre d'accepter.

– Bon, c'est sans doute le genre de chose que je peux envisager.

Je n'ai pas encore réfléchi à toutes les conséquences. Du sexe en échange d'informations. De la séduction en guise de vengeance. Je peux toujours plaisanter devant eux sur le thème des gigolos ; la vérité, c'est que tout ceci se présente sous un jour plutôt sombre et assez miteux.

– Bien, fait Kitson. Maintenant, les mauvaises nouvelles.

D'une enveloppe posée sur le lit, il extrait une série de photographies de la fille. Mes réticences s'en trouvent renforcées.

– Comme vous le constatez, nous ne parlons pas précisément de Penelope Cruz.

La femme de ces photographies est très grande et mince, avec un long nez, des cheveux raides et filasses, et un menton proéminent. Pas monstrueuse, pas exactement, non, mais certainement pas le genre de spécimen qui, d'ordinaire, attirerait mon regard dans Gran Vía. Vers quoi me suis-je laissé entraîner ? Est-il trop tard pour reculer ? Je devrais renoncer à toute cette histoire et retourner à mon existence avec Endiom. Aux yeux de la plupart des Espagnols, cette fille ne serait déjà plus en âge de se marier et elle s'habille dans un style pour le moins conventionnel. D'instinct, toutefois, je sais que je serai capable de faire sa conquête. Elle paraît malheureuse. Elle n'a pas l'air sûre d'elle.

— Comment s'appelle-t-elle ?

— Carmen Arroyo.

— Et que savez-vous d'elle ?

— Beaucoup de choses.

35. La Bufanda

Carmen Arroyo est âgée de trente-cinq ans. Elle est née à Cantimpalos, un *pueblo* situé à seize kilomètres au nord de Ségovie, le 11 avril 1968, et elle est la fille de José María Arroyo, maître d'école, et de son épouse basque, Mitxelena, actuellement hospitalisée à la suite d'une intervention chirurgicale – l'ablation d'un petit mélanome à l'épaule gauche. Carmen est enfant unique. Elle a effectué sa scolarité à l'Instituto Giner de los Ríos de Ségovie, avant de partir s'installer à Madrid à dix-huit ans, comme une *provinciana* typique. Après avoir obtenu son diplôme de l'Universidad Complutense de Moncloa, au terme d'un médiocre cursus en économie, elle a passé trois années en Colombie à travailler auprès d'enfants défavorisés dans un foyer de Medellín, avant de rentrer à Madrid à l'hiver 1995. Elle a passé avec succès le concours d'entrée dans la fonction publique espagnole, au niveau D, et elle a occupé des postes de secrétariat aux ministères des Affaires étrangères et de l'Agriculture, toujours pour Javier de Francisco, dont elle est devenue une amie intime. Elle est sa secrétaire particulière depuis le printemps 2001, à peu près depuis qu'Aznar l'a nommé à la tête du secrétariat d'État à la Sécurité sous l'autorité de Maldonado. Son apparition aux côtés des

deux hommes, lors d'une conférence de l'Union européenne, plus tard cette même année, a pu être notée par
le SIS.

José María Arroyo possède un appartement de trois
pièces dans le quartier de La Latina, sur Calle de Toledo,
juste à côté de la station de métro. Carmen y habite
depuis ces huit dernières années. Elle partage ce logement avec une actrice argentine, Laura de Rivera, qui
vit le plus clair de son temps à Paris, avec son petit ami,
Thibaud, et se trouve donc rarement dans les lieux. Carmen possède des économies déposées à la BBVA pour
un montant de presque dix-sept mille euros, et ne verse
qu'un loyer très modique à son père pour la jouissance
de l'appartement. Ces cinq derniers soirs, elle s'est rendue en visite auprès de sa mère, à 19 heures pile, lui
apportant chaque fois des fruits, des fleurs et un magazine féminin. Elle écoute beaucoup de musique classique,
est allée à un concert Schubert au Círculos de Bellas Artes
mercredi soir et achète presque tous ses vêtements chez
Zara. La sensibilité du micro installé par Carcasse dans
sa cuisine est assez bonne pour que l'on puisse affirmer
avec certitude qu'elle a regardé un film américain doublé
– *Annie Hall* – jeudi soir en dînant avec son assiette posée
sur ses genoux. Pendant tout le film, Carmen se parlait
à elle-même, en éclatant régulièrement de rire, et elle a
donné deux coups de téléphone à la suite vers 23 heures.
Le premier était destiné à sa mère, pour lui souhaiter
bonne nuit, le second à sa meilleure amie, María Velasco,
pour convenir de la retrouver dans un bar de la Calle
Martín de los Heros, le lendemain soir. C'est ma chance.
C'est là que les choses vont s'engager.

Je me lave les cheveux, je me rase et j'enfile une
tenue décente, mais l'orchestration de la rencontre est
encore plus facile que je ne l'avais prévu. J'attends dans
le hall du cinéma Alphaville jusqu'à ce que Carmen se

montre, vers 23 h 30, vêtue d'une veste sombre et d'un pantalon étroit bleu à la Margaret Thatcher. Elle est plus grande que je ne m'y attendais, plus mince et plus disgracieuse. Justement le style de fille que j'avais pour règle d'éviter à Londres : ordinaire, timide et sans imagination. Une fois à l'intérieur du bar, elle retrouve María et toutes deux s'assoient à une table dans le fond, chacune sirotant un verre de Sol en fumant une cigarette. Je les suis, deux minutes plus tard, je choisis une table avec une vue directe sur la chaise de Carmen et je récupère un numéro bien fatigué de *Homage to Catalonia* dans ma poche arrière. Le flirt démarre presque instantanément. En fait, c'est elle qui commence, glissant de temps à autre un regard ou un sourire dans ma direction, d'abord de manière hésitante, comme si elle n'était pas tout à fait certaine de ce qui était en train de se produire, puis gagnant peu à peu en confiance à mesure que les minutes s'écoulent. Je lui vole juste un ou deux regards au début, en veillant à ne pas aller trop loin, mais à un moment, lorsqu'elle lève les yeux sur moi et me surprend à la dévisager, elle rougit carrément. Pendant une demi-heure, nous restons assis là, Carmen faisant de son mieux pour se concentrer sur ce que lui raconte María, mais elle a de plus en plus de mal à ne pas être attirée par un regard en catimini, un coup d'œil timide échangé avec son mystérieux admirateur, le temps d'un battement de paupière. María finit par repérer le manège et se retourne sur son siège – à la grande gêne de Carmen –, prétendument pour attirer l'attention du serveur, mais en réalité pour mieux saisir qui exerce un effet si remarquable sur son amie. Ensuite, à minuit, Carcasse me passe un appel sur mon portable, j'attrape mon livre et je m'en vais.

Elle mord à l'hameçon. J'ai laissé une écharpe sur le dossier de ma chaise – un cadeau de Sofía – et, comme

de juste, alors que je me suis déjà éloigné de quelques
mètres dans la rue, j'entends un bruit de pas dans mon
dos, je me retourne et je découvre Carmen, l'air inquiète,
un peu essoufflée.

– *Perdone*, me fait-elle. *Dejó la bufanda en el asiento.
Aquí está.*

Elle me tend l'écharpe et je fais semblant de ne pas
parler l'espagnol.

– Oh mon Dieu, c'est si gentil à vous ! *Gracias.* Je
l'avais complètement oubliée. Merci.

– Vous êtes américain ?

En téléphonant à Carmen à son bureau et en se
faisant passer pour un journaliste, Carcasse a pu établir
qu'elle parle l'anglais. Son accent est plus ou moins
acceptable, mais il est trop tôt pour dire si elle a le don
des langues.

– Pas américain. Écossais.

– Ah, *escocés.*

Si nous pouvons communiquer uniquement en
anglais, cela me procurera un avantage. Dans le cours
de notre relation, Carmen pourrait confier quelque
chose à une amie ou une collègue, croyant livrer là une
confidence que je serais en fait capable de comprendre.

– Oui. Je ne suis ici, à Madrid, que depuis quelques
mois. Et vous ?

– *Soy madrileña*, me répond-elle, avec une fierté évidente. *Me llamo Carmen.*

– Alex. Ravi de vous rencontrer.

Nous nous embrassons à la manière traditionnelle,
et ses joues sont sèches et chaudes au contact. Il est déjà
clair que le premier volet de notre stratégie fonctionne :
Carmen a été assez audacieuse pour me suivre à l'extérieur et provoquer la conversation, et elle n'a visiblement
pas envie que je m'en aille. Nous allons finir par échanger nos numéros de téléphone, selon le vœu de Kitson,

et la relation s'amorcera. Ensuite, il me suffira de m'inventer un moyen de la trouver séduisante.

– Vous vous plaisez ici ?

– Oh, j'adore ! C'est une ville tellement superbe. Je n'étais encore jamais venu, et tout le monde s'est montré si accueillant.

– Comme moi ?

– Comme vous, Carmen.

Un premier rire qui dissipe la tension. C'est une sensation étrange, cette sorte d'union falsifiée, cette supercherie, mais alors que nous échangeons les premières plaisanteries, je me prends de sympathie pour elle, ne serait-ce que par culpabilité, puisque mon seul objectif, ici, ce soir est de tirer profit de sa gentillesse et de sa solitude, qui est palpable. Si je peux lui apporter un peu de bonheur dans son existence, quel mal y a-t-il à cela ?

– Alors, vous êtes en vacances ?

– Non, pas réellement. Je suis censé mener une recherche pour mon doctorat.

– Vous êtes étudiant ?

– En quelque sorte. Je travaillais pour un journal de Glasgow, mais j'ai pris deux années de congé sabbatique avec l'intention de devenir universitaire.

La syntaxe de cette phrase est trop compliquée pour elle, et elle fronce le sourcil. Je la lui reformule et lui explique le sujet de ma thèse – « Le Bataillon britannique des Brigades internationales, 1936-1939 » – et elle a l'air impressionnée.

– Cela paraît intéressant.

Ensuite, il y a un temps mort, elle semble mal à l'aise.

– Il fait froid et vous ne portez pas de manteau, lui dis-je, juste pour meubler ce silence.

– Oui. Je devrais peut-être retourner à l'intérieur.

Ne la laisse pas partir, pas tout de suite.

– Mais quand vais-je vous revoir ?

Le visage de Carmen se chiffonne de plaisir. Ce genre de chose lui arrive rarement.

– Je ne sais pas.

– Eh bien, puis-je vous téléphoner ? Puis-je avoir votre numéro ? J'adorerais vous revoir.

– *Claro*.

Et c'est aussi simple que cela. Je griffonne le numéro sur une page vierge de mon livre d'Orwell et je me demande si je ne devrais pas l'avertir, ici, tout de suite, que sa vie est sur le point d'être bouleversée par une bande d'espions britanniques manipulateurs. Au lieu de quoi, je me contente de lui donner un conseil.

– Vous feriez mieux de rentrer dans le bar. Il fait froid.

– *Sí*, me répond-elle. Mon amie m'attend. Qui devez-vous retrouver ?

Kitson s'attendait à ce que Carmen veuille savoir si j'avais une petite amie ou une épouse, et j'ai donc préparé ma réponse.

– Juste quelqu'un de mon cours d'espagnol.

– *Vale*.

Une forme de désappointement, et même un frisson de panique, lui voile le regard, mais il se peut que ma lecture de sa réaction soit excessive. Au risque d'exagérer, il me semble qu'elle s'est déjà entichée de moi.

– Merci, pour ça, lui dis-je.

– *Qué* ?

Je lève l'écharpe.

– Ah ! *La bufanda*. Ce n'était rien, Alex. Ce n'était rien.

Et nous nous disons au revoir. Deux minutes plus tard, alors que je me suis éloigné du bar et que j'ai téléphoné à Carcasse pour le tenir informé de la soirée, un bus traverse le côté nord de la Plaza de España. Une affiche est apposée sur le flanc, une publicité pour un nouveau film anglais, avec Rowan Atkinson. C'est apparemment une parodie de James Bond – *Johnny English*. Quand je vois l'accroche sous l'image évidemment idiote d'Atkinson en smoking, j'ai envie de sourire.

 « *Prepárate para la inteligencia británica.* »

Tenez-vous prêt, l'Intelligence Service débarque.

36. Un rendez-vous arrangé

Le lendemain soir, la conversation de Carmen avec María a de quoi être flatteuse. Carcasse a isolé les parties de leur dialogue qui nous intéressent, révélant ainsi toute l'excitation de la cible à la perspective de me revoir, allant de pair avec sa crainte que je ne me ravise et ne la rappelle pas. María conseille la prudence – c'est dans sa nature –, mais elle partage l'opinion fondamentale de Carmen : je suis *guapo*. Leur seule réserve, comme il fallait s'y attendre, concerne mon statut marital, ou l'existence possible d'une petite amie, à Glasgow.

« Avec les hommes qui viennent d'Angleterre, il faut toujours faire attention, la prévient María. Sur le plan émotionnel, il sont refoulés. Ma cousine a eu un petit ami de Londres. Il était très bizarre. Il ne se lavait pas vraiment, il ne parlait jamais à sa famille, il portait des vêtements épouvantables. Ils s'habillent vraiment débraillé, les Anglais. Et ils boivent. *Joder*. Ce garçon était tout le temps fourré au pub, à regarder le football et à se payer des verres. Ensuite, sur le chemin du retour chez lui, il mangeait des kebabs. C'était très curieux. »

Je traduis l'essentiel de cette conversation à Kitson et Carcasse, et il ne sert à rien de dissimuler que je retire une certaine gratification du béguin de Carmen à mon égard. Après l'épisode de la ferme, cela me remonte le moral, et je crois que Kitson le comprend. Il semble satisfait de voir notre plan suivre son cours, et nous discutons de l'étape suivante.

Le lendemain matin – lundi –, j'appelle le portable de Carmen et je lui laisse un message exprimant l'espoir qu'elle me rappellera. Quand mon souhait est exaucé, trois heures plus tard, elle joue la décontraction, mais elle accepte de me retrouver pour boire un verre Plaza de Santa Ana, mercredi soir. Kitson n'est pas ravi du délai, mais je lui assure qu'une fois que nous aurons passé un peu de temps ensemble, elle et moi, les choses iront vite.

Nous nous retrouvons devant la statue de Lorca à 21 heures, sous le regard vigilant de l'hôtel Reina Victoria, dont la façade agit comme le rappel matériel qu'il me reste encore à rompre toute relation physique avec Sofía. Pour l'occasion, Carmen s'est mise en grande tenue, comme je devais m'y attendre, encore que ses goûts en matière vestimentaire n'aient en rien progressé depuis le samedi soir. Elle porte aussi un nouveau parfum que je n'apprécie guère, des relents fleuris qui me chatouillent encore les narines longtemps après que je l'ai embrassée pour lui dire bonjour.

– Vous êtes superbe, m'écrié-je, et elle me retourne le compliment, puis suggère de marcher quelques pas jusqu'à la Cervecería Alemana, une vieille tanière que hantait Hemingway, où j'ai emmené Saul pour sa deuxième soirée à Madrid.

– Vous y êtes déjà allé ? me demande-t-elle.

– Jamais.

Avec Carmen, la conversation est facile, elle est intelligente et désireuse de plaire et, au début, je lui pose quantité de questions pour la mettre à l'aise et bien montrer que je sais écouter. C'est à cela que s'attacherait

Charles Cumming

n'importe qui lors d'un premier rendez-vous, aussi l'artifice paraît naturel et sonne juste. Je l'écoute parler de son travail à Medellín, de son amitié avec María, et elle évoque brièvement son métier au ministère de l'Intérieur. Je glisse délibérément là-dessus et j'oriente plutôt la conversation vers l'importance de la famille dans la vie espagnole, suscitant dix bonnes minutes de commentaires sur le cancer de la peau de Mitxelena. Je prends l'air compatissant qui convient, et je lui parle du mélanome à la jambe de ma propre mère, qu'on lui a retiré avec succès, sans complications ultérieures, en 1998. Ensuite, je lui parle de mon doctorat, de mon poste au *Glasgow Herald*, à relire et corriger de la copie rédigée par des journaleux écossais ivres, et elle rit quand j'invente une histoire au sujet d'un journaliste spécialisé dans les affaires criminelles, un dénommé Jimmy, surpris en train de baiser une stagiaire sur le canapé du rédacteur en chef. Sur le plan sexe, elle ne semble ni prude ni sainte-nitouche, mais elle entretient une vision étonnamment conservatrice de la société et de la politique, même pour un serviteur du gouvernement Aznar. Et quand, dans un deuxième bar à tapas, je me risque à émettre une opinion légèrement critique de l'administration Bush, Carmen se rembrunit et conteste non sans vigueur que la mission de l'Amérique en Irak ne vise que le pétrole ou les armes de destruction massive, en défendant l'idée d'une croisade menée sur le long terme, destinée à instaurer des démocraties stables dans tout le Moyen-Orient.

— Si nous sommes forts, ajoute-t-elle, si nous avons le courage de faire en sorte que de jeunes hommes n'aient plus le souhait de devenir des terroristes, dès lors qu'ils vivront dans le tout nouvel environnement de ces démocraties, alors la planète sera plus sûre. Nous ne pouvons pas continuer de rester isolés, Alex. L'Espagne doit s'insérer dans le reste du monde, et c'est vers cela qu'Aznar nous conduit.

Une telle attitude n'est pas dénuée d'importance par rapport à mon opération, dans la mesure où elle est révélatrice des attaches politiques de Carmen. En temps et en heure, je vais devoir lui soutirer des informations susceptibles de contribuer à renverser ce gouvernement. La bonne volonté qu'elle mettra à m'assister dans cette tâche sera certainement affectée par sa loyauté envers l'État espagnol. Sur cette base, il me semble raisonnable de me positionner dans le même voisinage idéologique.

– Je ne peux qu'abonder dans votre sens, lui réponds-je. Il n'est pas naïf de supposer qu'une fois toutes les familles du monde arabe équipées d'une télévision en couleur, d'un four à micro-ondes et du droit de vote, les choses en seront grandement facilitées. Il m'arrive souvent de penser que les dirigeants arabes préfèrent la violence et la pauvreté à la démocratie et à la liberté, pas vous ? Si seulement ils pouvaient partager les valeurs occidentales que Bush et Aznar tentent de promouvoir.

– À quelles valeurs songez-vous ?

Je suis contraint d'inventer des réponses à la va-vite.

– Vous savez. L'honnêteté, la tolérance, la volonté de paix. Ce que nous souhaitons pour ces peuples, c'est une existence au sein de la communauté des nations paisibles et civilisées du globe. L'idée que l'Amérique envahirait l'Irak simplement pour mettre la main sur un peu de pétrole et quelques contrats de construction est cynique et contre-productive. Cela me met vraiment en colère.

Là, je suis peut-être allé un peu loin, car même Carmen paraît stupéfaite de rencontrer un homme âgé de moins de quarante ans qui adhère à de telles conceptions de la réalité. Pourtant, son expression de perplexité se mue peu à peu en un vif soulagement. Elle a trouvé un adepte, un être à son égal. Assurée maintenant de notre compatibilité physique et intellectuelle, elle flirte avec plus d'insistance, et j'alimente l'énergie de son désir, alors même que le mien reste dormant. Nous commandons des tapas et je prétends n'avoir goûté du *jamón* qu'en deux circonstances dans ma vie, un aveu qui cimente l'impression qu'elle a de moi d'un *guiri* invétéré. Pour le reste de la soirée, elle met un point d'honneur à m'introduire aux délices de la cuisine espagnole – *boquerones en vinagre, pimientos de padrón* – et je joue à la perfection le rôle du touriste estomaqué, émerveillé de la variété et de la sophistication des mets de cette nation. Je vais jusqu'à prêter attention à l'avertissement de María concernant les Anglais ivres, et je suis Carmen dans son choix de boisson, alors que je meurs d'envie de me ravitailler à la vodka.

– Vous savez ce que j'aime dans Madrid ? lui dis-je à un moment.

– Non, Alex. Racontez-moi.

Nous sommes assis dans La Venecia, à boire de la *manzanilla* avec un bol d'olives et une assiette de *mojama*. Le bar est en soi un environnement artificiel à souhait, une *bodega* à l'ancienne, au sol nappé de sciure à crachats, en plein cœur de Huertas, où les affiches de corrida et de flamenco sont restées accrochées aux murs depuis des décennies, souillées par des années de fumée.

– J'adore que cette ville soit si amicale et détendue. J'adore, si je commande un whiskey, que le barman me demande quand il doit arrêter de verser. J'adore que le soleil brille pratiquement tous les jours et que l'on puisse voir les gamins courir un peu partout sur la Plaza Mayor à minuit. J'adore les enfants. À Glasgow, tout est si gris. Les gens sont tout le temps soûls et malheureux. Madrid vous remonte vraiment le moral.

Elle se laisse prendre.

– Je vous aime bien, Alex, beaucoup.

C'est une déclaration sans la moindre nuance char-nelle, surtout parce que Carmen serait certainement incapable d'exprimer même l'érotisme le plus simple qui soit. Néanmoins, son allusion est claire : si j'abats cor-rectement mes cartes, notre relation va vite devenir sexuelle. Je me penche vers elle pour lui effleurer la main et je lui dis que moi aussi je l'aime bien – beaucoup, même –, et nous savourons tous deux ce moment avec une bouchée de thon fumé.

– Alors, maintenant, il faut que je sache : vous avez une petite amie à Glasgow ?

Je réussis à afficher l'un de mes sourires consola-teurs.

– Moi ? Non. J'en avais une, mais nous avons rompu. (Elle a l'air enchantée.) Et vous ?

Carcasse n'a pas été capable de vérifier quoi que ce soit concernant ses liaisons antérieures, mais je soup-çonne Carmen de s'être trouvée du côté du perdant après une ou deux déceptions. Il y a dans sa nature quelque chose de prêt à tout, de presque suppliant, qu'un homme trouvera sympathique de prime abord, mais de plus en plus pénible par la suite. Ses opinions politiques recueilleraient aussi peu d'oreilles compréhensives, sauf peut-être parmi ceux qui déplorent encore le décès du général Franco.

– Pas pour le moment, non, me répond-elle, et je vois un petit postillon mousser au coin de sa bouche. Pendant un certain temps, j'ai fréquenté quelqu'un, à mon bureau, mais cela ne nous menait nulle part.

Voilà qui est intéressant. Il serait possible de se ren-seigner pour savoir qui elle fréquentait et d'utiliser cette information contre elle. Dès que j'obtiendrai d'elle une adresse e-mail, Kitson pourrait persuader quelqu'un, à

Londres, de fouiner dans ses comptes en catimini. Si de Francisco ou Maldonado était le petit ami en question, cela nous fournirait assurément un moyen de pression. Nous bavardons encore une demi-heure, il est surtout question de Glasgow et des Highlands, mais vers minuit Carmen bâille et m'annonce qu'elle a besoin d'une bonne nuit de sommeil.

Nous y sommes. Le couronnement. Je lui propose de la raccompagner à pied sur la courte distance de Calle Echegaray à son appartement de La Latina.

– Vous êtes si polis, vous, les Anglais, me répond-elle, et je m'abstiens de lui rappeler qu'Alex Miller est écossais. C'est très gentil à vous. Cela me sera très agréable de me faire raccompagner par vous, jusque chez moi.

Pourtant, une fois arrivés sur place, les choses tournent mal. Convaincu que Carmen attend un baiser volé sur le pas de sa porte, qu'elle en a même une envie pressante, je me penche, bien en vue des clients de son bar du coin, et j'essuie une rebuffade, un lent mouvement de la tête, un geste de prudence.

– Qu'y a-t-il ?

– Pas maintenant, me dit-elle. Pas ici.

– Pourquoi ?

Pour une raison qui m'échappe, je me sens extrêmement irrité. Pendant ce trajet à pied, je m'étais préparé, et ce rejet est cinglant.

– Que se passe-t-il ?

Un homme nous regarde, depuis le trottoir d'en face.

– Je ne sais pas si j'ai déjà envie de vous embrasser. Comprenez-moi, je vous en prie.

Il est difficile de lire dans l'expression de son visage. Ai-je là une jeune femme conservatrice et bien élevée qui joue les inaccessibles et se fait désirer ou la manifestation d'une soudaine perte d'intérêt ? Craignait-elle que j'espère être invité à monter ou était-elle simplement gênée de se laisser tenter par un baiser prolongé devant ses voisins ? En quelques secondes, Carmen m'a embrassé sur la joue, bien trop vite, et elle est entrée dans l'immeuble, après avoir promis de « me contacter ». Je suis en colère, mais aussi embarrassé. L'homme, de l'autre côté de la rue – qui semble attendre un taxi –, me fait toujours face et je le regarde droit dans les yeux, à vingt mètres de distance, en le considérant de haut. Comment ose-t-elle flirter toute la soirée pour ensuite m'expédier chez moi sans un véritable baiser ? Qu'est-ce que je vais raconter à Kitson, bon sang ? Peut-être ai-je fait preuve de trop d'assurance. Peut-être ai-je été trop confiant et trop certain d'avoir du succès. Dans l'ombre de mon regard, a-t-elle perçu les dégâts liés à la ferme, à JUSTIFY et à Kate ? Il est impossible de le savoir. Elle a pu décider, dès l'Alemana, qu'il n'était pas dans son intérêt de ménager une place dans son existence à un homme visiblement marqué par la vie. Mais je croyais avoir su le cacher. Je croyais avoir joué le jeu.

– Comment ça s'est passé ? me demande Kitson quand il m'appelle à une heure du matin. Anthony me signale que vous n'êtes pas à l'appartement. Qu'est-il arrivé ?

– Carmen Arroyo est une bonne fille catholique, voilà ce qui s'est passé, dis-je en m'efforçant de garder contenance. J'ai obtenu un petit baiser sur le pas de la porte, rien de plus, et ensuite elle est entrée chez elle. Tout cela était très romantique, Richard. Nous dînons de nouveau ensemble vendredi.

– C'est vous qui avez arrangé ça, ou c'est elle ?

– La seconde des deux hypothèses.

– Vous n'avez pas l'air très convaincu.

– Comment s'y prend-on pour paraître convaincu d'une histoire de ce genre ?

Il y a un court silence. Je n'ai jamais été capable de mentir à Kitson de manière très convaincante.

– Bon, d'accord, me dit-il. Donc vous ferez votre rapport à Anthony demain ?

– Je ferai mon rapport à Anthony demain.

37. Le corbeau

En réalité, je me suis inquiété à tort. Jeudi matin, Carmen m'envoie un texto pour s'excuser si elle m'a semblé « étrange », devant son immeuble, et me promettre de « se rattraper » si je suis libre à déjeuner samedi. Je transmets la bonne nouvelle à Carcasse devant un café – en lui racontant que notre dîner convenu pour vendredi s'est mué en déjeuner de week-end – et il en conclut avec moi que Carmen ne voulait simplement pas être prise pour une fille facile en couchant avec Alex Miller dès le premier rendez-vous. Je lui livre mes impressions générales de la soirée et regagne ensuite mon appartement pour m'accorder une sieste. La question vitale – concernant son empressement à trahir de Francesco quand elle aura appris l'existence de la sale guerre – demeure sans réponse. Nous ne sommes ni l'un ni l'autre en mesure de formuler un jugement un tant soit peu fondé sur sa carrière ou ses opinions concernant la terreur basque. Bien entendu, il est encore possible qu'elle soit elle-même partie prenante de cette conspiration. C'est une thèse peu plausible, mais le menteur est toujours vulnérable, perméable à ses propres tromperies.

À mon réveil, plus tard que prévu, après une nuit de rêves épuisants, je me rends au bout de Ventura Rodríguez et je relève mes e-mails au cybercafé. Il y en a un de Saul qui réveille toute ma vieille paranoïa, juste au moment où j'étais convaincu qu'il n'y avait plus aucune raison de s'inquiéter.

```
De : sricken1789@hotmail.com
À : almmlalam@aol.com
Objet : Enrique
```

Donc, à quoi un homme récemment divorcé, âgé de 33 ans, occupe-t-il son temps, si ce n'est à glander en buvant du rioja et en regardant des DVD ? Et que fait-il quand ça finit par l'ennuyer et quand il en a marre de téléphoner à ses anciens flirts, QUI MAIN-TENANT HABITENT TOUTES à Queen's Park et Battersea avec leur « merveilleux mari » et leur « petit bout de chou » et la vaisselle de leur liste de mariage et leurs albums de David Gray ? Eh bien, un homme de 33 ans récemment divorcé note la liste des stars de cinéma espagnoles et traduit leurs noms dans sa lan-gue.

Voici ce que j'ai obtenu :
Antonio Banderas — Antoine Drapeaux
Penelope Cruz — Pénélope Lacroix
Benicio del Toro — Ben du Taureau
Paz Vega — Paix des Vallées

Pas mal, comme jeu, non ? Sauf que j'ai fait ça un bout de temps, ça m'a pris avec les chanteurs et les politiciens, et devine ce que j'ai découvert ?

Julio Iglesias — Jules Léglise *alias* Julian Church.

```
C'est une barbouze, Alec ! C'est un nom de
guerre ! Tous tes cauchemars les plus épouvantables
ont reçu leur confirmation ! Boucle tes valises !
Vends ton appart ! Vérifie s'il n'y a pas des micros
dans tes caleçons !

J'espère que tout va bien —
S.
```

Je ne peux pas me permettre de réagir à cela. Si je veux m'acquitter convenablement de ma tâche, je ne dois nourrir aucun doute sur la légitimité de l'opération menée par Kitson sur le rôle éventuel de Sofía dans la sale guerre ou sur Julian et ce qui serait sa double vie d'espion. Ces questions-là ont été réglées. Je dois faire abstraction de toutes ces conspirations. À aucun moment, lors de mes recherches initiales sur le passé de Julian, et pas davantage avec mes découvertes plus récentes au sujet de Nicole et de sa vie en Colombie, je n'ai découvert quoi que ce soit qui puisse m'inspirer le moindre soupçon quant à son identité réelle. Julian Church est tout simplement conforme à ce qu'il semble être – un banquier d'affaires doté d'une épouse adultère, qui vit l'existence de rêve de l'expatrié en Espagne. Saul est juste en train de me faire marcher.

Carmen et moi nous retrouvons pour le déjeuner samedi dans un restaurant situé derrière la Calle Serrano, et c'est à partir de là que notre liaison devient plus sérieuse. Le Barrio Salamanca constitue un environnement plus fermé que La Latina, où elle se sent bien plus détendue, plus à l'aise dans la proximité de ces épouses dépensières et de ces gamines dorées de vingt ans et quelque qui jacassent, téléphone portable collé à l'oreille, dans des boutiques Gucci et Christian Dior. D'un regard, je surprends chez elle, et ce n'est pas la première fois, son rêve secret d'intégrer cette élite de la moyenne bourgeoisie urbaine à travers le mariage. Après tout, ce sont ces gens-là qui ont voté pour son patron et l'ont porté à cette fonction. Ensuite, nous partons faire une promenade dans le Retiro, je loue une barque dans un esprit d'escapade romantique. Nous échangeons notre premier baiser à une quinzaine de mètres de la rive bétonnée, et je lui découvre une habileté qui me surprend. Je passe le reste de l'après-midi dans la terreur abjecte de voir Sofía se promener main dans la main avec Julian, mais je déguise sans mal mon appréhension. Les diseuses de bonne aventure, les portraitistes, les marionnettistes péruviens, même un poète originaire du Chili ont installé leurs stands le long de la rive occidentale du lac Estanque et nous dérivons de groupe en groupe, au milieu d'une foule dense, avec l'accompagnement permanent d'une musique de flûte de Pan. Sur une bordure gazonnée, non loin du café, un groupe d'immigrés chinois propose, pour deux euros, des massages de la tête et des épaules. Carmen m'en offre un, si je le souhaite – et là, elle a un petit rire nerveux, elle apprécie vraiment ce moment –, mais juste au moment où je m'assieds sur le petit tabouret et où je sens une main sèche se poser sur ma nuque endolorie, deux policiers à cheval font irruption et dispersent aux quatre vents tous les immigrés clandestins présents dans les parages.

– Pas si relaxant, fais-je en plaisantant, et je me relève tant bien que mal. Carmen rit, nous nous embrassons et elle me prend par la taille.

– Pourquoi nous n'irions pas chez moi ?

Et c'est là que tout commence. À la vérité, je ne la compare pas du tout à Sofía, à Kate ou à aucune des autres femmes avec qui j'ai été. Le temps que nous passons ensemble au lit au cours des deux journées suivantes me fait presque un effet naturel, comme s'il n'y

avait jamais rien de faux ou de moralement répréhensi-
ble dans mes assiduités. Vous allez si loin dans la tromperie, vous vous entortillez tellement dans une légende,
que cette vie devient la vôtre. Après la première fois, par
exemple, sous la douche, dans son appartement, ce
samedi après-midi, j'ai compris qu'il me serait possible
de continuer de voir Carmen aussi longtemps que cela
se révélerait nécessaire pour obtenir des informations.
De même, si ma mission touchait subitement à son
terme, je pourrais franchir sa porte et ne plus jamais la
revoir, pour simplement me sentir coupable, plus tard,
de l'atteinte portée à son amour-propre. JUSTIFY, c'était
exactement cela. Ce processus de tromperie à long terme
qui visait Kate et Fortner avait fini par relever de la banalité. Pour être un espion qui opère efficacement, il m'était
nécessaire d'oublier que je leur mentais. C'est une
variante de la méthode Stanislavski, je suppose, même si
elle comporte des implications bien plus sérieuses.

Donc je reste tout le week-end chez elle, en fermant
les portes de la cuisine et de la chambre afin d'étouffer
les clameurs de nos ébats captées par les micros indiscrets
de Carcasse. Je trouve chez Carmen quelques caractéristiques physiques qui ne me déplaisent pas – son ventre
plat, la grande courbe de son dos, lisse comme la pierre –
et je me concentre dessus, alors que les autres – l'odeur
de ses cheveux, son menton, son rire infantile – conspi-
rent pour me rebuter. Seul un détail s'est révélé per-
turbant : sa réaction, ce mutisme étrange, face aux
hématomes dont mon corps est couvert. C'est à peine si
elle a émis un commentaire. J'avais cru qu'ils constitue-
raient une barrière entre nous, et même un indice quant
à mon identité réelle, et pourtant, c'est comme si elle
s'était attendue à les découvrir, un peu comme si elle avait
déjà connu la violence, dans une relation précédente.

Dimanche soir, elle doit rendre visite à sa mère à l'hôpital et je saisis cette occasion pour fouiller ses effets personnels, en photographiant du regard tous les documents du ministère de l'Intérieur, et en recherchant les traces de lettres d'amour de son ancien amant, celui de son bureau. Naturellement, le danger existe que Laura de Rivera rentre de Paris inopinément, aussi Carcasse s'est-il posté à la fenêtre du bar en bas de son immeuble, et il surveille la porte d'entrée, l'arrivée de visiteurs éventuels. À 8 heures, je laisse un mot expliquant que je dois rentrer chez moi pour me changer et je dépose en boîte morte, à l'intention de Carcasse, la liste des numéros extraits du téléphone portable de Carmen pendant qu'elle dormait. Il y en avait deux pour de Francisco et un pour Maldonado, mais à ce stade aucune information provenant de son ordinateur personnel. Un portable est posé sur une chaise dans notre chambre, mais je ne peux pas courir le risque de l'allumer, par peur de tomber sur un mot de passe.

Quand arrive lundi soir, nous nous retrouvons encore pour dîner et boire quantité d'un bon vermouth rouge maison chez Oliveros, un vieux bar géré par une famille, juste derrière sa rue. Devant un plat de boulettes de viande, au sous-sol, une cave de brique, nous avons notre première conversation au sujet de l'ETA, mais rien, dans les conceptions sans équivoque de Carmen sur la terreur basque, ne mérite une longue analyse.

– Ce sont tous des fascistes, me soutient-elle, et je réprime un sourire. La seule façon de traiter l'ETA, c'est d'arrêter leurs dirigeants et d'avoir la certitude qu'ils ne conservent plus aucun repaire où se cacher. C'est la position du gouvernement espagnol, et il se trouve que c'est aussi celle de ma famille.

La véhémence de cette dernière remarque me surprend un peu, étant donné que sa mère est basque, mais je ne réagis pas. À part cela, elle offre une compagnie sans surprise. Elle rit de mes plaisanteries. Elle m'apprendra des mots et des phrases en espagnol. Nous découvrons nos familles respectives – les parents d'Alex vivent à Edimbourg et sont heureux en ménage depuis plus de trente ans – et nous parlons musique et cinéma. J'essaie de me montrer aussi amoureux et sincère que possible, et Carmen me semble aussi enthousiaste à mon égard qu'elle l'a toujours été. Ensuite, nous rentrons chez elle et je crois qu'à ce moment Sofía commence à me manquer, ne serait-ce que pour ses sautes d'humeur et ses talents d'amante, nettement supérieurs. L'adultère avec une belle femme diffère profondément de la nécessité d'un rapport sexuel avec une cible ordinaire, fût-elle consentante.

— À quoi penses-tu ? me demande-t-elle en rentrant dans la chambre, après la bataille, vêtue d'une simple culotte en coton blanc.

Elle ramasse le préservatif par terre, le noue d'une main experte et le jette dans la corbeille.

— À rien. Juste que c'est vraiment sympa d'être ici. Et que je me sens tellement détendu. Je ne pensais pas rencontrer quelqu'un ici, en Espagne, aussi vite. Je n'arrive pas à croire que tu aies déboulé dans ma vie.

Son corps est très mince et très pâle. Quand elle s'assied sur le lit, je discerne le contour squelettique de sa cage thoracique, ses seins légèrement tombants, ses tétons, si minuscules, presque timides. Elle s'allonge à côté de moi, sur le ventre, et je lui caresse le dos en songeant à Zulaika, pour une raison qui m'échappe, me demandant ce qu'a pu manigancer Kitson pour lui clouer le bec.

— Aimerais-tu rencontrer mon amie Maria ? me demande-t-elle.

– Bien sûr, si tu as envie de me la présenter.

Il n'est pas étonnant que nous soyons déjà si proches, si vite. Ce sont les premiers jours grisants d'une nouvelle relation et, dans le jeu de cette supercherie, tout paraît possible.

– Il y a une soirée vendredi à Chueca. Une amie à elle qui reçoit. Elle nous invite à l'accompagner.

– María sait que j'existe ?

– Évidemment !

Et là, un rire, et Carmen se retourne sur le dos, elle vient contre moi, avec un baiser humide qui me laisse tout mouillé dans le cou. Sa nuque dégage une odeur d'une aigreur curieuse, comme celle de la peau sous un bracelet de montre.

– Et que lui as-tu raconté ?

Je sais exactement ce qu'elle lui a raconté. Tout comme Kitson, d'ailleurs. Ou Carcasse. Qu'Alex est « si sexy » et « drôle » et « pas comme les hommes qu'on rencontre tout le temps à Madrid ». Heureusement, il leur reste encore à discuter des subtilités de notre vie sexuelle à portée de micro, mais ce n'est sans doute qu'une question de temps. Ensuite, Carmen finit par s'endormir à mon côté, mais pas avant que je ne lui aie demandé si je peux naviguer sur Internet à partir de son ordinateur. Elle accepte volontiers, allume la machine (mot de passe : segovie) avant de se remettre au lit. Vers une heure du matin, je m'écarte d'elle en roulant sur moi-même et je me faufile hors de la chambre, pour lancer une recherche dans son disque dur : « Sellini », « Buscon », « Dieste », « Church », « Sofía », « Kitson », « Vicente » et même « Saul » et « Ricken ». Rien n'en sort, donc je me borne à transférer un paquet de fichiers sur une clef USB de 128 Mo. Que le SIS tire le bon grain de l'ivraie : il y aura forcément quelque chose dans la correspondance avec de Francisco susceptible de fournir une piste solide à Kitson. Pour effacer mes traces – et pour donner l'impression que j'ai passé une heure à utiliser Internet Explorer –, je visite toute une palette de sites au hasard (Hotmail, la BBC, itsyourturn.com), en éteignant l'ordinateur vers 2 heures du matin. Carmen a toujours une bouteille de cognac de cuisine dans un placard, et j'en prends une bonne rasade avant d'essayer de trouver le sommeil.

Pourtant, le mardi qui suit provoque la confusion générale. Après son départ pour le bureau, à 8 heures, je rentre à pied en passant par Sol et je m'achète *ABC*, *El Mundo* et *El País* en m'arrêtant à un kiosque, à l'extrémité est d'Arsenal. Les trois titres publient des reportages en première page sur la tentative de meurtre ratée contre un commandant de l'ETA devant son domicile de Bilbao. Un immigré marocain de vingt-deux ans, Mohamed Chakor, a été inculpé par la police locale. Les informations détaillées sont sommaires, mais il semble que Tomás Orbé, un vétéran des campagnes de l'ETA des années 1980 et du début des années 1990, lavait sa voiture devant sa maison quand il a vu Chakor approcher, brandissant un pistolet. Dans la bagarre qui s'en est suivie, le Marocain a tiré une seule balle, qui a manqué Orbé de plusieurs dizaines de centimètres pour aller se loger dans le véhicule. Orbé, qui était lui-même armé, a riposté, blessant gravement Chakor au cou. Au même moment, Eugenio Larbazal, le journaliste de *Gara* qui avait remarqué l'immatriculation madrilène de la voiture qui avait pris la fuite après les coups de feu tirés la semaine dernière en France, se demande dans l'article de la une si l'enlèvement et le meurtre de Mikel Arenaza, la disparition de Juan Egileor, le meurtre de Txema Otamendi, les rafales tirées sur deux bars de l'ETA et la tentative d'assassinat de Tomás Orbé, qui ont tous eu lieu au cours de ces deux derniers mois, sont une simple coïncidence. Je remarque qu'il veille, peut-être pour des motifs juridiques, à ne mentionner aucun individu, aucune administration gouvernementale par son nom, et pourtant, l'idée maîtresse de l'article ne soulève aucun doute : l'ombre d'une troisième sale guerre le hante comme un chacal.

À 10 heures ce matin-là, l'incident Orbé est débattu par des « experts de la question basque » dans une émission à la radio espagnole. Les chaînes de télévision ne paraissent pas trop s'y intéresser, malgré des images de la maison de Bilbao et des interviews des riverains présentées dans le cadre des émissions d'information du matin. J'appelle Kitson et nous convenons d'un rendez-vous à 2 heures, au Starbucks de la Plaza de los Cubos. Il arrive en retard, l'air fatigué, en s'excusant du choix de l'endroit.

– Naomi Klein désapprouverait sans aucun doute, ironise-t-il en se juchant sur un tabouret à côté de moi, mais j'ai un faible pour leurs grands cafés au lait.

Nous avons le regard tourné vers l'extérieur, la place de béton, avec Princesa dans le fond, le McDonald's et le Burger King sur notre droite.

– On se croirait carrément à Francfort, marmonne-t-il, avant de me demander « mon avis sur Bilbao ».

– Sale nouvelle. Cela s'inscrit évidemment dans le cadre de notre problème. Ce type a été engagé par Madrid et il a foiré. Les journaux disent qu'il est inconscient à l'hôpital, mais dès qu'il se réveillera, il va se mettre à parler. Même s'il ne s'en sort pas, maintenant la presse détient une piste consistante. Ils n'ont jamais eu de preuve de cet ordre auparavant, et *Gara* fait déjà allusion à ce que nous savons. Larzabal a écrit un article ce matin qui, de fait, accuse le gouvernement de mener une sale guerre. À court terme, on va probablement faire la sourde oreille, mais posez-vous la question suivante :

Pourquoi un Nord-Africain de 22 ans voudrait-il abattre un *etarra*, à moins qu'il n'ait été payé pour ?

– Pourquoi, en effet ? Vous ne pensez pas que c'est lié à Letamendía et Rekalde ?

C'est un argument de poids. Le week-end dernier, deux anciens de l'ETA, Raul Letamendía et José Rekalde, ont provoqué la première scission grave au sein de l'organisation depuis vingt ans en renonçant à la lutte armée. Kitson et moi n'en avons pas parlé, mais il se peut qu'il ait lu quelque chose à ce propos dans la presse britannique.

– Il faudrait qu'il y ait eu erreur sur la personne. L'ETA n'apprécie pas que ses membres renoncent à la cause. Si vous en êtes, vous en êtes à vie. Ce n'est pas un camp de poney pour les vacances d'été. Quand Dolores Catarain a déserté, en 1986, ils l'ont assassinée. Et Orbé est un tenant de la ligne dure.

– Je vois.

Kitson se passe la main sur la tête. Je ne suis pas mécontent de lui avoir damé le pion.

– La seule chose qui ne colle pas, dans tout ceci, c'est la logique de cette sale guerre. L'ETA est à genoux. La semaine dernière, on a arrêté sept de ses membres. Les Français sont coopératifs. Ils n'ont plus nulle part où se cacher.

– Mais cette guerre doit bel et bien exister, insiste Kitson, et je finis par acquiescer. Tout simplement trop d'indices se sont accumulés en ce sens pour défendre le contraire.

– Comment ça marche, avec la fille ?

Je plonge la main dans la poche de ma veste et j'en sors la clef USB.

– Très bien. J'ai extrait des données de son ordinateur la nuit dernière. Tout est là-dedans.

Je pose la clef sur le comptoir et il la laisse là où elle est. Il la prendra lorsque nous partirons.

— Et votre relation ? Vous trouvez ça comment ?

— Ça va.

— Ça va, c'est tout ?

Ce n'est pas un sujet de conversation que je tiens spécialement à aborder. Je préférerais parler de l'incident survenu dans le nord.

— Bon, qu'est-ce que je peux vous raconter, Richard ? C'est Katharine Hepburn avec Spencer Tracy. C'est Tom Hanks avec Meg Ryan. C'est l'amour fou. Je ne saurais trop vous remercier de nous avoir présentés l'un à l'autre, car je crois vraiment qu'elle pourrait être la femme de ma vie.

Il éclate de rire.

— C'est si terrible que ça ?

Je hausse les épaules.

— Non. C'est une personne sympathique, une fanatique de droite, mais on ne peut pas tout avoir. Ce n'est pas très correct de profiter d'elle. Mais s'il en sort un peu de bien...

Il prend une Lucky Strike dans son paquet.

— Exactement. S'il en sort un peu de bien.

J'ai une boîte d'allumettes dans ma poche et je lui allume sa cigarette. D'une certaine manière, ce geste simple semble le mettre davantage mal à l'aise que notre discussion intime sur ma vie sexuelle.

— Merci, fait-il en recrachant la fumée.

— Je vous en prie.

Et il s'ensuit un silence bizarre, gênant. Deux touristes américains bruyants entrent dans notre dos, et remplissent ce silence.

— J'imagine que c'était inévitable, finit-il par glisser.

— Quoi ?

— Que ce soit difficile.

Me tient-il moins en estime du seul fait d'avoir accepté ? Cela m'a toujours inquiété.

– Oui.

– Enfin, comme vous dites, si ce qu'elle vous raconte et ce que vous recopiez à partir de son disque dur nous aide à enrayer ce qui se trame, alors tout cela en aura valu la peine.

Étrange que, de tous les sujets que nous avons pu aborder jusqu'alors, ce soit celui-ci qui suscite chez lui le plus grand malaise. Un Anglais de bout en bout, cet homme-là. Il a l'air profondément perturbé. J'essaie une plaisanterie.

– À moins qu'elle ne me flanque la chaude-pisse, auquel cas je pourrai toujours attaquer le Foreign Office en justice.

Mais là, il ne rit plus.

– Je suis simplement désolé de vous imposer tout cela, s'excuse-t-il en attirant le cendrier à lui. Vraiment désolé.

– N'en rajoutez pas.

Pendant un moment, nous restons assis, sans un mot, à suivre la mendiante roumaine du quartier pousser sa plainte balkanique, dehors sur le trottoir. Elle travaille la foule aux abords du Burger King et du McDonald's, avec un regard triste pour le bambin emmailloté qu'elle tient dans ses bras. Il y a un restaurant chic juste à côté et un flot régulier de clients qui passent devant la vitrine. À l'intérieur du Starbucks, une femme avec une tasse de chocolat chaud paraît s'approcher à portée de voix de notre conversation, et Kitson y met un terme.

– Écoutez. (Il semble subitement regonflé.) Il est important que nous obtenions des résultats du côté d'Arroyo aussi vite que possible. Si elle peut pointer le doigt sur les coupables, nous pourrons nous organiser

Charles Cumming

pour les éliminer de la partie en nous servant de nos contacts au sein du renseignement espagnol. Un scandale sexuel, des irrégularités financières, ces choses-là sont faciles à arranger.

– Un scandale sexuel n'aura aucun effet.

– Quoi ?

– Les Espagnols n'ont rien à foutre de ce genre de salades. Aznar pourrait faire ça en crabe avec Roberto Carlos, personne ne cillerait. Si vous voulez provoquer un scandale dans ce pays, tenez-vous à l'écart de la chambre à coucher. Dès que l'on touche à ce domaine, ils sont beaucoup plus éclairés que nous ne le sommes. Un peu comme les Français.

– Je vois. (À en juger par son expression, il ne considère pas nécessairement cela comme une bonne chose.) Écoutez, pour créer un quelconque écran de fumée, il nous faut des preuves tangibles. Le SIS ne peut rien lancer avec la connivence du gouvernement de ce pays sans preuves concluantes. Il serait hautement embarrassant de nous tromper sur les faits. Pour le moment, nous ne nous basons que sur des conjectures.

Je conteste cet argument.

– Vous possédez bien plus d'atouts que cela, Richard...

– D'accord, admet-il, mais il semble sur le point de perdre patience. Pourquoi ne pas poursuivre la conversation dehors et marcher un peu dans le coin ? (Pourquoi est-il si impatient de s'en aller ?) Nous ne possédons rien qui puisse tenir devant un tribunal.

La femme au chocolat chaud s'est frayé un chemin jusqu'au comptoir et elle n'est plus qu'à quelques pas, mais elle sort un téléphone portable, compose un numéro et se met à jacasser d'une voix tonitruante en espagnol. Cela lui permet de gagner du temps.

– L'aspect vital dont il faut se souvenir, c'est que nous tâchons de préserver la dignité d'une relation entre plusieurs nations.

Il enfile son manteau, écrase sa cigarette et baisse d'un ton. Pourquoi est-il si pressé ?

– M. Aznar essaie d'entraîner dans le XXIᵉ siècle ce pays qui se débat et pousse des cris d'orfraie, et une opération illégale de contre-terrorisme à l'intérieur d'une de ses administrations ministérielles ne doit pas entraver cette évolution.

– Richard, vous prêchez un converti...

– Très bien.

Je baisse les yeux sur la clef USB, contrarié maintenant, et j'y attire aussi le regard de Kitson.

– Il se peut qu'il y ait quelque chose, là-dedans.

– Peu vraisemblable, me répond-il. Tout ce qui est sensible au niveau étatique se trouvera dans les unités centrales du ministère de l'Intérieur. Jamais Carmen ne serait autorisée à rapporter cela chez elle. En tout cas, elle ne devrait pas. Il faut forcer le passage, Alec. Tout de suite. Il ne s'agit pas seulement d'aller fouiner dans un ordinateur. Il faut la sonder, elle.

Derrière nous, les deux Américains franchissent la porte avec leurs gobelets de café à emporter. L'un dit à l'autre : « C'était vraiment comme à la maison » et sort sur la place en se dandinant. La mendiante roumaine leur barre la sortie.

– Et qu'en est-il des investigations d'Anthony ? demandé-je (mais il est clair que Kitson n'a qu'une envie, partir, craignant peut-être qu'on ne nous observe). Il n'a rien découvert ?

– Pas grand-chose.

Je ne crois pas réellement à sa réponse, mais il est trop tard pour discuter.

– Écoutez, dit-il, déjà parvenu à la porte. En l'occurrence, notre atout maître, c'est vous. C'est vous qui devez vous montrer à la hauteur.

Et, là-dessus, le voilà parti, en glissant son stylo dans la poche intérieure de son manteau. Je le regarde se fondre dans la foule de l'heure du déjeuner, en me demandant encore pourquoi il a précipité les choses de façon aussi évidente, aussi subite. Était-ce simplement que le masque du professionnel s'est trouvé entamé par cette conversation où il était aussi question de sexe et de Carmen ? S'est-il senti désarçonné ? Et comment vais-je m'y prendre pour trouver un moment où la cuisiner au cours de ces prochaines vingt-quatre heures ? D'instinct, je présume déjà qu'elle va me jeter dehors, point final. Kitson aurait dû être plus attentif à mes inquiétudes. C'est du travail de cochon.

Et ensuite, la confusion est à son comble. Alors que je rassemble mes affaires – un portefeuille, un téléphone portable, le *Daily Telegraph* –, Julian Church passe pile devant la vitrine du Starbucks, en grande conversation avec une superbe fille noire. Je la reconnais. Il me suffit de deux secondes pour me souvenir de l'endroit où je l'ai déjà vue : dans le couloir de mon appartement, debout et nue, vêtue d'une culotte jaune poussin. C'est la fille avec qui Saul avait couché, le matin de mon retour d'Euskal Herria. C'était l'étudiante en histoire de l'art, à l'université de Columbia. C'était une Américaine.

38. Columbia

Je les suis. Ils quittent la place, toujours en grande conversation, et il a l'air de se diriger vers l'une des entrées sud du parking souterrain de Cubos. Toutefois, à la dernière minute, la fille conduit Julian sur la droite, dans le hall d'entrée d'un immeuble d'habitation, derrière la Torre de Madrid. Elle porte un blue-jean moulant et des bottes qui soulignent sa silhouette d'exception. Leurs gestes nonchalants et leur proximité charnelle laissent entendre que ce n'est pas la première fois qu'ils se rencontrent. Je suis en retrait, à guère plus de six ou sept mètres derrière eux. Deux séries de portes vitrées donnent accès au bâtiment. Ils ignorent complètement le concierge, posté juste en deçà des portes, et s'enfoncent dans le hall en forme de L, en direction d'une batterie d'ascenseurs. J'attends au coin et je ne perçois que quelques bribes de leur conversation.

– Alors c'est ici que tu vis ? lui demande Julian en espagnol.

La fille se contente d'un petit rire, dirait-on, et les portes se referment derrière eux. Sur deux des six panneaux de boutons, les voyants lumineux sont éteints, et un autre vient de quitter le rez-de-chaussée à peu près au même moment. Il me sera impossible de tous les suivre à la trace. Il ne me reste qu'une solution : je vais devoir attendre ici qu'ils ressortent.

Revenu dans le hall d'entrée, je questionne le concierge :

— Cet immeuble a-t-il une autre sortie ?

C'est un vieil homme, il a sans doute entre soixante-quinze et quatre-vingts ans, et il me fait l'effet de quelqu'un à qui l'on n'a plus posé une question depuis la guerre d'Espagne.

— *Qué ?*

— Je disais, ce bâtiment a-t-il une autre sortie ? Si deux de mes amis viennent de monter par l'ascenseur, sont-ils forcés de ressortir par ici ?

— *Sí, señor.*

En d'autres circonstances, du temps où j'étais jeune et naïf, avant Mikel Arenaza, j'aurais joué le coup différemment. J'aurais suivi la fille jusque chez elle et j'aurais entrepris de découvrir la nature de ses relations avec Saul et Julian par des moyens plus subtils. Mais l'heure n'est plus à la patience. Si la CIA doit se servir de moi comme d'un pion, alors je vais affronter ces conspirateurs et leur faire savoir que la partie est terminée.

Il s'écoule exactement une heure avant que Julian ne redescende au rez-de-chaussée, seul, en fixant le sol du regard, l'air très concentré. À ce moment-là, j'ai tourné et retourné la situation dans tous les sens, pour retomber chaque fois sur une impasse. Comment Saul cadre-t-il avec tout ceci ? Sofía me disait-elle réellement la vérité au sujet de cette enveloppe à l'hôtel Carta ? Carmen elle-même fait-elle partie d'un sinistre montage ? Ma vie est devenue une espèce de Rubik's Cube qu'il 'n'est tout simplement impossible de résoudre. Je me lève du canapé du hall, en proie à une colère vorace, prêt à gober tout ce que Julian pourra me lâcher, et je marche d'un pas rapide dans sa direction, jusqu'à ce que seuls quelques pas nous séparent et, quand il lève les yeux et me voit, il est totalement stupéfait.

– Alec ! Nom de Dieu !

D'instinct, pour se protéger, il se lance dans une sorte de fanfaronnade, un numéro de charme réflexe, un automatisme, très école privée anglaise.

– Marrant de te voir ici.

– Qui était cette fille, Julian ?

– Quoi ?

– La fille.

– Quelle fille ?

À ce jeu-là, il n'est pas bon. Il est incapable de mentir. Il commence même à rougir.

– Qu'est-ce que tu racontes ?

– La fille avec qui je t'ai vu. Jean moulant, blouson en daim, seins de luxe. Vous êtes montés ensemble dans l'ascenseur il y a une heure.

Sous la pression du moment, il improvise un cliché d'élégance instantanée – « Je ne suis pas certain que cela te regarde » –, mais sa ruse est éventée. Il s'éloigne de moi, des ascenseurs, raide comme un piquet, et sort du bâtiment. Il sait, évidemment, que je vais le suivre et tenter de découvrir la vérité. Il ne veut peut-être tout simplement pas que d'autres personnes, dans ce hall, surprennent notre conversation. Une idée me traverse l'esprit : et si c'était ici, le bureau de la CIA à Madrid ? Trois ou quatre étages, au-dessus de nos têtes, bourrés à craquer de barbouzes yankees ?

– Vous êtes montés dans l'ascenseur ensemble. Je vous ai vus. Tu es monté avec elle.

Nous sommes maintenant entre les portes vitrées. Je remarque qu'il sent le propre, le savon. Viennent-ils de coucher ensemble ?

– C'est une cliente, d'accord ? Dans une affaire pour Endiom. Je me charge d'un dossier, pour elle. Mais enfin, toi, qu'est-ce que tu fabriques ici ?

– Il ne s'agit pas de moi. Il s'agit de toi. Comment s'appelle-t-elle, Julian ?

– Tu te comportes d'une manière incroyablement étrange. Je crois franchement que tu ferais mieux de rentrer chez toi. Nous pouvons en discuter à un autre moment.

– C'est Sasha ?

Son visage ne peut dissimuler sa peur. Il s'arrête au sommet de la cage d'escalier du parking, et me regarde droit dans les yeux.

– Et ?

– Et quels rapports entretiens-tu avec elle ? Quel rapport a-t-elle avec Saul ?

Il a l'air de se remémorer le prénom de Saul, mais vaguement.

– J'ai toujours peine à comprendre en quoi cela te regarde.

– Cela me regarde parce que je l'ai rencontrée, Julian. Je l'ai déjà vue. Chez moi.

Ceci fait naître chez lui une hésitation. On peut presque voir les rouages tourner, dans le fond de ses prunelles. De la part d'un menteur professionnel, je me serais attendu à un numéro plus impeccable, mais en l'occurrence, si Julian a une couverture, elle tarde à se faire jour. Il a l'air juste paniqué et très mal à l'aise.

– Alors tu dois savoir à quoi elle s'occupe, me répond-il calmement, et subitement, je saisis. Sasha n'est pas un agent de la CIA. Sasha n'est pas une étudiante à l'université de Columbia. Sasha est une pute de Colombie.

– Oh, bon Dieu !

Il est difficile de dire lequel de nous deux est le plus embarrassé. L'expression de Julian s'est figée en une sorte de honte, alliée à une vive irritation. Quant à moi, je bredouille :

— Je viens de me foutre royalement dedans, Julian, je suis vraiment désolé. Tout s'éclaire, à présent.

— Vraiment ? Oh, comme je suis soulagé !

Mais évidemment, il ne va pas en rester là. C'est l'ironie ultime de notre relation et de mon comportement impulsif et stupide qui le pousse à m'accompagner au sous-sol d'une fausse taverne allemande, où il me supplie de ne rien dire à Sofía.

— Elle me tuerait, voilà, gémit-il, tout en sirotant une chope de *Weissbier*. Elle est très vieux jeu.

Et moi qui ne cesse d'opiner, bière après bière, jouant les bons camarades et les fidèles confidents. *Combien de prostituées as-tu fréquenté, Julian ? Depuis combien de temps est-ce que cela dure ? Cela te fait du bien de m'en parler ?* Nous discutons de la culture de la prostitution en Espagne — « c'est une éthique complètement différente dans ce pays » — et combien il est difficile de « conserver le même intérêt pour son épouse au bout de quelques années de mariage ». Julian me confie qu'il a été facile de dénicher Sasha sur Internet, et il en déduit que Saul a dû la trouver par le même canal.

— Bien évidemment, j'ai aussitôt tout regretté, m'avoue-t-il, cinq minutes après m'avoir confessé au moins trois autres liaisons adultères. C'était tellement... impersonnel, tout ça. On ne s'imagine pas devenir intime avec ce genre de personne.

Finalement, je m'efforce de l'apaiser en recourant à un pot-pourri de platitudes vite et mal ficelées. J'ai du travail qui m'attend avec Carmen et je ne peux pas rester assis là toute la soirée à essayer de sauver le mariage de mon patron.

— La vérité, Julian, c'est que je m'en moque. Je te le promets. Montre-moi une belle femme et je te montrerai un homme qui en a marre de la sauter. Ce qu'un individu fait de son temps libre, ça le regarde. La sexualité humaine est un mystère, nom de Dieu ! Qui peut savoir ce que les gens aiment ou n'aiment pas ? Cela n'a aucun rapport avec le fond de leur être. Tu as été vraiment bien avec moi. Tu m'as donné du boulot quand j'en avais besoin, tu m'as fourni mon gagne-pain. Je ne vais pas te payer de retour en te mouchardant à ta femme. Bon sang, pour qui me prends-tu ? En plus, Sofía, je la connais à peine. Je me vois mal aller lui raconter un truc pareil.

– Vraiment ?

– Vraiment.

– Tu es un chic type, Milius, me fait-il. Tu es carrément un chic type.

39. Matière première

Ce soir-là, Félix Rodríguez de Quirós Maldonado
fait une apparition à la télévision nationale dans un communiqué pour le Partido Popular. Carmen regarde
TVE1 sur son canapé, Calle de Toledo, et se soustrait à
mon baiser en se trémoussant quand son patron surgit
à l'écran. En suivant la prestation du ministre, une formule de John Updike, entendue bien des années auparavant à la radio britannique, me revient en mémoire :
« Nixon, ce type qui a une case en moins, avec ses airs
menaçants. » C'est l'une des caractéristiques les plus intéressantes de la vie publique ibérique que même les politiciens aux allures les plus mensongères – des requins
à l'œil torve et au cheveu calamistré – accèdent tout de
même à des postes de pouvoir. Au Royaume-Uni,
un homme ressemblant à Maldonado aurait du mal à
gagner sa vie comme vendeur de voitures d'occasion, et
cependant, les électeurs espagnols paraissent aveugles à
la corruption du personnage. Cette brute, ce bronzé en
costume, a même été pressenti pour le poste de Premier
ministre. Pas si je parviens à m'en mêler. Pas si le Six
fait sauter sa couverture.

– Qu'en penses-tu ? me demande Carmen, en me
retirant des mains le livre que j'étais en train de lire.

Je déteste les femmes qui font cela, qui réclament votre attention.

– Qu'est-ce que je pense de quoi ?

Quand je lève les yeux sur son visage, je constate que ce message télévisé l'a perturbée, comme si elle savait dans quelles circonstances il a été réalisé. Elle a les traits tirés, l'air un peu inquiet, et je déploie un gros effort pour trouver quelque chose de positif à dire, même derrière le masque de la tromperie.

– Eh bien, il me semble très charismatique, très posé. Cela m'est difficile à dire sans comprendre ce qu'il raconte. Je lisais. De quoi parlait cette annonce ?

– Il disait que le ministère de l'Intérieur avait enregistré les meilleurs chiffres en matière de lutte contre la criminalité de tous les gouvernements depuis vingt ans.

– Et c'est vrai ?

Sans le moindre humour, sans la moindre ironie, elle me répond : « Bien sûr que c'est vrai. » Mais elle a toujours l'air perturbé.

– Que se passe-t-il ?

Je finis par m'apercevoir que Carmen Arroyo est entêtée, qu'elle a le cuir épais, en dépit de certaines apparences, et qu'elle n'admettra pas aisément ses faiblesses. Sans me prêter attention, elle retourne mon livre – l'exemplaire de *Homage to Catalonia* que j'avais au bar – et en feuillette négligemment les pages.

– Quand je t'ai rencontré, tu le lisais déjà, remarque-t-elle.

C'est toujours le même exemplaire de *Homage to Catalonia* que j'avais au bar.

- Tu ne l'avais pas déjà lu ?

– Si. Je voulais juste le relire.

– Et c'est intéressant ?

– Passionnant.

Nous évoquons brièvement Orwell, blessé à la gorge quand il combattait pour le POUM, mais j'ai envie de sonder plus à fond ses sentiments envers Maldonado. L'idéal serait qu'ils aient été amants autrefois. Si Carmen devait me faire cette confidence-là, je pourrais la prendre de front, dès ce soir, et la menacer de dévoiler leur liaison. C'est un calcul cynique et froid, le pire aspect de notre métier, mais dans ces circonstances c'est ma meilleure chance d'obtenir une information rapidement.

– Aimerais-tu que je te cuisine quelque chose, ce soir ? me demande-t-elle.

– Avec plaisir. Ce serait formidable. (Je pose ma main sur son bras, et je remonte lentement vers sa nuque.) Alors, c'est comment, de travailler pour ton patron ?

– Pour mon quoi ?

– Un patron. Un directeur. Je suis sur le point de lui dire le mot en espagnol, «*jefe*», mais je m'arrête à temps. M. Maldonado. Comment te traite-t-il ? Tu le vois souvent ?

Carmen a un verre de Rueda qui l'attend, et elle le boit avant de me répondre :

– Pourquoi as-tu envie de savoir ?

– Parce que je n'ai jamais vraiment parlé de ton travail avec toi. Parce que je ne sais pas vraiment ce que tu fais de tes journées.

– Et pour toi, ça compte ?

Sur ce dernier mot, elle élève la voix, comme si personne ne s'était jamais intéressé à la question, comme si personne n'y avait jamais porté la moindre attention. Ensuite, elle se love contre moi et je capte de nouveau cette odeur rance, dans son cou, d'une peau qui n'a pas été lavée.

– Bien sûr que ça compte.

– Eh bien, je ne l'apprécie pas particulièrement, répond-elle après une courte pause. Je ne pense pas que ce soit un homme bien. Mais je le soutiens, évidemment.

    – Parce que tu es obligée ?

    – Non. À cause de Javier. Parce que je suis loyale envers Javier. Félix est le patron de mon patron.

Elle a l'air ravi d'avoir maîtrisé ce mot si vite, et je sens une main tiède qui s'échappe et me remonte dans le dos.

    – Et ton patron à toi, Alex ? Parle-moi un peu plus de lui.

    – Non, toi d'abord. Dis-moi ce que tu fais toute la journée, quand nous ne sommes pas ensemble, quand tu me manques.

L'expression de léger écœurement lui revient pour s'effacer presque aussi vite, remplacée par un sourire reconnaissant, aimant. Elle se conduit très bizarrement, elle me dissimule quelque chose, un souci ou un malheur. Parfois, je me demande si tout cela n'est pas un jeu pour elle, et me revoilà pris par ce cauchemar silencieux et paranoïaque : et si c'était Carmen Arroyo qui se jouait de moi ?

    – Qu'est-ce qui ne va pas ?

    – Que veux-tu dire ?

Elle vide son verre de vin et se lève du sofa.

    – Je ne sais pas. Tu as eu un comportement étrange toute la soirée, pas celui que je t'ai vu d'habitude. Depuis que Félix est apparu à la télévision, tu as l'air mal à l'aise.

    – *Sí* ?

    – Oui.

Elle secoue la tête.

    – Il n'y a plus de vin.

Cela se révèle plus compliqué que je ne le pensais. Pour faire tomber ses défenses, il va falloir du temps. Mais la qualité première d'un espion, c'est la patience : mon heure viendra. Il suffit simplement que j'attende l'occasion, comme le matador qui calcule le moment de la mise à mort. Il est possible que Carmen soit programmée pour ne jamais aborder des affaires d'État avec des individus n'appartenant pas au gouvernement. Après tout, elle ne sait rien d'Alex Miller. Il n'y a absolument aucune raison pour qu'elle se fie à lui, pas à un stade aussi précoce de leur relation.

– Tu veux que j'aille en racheter ?

– Ce serait très gentil, me répond-elle. Et moi, je vais préparer le dîner.

Donc je sors. Dans l'escalier, j'envisage de téléphoner à Kitson pour qu'il me conseille sur la suite des opérations, mais je dois pouvoir mener ceci à bien tout seul. Je suis convaincu que soit de Francisco, soit Maldonado ont eu une liaison avec Carmen, à un moment ou à un autre dans le passé. Tous deux sont des hommes mariés, et chaque fois qu'elle parle d'eux, l'empreinte de l'adultère est perceptible. Sinon, comment expliquer sa soudaine saute d'humeur, ce soir ? Comment expliquer ses manières évasives ?

– Alex !

Elle a ouvert la fenêtre du salon, au-dessus de moi, et se penche par le balcon du premier étage.

– Peux-tu aussi acheter des spaghettis en plus du vin ? Je n'en ai plus. Laura a dû les finir.

– Bien sûr.

Il me faut environ vingt minutes pour trouver une bouteille de vin correcte au supermarché, ainsi que la pasta et un peu de glace Häagen-Dazs. Après ça, j'ai besoin d'un verre, et je fonce boire un vermouth chez Oliveros. Le patron, se souvenant que je suis un ami de Carmen, insiste pour un deuxième verre et il tente de m'entraîner dans une conversation sur la guerre en Irak. Un homme entre deux âges qui fume un cigare bon marché chante les louanges de Donald Rumsfeld, mais je ne peux pas contester ses propos sans révéler que je parle couramment l'espagnol. Le temps que je regagne l'appartement, il est presque 9 h 30, mais quand je m'y introduis en utilisant la clé de Carmen, je ne la vois nulle part.

Je la cherche dans le salon et la cuisine, où la sauce des spaghettis frémit doucement sur le feu, avant de comprendre qu'elle est au téléphone dans la chambre, avec le combiné sans fil. La porte est à moitié fermée, et elle parle vite, avec un tremblement d'inquiétude très net dans la voix. Ma première pensée, c'est qu'il est arrivé quelque chose à sa mère, à l'hôpital, et j'attends dans le couloir de pouvoir en entendre davantage.

– Et tu es sûr de ça ? Moi, ça me dépasse.

J'éprouve un moment d'égoïsme sans mélange : si l'état de Mitxelena s'est détérioré, je vais devoir accompagner Carmen pour une longue et fastidieuse visite à l'hôpital. J'aurai perdu toute occasion de la recruter. Mais ensuite j'entends ce mot se détacher : « Félix ».

– Simplement, je te répète ce que je t'ai dit au restaurant, fait-elle. Javier n'a pas arrêté de me réclamer d'envoyer cet argent sur ce compte. Il prétendait que c'était en rapport avec sa femme, un fidéicommis qu'ils mettaient en place pour leurs enfants. Tu en es certain ?

Je recule d'un pas et une latte du plancher craque, dans le couloir. Carmen a dû m'entendre entrer, donc je me rends directement dans la chambre, je souris pour m'excuser d'être en retard et je lui montre le sac de provisions. C'est à peine si elle lève les yeux du téléphone. Elle a le visage blême à force de concentration. D'un geste, je lui demande si tout va bien, mais elle m'expédie d'un revers de la main.

– Ça, je n'y crois pas. (Elle me tourne le dos, pour faire face à la fenêtre.) Non, c'est juste Alex. Il ne comprend pas l'espagnol. Il n'est pas au courant de ce qui se passe.

Comment me débrouiller pour entendre le reste de la conversation ? Il y a de la musique dans le salon, mais si je m'attarde ici alors que je devrais mettre les spaghettis à cuire, je vais me couvrir de ridicule. Or, ensuite, elle passe devant moi, sort dans le couloir, et baisse le volume de la chaîne hi-fi.

– Si c'est le même Sergio Vázquez, alors je ne sais plus quoi penser, poursuit-elle, en s'asseyant dans le canapé. Mais avec tout ce qui se manigance autour de Chakor, je suis réellement inquiète, João. Il semblerait qu'il y ait un lien. Je ne sais pas à qui parler de tout cela.

Il y a un long temps de silence dans la conversation, pendant que « João » répond. J'ai l'impression de faire irruption dans un véritable tourbillon d'informations : c'est de la matière première, qui semble prouver une irrégularité financière à l'intérieur des services du ministre de Francisco, lié à l'incident impliquant Mohamed Chakor, le Marocain qui a été abattu par Tomás Orbé. Mais qui est Sergio Vázquez ? Maintenant qu'elle a baissé le son, Carcasse va tout capter haut et clair par l'intermédiaire du micro et peut-être va-t-il pouvoir récupérer les parties de la conversation que j'ai manquées pendant que je buvais mon verre chez Oliveros. Si nous parvenons à en savoir davantage sur João et Vásquez, les pièces du puzzle devraient rapidement se mettre en place. Au lieu d'entrer dans la cuisine, où il va falloir commencer à sortir les casseroles et la vaisselle des placards, j'entre dans la salle de bains en faisant semblant de m'étudier le visage devant le miroir. Je réussis à capter ce que dit Carmen, même avec la porte à peine entrouverte.

– Ça, je comprends, dit-elle. Mais c'est un homme que j'admire. Mon Dieu, il y a une heure, j'expliquais

justement à Alex à quel point je l'appréciais, lui, ce qu'il
défend...

João l'interrompt encore. Si seulement le Six avait
des oreilles branchées sur la ligne fixe de Carmen.

– J'ai été tellement stupide, continue-t-elle. J'ai
voulu faire comme si de rien n'était, mais il y a eu tant
d'histoires, trop de coïncidences avec Arenaza et Juan
Egileor. Je ne sais pas quoi faire.

Je m'écarte du lavabo, je tire la chasse d'eau et je
retourne dans la cuisine. Entendre prononcer le nom de
Mikel m'envoie un afflux de sang à la tête. Que veut-elle
dire au sujet de ces coïncidences impliquant Arenaza et
Egileor ? Qu'elle soupçonne Maldonado et de Francisco
d'avoir conspiré pour les faire disparaître ? Carmen
répond maintenant à une réflexion de João.

– Je ne peux pas démissionner. Que vais-je faire ?
J'ai lu ces e-mails avec le nom de Chakor. Tu as vu les
relevés bancaires. Nous parlons de sept cent cinquante
mille euros d'argent public, peut-être davantage. Mon
Dieu, je ne devrais peut-être même pas en parler sur
cette ligne. Qu'est-ce qui va se passer quand cet homme
se réveillera de son coma et déclarera qu'il a reçu l'ordre
de tuer Orbé ?

Là encore, João l'interrompt et la réaction suivante
de Carmen – « Bien sûr, c'est ce qui s'est passé » – tendrait à indiquer qu'il vient de lui demander si Mohamed
Chakor a été payé par des éléments du ministère de
l'Intérieur pour assassiner Tomás Orbé.

– Et s'ils remontent la piste jusqu'à... (Mais Carmen
est incapable d'aller au bout de sa pensée.) Et si... Je n'ai
même pas envie d'y penser. Je n'arrive pas à croire que
ce soit en train de se produire.

J'en ai entendu plus qu'assez. Sur la foi de ce seul
coup de fil, Kitson doit alerter Londres et mettre en
branle le plan du SIS destiné à sceller la disgrâce des

ministres de Francisco et Maldonado. Comment ils vont
s'y prendre, à un stade aussi tardif, pour que la sale
guerre ne soit pas portée à la connaissance du public, je
n'en ai aucune idée. Mais mon travail auprès de Carmen
s'achève. J'ai besoin maintenant de sortir de l'appartement aussi vite que possible pour réclamer à Kitson un
rendez-vous urgent et l'assister du mieux que je pourrai.
La dernière chose que je l'entends dire est : « Je suis une
patriote, tu le sais. J'ai cru en lui. Et maintenant, je me
sens si bête. Mais je n'ai pas envie de trahir mon ami »,
au moment où j'allume la hotte au-dessus de la cuisinière, avant de râper du fromage au-dessus du plat.
Soixante secondes plus tard, Carmen s'enferme dans la
salle de bains, au verrou, et n'en ressort qu'après dix
minutes. Je frappe un petit coup en lui demandant si
tout va bien, mais en guise de réponse elle me prie de
mettre une casserole d'eau à bouillir pour les pâtes.
Quand elle en ressort, je lui passe un bras autour de
l'épaule et elle s'écarte avec un mouvement d'humeur.

– De quoi s'agit-il ?
– Comment ça, de quoi s'agit-il ?
– Ce coup de téléphone. Cette dispute, là. Est-ce
que ça va ?
– Ce n'était pas une dispute.
– De là où j'étais, ça y ressemblait.

Elle plante un tire-bouchon dans le col d'une bouteille de vin.

– Et où étais-tu ?
– Ici. Tu avais l'air très bouleversée.
– C'est juste un problème au ministère, d'accord ?
(Le bouchon saute avec un claquement sec.) On peut
éviter d'en parler ?

Cette tension nouvelle peut jouer en ma faveur. Si
je parviens à fabriquer une scène en bonne et due forme,

cela peut me fournir l'occasion de partir et de contacter
Kitson dans la demi-heure.

– Mais moi, j'aimerais en parler, insisté-je, en
tâchant de prendre un air à la fois patient et soucieux.

– Eh bien, moi, je ne préfère pas, crache-t-elle.
Peux-tu juste remuer la sauce, s'il te plaît ?

Et la voici, mon ouverture.

– Ne me parle pas sur ce ton.

– Quoi ?

– Je te prie de ne pas me donner d'ordres. Tu m'as
annoncé que tu allais préparer le dîner ce soir, donc tu
peux te la remuer, ta foutue sauce.

C'est notre première querelle. Un ricanement maussade, et elle sort de la pièce. Elle a l'air d'une enfant qui
fait un caprice.

– Oh ! Ne pars pas comme une voleuse !

Les dents serrées, elle m'insulte, en visant fort juste
– *Cerdo !* – et claque la porte de la chambre. Je suis si
électrisé à la perspective de voir Kitson que j'éprouve à
peine un bref élan de sympathie pour la pauvre fille.
Cela dure à peu près le temps qu'il me faut pour attraper
mon manteau dans l'entrée. Ensuite, je quitte l'appartement en claquant la porte à mon tour – ma propre
variante de mauvaise humeur adolescente – et je dévale
l'escalier jusqu'au métro.

40. Ligne 5

— Comme on dit, j'espère que le jeu en vaut la chandelle.

J'ai arraché Kitson à un dîner au Taj Mahal avec Ellie, Michelle et Carcasse. Il a toujours l'air épuisé, mais son humeur semble s'être considérablement allégée depuis Starbucks.

— Quand vous m'avez appelé, j'étais sur le point d'avaler ma première bouchée de poulet jalfrezi, m'annonce-t-il. Une bouteille de Cobra était en route, un *sag aloo*, et un exquis *nan peshwari*. Mon premier repas normal depuis des semaines. J'en ai marre de leur foutu *jamón*, de leur foutue tortilla, de leur foutu chorizo. Depuis le déjeuner, j'ai dû tenir le coup avec un seul poppadum, alors soyez bref et concis.

Nous nous sommes retrouvés aux guichets de la station de métro Callao. Il franchit les barrières métalliques qui émettent un bruit sourd et nous descendons les marches vers le quai de la ligne 5, en direction du sud.

— Vous vouliez que j'obtienne des informations de Carmen, lui dis-je. Je les ai.

— Déjà ?

— Croyez-moi, vous ne retournerez pas finir votre curry.

Nous trouvons un banc à l'extrémité du quai et nous nous asseyons côte à côte, à environ dix mètres du passager le plus proche. Kitson porte des chaussures de randonnée, une chemise à carreaux au col effiloché, un pull-over à col en V de couleur vert bouteille et une veste en tweed avec des pièces mal cousues aux coudes. Il a l'allure d'un éleveur de moutons qui aurait pris le mauvais virage à Douvres. Je lui raconte tout ce que je suis capable de me remémorer de la conversation téléphonique de Carmen – qu'elle soupçonne Maldonado et de Francisco de détourner des fonds publics pour financer une opération secrète contre l'ETA – et il opine tout du long, non sans m'avoir averti qu'il a allumé l'enregistreur numérique dans la poche extérieure de sa veste.

– C'est de la dynamite, ne cesse-t-il de répéter, c'est fantastique. (Et je savoure jusqu'à l'ivresse la reconnaissance et les éloges d'un collègue.) Les coordonnées de João figuraient dans le carnet d'adresses que vous avez extrait du portable de Carmen. C'est le même type, un de ses vieux amis de l'université, qui travaille au Banco de Andalucía. Elle a dû lui demander d'examiner la piste de l'argent.

– Ça se tient.

– Et elle a parlé de sept cent cinquante mille euros ? (Là, il baisse un peu la voix.) A-t-elle mentionné le chiffre exact ?

– Ce montant-là, précisément. Pourquoi ?

Kitson retire sa veste et la pose sur ses genoux. En bas, sur ce quai, on étouffe, et l'air est chargé de pollution.

– Nous avons reçu confirmation par une autre source de l'existence d'une caisse noire contrôlée par de Francisco, contenant environ sept cent soixante-cinq mille euros de dépôt, qui renvoie vers plusieurs comptes en banque du ministère de l'Intérieur.

– Ce n'est pas une très grosse somme d'argent.

– Non. Nous sommes tous deux parvenus à la même conclusion. Une somme aussi modique suggérerait que soit nous nous trouvons au seuil d'un problème bien plus vaste, engageant des capitaux bien plus élevés, soit, plus probablement, que nous avons affaire à une dizaine d'individus environ qui conduisent une opération ultra-secrète contre l'ETA sous commandement opérationnel et financier de Félix Maldonado.

– C'est ce qui ressort de votre travail de ratissage ? Il opine.

– Au sommet, vous avez Maldonado et de Francisco, qui donnent les ordres et orientent les fonds secrets, pour l'essentiel puisés dans les coffres du gouvernement, vers trois personnages-clefs : Luis Buscon, Andy Moura et Sergio Vázquez.

– Pourquoi ne m'avez-vous pas mentionné ces noms-là plus tôt ?

Kitson me dévisage, avec ce regard apaisant qui ne souffre pas la contestation.

– Ne le prenez pas pour vous, Alec. Beaucoup de gens n'ont pas été mis dans la confidence sur ce coup-là. C'est simplement la manière dont j'aime gérer les choses. Croyez-moi, après le travail que vous avez accompli dans cette affaire, Londres va pavoiser. Le SIS s'est engouffré dans la brèche et ils ont emporté le morceau. Les Espagnols ont un problème dans leur arrière-cour, et il a fallu les Anglais pour le résoudre.

Je ne réagis pas à cette remarque et, en fait, je ne suis pas plus emballé que je ne l'étais voici quelques minutes.

– Qui est Andy Moura ?

– Un officier de haut rang de la Guardia Civil à Bilbao, qui nourrit un mépris de longue date pour tout ce qui touche aux Basques. A déclaré officiellement que

l'ETA pourrait être anéantie en cinq ans, si seulement la
police était autorisée à « agir comme bon lui semblait ».
Les groupes de pression basques sont sur son dos depuis
des années. Une canaille en acier trempé. Il a survécu à
trois attentats, deux à la voiture piégée et une fusillade.

– Bon Dieu.

– Oui, c'est probablement là-haut qu'il adresse ses
remerciements, tous les matins, fait Kitson avec un large
sourire. La signature de Moura est partout, dans l'enlèvement d'Otamendi et dans la disparition d'Egileor. Les
autorités espagnoles maintiennent la nouvelle sous
silence, le temps de mener une « enquête interne ». En
d'autres termes, le temps de déployer une couverture.

– En parlant de couverture...

– Attendez une minute.

Il me fait taire du plat de la paume. Ce n'est pas un
geste agressif, plutôt l'expression d'un désir, celui de
pouvoir formuler au mieux une série d'idées complexes.

– Il se trouve que Vázquez présente un profil du
même ordre.

– Vous avez déjà entendu parler de lui ?

Un train est à l'approche, dans le chuintement pro-
filé du métal et les trépidations d'un moteur sur les rails.

– Oh, oui, nous avions entendu parler de lui ! Il fait
partie du CNI, les services secrets espagnols, et c'est un
vieil ami de Maldonado, très à droite, qui a été surpris
par des caméras de surveillance en train de passer à tabac
deux suspects de l'ETA lors d'une garde à vue en 1999.

Le train s'engouffre dans la station, avec un vacarme
si violent que Kitson est contraint de hurler :

– Il y a eu du grabuge au sein de ce qui s'appelait
alors le CESID, jusqu'à ce que Maldonado soit promu
ministre de l'Intérieur et qu'il accorde une amnistie à
son vieil ami.

– En douce ?

— Précisément.

— Et maintenant, Vázquez lui rend la pareille en l'aidant à mener cette sale guerre à partir du CNI ?

Les portes de la rame s'ouvrent en coulissant, dans un chœur de bips électroniques, et nous sommes entourés de passagers qui descendent.

— Exactement, me répond-il, et il joue avec le tissu de sa veste, dont la poche qui contient l'enregistreur est tournée vers ses genoux.

— D'après ce que Carmen racontait ce soir, il semblerait que ce soit le cas, en effet.

Un petit garçon qui tient un pistolet à la main nous observe depuis la voiture arrêtée juste à notre hauteur. Kitson lui sourit et, en récompense de ses efforts, se fait tirer dessus. Une fois que les portières se sont refermées et que le train a redémarré, il reprend la parole :

— En tant que secrétaire d'État à la Sécurité, de Francisco détient le commandement opérationnel de la Guardia Civil et de la police. L'influence de Maldonado s'étend encore plus loin, jusqu'au cœur de la communauté du renseignement. Par chance, nous possédions un fichier assez convenable sur Mohamed Chakor avant l'incident Orbé, parce qu'il était recherché par Interpol dans le cadre de certains trafics d'ecstasy. Il y avait un individu au sein du CNI qui contactait Chakor sur son portable à Marseille. Simplement, nous ne savions pas qui diable il pouvait être, jusqu'à ce soir.

— Vázquez ?

— Exact.

Deux dames âgées s'avancent vers nous sur la largeur du quai, très lentement. Elles sont vêtues de manteaux en fausse fourrure et mangent des glaces. Au lieu de les lécher, elles piochent maladroitement dans leurs cônes avec de petites cuillers en plastique. Je suggère que nous prenions le train suivant et poursuivions l'entretien en nous dirigeant vers le sud de la ville.

– Bonne idée.

Comme pour se donner une contenance dans l'intervalle, Kitson sort un paquet de Lucky Strike avant de se souvenir, apparemment, qu'il est interdit de fumer dans le métro de Madrid.

– Ça va. Vous pouvez l'allumer. Tout le monde le fait.

– Pas moi, me lâche-t-il.

Dix minutes plus tard, nous sommes dans une rame, et nous retraversons La Latina, il est 11 heures passées. Je pense à Carmen et je me demande ce qu'elle fabrique, songeant combien elle doit me mépriser de l'avoir laissée dans un moment d'adversité. Il est étrange et probablement peu professionnel d'avoir ce genre de réflexions mais, quelque part au fond de moi, je me préoccupe de son sort. Il n'est pas possible de passer ainsi du temps avec une femme, si mal assortie soit-elle à vos goûts et à vos préférences, sans qu'elle vous inspire un minimum de sympathie.

– Alec ?

– Oui ?

– Je disais que si Carmen a établi la relation entre le ministère de l'Intérieur et Arenaza et Egileor, d'ici à ce que Maldonado et de Francisco soient expressément nommés dans la presse, ce n'est plus qu'une question de temps. Nous allons assister à des fuites, ne serait-ce qu'en provenance de l'ami qu'elle a dans cette banque.

J'avais l'esprit ailleurs. Peut-être la tension générée par l'épisode avec Carmen a-t-elle fini par m'ébranler. Nous sommes assis dans la dernière voiture d'un train presque vide.

– Si les gens qui vous ont torturé avaient des soupçons concernant de Francisco et Buscon voilà trois semaines, ils en ont forcément informé d'autres journaux basques, c'est une certitude. Ces journaux vont se contenter d'attendre une occasion pour embrocher le Parti populaire dès qu'ils auront recueilli des preuves tangibles. La tentative de meurtre contre Orbé pourrait bien être la goutte qui fait déborder le vase.

– Je sais, je sais...

– Donc il nous faut anticiper.

Kitson semble attendre mon conseil.

– Et vous voulez avoir mon avis là-dessus ?

Poser une telle question me fait un drôle d'effet. La boucle est-elle bouclée ? Autrefois, avant que nous ne passions tout ce temps ensemble, j'avais tendance à placer les espions sur un piédestal : John Lithiby, Katharine Lanchester, Michael Hawkes, même Fortner et Sinclair. Leur travail me semblait le plus vital, le plus essentiel qui soit à la bonne marche de la planète, et je n'aurais pu envisager une autre vocation. Ils m'inspiraient une crainte mêlée de respect. Pourtant, plus j'ai appris à connaître Kitson, plus j'ai compris qu'il était comme n'importe quel professionnel accomplissant un boulot difficile : surtout compétent, brillant à l'occasion ou, quelquefois, purement et simplement brutal et inefficace. En d'autres termes, il n'appartient pas à une espèce à part. Il a seulement été repéré dans sa jeunesse, et on lui a appris un métier. Ce n'est pas que je ne le respecte pas. C'est juste que, sans doute pour la première fois de mon existence, j'ai assez confiance en moi pour dire que je pourrais accomplir le travail de Richard Kitson avec tout autant d'efficacité. Et après tout ce qui s'est passé par ici, c'est probablement ainsi que cela se terminera.

– Ce que beaucoup de gens ne comprennent pas au sujet de l'Espagne, c'est qu'elle est encore gouvernée par vingt ou trente grandes familles, expliqué-je. Elles contrôlent tout, depuis les journaux jusqu'à la télévision, du commerce à la banque, de l'industrie à l'agriculture. Ici, vous allez constater une lutte d'influence auprès des familles qui comptent et une lutte d'influence auprès des médias. À pareille échelle, c'est le seul moyen d'organiser une couverture. Le Partido popular, c'est comme le Parti républicain aux États-Unis... le berceau naturel d'une immense richesse. Si les personnes d'influence, en Espagne, constatent que leur position est menacée, ils vont former le carré. Ils vont protéger leur argent. Le Partido popular contrôle déjà beaucoup de sources d'informations sur les chaînes de télévision et les stations de radio nationales. Dans les deux heures après que vous leur aurez signalé que Maldonado et de Francisco se sont fait prendre la main dans le tiroir-caisse, le scandale va courir, courir. Et il va complètement court-circuiter toutes les rumeurs autour d'une sale guerre.

Kitson pose une main sur mon épaule.

– Je suis content de vous avoir dans notre camp, me déclare-t-il, une formulation un peu curieuse. Jamais je n'aurais pu obtenir tout ça sans vous. Je vais envoyer un télégramme FLASH à Londres dès ce soir, et demain, dès la première heure, nous allons avancer nos pions.

– Alors, c'est tout ?

– Que voulez-vous dire ?

– Vous optez pour le scandale financier ? La décision a déjà été prise ?

– Eh bien, ça tombe sous le sens, non ?

J'ai la sensation des plus étranges qu'il me ment, comme si, pour l'essentiel, ce que nous évoquons là n'était qu'une hypothèse d'école ou ne revêtait même aucune importance.

– Les autorités espagnoles, conjointement avec le SIS, vont faire valoir à M. Maldonado qu'il est de son intérêt de quitter le pays. Et je présume que son vieil ami Javier va se joindre à lui.

C'est comme si nous évoquions une partie de Monopoly.

– Minute. Et les variables de l'équation ? Et le risque de retour de flamme ?

– Qu'entendez-vous par là ?

– Eh bien, s'ils restaient ? S'ils veulent porter la bagarre devant les tribunaux ?

– Quelle bagarre ? Un scandale financier qui n'existerait pas ? Courir le risque de ruiner leur réputation pour avoir provoqué une nouvelle sale guerre ?

Je me penche en avant, en me tournant face à lui.

– Beaucoup d'Espagnols ordinaires pourraient fort bien les admirer pour ce qu'ils ont fait. Il y a des types de l'époque des GAL qui ont purgé des peines de prison et qui maintenant recueillent des applaudissements chaque fois qu'ils entrent dans un restaurant.

– Nous les récompenserons de leur peine.

Tout au bout de la voiture, l'inévitable accordéoniste sud-américain vient de monter à la station Urgel, avec quatre étudiants ivres derrière lui. Il plaque quelques accords de tango et les étudiants se mettent à danser dans l'espace libre entre les portes.

– Et Buscon ? Et Dieste ? Vázquez ? Moura ? Il va tous falloir les réduire au silence, d'une manière ou d'une autre. Et il y en a certainement d'autres dont nous ignorons encore tout.

– Exact, admet-il. Exact.

Il ferme les yeux et cligne rapidement des paupières, comme pour tenir en lisière une idée folle.

– Bon, Vázquez et Moura ne parleront à personne. Ils ne sont pas stupides. Ils n'iront pas s'impliquer. Et si la piste de l'argent remonte jusqu'au CNI et à la Guardia Civil de Bilbao, cela restera explicable, il leur suffira d'invoquer la guerre contre le terrorisme.

Cela me paraît extraordinairement peu convaincant, mais je ne relève pas.

— Et ensuite, qu'en est-il de Mohamed Chakor ?

— Mohamed Chakor ne parlera plus à personne. Il
est mort il y a trois heures à l'hôpital. Vous pouvez
envoyer des fleurs.

Je secoue la tête.

— Et Buscon ?

— Eh bien, il a enrôlé Rosalía ! Il a sans doute organisé d'autres opérations. Ces fusillades en France, peut-
être même l'enlèvement d'Egileor. Pour Mikel, c'est
certainement lui qui a appuyé sur la détente. Carmen l'a
relié directement à Javier de Francisco.

— Le 14-INT a maintenu Buscon en garde à vue
plus tôt dans la semaine. Il va rester immobilisé un petit
moment. Ils vont l'expédier à Guantánamo.

— *Guantánamo* ?

Subitement, le visage de Kitson perd son équanimité
proverbiale. Il vient de commettre une grave bévue.

— Les Ricains filent le train à Buscon depuis des
siècles, m'explique-t-il. Trafic d'armes, de stupéfiants,
nous venons de le leur remettre...

Là, je m'emporte.

— Oh, allons, Richard ! Depuis quand la CIA est-elle
impliquée dans l'opération ? Vous me disiez que vous
n'aviez même pas alerté notre ambassade à Madrid.
(Ensuite, je comprends, avec un sentiment de honte.)
Merde. Le SIS ne n'est pas capable d'organiser une couverture à lui tout seul, c'est ça ? Londres n'a pas assez de
poids. Ils ont besoin de cette foutue CIA pour qu'elle les
tienne par la main.

— Pas du tout. Nous avions terminé notre rapport
sur Buscon, résolu la question croate et ensuite nous
avons alerté les Cousins sur le fait que nous détenions

un homme qu'ils recherchaient. C'est tout de même de mise, entre alliés.

– Donc il se fait traîner jusqu'à Guantánamo pour partager une cellule avec un paysan afghan qu'on a pris par erreur pour un terroriste international ?

– Qu'est-ce que ça peut vous faire ?

– Je ne suis tout simplement pas un grand fana des Yankees. Je vous ai dit que c'était une condition préalable à ma coopération, que la CIA ne soit pas tenue informée de nos tenants et aboutissants.

– Et ils ne l'ont pas été, me rétorque-t-il, cette fois sur un ton plus venimeux. Là encore, notre petite prise de bec est enregistrée, pour le plus grand bénéfice des oreilles londoniennes, et il veut paraître ferme et coriace. Tâchez d'oublier Buscon. C'est une question à part.

– Et quand vous l'avez interrogé sur son rôle dans la sale guerre, dans le meurtre d'Arenaza, que vous a-t-il répondu ?

– Alec, je crains fort de ne pas pouvoir en divulguer davantage. Qu'il vous suffise de savoir qu'il s'est révélé un prisonnier fort peu coopératif. Il a catégoriquement nié tout lien avec Dieste ou toute implication dans l'enlèvement de Mikel Arenaza. Il n'était disposé à aborder qu'un seul sujet, la Croatie. Peut-être que les Yankees en obtiendront plus de sa part. Ils ne sont pas aussi sensibles que nous. Utilisent d'autres méthodes, si vous me suivez...

Je regarde fixement devant moi, le tunnel noir et clignotant qui défile, les sièges en plastique, le plancher. C'est écœurant.

– Donc mon travail est terminé ? C'est ça ? Vous avez ce que vous vouliez ?

– Ça m'en a tout l'air. Plus ou moins.

Cette dernière réflexion vient froidement, un constat très terre à terre, aussi essaie-t-il de me consoler.

– Écoutez, il est question de la venue de John Lithiby ici la semaine prochaine. Pour superviser les choses. Vous pourriez le rencontrer et discuter de votre avenir. Il veut vous remercier en personne. Votre parcours ne s'achève pas ici, Alec. Cela reste encore votre grand triomphe.

Le train s'arrête à Carabanchel. Kitson enfile sa veste et s'apprête à descendre. Une dernière question le retient.

– Et Carmen ? me lance-t-il.

Ce n'est qu'une pensée qui lui vient après coup, rien de plus.

– Oui, quoi ?

– Parlera-t-elle ?

Quelque part en moi, une part malveillante, j'ai envie de l'induire en erreur, mais le devoir l'emporte.

– Carmen est loyale au Partido popular. Elle traverse une crise de conscience, mais elle se taira, dans le respect de l'intérêt général. Il faudra juste que vous échangiez quelques mots avec elle.

Il opine.

– Et vous allez continuer de la fréquenter ?

– À votre avis ?

Et là-dessus, le voilà parti. Les portes du train se referment en claquant, et un espion, britannique et solitaire, disparaît dans la lumière blanche d'une station de métro de la banlieue madrilène. Un moment de regret intense et soudain m'envahit, et je me demande si rien de tout cela en valait la peine. Coucher avec Carmen quand Kitson en savait déjà tant. Me démener pour sauver Blair, Bush et Aznar. Où avais-je la tête ?

Une heure plus tard, de retour chez moi, je vois que l'on a glissé une enveloppe sous la porte de mon appartement. À l'intérieur, il y a une lettre, écrite à la main, en espagnol. Elle est de Sofía.

Alec chéri,

Julian est rentré ce soir à la maison et m'a dit qu'il t'avait vu aujourd'hui. Plus encore, il m'a expliqué qu'il t'avait longuement parlé et qu'il avait découvert une facette de toi qu'il n'avait encore jamais remarquée. Il m'a confié que, pour la première fois, tu t'étais révélé. Et je me suis aperçue que cela me rendait jalouse. Il t'a évoqué en des termes flatteurs, en m'assurant qu'il te considérait comme un véritable ami. Il m'a dit qu'il était content d'avoir un autre Anglais avec lui, ici, à Madrid. J'ai fini par me demander si tu ne t'étais pas arangé pour le rencontrer, que vous puissiez rire de moi ensemble. Je finis par me demander si je n'étais pas votre petit sujet de plaisanterie à tous les deux.

Nous nous sommes éloignés l'un de l'autre, mon amour. Tu n'avais jamais donné l'impression d'attacher tant d'importance aux choses qui comptent tant pour toi désormais. L'argent, l'ambition. Tu n'étais jamais si attaché à l'avenir. C'est cela que j'aimais chez toi. Tu étais si stable, tu étais tellement léger. Ensuite, je ne sais pas ce qui est arrivé à Alec Milius. Je crois que quelque chose est remonté de son passé et que son visage s'est assombri. Il n'y a pas de place pour moi sous cette obscurité. J'ai pleuré pendant des jours et Julian ne sait pas que mes larmes sont pour toi.

Nous ne sommes plus amants. Il semble que nous ne soyons même plus amis. Ce n'est pas moi que tu as choisie. En fin de compte, tu n'as même pas lutté.

Après avoir lu cette lettre, je suis obligé de m'asseoir sur un tabouret dans la cuisine, et de respirer lentement, profondément, un long moment, comme si continuer de vivre allait libérer les sanglots du désespoir. D'où cela me vient-il ? C'est de nouveau comme à la ferme, presque un effondrement, la honte et le regret qui subitement me rattrapent. Je n'ai rien fait pour Sofía. Je l'ai utilisée uniquement pour mon plaisir. Je n'ai aucunement assumé la responsabilité de mes actes et je l'ai ignorée au moment où elle était dans l'adversité. Et maintenant, elle est partie. Je l'ai rejetée au loin, tout comme j'ai rejeté les autres.

41. L'espion dormant

Et donc la couverture se met en place. Pendant cinq jours, la puissance terrible, invisible, inévitable de l'État du secret enveloppe l'Espagne. Combien de joueurs, dans cette martingale au sommet de l'establishment, connaissent la vérité sur la sale guerre ? Aznar ? Les propriétaires d'*El País* et de la TVE ? Quelques cadres et rédacteurs en chef formés dans le sérail ? Il est impossible de le savoir. Je reconnais le brio du SIS – avec, très probablement, un coup de pouce de l'Amérique –, et pourtant je me sens découragé par la vitesse à laquelle la presse s'est laissé duper et amadouer. La lettre de Sofía est pour beaucoup dans mon humeur sombre : une sensation d'intense regret me submerge quand je comprends que les séquelles de mon vilain petit jeu n'étaient qu'une imposture et un trucage. Je m'interroge sans relâche, était-ce la meilleure posture à adopter ? Les paroles de Saul me hantent : « En quoi fais-tu amende honorable, Alec ? »

Comme l'avait prédit Kitson, Félix Maldonado et Javier de Francisco s'enfuient en Colombie – à bord du même avion –, où ils se terrent tous deux quelque part, en dépit de tous les efforts des meilleurs journalistes pour retrouver leurs traces. Trois jours plus tard, leurs

épouses et leurs enfants les suivent sans encombre. Carmen et trois autres femmes du secrétariat, ainsi que de
nombreux fonctionnaires du ministère de l'Intérieur, ont
été retenus en garde à vue pendant le week-end pour
subir des interrogatoires. Je n'ai plus de nouvelles d'elle,
malgré mes tentatives pour reprendre contact en quatre
occasions distinctes.

Dans *Gara*, le journal sympathisant de l'ETA
imprimé à Saint-Sébastien, Eugenio Larbazal publie le
12 mai un article où il tente de relier l'enlèvement et le
meurtre de Mikel Arenaza et la disparition de Juan Egileor à la fuite soudaine de Javier de Francisco en Colombie, « en dépit du scandale financier qui secoue le
ministère de l'Intérieur ». *Ahotsa* est plus réservé – on n'y
voit plus trace de la signature de Zulaika –, et pourtant,
le journal affirme avoir pu relier la voiture entrevue lors
des coups de feu tirés sur des bars dans le sud de la
France « à un acolyte d'Andy Moura ». Des recherches
approfondies ont aussi été menées sur le passé de Mohamed Chakor, et un éditorial presse le gouvernement de
Madrid d'enquêter afin de savoir pourquoi un trafiquant
de drogues bien connu a été photographié, au mois
de janvier de cette année, en train de parler avec Sergio
Vázquez, le fonctionnaire du CNI entré en disgrâce, puis
amnistié par Félix Maldonado. Dans *El Mundo*, on
publie une chronique tout aussi alléchante, mais peu
concluante, sur la possible existence d'un troisième GAL.
Quand je lis ces papiers, je redoute que l'édifice tout
entier de la couverture mise en place ne s'écroule en
l'espace de quelques heures, mais mardi, il ne paraît plus
un seul article, plus une seule lettre, plus aucun reportage consacré à l'éventualité d'une troisième sale guerre,
dans aucun des principaux médias espagnols. Là encore,
je m'émerveille de la portée de cette couverture, tout en
me lamentant de son efficacité. Pourquoi n'y a-t-il pas

eu au moins des manifestations dans les rues de Bilbao ?
Le gouvernement a-t-il conclu un accord avec Batasuna
en promettant des libérations de détenus ou de peser
sur les votes contre le Parti national basque ? Tout cela
finit par se réduire à des compromis. Tout cela finit par
se résorber dans de la politique politicienne.

Kitson m'appelle le matin du 14. Je suis surpris de
l'entendre. Je m'étais en partie résigné à ne plus jamais
le revoir. Et j'avais fini par m'y habituer. Cela me tracas-
sait moins que je ne l'aurais cru.

— Alors, qu'en pensez-vous ? me demande-t-il.

— Qu'est-ce que je pense de quoi ?

— Des comptes rendus parus dans la presse. De
l'angle scandale financier.

— Cela m'évoque un barrage qui n'attend que de
céder.

Ma réponse peut donner l'impression d'un appât
que je lui lance, mais c'est une évaluation sincère de la
situation, maintenant que plusieurs jours se sont écoulés.
Pour le moment, Aznar paraît en sécurité. Il a agi vite,
il a pris ses distances par rapport aux coupables, il s'est
donné une allure présidentielle sur la pelouse de la Mai-
son-Blanche. Mais combien de temps cela durera-t-il ?
Cette affaire, c'est le Watergate de l'Espagne. On ne peut
pas enterrer une histoire de cette magnitude très longtemps, quelles que soient les quantités d'argent ou
d'influence que les Américains croient détenir. *El País* a
reçu pour instruction de tenir sa langue, mais quand des
titres de gauche de moindre envergure s'empareront de
l'histoire, ils ne vont pas laisser passer l'opportunité de
cogner sur le Partido popular. Ensuite, il restera à voir
qui obtiendra les informations exclusives, qui sera capable de pister les protagonistes de premier plan. La chasse
est ouverte. On raconte que Maldonado et de Francisco
avaient amassé des millions d'euros sur des comptes ban-

Charles Cumming

caires secrets, mais personne n'a entendu leur version des faits.

– Toujours aussi optimiste, Alec, me répond Kitson, toujours aussi optimiste. Écoutez, si le gouvernement Aznar doit tomber, il tombera à cause d'une mauvaise gestion au sommet. C'est préférable à une guerre illégale contre l'ETA financée par l'État.

– Exact. C'est finalement à cela que tout se résume.

– Eh bien, moi, j'ai des nouvelles !

Il a l'air d'humeur joyeuse. Je suis assis tout seul chez Cáscaras, en train de prendre mon petit déjeuner, et je regarde par la fenêtre. Alors que nous discutons, je n'arrête pas de repenser à ce qu'il m'avait dit chez Starbucks : « Aznar essaie d'entraîner ce pays qui se débat et pousse des cris d'orfraie dans le XXIe siècle, et rien ne doit entraver cette évolution. » Mais l'Espagne a-t-elle envie de se laisser entraîner ? N'est-ce pas toute la beauté de ce pays qu'il soit très bien comme il est ?

– Quelles nouvelles ?

– Lithiby est à Madrid. Il veut vous voir ce soir. Que faites-vous pour le dîner, Alec ?

C'est à peine si je sens monter en moi une petite poussée d'adrénaline, rien de plus. À la vérité, peu m'importe désormais qu'il m'offre un poste ou non. Comment cela se fait-il ? Pendant des semaines, je n'ai pensé qu'à ça. Tous ces risques et tout ce travail n'étaient justifiés que s'ils m'acheminaient vers la réconciliation que je souhaitais ardemment. Et pourtant, je m'aperçois que je suis épuisé, vidé. Je n'ai rien appris sur mon propre compte, si ce n'est mon incapacité manifeste à modifier ma nature. Je consacrerais volontiers le restant de mes jours à vivre sur une plage à Goa si cela m'éloignait de la trajectoire des autres. Il s'avère que tout ce que j'ai toujours désiré, c'était la reconnaissance et, maintenant que je l'ai, elle se révèle dénuée de valeur. Et que penser du coût humain ? Sofía et Carmen ont toutes deux été anéanties par ma couardise.

– Rien, dis-je à Kitson. Je n'ai rien de prévu pour le dîner.

J'avais envisagé de me rendre à l'appartement de Carmen, pour essayer de lui parler, peut-être même de m'expliquer, et je pourrais encore essayer avant un quelconque rendez-vous avec Lithiby.

– Bien. Que diriez-vous de Bocaito ? Vous connaissez ?

– Évidemment que je connais. C'est moi qui vous en ai parlé le premier.

– En effet, c'est vous, en effet. Bon, 9 heures, ça vous va ? Il va vouloir dîner à l'heure anglaise.

– Neuf heures me conviennent.

Donc, ce sera la cérémonie de mon couronnement, l'espion qui rentre en grâce. Une jolie fille longe la vitrine et je la regarde à travers la vitre, sans rien obtenir en retour.

– À quel hôtel est-il descendu ?

Il hésite, avant de me répondre :

– Je n'en ai pas la moindre idée.

– Et vous venez aussi ?

– Moi ? Non. Je rentre à Londres.

– Déjà ?

– Par le prochain avion. La quasi-totalité de l'équipe a été rappelée au bercail pour ce week-end.

Il prend un ton, une affectation comique que je ne l'avais encore jamais entendu essayer, en imitant un mandarin de la haute bureaucratie.

– Des effectifs insuffisants au bercail pour exploiter les pistes indiquant des préparatifs actifs en vue d'attaques terroristes sur le sol du Royaume-Uni. En d'autres termes, il s'agit d'armer les pompes du navire.

– Eh bien, bonne chance ! J'espère qu'on se recroisera un jour.

Cette dernière repartie me paraît étrange, un au revoir un peu brusque. Kitson ne répond pas, il hasarde juste une réflexion, sur un ton enjoué :

– Oh, vous savez quoi ?

– Quoi ?

– Ils ont retrouvé Juan Egileor il y a une heure.

– Qui l'a retrouvé ?

– Le SIS. En Thaïlande.

– Qu'est-ce qu'il foutait en Thaïlande ?

– Bonne question. Une station balnéaire à Koh Samui. Aucun signe de kidnappeur, aucun signe de mauvais traitements. Juste une version espagnole de *La Plage*, sur le lit de sa chambre d'hôtel, à côté d'un ado de Bangkok au cul endolori et un sourire penaud en travers de la figure.

– Bon Dieu ! Alors il n'a jamais été enlevé ? Il a juste décampé de son plein gré ?

– Il semblerait.

Et nous en restons là. Il me précise qu'Egileor est actuellement interrogé dans la capitale thaïlandaise, et qu'il sera réexpédié par avion vers l'Espagne dans la semaine. Il reste encore à informer la presse de sa réapparition, ajoute-t-il, mais l'absence de tout acte crapuleux « va certainement contribuer à étouffer les rumeurs d'une intervention gouvernementale ».

Ce n'est que tard dans la soirée, ce soir-là, dans l'appartement de Carmen, que je vais comprendre à quel point cette supposition est erronée.

– Prenez soin de vous, me fait Kitson. Et n'oubliez pas. Bocaito. Neuf heures.

– Neuf heures.

42. La Víbora Negra

À 19 h 30, après le déjeuner et un long après-midi occupé à ranger mon appartement, je me rends chez Carmen. Aux fenêtres du premier étage, la lumière est allumée, et je peux voir une ombre se déplacer d'une pièce à l'autre. Ce pourrait être Laura de Rivera, mais quand je sonne à l'interphone, il n'y a pas de réponse, et je suppose que Carmen a juste envie qu'on la laisse tranquille. À 19 h 45, un couple âgé fait son apparition, je m'avance, je leur tiens la porte, et ils me remercient d'une voix sourde. Je me faufile dans le bâtiment à leur suite, et ils n'ont pas l'air de le remarquer, ou alors cela leur est égal. Une odeur d'ail flotte dans la cage d'escalier. Je décide de monter dire un mot à Carmen à travers la porte de l'appartement, ou tout au moins d'essayer.

– Carmen !

Un glissement de pieds en chaussettes, sur du parquet.

– *Quién es ?*

– C'est Alex. J'ai besoin de te parler.

– Va-t'en, Alex.

– Je ne m'en irai pas.

– Je ne peux plus te voir.

– Eh bien, au moins, ouvre la porte. Au moins, laisse-moi voir ton visage.

– Que leur as-tu raconté ? me lance-t-elle en espagnol, comme si elle savait que je comprends chaque mot.

– Quoi ?

– Tu m'as entendue. Que leur as-tu raconté ?

– Ouvre, c'est tout. Je ne comprends pas ce que tu me demandes.

La chaîne de sécurité racle, et on donne un tour de verrou. Elle entrouvre la porte et soutient mon regard, dans l'entrebâillement. Elle a le visage décomposé par la fatigue et l'inquiétude, des cernes noirs et macabres sous les yeux. C'est une vision déprimante.

– Tu crois que je ne sais pas qui tu es ? me lâche-t-elle, toujours en espagnol.

– Quoi ?

L'exaspération prenant le dessus, elle referme la porte, libère la chaîne et m'invite à entrer d'un geste large et exagéré, plein de mépris.

– *Pasa !*

Son haleine sent l'alcool.

– Carmen, qu'est-ce qui te prend, bordel ? Tu es ivre ? dis-je en entrant. Voilà des jours que tu n'as plus décroché ton téléphone. Tu ne réponds à aucun de mes messages. J'étais malade d'inquiétude.

Elle se retourne avec un sourire, l'œil mauvais, vénéneux.

– J'ai une question à te poser.

– Vas-y. Demande-moi ce que tu veux.

– Quelle était la caractéristique importante de la compagnie Natfali Botwin, sur le front aragonais, en 1937 ?

– Quoi ?

Je reste totalement abasourdi, jusqu'à ce que je comprenne qu'elle soumet ma petite fiction à l'épreuve. C'est une question qui concerne mon doctorat.

– Quoi ? Mais enfin, merde, pourquoi est-ce que tu veux savoir ça ?

– N'élude pas ma question.

Elle claque la porte de son appartement et se dirige vers la cuisine, où elle se verse du vin rouge dans un grand verre droit.

– Je n'élude pas la question. Simplement, je ne crois pas qu'il soit très important, à ce stade de notre relation, de discuter des particularités de la guerre civile espagnole.

Elle éclate de rire, avec un mépris mordant, et de petits postillons de vin viennent pleuvoir sur mes joues et mes lèvres.

– *Qué mentiroso eres !* Quel menteur tu fais.

– Carmen, tu es visiblement très bouleversée. Tu as bu. Tu veux me dire ce qui se passe ?

– *Tu veux me dire ce qui se passe ?* (Elle imite ma voix sur un ton sec et perçant.) Je vais te dire ce qui se passe. Je vais te le dire. Alex Miller est un espion. Un espion qui a détruit ma vie. On m'a prié de ne plus jamais t'adresser la parole. Alex Miller, qui m'a enfilé sa queue pour servir sa carrière et qui m'a raconté que nous resterions ensemble pour toujours. Alex Miller qui m'embrasse et qui parle parfaitement l'espagnol... (Je l'interromps avec un « non » vigoureux, qu'elle ignore.) et qui m'a trahi pour le compte de la CIA.

Elle repasse à l'espagnol, le visage si défiguré, si enlaidi par la trahison que ce spectacle me rend malade.

– Tu savais depuis le début ce que fabriquait Félix. Tu savais depuis le début qu'il payait des meurtriers pour tuer et torturer les hommes de l'ETA et de Herri Batasuna. Et tu es venu m'aborder parce que tu savais que je pourrais te fournir des informations. Et quand tu les as obtenues, en écoutant mes conversation privées comme un lâche que tu es, tu es allé en courant voir ton putain de gouvernement américain, et ils ont tout couvert.

En aucun cas, quelles que soient les circonstances, on ne doit rompre une couverture. Peu importe que la totale imposture de votre identité ait été dévoilée. Conserver la posture de l'espion. Ne rien lâcher.

– Carmen, je t'en prie, parle en anglais. Je ne comprends pas ce que tu racontes.

– *Hijo de puta !*

Elle balance le verre à travers la pièce en visant mon visage, mais il se fracasse contre la porte derrière moi, et des giclées de vin souillent les murs et le sol. Je recule.

– Ils m'ont arrêtée, poursuit-elle. Ils m'ont coffrée. Ils m'ont tout raconté. Ils m'ont dit que Javier, un homme que j'ai aimé et en qui j'avais confiance, s'était enfui parce qu'il avait volé de l'argent au gouvernement.

Elle s'exprime dans un anglais précipité, aviné, mais là, elle réussit à éructer une espèce de bruit de gorge, une insulte gutturale pour ceux qui l'ont interrogée. En tout cas, cela sonne faux, quelque peu outré, et je me sens mal à l'aise.

– Comme si c'était la vérité ! Je leur ai dit ce que je savais, et j'ai dit aussi à leur autre équipe ce que je savais, mais ils refusaient de m'écouter. Ils ne voulaient pas connaître la vérité. Que Javier avait organisé une sale guerre contre l'ETA, que Mikel Arenaza, et Txema Otamendi, et Juan Egileor, et Tomás Orbé étaient tous liés aux crimes d'un homme... Félix Maldonado.

– Enfin, quelque chose m'échappe, lui dis-je. Qui sont ces hommes dont tu parles ? Il faut que tu te calmes...

– Que je me calme ?

Elle m'insulte encore – *Cerdo !* – et elle balaie la table de la cuisine d'un grand geste du bras. J'ai beau voir les fruits, les biscuits et une bouteille d'eau en plastique voler par terre, j'ai l'impression que quelque chose cloche là-dedans. La colère de Carmen paraît forcée, comme si elle avait appris ses répliques à la façon d'un perroquet. Pourquoi a-t-elle repris ces noms-là avec une telle précision, avec une conviction aussi mélodramatique ? Veut-elle me convaincre de quelque chose qui dépasse la logique ?

   – Tu veux savoir, au sujet de Félix ? crie-t-elle, et là encore, elle me semble forcer le trait. Sais-tu ce qu'il a fait ? Laisse-moi te raconter, Alex Miller. Quand il était soldat dans l'armée de Franco, ses hommes ont pris un jeune garçon, à Pampelune, qui les avait insultés, et ils l'ont frappé à mort, à coups de pelle. À coups de pelle. C'est un assassin. Félix Maldonado est la vipère noire du ministère de l'Intérieur, et il est temps que le monde le sache.

   Mon sang se glace dans mes veines.

   Cette dernière phrase, cette description. J'ai déjà entendu la même, pour évoquer de Francisco, tout comme j'ai entendu cette histoire du jeune homme assassiné. À la ferme, dans la bouche de la femme qui m'a torturé. L'une et l'autre, elles ont eu recours à la traduction d'une formule bien particulière de leur langue maternelle vers l'anglais : *la víbora negra*. La vipère noire. Tout à ma consternation, je recule un peu plus contre le mur, l'esprit tourneboulé par le doute. Il n'est assurément pas possible que Carmen soit des leurs ? À ce même instant, et je ne comprends pas du tout quel processus mental s'est mis en place, la réapparition d'Egileor en Thaïlande devient parfaitement logique. L'ETA a maquillé son absence en enlèvement. Nous avons été amenés à croire qu'il était une victime de cette sale guerre, alors que jamais sa sécurité n'a été remise en cause.

J'essaie de garder une contenance, mais Carmen a décelé ce doute dans mon regard.

– C'est peut-être le cas, mon cœur, lui dis-je, c'est peut-être le cas...

Mais son visage s'est durci. Comme si elle se rendait compte qu'elle vient de commettre une erreur capitale. Sait-elle que je sais ? Réfléchis, Alec. Réfléchis. Ce n'est pas possible. Tu peux te tromper. Il se peut que tu sois simplement paranoïaque et déboussolé. Mais c'est comme si les écailles m'étaient tombées des yeux. On s'est servi de moi. On s'est servi de nous tous.

Trop tôt, peut-être, parce que cela revient à risquer le tout pour le tout, je m'avance vers la cuisinière, et je m'apprête à empoigner un couteau sur le bloc en bois, à côté du frigo. Carmen suit la direction de mon regard et ne semble pas surprise. Est-ce un sourire à la commissure de ses lèvres ?

– Que fais-tu, Alex ? me fait-elle. Écoute-moi !

Mais dans son numéro, la fureur, l'authenticité ont laissé place à une sorte de fourberie. Elle me barre l'accès au bloc de couteaux avec une intensité physique qui ne lui ressemble pas du tout, comme si elle était capable de commettre un acte de violence sans songer le moins du monde aux conséquences. Ensuite, j'entends une autre personne se déplacer dans l'appartement. Ce bruit, c'est un moment comparable à la grange, la même sensation d'impuissance, la même terreur.

– Qui est là, bordel ? Il y a quelqu'un d'autre ici.

À ces mots, Carmen se rembrunit et, à l'instant, tous les tics, toutes les nuances d'expressions que j'associais à son visage paraissent totalement se dissiper, comme chez un acteur qui laisserait tomber le masque de son personnage. Tout se passe comme si elle cessait d'être Carmen

Arroyo pour revêtir une personnalité entièrement nouvelle. Je me sens malade, c'est physique.

Simultanément, un homme entre dans la cuisine, de ma taille, massif et athlétique. Il regarde d'abord Carmen, puis me regarde, et je baisse les yeux sur sa main droite, dans laquelle il tient un couteau. Je crois prononcer ces paroles absurdes.

– Hé, attendez voir une minute !

Mais tout a basculé dans une autre sphère. Ensuite, je découvre qu'il porte au poignet un bandeau en éponge rouge et une vieille montre au bracelet en cuir, et me voilà aussitôt replongé dans le cauchemar de la ferme, confronté à l'homme qui m'a traité comme un animal, réduit à rien. La colère, la terreur et la panique montent en moi avec la force d'une fièvre.

Ce qui arrive ensuite se déroule très vite. Carmen s'avance vers moi et je tends la main vers le bloc aux couteaux, je saisis une bouteille de vin vide sur le comptoir que j'abats sur l'homme et qui l'atteint tout de suite à la tête. Il s'effondre par terre, et c'est si soudain qu'en réalité cela me surprend. Il n'y a aucun bruit. Je n'avais jamais frappé personne de la sorte, et cela s'est fait si facilement, si simplement. Il n'a même pas prononcé un mot. Ensuite, Carmen essaie de m'attraper par les bras, en m'expédiant un coup de pied précis, dans les genoux, pile où ça sera le plus atroce. Nous nous battons, c'est bref, et je me retrouve à frapper son visage, sans aucun doute, sans hésiter, le visage d'une femme, et j'abats mes poings sur ce corps faible, dépravé, perfide, et chacun de mes coups enragés est une vengeance féroce après la ferme. Je ne sais pas combien de temps cela dure. Ensuite, je les vois tous deux à terre, l'homme, encore inconscient, Carmen qui gémit, et des rigoles de sang qui lui dégoulinent des lèvres. Je ne suis pas fier de ce geste, mais je balance ma chaussure dans la bouche du

Basque, à deux ou trois reprises. Je lui fracasse les dents, et j'en pleurerais presque, du pur plaisir de la vengeance chargée d'adrénaline. Je lui flanque un coup de pied dans le ventre, et il geint de douleur. Carmen essaie d'atteindre mes jambes, pour m'arrêter, mais cette occasion de leur faire du mal me rend trop euphorique. L'idée me traverse même l'esprit, idée terrible, de lui plonger ce couteau dans le fond de son cœur, de me venger de la torture, pour Mikel, pour Chakor et Otamendi, pour tous ces loyaux sous-fifres de l'ETA, trahis pour que le plan de ces gens puisse voir le jour.

Mais je suis épuisé. Je me dirige vers la porte de la cuisine et je sors dans le couloir. Avons-nous fait beaucoup de bruit ? Dehors, cela vient peut-être d'un des appartements du troisième ou du quatrième étage, j'entends quelqu'un crier « Qu'est-ce qui se passe, là, en bas ? » alors que je jette un dernier regard à leurs deux corps immobiles. Carmen est sur le ventre, le Basque gémit et il est à moitié inconscient. Ils se touchent.

Du bruit dans l'escalier. Il faut que je sorte de là. Après avoir refermé la porte d'entrée derrière moi, je me rue dans l'escalier, je sors dans la rue et je prends en vitesse la direction de la Plaza Mayor.

43. À contrejeu

Il y a un bar, à l'extrémité sud de la place, avec une enseigne à l'extérieur, en anglais, qui annonce : « Hemingway n'a jamais mangé ici ». Je n'y suis encore jamais entré, mais je m'y sens en sécurité, l'endroit est bondé de Britanniques qui n'ont conscience de rien, un endroit assez éloigné de mon appartement, où je peux me nettoyer un peu et reprendre mes esprits.

Personne ne me regarde prendre la direction des lavabos. Je me rince le visage à l'eau froide, un long moment, et je m'assure qu'il n'y a pas de sang sur mes chaussures. Après cette bagarre, mon poing droit est douloureux ; en revanche, mes mains sont intactes, et je ne détecte aucun signe visible de lutte dans mon apparence extérieure. Au bar, je commande un whiskey et je le descends en trois gorgées, ma transpiration ne cesse de me rafraîchir le corps et mon rythme cardiaque ralentit. Je n'arrête pas de surveiller la porte, l'arrivée éventuelle de la police, de Carmen, mais il n'entre que des touristes, le personnel du bar, des gens du coin.

Je peux m'asseoir, ici. Je peux me cacher. Je peux tâcher de tout démêler.

La preuve, les indices nous crevaient les yeux. Nous avons simplement été trop stupides pour les voir.

La réaction muette de Carmen aux marques et aux contusions que j'avais sur le corps, par exemple. J'avais supposé qu'elle était dégoûtée ou qu'elle se montrait juste polie dans une situation gênante. Il ne m'était jamais venu à l'esprit qu'elle s'attendait à les découvrir. Il ne m'avait jamais traversé l'esprit que Carmen Arroyo savait déjà ce qui s'était produit à la ferme.

Ensuite, il y avait son enthousiasme pour tout ce qui touchait à l'Amérique. Un enthousiasme excessif. Au cours de ces deux années, depuis le 11-Septembre, j'ai rarement rencontré un Espagnol de moins de quarante ans qui ait émis un seul commentaire flatteur au sujet de George W. Bush, et pourtant, Carmen était à la limite du néo-conservatisme. Son enthousiasme n'était pas né de sa loyauté envers le Partido popular, ce n'était qu'un bluff éhonté.

Ensuite, évidemment, il y avait l'indice le plus évident de tous. Pourquoi le gouvernement espagnol irait-il s'embêter à lancer une campagne secrète d'actions violentes contre l'ETA quand l'ETA est à genoux ? Kitson et moi, nous en avions longuement parlé, mais nous n'avions simplement jamais pensé à inverser notre lecture.

Dehors, une rue plus loin peut-être, une sirène de police passe dans la rue en un éclair. J'ai en tête une image claire et nette de Carmen et de l'homme effondrés sur le sol et, pour la première fois, je me demande si leurs blessures ne sont pas graves. Le combat a été frénétique, enragé. J'ai le sentiment d'avoir perdu toute maîtrise, dans cette quête de vengeance. Mon Dieu, il se peut même que j'aie tué un homme, ce soir, en le laissant avec des lésions cérébrales, paralysé. Il doit subsister en moi une part de sensibilité, car je m'en veux énormément de ce que j'ai fait.

Ne parvenant pas à obtenir de réseau sur mon portable depuis le bar, je me dirige vers l'entrée et je compose le numéro de Kitson. Son téléphone est éteint et je lui laisse un message aussi clair et concis que possible.

— Richard, il faut me rappeler. (Derrière moi, un consommateur rigole pile au mauvais moment.) Il s'est produit quelque chose de très grave. Anthony a-t-il entendu ce qui s'est passé à l'appartement ? Avez-vous capté par le micro ?

Carcasse a un numéro de mobile, lui aussi, mais sa ligne est également sur messagerie. Ils sont sans doute dans les airs, tous les deux, en route pour Londres. Ils pensent l'un et l'autre que leur tâche est terminée.

De retour au bar, je commande un deuxième whiskey, je tape une cigarette à une fille et je reconstitue le cours des événements. Tout me ramène à la ferme. Pourquoi ne m'ont-ils pas tué quand ils en avaient l'occasion ? Pourquoi m'ont-ils libéré et m'ont-ils mis en tête cette idée de l'implication de Javier de Francisco dans la sale guerre ? En aucun cas l'ETA ne pouvait être au courant, à ce stade des événements, d'une sale guerre organisée à partir du ministère de l'Intérieur. En tout état de cause, s'ils détenaient une information de cet ordre, ils seraient directement allés s'en ouvrir à la presse.

Il n'est pas moins évident que Carmen a toujours su que je parlais l'espagnol. On a voulu que je surprenne sa conversation avec João la semaine dernière. Dès le début, elle savait qui j'étais, pourquoi je l'avais abordée, qui se jouait de qui. J'ai été utilisé par l'ETA pour alimenter le SIS en informations qui, espéraient-ils, allaient accélérer la destruction du gouvernement Aznar. À ceci près qu'ils n'avaient pas compté sur cette opération de couverture. Ils ne croyaient pas possible de maintenir dans l'ombre une conspiration de cette ampleur. Et Carmen n'aurait pas dû me raconter cette histoire du garçon de Pampelune. C'est là son unique erreur. Sinon, la simplicité de leur plan a de quoi laisser pantois. Il suffit de

considérer les victimes qu'ils ont choisies : Mikel Arenaza
qui, de son propre aveu, était en train de quitter la politique. Il s'était lassé de la lutte armée et cherchait à
entamer une nouvelle vie avec Rosalía, loin de la dupli-
cité et de ce milieu partial et discriminatoire du terrorisme. Txema Otamendi avait lui aussi tourné le dos à
l'organisation. Il avait essayé de remettre en question le
bon sens moral et politique de l'action militaire, et il en
avait payé le prix. Les autres, les deux hommes qui
avaient survécu à cette prétendue sale guerre, étaient les
seuls individus encore utiles à l'ETA : Juan Egileor,
un homme d'affaires, un millionnaire qui avait versé
d'énormes contributions financières à la cause révolutionnaire, disparu de son propre gré, qui avait pris deux
mois de vacances en Asie du Sud-Est en compagnie d'un
jeune prostitué de Bangkok. Tomás Orbé, un *etarra* toujours actif, que l'on avait probablement prévenu que
Mohamed Chakor allait s'en prendre à lui. Sinon, pourquoi aurait-il eu une arme sur lui ? À ceci près qu'il n'était
pas prévu qu'il le tue. La blessure au cou était trop grave.
S'il avait survécu, Chakor aurait sans nul doute chanté
comme un canari, en racontant à tout le monde qu'il
avait été engagé pour abattre un dirigeant *etarra* sur
ordre de Sergio Vázquez et de son vieil ami, Félix Maldonado.

Finalement, je paie et je ressors dans la rue, en col-
lant aux ombres, sous les arcades de la place, jusqu'à ce
que je me trouve dans la Calle Mayor. Un taxi me
dépasse à petite allure et je le hèle, en lui demandant
de me conduire Calle de la Libertad. Je viens de m'apercevoir que je vais arriver en retard au rendez-vous chez
Bocaito. En l'absence de Kitson, John Lithiby constituera
une solution de rechange plus qu'utile. Étourdi par mes
deux whiskeys, je prends place sur la banquette arrière
où je griffonne quelques notes, mais mon stylo saute à

chaque soubresaut de la suspension. Me présenter à cette réunion dans cet état, ce n'est guère l'idéal, pourtant, je n'ai pas le choix. Le SIS doit être tenu informé de ces nouveaux développements dès que possible. Lithiby constitue le seul contact qui me reste.

Il y a juste une chose dont je ne suis pas certain : la nature précise de la relation entre Maldonado et Javier de Francisco. Le plus probable, me semble-t-il, c'est qu'il s'agissait simplement de sympathisants basques qui ont progressivement gravi les échelons de la hiérarchie politique, en se dissimulant pendant – quoi ? – quinze ou vingt ans, au cours desquels ils ont fourni des informations à leurs maîtres idéologiques au sein de l'ETA. C'est Burgess et MacLean, Philby et Blunt revisités, un nid d'espions au cœur de l'État espagnol. Et maintenant, ils vont devoir vivre le reste de leur existence dans un exil colombien qui ne rime à rien. Deux agents de haut niveau de l'ETA qui mordent la poussière après avoir attendu des années l'occasion de frapper, en s'abritant derrière le camouflage immaculé de leur fonction officielle. Je me sens presque navré pour eux. Francisco a probablement recruté Carmen à l'époque de leur liaison, ou alors ils l'ont retournée durant ces quatre années qu'elle a passées en poste en Colombie. À l'appartement, elle m'a semblé avouer une relation de cet ordre. *Un homme que j'ai aimé*, ce sont les termes qu'elle a employés. Et bien sûr, sa mère, Mitxelena, cette femme souffrante, est une Basque mariée à un homme dont le père à combattu contre Franco durant la guerre d'Espagne. Sur tout cela, j'ai été très bête. J'aurais dû faire le rapport.

Le taxi accélère, franchit la Puerta del Sol, et je réessaie Kitson. Ça ne répond pas, je me contente donc de raccrocher en me demandant combien de temps va s'écouler avant que les voisins ne forcent la porte de l'appartement de Carmen et n'alertent la police. S'ils remontent jusqu'à moi, je peux toujours plaider la légitime défense. Bon sang, au pire, je peux sans doute prétendre à l'immunité diplomatique ! C'est le moins que le SIS puisse faire, après ce que j'ai mené à bien ce soir. Quand Lithiby apprendra tout ceci, ce que j'ai fait pour le Service, tout mon passé me sera pardonné.

44. L'Anglais qui disparaît

Bocaito est bondé. Il est 9 h 10 quand je pousse la porte et me dirige vers la salle où se situent les places assises, dans le fond du restaurant. Des serveurs en tablier et veste blanche préparent des canapés au bar, qui est pris d'assaut. Il y a toute une flopée de touristes qui dînent tôt dans le restaurant, mais aucun signe de Lithiby. On m'installe à une table réservée, près des cuisines, et j'entends le fracas métallique et le crépitement des poêles, tandis que mon esprit s'emballe autour de cette hypothèse. Y a-t-il une faille ? Y a-t-il encore un élément qui m'échappe ?

À 9 h 30, Lithiby ne s'est toujours pas montré. Je commande un deuxième verre de vin et je me masse la main droite sous la table pour tâcher de soulager la douleur cuisante. Je retourne une fois encore aux lavabos, et j'inspecte mon visage, en quête de marques éventuelles. Une petite éraflure est apparente, je ne l'avais pas remarquée auparavant, nichée sous ma barbe de deux jours, à hauteur de la mâchoire. Kitson ne répond toujours pas sur sa ligne et cela m'évoque une répétition à l'identique de la scène du Museo Chicote, lorsque j'attendais qu'Arenaza se montre, alors que Buscon était

en train de creuser sa tombe. Un couple de Britanniques
– avec *The Rough Guide to Spain* sur leur table, à côté
d'une bouteille de Vichy Catalán – se dispute depuis une
vingtaine de minutes sur leur vol du retour, demain
matin. L'homme, chauve et fatigué, n'arrête pas de
consulter sa montre et de boire constamment de l'eau,
tandis que sa femme ne cesse de lui répéter qu'il « faut
réserver le taxi pour 6 heures ». À côté d'eux, à une table
coincée dans l'angle du fond, trois Américains plus tranquilles se repaissent de steaks et de poissons. Et puis mon
téléphone portable vibre dans la poche de ma veste, et
je l'en arrache.

— Richard ?

— Ce n'est pas Richard.

Sous le choc, j'ai la sensation que la salle bascule
dans l'étrangeté, une masse d'air froid qui m'enveloppe
d'un trouble vertigineux. L'espace d'un instant, je parviens à peine à respirer, et mon corps se révulse au son
de cette voix. Ce n'est pas possible. Pas maintenant. Pas
après tout ce qui s'est produit ce soir.

— Katharine ?

— Salut, Alec.

J'éloigne l'appareil de mon oreille et je vérifie
l'écran. *Nùmero Privado*. Et puis elle reprend la parole :

— John Lithiby ne viendra pas ce soir. Il te transmet
son bon souvenir, cela ne fait aucun doute. La dernière
fois que j'ai eu de ses nouvelles, John gagnait quatre cent
cinquante mille dollars par an en travaillant pour Shell
au Nigeria. Alors, comment ça va, sinon ?

Elle ne me laisse pas répondre. La voix ne me laisse
pas répondre. Cela fait partie d'un scénario que je n'ai
pas lu, de mots enchâssés dans une abominable machi-
nation. Je suis sur le point de la mettre au défi, d'essayer

de trouver le moyen de comprendre comment et pourquoi tout ceci est possible, quand Katharine Lanchester poursuit :

– La Central Intelligence Agency aimerait vraiment profiter de cette occasion pour te remercier de tout le sacré travail que tu as pu accomplir pour notre compte ces derniers mois. Jamais nous n'aurions pu nous en tirer par nos propres moyens, sans toi. Tu t'es vraiment bonifié, Alec. Que t'est-il arrivé ?

– Kitson est de la CIA ? Richard est un Américain ?

– Enfin, Brown University, après un détour par le collège Charterhouse, à vingt kilomètres de Londres, dans le Surrey, tout ça est très sélect, et nous le considérons volontiers comme un des nôtres. Sa maman est américaine, après tout. Tu t'es projeté en lui comme dans un miroir, Alec. Tu t'es reconnu en lui, comme nous l'avions prévu.

Au fil de ces révélations, Katharine a un rire sous cape, de dédain et de ravissement mêlé. Je n'ai qu'une envie, me jeter sur elle. J'éprouve plus d'humiliation en cet instant que je n'en ai jamais ressenti de ma vie entière. Ils se sont tous payés ma tête, l'un après l'autre.

– Mais comment avez-vous ? Qu'est-ce que... Je ne...

Je n'arrive pas à trouver mes mots. Le couple britannique me dévisage, comme s'ils sentaient que quelque chose ne tourne pas rond. Quand je les regarde à mon tour, ils détournent les yeux en vitesse et, en une fraction de seconde, je comprends que Michelle n'était pas du SIS canadien, c'était une Américaine, jusqu'au bout des ongles. Geoff et Ellie ont-ils masqué leur accent ? Et Carcasse ?

– Comment t'avons-nous retrouvé ? achève Katharine en reprenant ma question. Comment t'es-tu laissé prendre à un piège aussi grossier ?

Je regarde ma main gauche qui s'agrippe si fort à la table que je vois les os blanchâtres de mes phalanges saillir comme des perles.

– Oh, que puis-je te répondre ? C'était une telle coïncidence. Tu es un peu tombé du ciel. Nous étions là, en Espagne, juste une opération à la petite semaine, de filature derrière Buscon, et qui trouvons-nous sur la piste ? M. Alec Milius en personne. Comme tu l'imagines, une ou deux personnes à Langley étaient plutôt intéressées à l'idée de te recroiser, donc nous avons concocté une petite revanche.

Ils ne suivaient pas Buscon à cause d'une livraison d'armes à des Croates. Ils le pistaient pour autre chose. Cela explique pourquoi Kitson a commis cette bévue au sujet de Guantánamo. Je m'efforce de conserver une certaine dignité physique, dans ce lieu public, mais mon corps est pris d'une suée fiévreuse. J'ai l'impression de trembler de toutes parts.

– Tu vois ce qui s'est passé, Alec ? Est-ce que tu commences à saisir ? Luis était lié à A.Q. Khan, le physicien nucléaire pakistanais. En d'autres termes, un gros joueur. Il a essayé de vendre des équipements d'enrichissement de l'uranium aux Libyens. Maintenant, nous ne pouvons pas nous permettre d'avoir des types comme lui qui se baladent dans les paisibles campagnes européennes, n'est-ce pas ? Il n'était pas en quête d'une caisse de fusils pour l'IRA « véritable ». Mon Dieu, ce que tu as pu être crédule !

Sa voix est exactement telle que je me la remémorais, pas le moindre changement de ton, comme si pas une journée ne s'était écoulée. Le piège de la séduction à l'américaine. D'où me parle-t-elle ?

– Vous n'aviez aucune idée de la sale guerre avant que je ne vous en parle ?

– Oh, c'est venu comme un beau bonus. (Quelqu'un rit à l'arrière-plan. Fortner ?) Nous devons avouer que sans ton aide, nous n'aurions jamais établi le lien entre Luis et le gouvernement espagnol. Cette guerre aurait continué sur sa lancée et il y aurait eu de fortes chances pour que l'Espagne démocratique soit aujourd'hui à genoux. (Katharine marque un temps de silence.) Et nous tenons à te remercier de nous avoir fourni cette occasion en or, Alec. Franchement. J'avais besoin d'un coup de pouce. L'Agence avait besoin d'un coup de pouce. Tu vois combien nous sommes précieux, maintenant, pour les Européens ? Vous, jeunes gens, vous êtes incapables de vivre sans nous.

Des questions commencent à se formuler dans ma tête. Sont-ils au courant pour Carmen ? Je ne parviens pas à discerner si Katharine continue de parler. Ses phrases s'enfilent et se resserrent maintenant autour de ma colère comme un nœud coulant. La CIA sait-elle que Maldonado et de Francisco étaient des espions basques ? Et d'ailleurs, cette théorie tient-elle encore ? Une fois de plus, le couple d'Anglais lève les yeux vers moi et je m'aperçois que je respire si fort que l'on doit m'entendre aux tables voisines.

– Donc, voici le marché.

Katharine s'est éclairci un peu la gorge. Je sens venir le coup de grâce, et elle me le délivre avec une précision cinglante :

– Il n'y a pas de boulot pour toi au MI6, O.K. ? Pas de joli boulot et pas de bel avenir pour Alec Milius. Personne ne t'a pardonné ce que tu as fait, et John Lithiby ne t'offre aucune rédemption. Tout ça, c'était pour rien. Tu as souffert pour rien.

Là-dessus, mon humeur se mue soudain en pure haine.

– Je me moque de ce boulot.

C'est comme le retour de la torture, la même réaction de défi face à mes tortionnaires, comme si j'étais enfin libéré de la honte de la défaite. Je n'ai plus rien à perdre.

– Mais non, tu ne t'en moques pas, me réplique-t-elle dans un sursaut. Tu aimes ce travail. Tu n'as jamais rien aimé d'autre.

– Tu as tué Kate, lui dis-je.

Elle cesse de parler. Il y a un silence sur la ligne, comme si nous avions été coupés à cause d'une réception médiocre, un accroc technologique. Ensuite, elle reprend, très posément :

– Je ne veux plus jamais t'entendre répéter cette accusation. Nous ne sommes pas des meurtriers. Tu crois ce que tu veux.

Elle est toujours en colère à cause de ce qui est arrivé, même après toutes ces années. Cela me donne de la force, maintenant. Plus tard, quand je serai seul et que je reviendrai sur mes souvenirs de Kitson, ce pot de Marmite dans leur planque, les paquets de Hob Nobs et les magazines d'automobile, là, je me sentirai humilié. Mais pour le moment, il me suffit de priver Katharine de son triomphe, tout comme Carmen et ses complices se sont effondrés après l'échec du leur.

– Tu as tué Kate, je répète. Tu as tué deux jeunes innocents qui avaient toute leur vie devant eux.

– Permets-moi de te répondre à ce propos, Alec. (Je perçois cette voix sifflante, toute de maîtrise et de ténacité, un souvenir de notre dernière conversation à Londres, il y a de cela tant d'années.) Permets-moi de te dire un mot au sujet de tes conquêtes. En ce moment même, Sofía Church découvre des photographies de toi et de Carmen Arroyo en train de ramer dans votre sympathique petite barque, au Parque del Retiro. En ce moment même, Sofía Church découvre des clichés de son amant en train d'embrasser une autre femme...

Cela me laisse pantois. Pourquoi s'en prendre à Sofía ? La CIA détient des cassettes de moi et Carmen au lit. Que vont-ils en faire ? Je ne serai jamais libéré de ce coup tordu.

— Espèce de salope. Tu n'avais pas besoin de Carmen, hein ?

Cet aspect-là aussi m'est venu à l'esprit, dans les dernières secondes, un éclair subconscient, affleurant sous le choc brut que m'a causé la douleur de Sofía. Cela explique pourquoi Kitson était tellement relax à cet égard. Les renseignements que je lui ai apportés étaient toujours de seconde main. La CIA avait des yeux et des oreilles dans tous les orifices du ministère de l'Intérieur.

— Pourquoi m'as-tu poussé à ça ?

— Pour t'humilier, me lâche-t-elle.

Cet aveu, formulé avec une telle froideur, en toute franchise, est écœurant.

— Pour te montrer jusqu'où tu étais capable de t'abaisser. Pour quoi d'autre, sinon ?

— Parce que je ne t'ai pas baisée à Londres ? C'est de ça qu'il s'agit ?

Je perds mon sang-froid. Je dois conserver ma dignité. De nouveau, l'Anglais chauve me regarde, mais son coup d'œil de mise en garde ne réussit en rien à calmer ma fureur.

— Tu n'as jamais supporté que je refuse de baiser avec toi, Katharine ? Tu n'aurais pas laissé ce mot pour Sofía, à l'hôtel, dans le seul but de lui briser le cœur, à elle aussi ?

Ce sont maintenant l'Anglais et l'Anglaise qui me dévisagent avec désapprobation, et je me sens soudain gêné d'avoir parlé comme cela à une femme, et en public. Ce réflexe étrange de garçon civilisé conserve chez moi toute sa vigueur. Pour parvenir à vider mon sac, je pose un billet de dix euros sur la table et je sors du restaurant, en passant devant les serveurs affairés et leurs cuissots de *jamón*, et en tenant le téléphone éloigné de mon oreille, comme si le triomphe des Américains risquait de dégouliner sur le sol.

– Et Anthony ?

Je suis dans la Calle Libertad, sous un vent glacial. Si je faisais maintenant volte-face, j'ai l'impression que je les verrais tous, alignés en rangs derrière moi.

– Oui ? Quoi, Anthony ? me demande-t-elle.

– C'est un Anglais. C'étaient tous des Anglais...

– Tout ça n'était qu'un château de cartes.

Une voiture déboule à pleine vitesse dans la rue étroite, et je sursaute. L'espace d'une seconde, j'ai du mal à entendre ce que me dit Katharine. Je tiens l'appareil tout contre mon oreille. J'ai froid, je suis seul, en proie à une colère cuisante. Elle ajoute quelque chose au sujet de Carcasse qui travaille dans le secteur privé, qui serait « un caméléon, un électron libre ». Tout n'était qu'un vaste arnaque, l'escroquerie de la fausse rançon du faux prisonnier espagnol revisitée.

– Tu as dépensé tout cet argent, tout ce temps, rien que pour t'attaquer à moi ?

– Ce n'était pas si compliqué. Ce n'était pas si coûteux. (Sa voix est calme, neutre.) Tu étais notre luxe, notre commodité à nous. C'était comme de chasser une mouche. Et la fin fait plus que justifier les moyens.

Je la questionne sur l'ETA, et je crois l'entendre rire.

– Et la ferme, c'est toi aussi ? C'est ta responsabilité ?

– Oh non ! Nous ne sommes pas inhumains, Alec. (Là encore, du remue-ménage en bruit de fond, la voix d'un homme qui savoure sa revanche.) Sur le moment, nos renseignements convergeaient vers Zulaika. Pour ce qu'ils valaient. À vrai dire, ça nous a servi à le réduire au silence. (Elle me laisse prendre toute la mesure de la puissance américaine, qui a la cruauté si facile.) Comme je te l'ai dit, tu nous es tombé tout rôti sur les genoux. Tu étais notre bonus. Nous n'avions pas de projets te concernant. En fait, après Milan, nous étions nombreux à penser que tu avais pris le large. Et ensuite, ce qui est arrivé a tenu un peu du miracle. Disons seulement que tu étais pour nous comme un plaisir inavouable auquel aucun de nous, en ces temps difficiles, n'a pu résister.

Je ne réponds rien. J'en ai assez entendu. Les événements de ces deux dernières heures m'ont complètement tourneboulé, un retour de flamme d'une complexité inimaginable, et je n'ai maintenant plus rien à dire à Katharine, aucun sarcasme à lui lancer qui serait susceptible de conforter un peu ma position. Il vaut mieux en rester là. Il vaut mieux se borner à admettre la défaite et aller de l'avant.

— Eh bien, il semblerait que tu aies de quoi méditer, me fait-elle, comme si elle renouait avec le fil de son scénario.

Me surveillent-ils en ce moment même ? Le couple du restaurant s'inscrivait-il dans leur dispositif ?

— Tu devrais contempler le spectacle, tout ce travail que tu as accompli, réduit à néant. Tu devrais songer à ces deux femmes innocentes qui souffrent, ce soir, parce que tu as placé ta satisfaction personnelle avant la leur.

— Va te faire foutre, Katharine.

Et je raccroche, avant qu'elle n'ait la possibilité de me répliquer. Deux autres voitures viennent vers moi, dans la rue, et je m'écarte, abasourdi, comme un ivrogne. Je descends la pente, et elles me dépassent. J'ai besoin d'un bar. J'ai besoin de boire. Un fait irréversible, désespérant s'impose à moi : je vais devoir quitter Madrid. Je n'ai pas le choix. Je vais devoir abandonner mes meubles et mes affaires, et entamer une nouvelle vie loin de l'Espagne, toujours loin de l'Angleterre, avec juste un sac de billets caché derrière un frigo. C'est ce que j'avais toujours redouté. Avant de vivre ici, je ne savais pas ce que c'était que d'aimer une ville. Quel idiot j'ai été ! Quel amateur ! La première chose à savoir des autres, c'est que l'on ne sait absolument rien d'eux.

45. Fin de partie

Deux femmes innocentes.
Deux.
J'en suis à mon troisième verre de Bushmills dans un bar de Chueca quand cette phrase se met à me tarauder. Je n'arrive pas à m'en défaire. Dans cette partie, elle me fait l'effet de l'indice décisif, du contrejeu.
Deux femmes innocentes.
Les Américains ne savent rien de Carmen. Les Yankees ont cessé leur surveillance. La subtilité du plan de l'ETA les dépasse. Comme nous le faisons tous, ils ont choisi de ne voir que ce qu'ils avaient devant eux. La CIA ignore complètement que la sale guerre n'a jamais été réelle.
Le barman doit percevoir cette lueur d'espoir dans mon regard car il me sourit, en essuyant ses verres avec un torchon blanc. Voici une demi-heure, il a servi un whiskey à cet étranger abattu, à cette nullité, et maintenant les choses s'améliorent.
– *You O.K.* ? me demande-t-il dans ma langue, et je réussis même à lui sourire.
– Je crois bien que oui, lui dis-je. Je crois bien que oui.

Je ne suis pas certain qu'il ait compris. Un autre client est entré dans le bar et il doit s'occuper de le servir. Je m'achète un paquet de cigarettes – des Lucky Strike, en l'honneur de Kitson, si brillant, si trompeur – et j'en allume une, alors que l'espoir d'une improbable rédemption m'embrase le cœur. Pour un agent de renseignement britannique, avoir découvert un réseau d'espions basques à l'intérieur du gouvernement espagnol représente pour le SIS un coup de première grandeur. Madrid en serait redevable envers Londres, et pour des années. En même temps, le triomphe apparent de la CIA serait vidé de tout son sens.

Donc je dispose encore d'un atout, d'une occasion pour me refaire. J'ai encore une chance d'obtenir le mat.

L'ambassade de Grande-Bretagne se trouve Calle de Fernando el Santo, à environ huit cents mètres en remontant vers le nord depuis Bocaito. Avec la circulation de cette fin de soirée, il serait plus long d'attendre un taxi, donc je traverse Chueca et j'arrive devant l'entrée dans la demi-heure, en surveillant mes arrières, la présence de possibles guetteurs, et je me défais de toute surveillance éventuelle en effectuant un détour par deux bars sur Alonso Martínez. Il y a un petit bouton de sonnette rouge à côté d'une porte métallique, et j'appuie dessus. Quelques secondes plus tard, un garde en uniforme surgit d'une guérite, en deçà du portail, il descend les quelques marches pour s'enquérir de ce que je veux. Il est grand et bien bâti, et il me parle derrière les barreaux vert bouteille.

– *Sí* ?

– Je suis citoyen britannique. Il faut que je puisse m'adresser à un fonctionnaire d'ambassade de grade supérieur, c'est urgent.

Il fait la moue, ses lèvres épaisses et le menton en avant. Il ne comprend pas l'anglais. Je répète ma requête en espagnol et il secoue la tête.

— L'ambassade est fermée jusqu'à demain.

Il a une voix sourde, terne, et c'est la minute où il peut jouir de son pouvoir.

— Revenez demain à 9 heures.

— Vous ne comprenez pas. C'est une affaire d'une grande importance. On ne m'a pas volé mon passeport, je ne réclame pas un visa. Je parle d'une affaire bien plus grave. Maintenant, il va falloir que vous retourniez dans votre guérite contacter l'ambassadeur ou son premier secrétaire.

Le garde, dans un geste peut-être inconscient, touche l'arme de poing fixée à son ceinturon. Un couple âgé passe derrière moi dans la rue et je vois une lumière s'éteindre, à une cinquantaine de mètres de là, à l'intérieur du bâtiment.

— Comme je viens de vous l'expliquer, nous sommes fermés pour ce soir. Vous allez devoir revenir demain matin. Sinon, lisez l'écriteau.

Il me désigne un panneau au-dessus de ma tête, qui affiche un numéro de téléphone où appeler en cas d'urgence. Peut-être est-ce l'effet du whiskey, ou de la colère engendrée par la trahison de Kitson, mais là, je m'emporte. Je me mets à hurler sur le planton, en exigeant qu'il me laisse entrer. Il a des manières méprisantes de videur de boîte de nuit et le physique puissant et gracieux du soldat bien entraîné qui s'ennuie ferme. Il a l'air sur le point de frapper.

— Je vous conseille de rentrer chez vous et de dormir, me lâche-t-il, ayant sans nul doute flairé mon haleine alcoolisée. Si vous restez ici, je vais appeler la police. Maintenant, vous êtes prévenu.

Et là, miracle. Une douve de lumière, une porte qui s'ouvre dans le bâtiment de béton derrière lui. Un jeune diplomate, qui ne doit pas avoir plus de vingt-huit ou vingt-neuf ans, fait son apparition dans l'avant-cour. Il semble avoir entendu ce tapage au portail et lève les yeux vers moi, croise mon regard. Il a le cheveu châtain, pas coiffé, des yeux intelligents et des gestes si décontractés que c'est tout son corps qui me fait l'effet d'être en chewing-gum. Il vient dans notre direction. Pantalon de costume sombre, une paire de richelieus et un long pardessus britannique antédiluvien.

– *Algún problema, Vicente ?*
– *Sí, señor.*
Je les interromps.
– Il n'y a aucun problème.

Le jeune diplomate paraît presque interloqué d'entendre parler la langue de notre cher et vieux pays.

– Je vous prie de m'excuser. Si je reste ici à pousser des hurlements, c'est parce que j'ai une information d'une grande importance à communiquer à l'ambassadeur. Je ne suis pas un fou, je ne suis pas un imposteur. Mais il faut que vous me preniez très au sérieux. Il faut me laisser entrer.

Très posé, très réservé, le jeune diplomate se livre à un rapide examen de mon apparence, de la tête aux pieds. De la pointe des souliers jusqu'au visage. Un dément – ou un messie ?

– Cela ne peut-il attendre jusqu'à demain ? s'enquiert-il. Je suis le dernier à partir.

– Non, cela ne peut pas attendre. C'est que je suis en train d'essayer de vous expliquer. Cela concerne le gouvernement de ce pays, le scandale financier.

Le planton recule d'un pas, laissant le diplomate s'approcher.

– Je m'appelle Alec Milius. Je suis un citoyen britannique. Je suis un ancien agent de soutien des services de renseignement britanniques et je vis ici depuis un certain nombre d'années. Je ne peux rien vous confier de plus sans enfreindre la législation qui protège les secrets officiels. Mais il faut que je parle à un fonctionnaire de grade supérieur de l'ambassade, de façon urgente.

– Avez-vous un document d'identité ?

Avec cette simple question, je sais qu'il me prend au sérieux. Je plonge la main dans la poche de ma veste et j'en sors mon passeport lituanien, émis à Paris. Ce n'est pas l'idéal, mais ça fera l'affaire. Le diplomate l'attrape entre les barreaux, et les semelles du garde raclent le sol.

– C'est un passeport lituanien. Il indique que vous êtes né à Vilnius.

– Cette partie-là est fausse, lui dis-je. (Et il semble que cette révélation apparemment démentielle achève de cimenter sa foi en l'authenticité de mon personnage.) Je ne suis plus retourné au Royaume-Uni depuis 1997. Ma situation est compliquée. Je détiens des informations pour le Foreign and Commonwealth Office, qui sont d'une immense importance pour...

Il m'interrompt :

– Vous feriez mieux d'entrer.

Je sens monter en moi une grande bouffée d'affection, une bouffée victorieuse. Le diplomate se tourne vers le garde et le prie d'appuyer sur le bouton qui va ouvrir la porte métallique située sur la droite de la grille. Je m'en approche et, pour la première fois depuis sept ans, je pose le pied sur le sol britannique.

– Et vous disiez que vous vous appeliez Alec Milius ? me fait-il en me tendant la main pour serrer la mienne.

– Alec Milius, oui.

C'est le retour au bercail, en quelque sorte.

Remerciements

Le livre magnifique de Paddy Woodworth *Dirty War, Clean Hands* (Yale Nota Bene, 2002) propose une histoire exhaustive de l'ETA et du GAL, et il m'a été indispensable pour écrire *La Partie espagnole*. Mes remerciements vont aussi à l'incomparable Isambard Wilkinson, qui m'a guidé dans les complexités de la politique basque lors d'une visite à Alava et en Guipúzcoa qui m'a ouvert les yeux. Lucy Wadham, auteur de ce joli roman, *Le Rêve de Castro* (Série Noire, Gallimard), m'a servi d'inspiration pour le personnage de Luis Buscon. Jamie Maitland Hume a joué un rôle essentiel dans le développement du récit. Toutefois, rien n'aurait été possible sans l'amour et le soutien de ma femme, Melissa, celle qui rend tout possible.

Je suis aussi très reconnaissant envers toute la rédaction de *The Week*, Joshua Levitt, Juan Pablo Rodríguez, C. Hunter Wright, Liz Nash, Ken Creighton, au Bathurst de Savile Row, Mercedes Baptista de Ybarra, Kim Martina, Bill Lyon, Ana-María Rivera, Trevor Horwood, David Sharrock, Lourdes García Sánchez-Cervera, Juliane von Reppert-Bismarck, Jamie Owen, Emily Garner, Gonzalo Serrano, Carolyn Hanbury, la famille Petrie, la famille Mills, Alexa de Ferranti, Ian Cumming,

Richard Nazarewicz, à Laura et à tous les Johns chez Finbar.

Samuel Loewenberg, Rupert Harris, Smriti Belbase, Sid Lowe, Henry Wilks, Boris Starling et Natalia Velasco ont lu les premières versions du roman et m'ont apporté leurs précieux commentaires et leurs observations. Mon jeune fils, Stanley, a mangé plusieurs pages du manuscrit. Ensuite, les suspects habituels ont pris la main : Tif Loehnis chez Janklow and Nesbit ; Rowland White chez Michael Joseph. Mes remerciements vont aussi à Rebecca Folland, Christelle, Chamouton et Molly Beckett, ainsi qu'à Georgina Atsiaris, Sarah Hulbert, Clare Pollock et Tom Weldon.

Alors que je mettais la touche finale au manuscrit, j'ai appris la disparition soudaine de mon ami très proche, Pierce Loughran, qui m'avait tant aidé dans la création de *The Hidden Man* et *La Partie espagnole*. Il avait trente-six ans. Pierce était un homme d'une grande gentillesse et d'une érudition époustouflante, et j'ai eu de la chance de le connaître. Il me manquera beaucoup.

Charles Cumming
Londres, octobre 2005

Composition réalisée par PCA

Impression réalisée par
CPI BRODARD ET TAUPIN
La Flèche
en octobre 2008

Pour l'éditeur, le principe est d'utiliser des papiers composés de fibres naturelles, renouvelables, recyclables et fabriquées à partir de bois issus de forêts qui adoptent un système d'aménagement durable.

En outre, l'éditeur attend de ses fournisseurs de papier qu'ils s'inscrivent dans une démarche de certification environnementale reconnue.

Imprimé en France
Dépôt légal : 11/08
N° d'édition : 03
N° d'impression : 49847